# Das Buch der Träume

# JACK VANCE

Die Dämonenfürsten V:
## Das Buch der Träume

Originaltitel: *The Book of Dreams*
Copyright © 1981, 2013 by Jack Vance
Originalausgabe: *The Book of Dreams* – New York: DAW, 1981
Deutsche Erstausgabe: *Das Buch der Träume* – Heyne: München, 1983
Copyright © dieser Ausgabe 2022 by Spatterlight

Titelbild: David Russell
Übersetzung: Andreas Irle
Lektorat: Thorsten Grube, Gunther Barnewald

ISBN 978-161947-433-8

www.spatterlight.de

# KAPITEL I

Aus: *Das Buch der Träume*:

Hebe deine Augen, Fremder, zu dem vom Alter abgenutz-
ten Wall, der allem trotzt: Dort stehen die Paladine, streng,
ernst, gelassen. Jeder ist einer, einer ist alle.

Im Zentrum ist Immir von den Grazien. Er beherrscht
gewisse Fertigkeiten der Magie; er ist Meister der Tricks und
Verschwörungen und der schrecklichen Überraschungen.
Er ist Immir der Unvorhersehbare und beansprucht keine
bestimmte Farbe.

Zu Immirs Rechten steht Jeha Rais, der groß in seiner
Majestät und dessen Farbe Schwarz ist. Er ist weise und
stets der Erste, der ein entferntes Geschehen bemerkt, für
welches er Eventualitäten bestimmt. Dann deutet er mit dem
Finger, um den Blick der anderen Paladine zu lenken. Er ist
ohne Skrupel und verficht Entschlossenheit. Zuweilen ist
er als »Jeha der Unerbittliche« bekannt. Er trägt schwarze
Kleidung, elastisch und eng wie eine Haut, einen schwarzen
Umhang und einen schwarzen Morion-Helm, als dessen
Zierde ein Kristallauge mit silbernem Sternenfunkeln
befestigt ist.

Zu Immirs Linken steht Loris Hohenger, dessen Farbe
das Rot frischen Blutes ist. Er ist der Grimmige, Impulsive
und Kühne und stets Zögernde, wenn es heißt das Schlacht-
feld zu verlassen, obgleich er von allen Paladinen der
großmütigste sein kann. Er begehrt hellhäutige Frauen und
sie versagen sich ihm unter großer Gefahr für ihre Würde.
Sollten sie sich beschweren oder ihn schelten, ist seine

Abhilfe sogar noch übertriebener. Wenn er schließlich ihr Bett verlässt, versiegen ihre Stimmen und sie blicken ihm sehnend nach.

Der Grüne Mewness steht neben Loris Hohenger. Der Meister der Geschicke ist Mewness. Er kann eine Brücke kippen oder einen Turm einstürzen lassen; er ist geduldig, listig und, wenn die Straße rechts und links gesperrt ist, findet er einen Weg dazwischen. Sein Gedächtnis ist genau; niemals vergisst er ein Gesicht oder einen Namen und er kennt die Wege von hundert Welten. Verweichlichte Menschen von Wohlstand halten ihn – zu ihrer letztendlichen Bestürzung – für aufrecht in seinen Geschäften.

Der Gelbe Spangleway ist ironisch, erstaunlich und ignoriert jegliche Rangfolge. Er ist possierlich und drollig und in der Lage, in jede Rolle zu schlüpfen. Alle Paladine, außer lediglich einem, lachen, wenn sie seine Kapriolen sehen. Wenn die Zeit angemessen ist, tanzen alle – außer lediglich einem – zu seiner Musik, denn Spangleway kann einem baumelnden Schwein süße Laute entlocken, sollte er gewillt sein, seine Fähigkeiten derart anzuwenden. Man denke nicht, sich Streich um Streich mit Spangleway zu messen, denn sein Messer ist noch schärfer als sein Witz. In der Schlacht ruft der Gegner: »Wo ist der Trödler Spangleway?« oder: »Aha! Der Feigling Spangleway gibt Fersengeld!« nur um festzustellen, dass er ihn aus einer anderen Richtung oder in einer erschütternden Verkleidung auf dem Halse hat.

Neben Jeha Rais steht der sanftmütige Rhune Fader der Blaue. Obgleich er in der Schlacht der Unbezähmbarste ist und der Erste, der einem hart bedrängten Paladin beisteht, ist er ebenso der Erste, der eindringlich zu Gnade und Nachsicht drängt. Er ist schlank, hochgewachsen, besitzt offene Gesichtszüge und ist ansehnlich wie ein Sonnenaufgang im Sommer; er ist begabt in der Kunst und der Kultur und empfindsam gegenüber der Schönheit aller Dinge, besonders der Schönheit schüchterner Maiden, auf die er einen

Zauber ausübt. Leider besitzt die Stimme Rhune Faders in den Kriegsräten wenig Gewicht.

Neben dem blauen Rhune und ein wenig abseits steht der unheimliche weiße Eia Panice, dessen Haare, Augen, lange Zähne und Haut weiß sind. Er trägt einen vollständigen Helm aus weißem Metall und von seinem Gesicht ist nur wenig zu sehen: eine gekrümmte Sattelnase, ein raues Kinn, glühende Augen. In den Räten spricht er – zumeist – entweder nur »ja« oder »nein«, aber häufig entscheidet sein Wort die Angelegenheit, denn es scheint, als kenne er die Wege des Schicksals. Als einzigen der Paladine lässt ihn die drollige Findigkeit Spangleways kalt. Bei jenen Gelegenheiten allerdings, bei denen er sein grimmiges Lächeln zeigt, ist es für alle an der Zeit zu weichen und nicht zurückzublicken, aus Furcht dem hellen Blick von Eia Panice zu begegnen.

Nun denn Fremder, gehe deiner Wege. Wenn du schließlich heimkehrst, wo immer dies unter den funkelnden Welten sein mag, bringe Kunde von jenen, die dort brütend stehen.

⁓

Aus: *Die Dämonenfürsten* von Caril Carphen:

... wir wenden den Brennpunkt unserer Aufmerksamkeit Howard Alan Treesong, seinen krummen Machenschaften und der unglaublichen Virtuosität seines organisatorischen Genius' zu. Lassen Sie mich zu Beginn in aller Aufrichtigkeit meine Ehrfurcht und meine Verblüffung zugeben: Ich weiß nicht, wo ich anfangen soll. Er ist möglicherweise der größte Schurke von allen (falls solche Feinheiten der Vergleiche in diesem inbrünstigen Ambiente, das die Dämonenfürsten umgibt, überhaupt eine Spur der Überzeugung haben). Gewiss birgt er die außergewöhnlichsten Gegensätze in sich. Seine Grausamkeiten sind mutwillig und schrecklich, sodass seine gelegentliche Großzügigkeit in ein krasses Gegenlicht gestellt wird. Gemessen an der komplizierten Methodizität seiner Programme, erscheint er leidenschaftslos, absolut logisch.

Aus einer anderen Perspektive gesehen, ist er so sprunghaft und so leichtfertig wie ein Zirkusclown. Er ist ein Rätsel und seine letztendlichen Absichten sind nicht einmal zu erahnen.

Howard Alan Treesong! Ein Name mit Magie, Furcht und Verwunderung einflößend! Was genau ist über ihn bekannt? Die wenigen ineinander verschachtelten Fakten erscheinen durch den leuchtenden Staub von Gerüchten vieldeutig. Er ist zur einsamsten lebenden Person erklärt worden; anderen Berichten zufolge ist er der oberste Herrscher aller Kriminellen. Seine Person soll wenig bemerkenswert sein: hochgewachsen, dünn, mit wohlgeformten, wenn auch hageren Gesichtszügen und fahlgrauen Augen von außergewöhnlicher Klarheit. Sein Ausdruck wird häufig als drollig beschrieben und sein Verhalten als temperamentvoll. Er kleidet sich höchst gewöhnlich in üblicher Kleidung, ohne Pomp. Allen Darstellungen gemäß erfreut er sich der Gesellschaft schöner Frauen, von denen keine von dieser Verbindung zu profitieren scheint, weder geistig noch finanziell. Im Gegenteil, die Romanzen, von denen etwas bekannt ist, endeten alle tragisch, wenn nicht schlimmer.

≈

Die Ereignisse, die Howard Alan Treesong schließlich in die Enge trieben, nahmen einen unberechenbaren Weg: gewunden, gegabelt, mit konfusen Aufenthalten und unwahrscheinlichen Verflechtungen: eine Folge des Rätsels, mit dem Treesong sich umgab. Den wenigen bestehenden Beschreibungen zufolge war Treesong eher größer als der Durchschnitt und besaß einen leuchtenden Blick, eine breite Stirn, schmale Kiefer und ein schmales Kinn sowie einen listigen, reuevollen Mund. Sein Verhalten wurde gewöhnlich als liebenswürdig, mit metallischem Unterton beschrieben. Nahezu jeder Bericht erwähnte eine »kuriose Aura unterdrückter Energie« oder eine »unberechenbare Extravaganz« und in einem Fall wurde das Wort »Wahnsinn« verwendet. Es waren keine Fotografien, Darstellungen oder

Bildnisse vorhanden, weder in den öffentlich zugänglichen Aufzeichnungen noch außerhalb. Seine Herkunft war unbekannt, sein Privatleben so geheim wie die gegenüberliegende Seite des Universums, er verschwand regelmäßig für endlose Jahre aus dem Bereich der öffentlichen Wahrnehmung.

Treesongs Operationsgebiet umfasste die Ökumene; nur selten wagte er sich Jenseits. Es war bekannt, dass er sich selbst mit dem Titel »Herr der Übermenschen«* bezeichnet hat.

Gersen nahm die Spur Howard Alan Treesongs im Grunde genommen durch abstrakte Folgerungen auf – pure Deduktion im klassischen Muster – indem er Informationen nutzte, die ihm von einem Walter Koedelin, einem Kollegen alter Zeiten, nun hoher Beamter bei der IPCC†, geliefert worden waren.

Die beiden hatten sich am Segelmacherstrand im Norden von Avente getroffen, der Metropole auf Alphanor, dem ersten Planeten des Rigel-Concourses.

*Chancys Teehaus*, am höchsten Punkt des Segelmacherstrands, überblickte Tausend kleiner Häuser, Läden, Tavernen und eine kleine Plaza, die von hunderterlei Arten von Leuten genutzt wurde. Jedes Gebäude war in einer anderen Farbe getüncht: hellblau, hellgrün, lavendel, rosa, weiß, gelb und jedes warf im prasselnden Rigelschein einen starken schwarzen Schatten. Weit

---

* Die Anspielung erklärt sich vielleicht durch einen Absatz aus einem Interview, in welchem Treesong angegeben hatte: »Menschen nutzen Tiere für ihre Zwecke und denken sich nichts dabei. Sogenannte ›Kriminelle‹ nutzen die gewöhnliche Masse in gleicher Weise für ihre Bedürfnisse, wenden die gleiche Ethik an; daher sollten Kriminelle in angemessener Weise als ›Übermenschen‹ bekannt sein«.

† Interwelten Polizei Coordinierungs Compagnie: ursprünglich ein kleines Büro, das Informationen für die verschiedenen Polizeiorganisationen der Ökumene sammelte und verglich. Nach und nach expandierte es, dehnte sich aus und unternahm spezielle Missionen, um schließlich die größte und effizienteste Behörde zur Aufrechterhaltung der Gesetze im menschlichen Universum zu werden.

unten konnte man die schmale Sichel eines Strandes erkennen. Dahinter erstreckte sich der Thaumaturgische Ozean in sanftem Dunkelblau bis zum Horizont, wo Spitztürme weißer Kumuluswolken dahintrieben.

An einem Tisch, dem dichte Triebe einer dunkelgrünen Mematis Schatten spendeten, saßen Kirth Gersen und Walter Koedelin, ein Mann mit sandfarbenem Haar und rosiger Haut, etwas stämmiger als Gersen, mit kurzer Nase und wuchtigem Kinn. Wie Gersen trug er das Dunkelblau und Grau eines Raummannes, die Kluft für Leute, die hofften Aufmerksamkeit zu vermeiden. Die beiden Männer tranken Rumpunsch und erörterten Howard Alan Treesong.

In der Gesellschaft Gersens sprach Koedelin ohne Zurückhaltung. »Was hat er jetzt vor? Das ist das wirkliche Rätsel. Vor zehn Jahren hat er sich ›Herr der Übermenschen‹ genannt.«

»Im Grunde genommen: ›König der Diebe‹.«

»Genau. Er genehmigte jede verbotene Tat von der Fernen Ecke bis Tangers Old Socco. Einmal hat Howard eine Hintergasse in Bugtown auf Arcturus IV betreten und ein Straßenräuber ist hervorgesprungen. Howard fragte: ›Sind Sie bei der Organisation registriert?‹ – ›Nein, bin ich nicht.‹ – ›Dann bekommen Sie keinen Cent von mir und zudem werde ich Sie als einen Quertreiber anzeigen.‹«

Koedelin trank das Kelchglas mit Rumpunsch aus und blickte zum dunkelgrünen Laubwerk auf, von dem Streifen rosafarbener Blüten herabhingen. »Prächtiger Platz für Mikrofone. Ich frage mich, wer uns belauscht.«

»Niemand, Chancy zufolge.«

»Es ist schwierig, sich heutzutage sicher zu sein. Aber die Organisation ist in dieser Gegend nicht so stark.«

Gersen hob die Hand. »Noch zwei … Also ist Treesong nicht mehr Herr der Übermenschen?«

»Wohl kaum. Aber er hat vor einer ganzen Weile Detailarbeit an Unterherren weitergegeben. Howard schaut lediglich von Zeit zu Zeit herein und wirft einen Blick in die Bücher.«

»Freundlicher Bursche. Also, was hat er jetzt vor?«

Koedelin zögerte, wägte seine Erwiderung ab, dann vollführte er eine fatalistische Gebärde und rückte vor. »Es kann nicht schaden, es dir zu sagen, obwohl wir in Verlegenheit kommen, wenn die Geschichte die Runde macht. Es könnte sein, dass sie nicht einmal wahr ist.« Koedelin blickte nach links und rechts. »Behalte sie für dich.«

»Gewiss.«

»Die IPCC-Verwaltung ist recht locker – das weißt du. Es gibt ein Direktorengremium und einen leitenden Beamten, im Augenblick Artur Sanchero. Vor fünf Jahren ist sein persönlicher Berater bei einem Unfall umgekommen. Ein ihm nahestehender Freund empfahl einen Mann namens Jethro Cope für diesen Posten und nach der üblichen Hintergrundüberprüfung wurde Cope angeheuert. Cope erwies sich als sehr effizient, so sehr, dass Sanchero immer weniger Arbeit zu tun hatte. Und nun begann ein seltsamer Prozess. Die Direktoren begannen zu sterben – durch Krankheit, durch Unfälle, durch Mord oder Selbstmord. Sanchero oder, genauer gesagt, Jethro Cope empfahl neue Direktoren, die daraufhin in die Ämter gewählt wurden. Jethro Cope führte die Wahl durch und zählte die Stimmen. Er setzte sieben Männer in das Direktorengremium der IPCC und brauchte nur noch sechs weitere, um eine Stimmenmehrheit zu bekommen. Er hätte sie wahrscheinlich auch bekommen, wenn nicht einer der Direktoren, jemand der sich Bemus Carlisle nannte, einen Agenten getroffen hätte, der ihn als Sean McMurtree aus Dublin erkannte, einen hochrangigen Erpresser. Um eine lange Geschichte kurz zu machen, McMurtree wurde stillschweigend beseitigt, aber nicht, bevor er einen Namen erwähnt hatte. Kannst du dir den Namen denken, den er erwähnt hat?«

»Howard Alan Treesong.«

»Ganz recht. Die Agenten zogen aus, um nach Jethro Cope zu suchen, aber er war fort und kam nie wieder.«

»Was ist mit den anderen sechs neuen Direktoren?«

»Drei wurden getötet. Einer verschwand. Zwei sind immer

noch da. Sie haben keine Registereintragungen. Sie behaupten, sie seien unschuldig und die anderen Direktoren wollen sie nicht abwählen.«

»Sehr edel, sehr korrupt oder sehr ängstlich.«

»Du kannst wählen.«

»Herr der Übermenschen und Chef der IPCC zu sein – beides zur gleichen Zeit – das ist wie ein schöner Traum, einerlei, auf welcher Seite man steht.«

»So ist es, leider. Treesong ist ein schlauer Teufel. Ich würde seine Leber gerne in kleine Stücke schneiden.«

»Was ist mit Fotografien?«

»Nicht eine ist zu finden.«

»Also wissen wir immer noch nicht, wie er aussieht.«

Koedelin stieß ein Grunzen verächtlichen Missfallens aus. »Leute, die es mit Cope zu tun hatten, erinnern sich an lange blonde Locken, einen buschigen blonden Bart und Schnurrbart, ein freundliches Verhalten.«

»Und seitdem?«

»Nichts. Er hat sich in Luft aufgelöst. Ich habe vergessen zu erwähnen, dass vor drei Jahren eine Anweisung an die Bibliothek ergangen ist, sämtliches Material betreffend Howard Alan Treesong aus Gründen der Ungenauigkeit ungültig zu machen. Das ist getan worden; nun gibt es nur noch sehr wenig, was verfügbar wäre.«

»Alle erfolgreichen Kriminellen kehren einmal zu ihrem Heimatort zurück.* Irgendwo dort draußen ist Treesong geboren und aufgewachsen. Dutzende Leute müssen ihn gut kennen. Vielleicht ist während der drei Jahre neues Material aufgetaucht.«

Koedelin, der sich auf dem Stuhl zurücklehnte, grübelte ein oder zwei Minuten. »Ich überprüfe meine Quellen und lasse es dich wissen. Wo bist du abgestiegen?«

»Im *Miramonte*.«

»Ich schaue gegen Mittag vorbei, wenn es dir passt.«

---

* Gersen bezieht sich hier auf das Buch *Die kriminelle Mentalität* von Michael Diaz.

Am folgenden Tag, genau um Mittag, gesellte sich Koedelin im Beobachtungssalon des Hotels *Miramonte* auf der Esplanade von Avente zu Gersen.

»Es ist, wie ich vermutet habe«, sagte Koedelin. »Es gibt keinen Anhaltspunkt für seine Herkunft. Er tauchte auf der Erde zunächst als junger Mann auf, der Banken ausraubte, betrog, erpresste, Morde beging und eine Kampftruppe organisierte. Er ist fähig auf diesem Gebiet. Dennoch ist bemerkenswert, wie wenig wir von ihm als menschlichem Wesen wissen.«

Ein wenig später erklärte Koedelin, wie sehr ihn die Zeit dränge und verabschiedete sich. Gersen begab sich hinaus, um auf der Esplanade spazieren zu gehen, die fünfzehn Kilometer parallel zu Aventes prächtigem weißen Sandstrand verlief.

Der Schmerz, den Treesong Gersen zugefügt hatte, war nun mehr als zwanzig Jahre alt; Treesong hatte damals gerade erst seine volle Statur als Krimineller erlangt.* Seit jener Zeit waren seine Machenschaften immer großartiger geworden … Der Geist einer Einsicht flatterte durch Gersens Verstand. Er ging und lehnte sich an die Balustrade.

Vor drei Jahren war Howard Treesong von der Bildfläche verschwunden. Der Mann, der versucht hatte gleichzeitig König der Diebe und Chef der IPCC zu sein, war gewiss nicht müßig; irgendwo plante er neue Komplotte, noch monumentaler als alle anderen zuvor.

Gersen erwog eine Reihe von Möglichkeiten: Taten grausamer Größe, findige Abscheulichkeiten, Schande, welche die gesamte

---

* In Mount Pleasant, einer landwirtschaftlichen Niederlassung auf der Welt Providence, war ein Konsortium von fünf Meisterverbrechern – die sogenannten »Dämonenfürsten« – aus dem Himmel herabgekommen, um die gesamte Einwohnerschaft zu versklaven und jene zu töten, die Widerstand leisteten. Kirth Gersen und sein Großvater waren entkommen und danach hatte es in Gersens Leben nur wenig Raum für anderes als die Vorbereitung zu Vergeltung und Rache gegeben.

Menschheit heimsuchte. Keine von Gersens Konstruktionen erschien plausibel oder der Mühe wert. Offensichtlich, sagte er sich, mangelte es ihm an Treesongs großartigem, wenn auch wildem und grausamem, Vorstellungsvermögen.

Er kehrte zum Hotel zurück und rief Koedelin an. »In Hinsicht auf das Thema unserer Unterhaltung würde es scheinen, dass nun etwas Dramatisches an die Oberfläche kommen sollte. Was würde dieser Beschreibung entsprechen?«

Koedelin konnte nichts Definitives anführen. »Ich habe in ähnlichen Bahnen gedacht – darauf gewartet sozusagen, dass die Katze aus dem Sack kommt. Einerlei wie intensiv ich lausche, ich vernehme nur äußerste Stille ...«

Die drei bewohnten weganischen Welten waren Aloysius, Boniface und Cuthbert. Während der ersten Ausbreitung des Menschen waren sie von religiösen Ordensgemeinschaften besiedelt worden, von denen die eine fanatischer war als die andere. Im sechzehnten Jahrhundert des Raumzeitalters war von dem priesterlichen Flair immer noch etwas übrig, insbesondere in den öffentlichen Gebäuden, die während des »Rauswurfs« zu öffentlichen Gebäuden umfunktioniert worden waren.

Pontefract auf Aloysius, eine kleine Stadt, vorwiegend berühmt wegen ihres unablässigen Nebels, war durch eine Wendung des Schicksals zu einem wichtigen Zentrum für Verlage und Finanzen geworden. Im ältesten Teil der Stadt, stand der uralte Bramvilleturm, der den St.-Paidrigh-Platz beherrschte und nun das Hauptquartier von *Cosmopolis*, einem Journal für Nachrichten, Fotografien und Kurzessays bildete. Die Inhalte des Magazins, zuweilen profund, häufig dramatisch oder gar sentimental, zielten auf die Aufmerksamkeit der intelligenten Mittelklasse der gesamten Ökumene ab.

Kirth Gersen hatte, durch die Manipulationen seines Finanzberaters Jehan Addels, den Kontrollanteil an *Cosmopolis* erworben. In der Verkleidung von »Henry Lucas«, Sonderautor, nutzte er die Büros als günstig gelegenes Hauptquartier.

Nachdem Gersen in Pontefract eingetroffen war, aß er mit Jehan Addels in dessen prächtigem altem Landhaus in den Ballyholt-Wäldern, im Norden Pontefracts, zu Abend. Im Verlauf des Essens erwähnte Gersen Howard Alan Treesong und dessen eigentümliche Unsichtbarkeit.

Sogleich spannte Addels sich an. »Sie sprechen natürlich lediglich aus beiläufigem Interesse.«

»Nun – nicht ganz. Treesong ist ein Schuft und ein Krimineller. Sein Einfluss ist allgegenwärtig. Heute Nacht könnten Diebe in Ihr Haus einbrechen und Ihnen Ihre Memlings und Van Tasals stehlen, ganz zu schweigen von den Rhodosi-Läufern. Objekte dieser Qualität könnten unmittelbar an Treesong selbst gehen.«

Addels nickte düster. »Das ist eine ernsthafte Angelegenheit. Morgen werde ich eine Mitteilung an die IPCC weitergeben.«

»Das kann nicht schaden.«

Addels blickte argwöhnisch in Richtung Gersen. »Ich hoffe, Sie fassen kein persönliches Interesse an diesem Mann?«

»Wahrscheinlich nicht in großem Umfang.«

Addels stieß einen ungehaltenen Ruf aus. »Bitte ziehen Sie mich nicht in diese Ermittlungen mit ein, nicht in geringstem Maße!«

»Mein lieber Addels, wie kann ich es vermeiden, mich an Sie um Rat zu wenden?«

»Mein Rat in diesem Fall ist kurz und entschieden: Lassen Sie die IPCC ihre Arbeit tun!«

»Das ist ein vorzüglicher Rat. Ich werde ihnen bei dieser Arbeit so gut wie möglich helfen und ich weiß, dass Sie dasselbe tun werden.«

»Selbstverständlich, selbstverständlich«, murmelte Addels.

In der Bibliothek von *Cosmopolis* suchte Gersen nach Aktenauskünften über Howard Alan Treesong. Diese waren umfangreich und sagten Gersen wenig, was er nicht bereits wusste und nichts über die Themen, welche ihn am meisten interessierten: Treesongs Herkunft und sein gegenwärtiger Aufenthaltsort. Bildliche Darstellungen von ihm glänzten durch Abwesenheit.

Am Ende eines enttäuschenden Tages blätterte Gersen, aus keinem anderen Grund als purer Beharrlichkeit, durch eine Akte, die mit *Verschiedenes: Sortieren* beschriftet war und entdeckte nichts unmittelbar Interessantes. Zwei Ablagekörbe, die mit »Ablegen« und »Verwerfen« markiert waren, fielen ihm ins Auge. Der »Ablegen«-Korb war leer; der »Verwerfen«-Korb enthielt eine große Fotografie, nahezu 30 Zentimeter lang, die eine Gruppe bei einem Bankett darstellte. Fünf Männer und zwei Frauen saßen, drei Männer standen etwas im Hintergrund. Oben hatte jemand etwas hingekritzelt: *H. A. Treesong ist anwesend.*

Mit tauben Fingern und prickelnder Haut stand Gersen da und starrte auf die Fotografie. Die Kamera hatte einen vollständigen Kreis aufgezeichnet, von der Mitte eines runden Tisches aus, sodass jedes Mitglied der Gruppe von vorne dargestellt wurde, obwohl niemand unmittelbar zur Kamera schaute und somit möglicherweise niemand sich bewusst war, dass ein Bild gemacht wurde.

An jedem der Plätze stand ein kurioser kleiner Signalmast, der drei farbige Flaggen zeigte, sowie ein Silberteller, der drei rötlichbraune Objekte von etwa zehn Zentimetern Höhe enthielt: offenbar der erste Gang des Banketts.

Bis auf die hingekritzelte Bemerkung war die Fotografie nicht weiter beschriftet, bis auf eine Nummer, die unten aufgedruckt war: 972.

Die Speisenden waren von verschiedenem Alter und verschiedenen Rassen. Sie alle strahlten ein selbstsicheres Flair aus, eine Aura von Rang und Wohlstand. Sie wurden von Platzkarten identifiziert, die unglücklicherweise von der Kamera abgewandt waren.

Gersen blickte von Gesicht zu Gesicht. Welcher mochte Howard Alan Treesong sein? Seine Beschreibung passte, mehr oder weniger gut, auf vielleicht vier der Männer ... Ein Sekretär näherte sich, ein unbeschwerter junger Mann, welcher, der örtlichen Mode folgend, ein rosa-schwarz gestreiftes Hemd mit ausgebeulter brauner Hose trug. Er warf Gersen einen Blick zu, der, obwohl respektvoll und freundlich, auch einen Anflug von Spott enthielt. In den *Cosmopolis*-Büros wurde Gersen als Mann von fraglichen Talenten betrachtet. »Sie wühlen Schund, wie, Herr Lucas?«

»Alles Wasser für die Mühle«, entgegnete Gersen. »Diese Fotografie, die Sie fortwerfen wollten – woher stammt sie?«

»Oh, diese Sache? Sie kam vor einigen Tagen von unserem Büro in Sternhafen. Die Wach- und Schließgesellschaft bei ihrer alljährlichen Schlemmerei oder etwas Derartiges. Ist sie brauchbar?«

»Wahrscheinlich nicht. Aber sie ist recht originell. Ich frage mich, wer H. A. Treesong sein mag?«

»Eines der örtlichen hohen Tiere. Die Damen sind absolute Vogelscheuchen. Nichts für unsere Leser, das kann ich Ihnen versichern.«

Doch Gersen war nicht zu entmutigen. »Von unserem Büro in Sternhafen, sagen Sie? Welchem Sternhafen, übrigens? Es muss zumindest ein Dutzend geben.«

»Sternhafen auf Neues Konzept, Marhab Sechs.« Wieder, nahezu unwahrnehmbar, der Ausdruck der Herablassung. Innerhalb von *Cosmopolis* verstand niemand, wie Henry Lucas an seine Stelle gekommen war, und noch weniger, weshalb er sie behielt.

Gersen stand den Ansichten seiner Kollegen gleichgültig gegenüber. »Wie ist die Fotografie hierhergelangt?«

»Sie kam im letzten Postsack. Seien Sie so gut und werfen Sie sie zurück in den Abfall, wenn Sie fertig sind.«

Der Sekretär widmete sich seiner Arbeit. Gersen nahm die Fotografie mit zu seiner Privatnische und rief das Personalbüro an. »Wer ist unser Repräsentant in Sternhafen, Neues Konzept?«

»Sternhafen ist ein Zonenhauptquartier, Herr Lucas. Der Zonen-Superintendent ist Ailett Mayneth.«

Als Gersen im *Universelle Reiserouten* nachsah, stellte er fest, dass es zwischen Aloysius und Neues Konzept keine direkte Verbindung gab. Wenn er mit einer Passagierlinie reisen wollte, musste er mit drei Zwischenstopps an Knotenpunkten und drei Schiffswechseln mit den damit einhergehenden Verzögerungen rechnen.

Gersen schloss das *Universelle Reiserouten* und stellte es ins
Regal zurück. Er fuhr hinaus zum Raumhafen und ging an Bord
des Fantamischen Flitzerflügels, einem praktischen und angemessenen Raumkreuzer mit einer kleinen Ladebucht und Platz
für vier Personen: ein Schiff, größer als seine Distis Pharaon und
komfortabler als sein Armintor Sternenschiff.

Am späten Nachmittag des Tages, an dem er die Fotografie entdeckt hatte, verließ Gersen Aloysius. Wega hing kalt im Himmel
des Heckbullauges. Er gab entsprechende Koordinaten in den
Autopiloten ein und wurde in Richtung der mittleren Reiche von
Aries beschleunigt.

Während der Reise studierte er die Fotografie ausgiebig, und
langsam nahmen die Bankettteilnehmer ein statisches zweidimen-
sionales Leben an. Gersen fragte jedes der männlichen Gesichter:
»Sind Sie Howard Alan Treesong?«

Einige antworteten entrüstet »nein«, andere beratschlagten
untereinander und manche schienen eine brütende Herausforderung zu erwidern, als wollten sie sagen: »Wer ich bin, was ich bin
– Sie mischen sich auf eigene Gefahr ein!« Und einen der Männer
musterte Gersen immer häufiger, mit zunehmender Faszination.
Glänzendes haselnussfarbenes Haar umrahmte eine Denkerstirn.
Stränge gerippter Muskeln verbanden hohle Wangen mit einem
schmalen Kinn; der schmale zarte Mund war wie in Erinnerung
an einen verschmitzten Scherz verzogen. Ein Gesicht, streng und
subtil, empfindsam, aber nicht weich; das Gesicht eines Mannes,
der zu allem fähig war, dachte Gersen.

Voraus glühte Marhab; zur Rechten drehten sich der Planet
Neues Konzept und dessen drei Monde.

# KAPITEL II

Aus: *Zivilisierte Gedanken und zivilisierte Welten*
von Michael Yeaton:

Wenn der Student über die Entwicklung der neu besiedelten Welten nachdenkt, bemerkt er einen seltsamen und
ironischen Umstand, der sich so häufig wiederholt, dass es
scheint, als wäre er die Regel, statt die Ausnahme. Das ideale
Programm, durch welches jede neue Gesellschaft geformt
wird, beginnt, durch einige bisher unartikulierte Gesetzmä-
ßigkeiten des Verhaltens, seinen eigenen umgekehrten oder
gegenpoligen Impuls zu schaffen, der nicht lange danach das
ursprüngliche Programm überwindet. Menschliche Perver-
sität? Die Bosheit des Schicksals? Wer kann es sagen? Die
Beispiele jedenfalls sind überall zu finden. Betrachten Sie
beispielsweise Neues Konzept ...

~

Als Gersen in der Nähe von Neues Konzept eintraf, machte
er Sternhafen ausfindig und landete am Raumterminal. Der
schnittige Wagen einer Einschienenbahn beförderte ihn die acht
Kilometer vom Terminal nach Sternhafen; so bot sich Gersen
die Sicht auf das Moorland von Neues Konzept, welches hier mit
dichtem dunkelblauem Rasen überwachsen war. In mittlerer Entfernung wich das Dunkelblau zunächst einem Kastanienbraun und
dahinter Purpurn. Eineinhalb Kilometer vom Terminal entfernt
umfuhr die Einschienenbahn eine Fläche mit zerfallenen weißen
Ruinen, die ursprünglich ein einzelner kunstvoller Gebäudekom-
plex im neopalladianischem Stil gewesen war: beinahe eine kleine

Stadt. Nun waren die Säulen geborsten, zerbrochen oder umge-
stürzt, die Dächer waren teilweise eingefallen, das einst edle Gebälk
war fleckig und verschmiert. Zunächst dachte Gersen, die Ruinen
seien unbewohnt. Dann bemerkte er hier und dort Bewegungen
und einen Augenblick später sah er eine Meute hochaufgeschosse-
ner Tiere, die über eine einstmals großartige Plaza sprang.

Die Ruinen fielen zurück; die Einschienenbahn fuhr nach
Sternhafen hinein und hielt in Zentralstation an. An einem Infor-
mationsstand erfuhr Gersen, wo sich das örtliche *Cosmopolis*-Büro
befand – eine Zimmerflucht in einem zehngeschossigen Turm,
einige hundert Meter von der Station entfernt – und machte sich
zu Fuß dorthin auf den Weg.

Sternhafen schien eine Stadt ohne besondere Kennzeichen zu
sein. Wäre nicht das zitronengelbe Sonnenlicht und das Aroma
der Atmosphäre* gewesen, hätte Gersen glauben können in einem
äußeren Vorort von Avente auf Alphanor oder einem Dutzend
anderer quasi-moderner Städte der Ökumene zu sein. Die Leute
trugen Kleidung, welche der von Avente und den Städten der
Erde sehr ähnelte. Was immer das »neue Konzept« ursprünglich
hatte bewirken sollen, nun war es nirgends mehr sichtbar.

Gersen wurde im *Cosmopolis*-Büro vorstellig. Er näherte sich
einem Pult, hinter dem ein älterer Mann mit einem stark vogelähn-
lichen Gesichtsschnitt, hellen blauen Augen und einem Schopf
glänzend silbernen Haars stand. Er war dünn, steif und besaß eine
ernste und exakte Haltung, ein wenig im Gegensatz zu seiner Kleidung, die lässig war: ein hellblaues Schildkrötenkragenhemd aus
leichtem Velours, eine hellbeige Hose und Sandalen aus dunklem
Wildleder. Er wandte sich in einem formellen knappen Ton an
Gersen: »Mein Herr, was wünschen Sie?«

---

* Erfahrene Raumreisende entwickeln ein Gefühl für die Variatio-
  nen atembarer Atmosphären, unterscheiden zwischen Edelgasen,
  Sauerstoffgehalten und komplexen organischen Absonderungen, die
  jedem einzelnen Planeten eigen sind. In der Luft von Neues Konzept bemerkte Gersen einen muffigen, pfeffrigen Duft, der offenbar
  vom Rasen, welcher die Moorlande bedeckte, aufstieg.

»Ich bin Henry Lucas aus dem Büro in Pontefract«, sagte Gersen. »Ich hätte gern einen Augenblick mit Herrn Ailett Mayneth gesprochen.«

»Der bin ich.« Mayneth blickte Gersen von oben bis unten an. »Henry Lucas? Ich habe das Pontefract-Büro besucht und kann mich nicht erinnern, Ihren Namen gehört zu haben.«

»Ich habe den Titel ›Sonderautor‹«, erwiderte Gersen. »Eigentlich bin ich Mädchen für alles; wann immer es eine Aufgabe gibt, die für jemand anderen zu langweilig oder unbequem ist, bekomme ich sie.«

»Ich verstehe«, bemerkte Mayneth. »Und was ist hier in Sternhafen so langweilig und unbequem?«

Gersen zeigte die Fotografie. Auf der Stelle änderte sich Mayneths Verhalten. »Aha! Daher weht der Wind. Ich habe mich gefragt, was geschehen würde. Also sind Sie hier, um der Angelegenheit nachzugehen?«

»Das ist richtig.«

»Hm! Vielleicht können wir es uns bequemer machen. Sollen wir hochgehen in meine Wohnung?«

»Was immer Ihnen genehm ist.«

Mayneth führte Gersen zu einem Aufzug, der sie in das oberste Geschoss brachte. Mayneth ließ die Tür mit ungezwungenem Gleichmut aufgleiten. Gersen betrat etwas, das er als das Domizil eines Connaisseurs von Urteilsvermögen und, so wollte es scheinen, Wohlstand erkannte. Überall entdeckte er schöne Objekte aus verschiedenen Zeitaltern und von ebenso vielen Herkunftsorten. Viele der Gegenstände konnte Gersen nicht genau identifizieren: zum Beispiel ein Paar irdener Lampen, die in einem stumpfen Graubraun glasiert waren. Vielleicht aus dem alten Japan? Hinsichtlich der Läufer wusste er, aufgrund einer Episode aus seiner frühen Laufbahn, etwas mehr. Er erkannte einige fröhlich im Sonnenlicht schimmernde persische Läufer, einen Quli-Qun, einen Mersilin aus den Adar-Bergen auf Copus sowie verschiedene kleine Zigeunerläufer, wahrscheinlich aus dem Khajar-Reich auf Copus. Eine Satinholz-Vitrine stellte ein

Ensemble von Myrmidense-Porzellan und ein ungezwungenes Arrangement kostbarer alter, in Chagrin und Hornhaut gebundener Bücher zur Schau.

»Da ich nichts Besseres zu tun habe«, erklärte Mayneth halb entschuldigend, »versuche ich mich mit schönen Objekten zu umgeben ... Ich stelle mir vor, ich bin ein gewitzter Händler und nichts erfreut mich mehr, als auf Basaren in den Ländern einer entfernten kleinen Welt zu stöbern. Diese Bücher hier sind ausschließlich von der Erde. Ein Sammelsurium, fürchte ich. Aber setzen Sie sich doch, wenn ich bitten darf.« Mayneth berührte mit den Fingern einen Gong und rief damit einen getragenen Ton hervor. Eine Bedienstete erschien, ein Mädchen von eigentümlicher Erscheinung, dünn und geschmeidig wie ein Aal, mit einem Schopf weißen lockigen Haars, schiefergrauen Augen in einem kleinen verkniffenen Gesicht, einem schmalen Kinn und schmalen lavendelfarbenem Mund. Sie trug einen kurzen weißen Kittel und bewegte sich in einem kuriosen geschmeidigen Gang. Sie schaute den beiden Männern aufmerksam zu, ohne eine Spur von Befangenheit. Gersen konnte ihre rassische Herkunft nicht ermitteln. Wenn sie nicht schwachsinnig war, dachte er, so war ihr Verstand sicherlich von höchst unkonventioneller Art.

Mayneth zischte zwischen den Zähnen hindurch, berührte seine Handfläche, hielt zwei Finger hoch; das Mädchen zog sich zurück. Sie kehrte beinahe sofort mit einem Tablett, zwei Kelchgläsern und zwei gedrungenen Flaschen zurück. Mayneth nahm das Tablett entgegen; das Mädchen verschwand mit einem abrupten Wischen des flatternden Kittels. Mayneth schenkte ein. »Unser vorzügliches Schwalbenschwanzbier.« Er versorgte Gersen und nahm die Fotografie auf, die Gersen auf dem Tisch platziert hatte. »Eine sehr merkwürdige Angelegenheit, dies hier.« Er setzte sich, trank geziert einen Schluck Bier. »Eine Frau kam in das Büro und ich erkundigte mich nach ihrem Anliegen. Sie behauptete, wertvolle Informationen zu haben, die sie zu verkaufen wünsche, zu einer beträchtlichen Summe. Ich hieß sie in meinem Büro Platz zu nehmen und schaute sie mir an. Sie war etwa dreißig, etwas heruntergekommen, gerade auf der Grenze zur Schlampigkeit. Dennoch wirkte sie respektabel, wenn auch in einem schrecklichen nervlichen Zustand. Sie war keine Ortsansässige; sie behauptete, direkt vom Raumterminal gekommen zu sein und verzweifelt Geld zu brauchen. Ich sah sie mir noch einmal an, noch sorgfältiger, konnte jedoch ihren Hintergrund nicht einordnen.« Mayneth nahm nachdenklich einen Schluck Bier zu sich. »Dennoch habe ich ein oder zwei kleinere Punkte festgestellt … «, er zuckte mit den Schultern, als wolle er das Problem verwerfen. »Sie begann ihr Anliegen darzulegen. Sie sagte, sie sei in der Lage einen nicht nur einzigartigen, sondern höchst wertvollen Artikel anzubieten. Das waren natürlich nicht ihre genauen Worte. Sie war so nervös, dass sie gelegentlich unzusammenhängend redete. Ich versuchte es mit einem Einfall – recht töricht, eigentlich – ›Sie bringen mir die Karte zu einem versteckten Schatz!‹

Sie wurde ärgerlich. ›Haben Sie Interesse an dem, was ich anzubieten habe? Denken Sie daran, ich möchte einen fairen Preis!‹

Ich sagte ihr, dass ich es sehen müsse, bevor ich es beurteilen könnte. Sofort wurde sie vorsichtig. Es war ein richtiges Spiel. Schließlich sagte ich: ›Madam, zeigen Sie mir, was Sie verkaufen wollen, ansonsten kann ich keine Zeit mehr erübrigen.

Heiser fragte sie mich: ›Haben Sie schon einmal den Namen Howard Alan Treesong gehört?‹

›Ja, in der Tat. Er ist der Herr der Übermenschen.‹

›Sagen Sie das nicht! Obwohl es wahr ist … Ich habe eine Fotografie von ihm. Wie viel werden Sie zahlen?‹

›Lassen Sie das Bild sehen.‹

›Nein, zuerst müssen Sie mir ein gutes Angebot machen!‹

Ich fürchte, ich wurde ein wenig hochmütig. Ich fragte sie: ›Wie kann ich etwas kaufen, bevor ich es gesehen habe? Ist es eine gute Aufnahme?‹

›In der Tat, es ist eine gute Aufnahme. Er schickt sich an, einen Massenmord zu begehen.‹ Ich sagte nichts, und endlich holte sie ihre Ware hervor.«

Mayneth deutete auf die Fotografie. »Ich studierte sie sorgfältig, dann sagte ich: ›Dies ist, zugegebenermaßen, ein vorzügliches Bild, aber wer ist Treesong?‹

›Ich weiß es nicht.‹

›Woher wissen Sie dann, dass er dort ist?‹

›Ich weiß es von jemanden, der dort war.‹

›Er könnte sich einen Scherz erlaubt haben.‹

›Wenn, dann hat er für den Scherz mit seinem Leben bezahlt.‹

›Wirklich?‹

›Ja, wirklich.‹

›Darf ich mich nach Ihrem Namen erkundigen?‹

›Ist der wichtig? Jedenfalls sage ich Ihnen nicht meinen richtigen Namen.‹

›Wo wurde das Bild aufgenommen?‹

›Wenn ich es Ihnen sagen würde, müssten andere leiden.‹

›Madam, bleiben Sie sachlich. Bedenken Sie die Umstände. Sie zeigen mir eine Fotografie. Eine der Personen, versichern Sie, sei Treesong, doch zeigen können Sie ihn mir nicht.‹

›Das beweist doch, dass ich ehrlich bin! Ich könnte leicht auf jeden auf der Fotografie zeigen; auf diesen Mann dort, zum Beispiel.‹

›Ganz recht. In der Tat wäre er auch meine Wahl. All das beiseite und Ihre Ehrlichkeit vorausgesetzt – woher wissen Sie, dass das Bild authentisch ist? Jemand wurde getötet. Wer? Weshalb? Ohne diese Details hat das Bild keinen besonderen Wert.‹

Sie dachte den ein oder anderen Augenblick nach. ›Können Sie Vertraulichkeit garantieren?‹

›Selbstverständlich.‹

›Einer von Treesongs Gehilfen heißt Ervin Umps. Sein Bruder war ein Kellner in dem Restaurant, in dem das Bild aufgenommen wurde. Außerdem war er mein Mann. Er hat mit Ervin gesprochen und herausgefunden, dass Treesong bei dem Bankett anwesend war. Die Fotografie wurde automatisch gemacht, für die Aufzeichnungen des Restaurants, und mein Mann besorgte sich diese Kopie, die er in meiner Obhut ließ. Er sagte mir nur, Treesong sei auf dem Bild und dass Treesong alle anderen Anwesenden umgebracht hätte. Das Bild, sagte er, sei sehr wertvoll. Am selben Abend wurde er umgebracht. Ich wusste, dass ich ebenfalls getötet werden würde, ob ich nun die Fotografie hergäbe oder nicht, also bin ich sofort aufgebrochen, und das ist alles, was ich Ihnen sagen kann.<

>Und wo ist das Restaurant?<

>Das werde ich Ihnen nicht sagen. Es ist nicht nötig, dass Sie es wissen.<

>Das verstehe ich nicht. Alles andere haben Sie mir erzählt.<

>Ich habe meine Gründe.<

Hier endet die Angelegenheit. Wir hatten eine lange Diskussion über den Preis. Ich erklärte ihr, dass ich ihr einfach glauben würde; dass die Fotografie womöglich keinen roten Heller wert sei. Sie stimmte zu, wollte aber keinen Zentimeter nachgeben. Ich fragte: >Wie viel erwarten Sie, dass ich bezahle?<

>Ich möchte zehntausend SVE!<

>Das kommt gar nicht infrage.<

>Was bieten Sie?<

>Ich sagte ihr, ich würde hundert SVE Firmengeld riskieren und fünfzig aus eigener Tasche. Sie schickte sich an zu gehen. Ich entschied, dass ich es nicht riskieren könnte, das Bild verschwinden zu lassen. Ich bot ihr weitere hundert an und garantierte ihr, dass, falls *Cosmopolis* das Bild verwenden würde, sie noch einmal zweihundert bekäme.

Sie gab nach. >Geben Sie mir das Geld. Ich muss diesen Ort auf der Stelle verlassen. Das Bild ist gefährlich.< Ich zahlte sie aus. Sie rannte aus dem Büro und ich habe sie nicht mehr gesehen.« Mayneth füllte die Kelchgläser mit Schwalbenschwanzbier.

»Was geschah als Nächstes?«

Mayneth räusperte sich. »Ich inspizierte das Bild mit großer Sorgfalt. Ich fand nur wenige Anhaltspunkte. Die Kleidung ist verschiedenartig und legt eine Vielfalt einer möglichen Herkunft nahe. Sie scheint leicht zu sein, was auf ein warmes Ortsklima deutet. Diese kleinen Signalmasten – sie sind mir unverständlich. Noch kann ich die Speisen identifizieren.«

»Sie deuteten ein oder zwei Details in Verbindung mit der Frau
an.«

»Das habe ich. Ihre Kleidung war Standard, aber sie sprach mit
einem Akzent. Zwischen den Sternen hört man Tausend Akzente
und Dialekte. Es ist eines meiner Interessen und mein Ohr ist
recht scharf. Ich lauschte sorgfältig, konnte ihre spezielle Rede
jedoch nicht zuordnen.«

»Was sonst?«

»In den Augenwinkeln trug sie kleine blaue Muscheln. Dies
habe ich zuvor bereits gesehen, kann es aber nicht mit einem
bestimmten Ort in Verbindung bringen.«

»Sie hat nie ihren Namen erwähnt?«

Mayneth zupfte sich am Kinn. »Der Bruder ihres Mannes ist
Ervin Umps. Sie könnte den gleichen Namen verwenden.«

»Möglich. Aber nicht notwendigerweise.«

»Genau meine Meinung. Dennoch, ich wurde neugierig und
beschloss Erkundigungen einzuziehen, was ich auch tat, obwohl
die Spur zu dieser Zeit bereits seit drei Tagen kalt war. Ich prüfte
Passagierlisten, stellte Fragen und, um eine lange Geschichte
abzukürzen, fand keine ›Umps‹. Sie nannte sich offensichtlich
Lamar Medrano. Sie stieg an einem Ort namens Virgo-Knoten,
draußen auf Spica Sechs, auf das Schiff um. Ich prüfte diese Ört-
lichkeit in *Universelle Reiserouten*. Ein Dutzend Passagierschiffe
verkehren dort. Ich bezweifle, dass sie vom Virgo-Knotenpunkt
weiter zurückverfolgt werden kann.«

»Wann hat sie Neues Konzept verlassen?«

»Möglicherweise nie.«

»Wieso?«

»Sie hat eine Passage an Bord des Grünen-Stern-Postschiffs,
der Samarthi Tone, nach Altair gebucht, welches drei Tage nach
ihrer Besprechung mit mir abgereist ist. Ich habe mich bei den
Hotels erkundigt und fand sie im Hotel Diomedes, wo sie zweimal
übernachtet hat. Sie erinnerten sich gut an sie, weil sie verschwand,
ohne die Rechnung zu begleichen.«

»Eigenartig.«

»Unheil verkündend. Ich stellte weitere Erkundigungen im Diomedes an und erfuhr, dass sie Bekanntschaft mit einem gewissen Emmaus Schahar geschlossen hatte, einem Geschäftsmann in Sportausrüstungen von Krokinole. Eines Morgens bezahlte Schahar die Rechnung und reiste ab. Lamar Medrano ging die vorherige Nacht aus und kehrte nicht mehr zurück.«

Gersen gab ein mürrisches Knurren von sich. »Was diesen Schahar angeht, was ist mit ihm?«

»Ein düsterer Geselle, leise Stimme, eine Menge Geld.«

»Er befindet sich jetzt nicht mehr in Sternhafen?«

»Er ist mit der Gacy Wonder abgereist. Eine seiner Wegstationen ist der Virgo-Knoten.«

»Interessant.«

»Sehr interessant. Ich weiß nicht, ob ich jetzt beruhigt sein sollte oder nicht.«

»Sie fragen sich, weshalb Herr Schahar sich nicht bei Ihnen gemeldet hat?«

»Genau.«

»Es ist durchaus denkbar, dass Schahar ein harmloser Geschäftsmann mit lediglich gewöhnlichem Interesse an Lamar Medrano ist.«

»Denkbar ist es.«

»Angenommen, Schahar ist kein harmloser Geschäftsmann, Lamar Medrano hat Angst bekommen, ist geflohen und versteckt sich irgendwo auf Neues Konzept.«

»Möglich.«

»Drittens, Lamar könnte umgekommen sein, bevor sie offenbaren konnte, wohin sie die Fotografie gebracht hat. Vielleicht hat sie Schahar davon überzeugt, dass sie sie zur Post gebracht hat.«

»Vielleicht hatte sie zwei Kopien der Fotografie. Schahar hält seine Mission für erledigt und ist nun froh und glücklich.«

Gersen lachte. »Wenn Howard Treesong Cosmopolis liest, irgendwann in der näheren Zukunft, wird Schahar nicht mehr so froh und glücklich sein.« Er holte Stift und Papier hervor, schrieb einige wenige Worte, legte fünf Einhundert-SVE Noten darauf

und schob alles zu Mayneth hinüber. »Für Ihre Ausgaben, dazu
ein Bonus für konstruktive Tätigkeit. Bitte unterschreiben Sie die
Quittung, damit ich es mir vom Zentralbursar zurückerstatten
lassen kann.«

»Vielen Dank!«, sagte Mayneth. »Das ist in der Tat großzügig
von Ihnen. Vielleicht möchten Sie mit mir zu Mittag essen?«

»Es wäre mir eine Freude.«

Mayneth berührte den Gong. Das weißhaarige Mädchen
erschien. Mayneth machte Zeichen und Geräusche; das Mädchen
glitt fort, flüssig und weich in den Bewegungen. Sie kehrte mit
Bier zurück und blieb stehen, um zu beobachten wie Mayneth die
Kelchgläser füllte. Fasziniert starrte sie den Schaum an, wobei ihre
lavendel-rosa Zunge immer wieder aus ihrem Mund schnellte.

»Sie liebt Bier«, erklärte Mayneth. »Ich erlaube es ihr nicht, weil
es sie aufregt. Sie leckt den Schaum aus den leeren Kelchgläsern.«

Kühn angelte das Mädchen etwas Schaum mit dem Finger von
Gersens Kelchglas und steckte ihn in den Mund. Mayneth schlug
ohne großen Nachdruck auf ihre Hand und das Mädchen sprang
zurück wie eine verspielte Katze. Sie zischte Mayneth an, der
zurückzischte und gestikulierte; das Mädchen verschwand. Bevor
sie durch die Tür ging, bückte sie sich, um eine Quaste am Tep-
pichrand zu richten; Gersen bemerkte, dass sie unter dem kurzen
weißen Kittel nackt war.

Mayneth seufzte und trank den Inhalt des halben Kelchglases.
»Ich werde Neues Konzept in Kürze verlassen. Ursprünglich bin
ich als Sammler hierhergekommen. Die ursprünglichen Siedler
haben viele schöne Dinge hergestellt: handilluminierte Bücher,
Grotesken, Musikinstrumente. Sehen Sie den Gong dort drüben; er klingt bereits bei nicht mehr als einer Berührung. Die
besten sollen sogar klingen, noch bevor sie berührt werden. Einige
wurden exportiert, die besten jedoch in Höhlen versteckt. Ich
habe Tausende von Kilometern Höhlen erforscht; die Habgier hat
meine Klaustrophobie besiegt.«

Gersen lehnte sich im Sessel zurück und blickte über das
Moorland. Die Sonne stand im Zenit; ein Rudel Tiere mit langen

dürren Beinen lief herumtollend und Kruppaden springend über einen niedrigen Kamm in mittlerer Entfernung. Sie stoben in den Schatten eines Dickichts und begannen, auf einem Bewuchs grüner Segge zu grasen.

»Dies scheint keine besonders gut organisierte Welt zu sein«, sagte Gersen. »Ich sehe keine Anzeichen von Agrikultur.«

»Es ist versucht worden. Die Feeks zerstören die Ernte, bevor sie überhaupt richtig aufgehen kann. Ohne Gift, was verboten ist, kann man sie nicht davon abhalten.«

»Ich habe klassische Ruinen bemerkt, draußen in der Nähe des Raumterminals. Repräsentieren sie das ›Neue Konzept‹?«

»Die ursprünglichen Bauwerke waren das Geschenk eines verrückten Philanthropen. Das ›Neue Konzept‹ betraf die Ernährung – eine vegetarische Lebensweise, abwechselnd mit Zeiten der Meditation. Fünfzig Jahre lang wohnten die Siedler im großen Tempel der Organischen Einheit. Sie aßen Alfalfakeime, Kohlgemüse und gelegentlich Happen der einheimischen Pflanzen. Die menschliche Lebensform ist wunderbar anpassungsfähig. Die Siedler haben sich nur allzu gut angepasst und dort sind sie nun …« Mayneth deutete auf das Rudel dürrer Tiere, die unter dem Dickicht grasten. »… beim Mittagessen … Da wir gerade vom Mittagessen reden, wir können jetzt ebenfalls essen.«

Mayneth führte Gersen zu seinem Speiseraum, wo das weißhaarige Mädchen stand und fasziniert auf den Tisch starrte. Unvermittelte Erleuchtung durchdrang Gersen. »Sie ist eine der Einheimischen?«

Mayneth nickte. »Sie lassen Säuglinge draußen im Moorland liegen. Simple Vergesslichkeit, vermute ich. Zuweilen werden sie geholt und ausgebildet, mehr oder weniger erfolgreich. Nimmt man sie früh zu sich, lernen sie sauber zu bleiben und auf ihren Hinterbeinen zu gehen. Zehenspitze hier ist eine Clevere; sie serviert Bier, schüttelt Bettzeug auf und benimmt sich im Allgemeinen gut.«

»Es ist faszinierend sie anzuschauen«, sagte Gersen. »Ist sie, nun, zärtlich?«

»Es ist versucht worden, im Allgemeinen mit armseligen Ergebnissen«, sagte Mayneth. »Sind Sie neugierig? Berühren Sie sie.«

»Wo?«

»Nun, für den Anfang an der Schulter.«

Gersen näherte sich dem Mädchen, das zurückwich und mit den großen grauen Augen blinzelte. Gersen langte mit der Hand vor; sie stieß ein kurzes fauchendes Zischen aus und sprang mit offenem Mund zurück, um ihm scharfe Zähne zu zeigen, wobei sie die Hände hob und die Finger krümmte.

Gersen zog sich grinsend zurück. »Ich verstehe, was Sie meinen. Ihre Ansichten sind sehr entschieden.«

»Einige der örtlichen Burschen verwenden Melasse-Bonbons als Köder«, meinte Mayneth. »Sie mögen sie und während sie sie essen, können sie nicht beißen … Nun, hier ist unser Essen. Sie wird nun gehen, da sie nichts anderes als Salat und gelegentlich gekochte Karotten verträgt. Das ist die Kehrseite der vegetarischen Lebensweise.«

# KAPITEL III

Aus: *Das Leben*, Band I, von Unspiek, Baron Bodissey:

... häufig denke ich über das Wort »Moral« nach, dem schwierigsten und verwirrendsten Wort von allen.

Es gibt keine einzelne oder übergeordnete Moral; es gibt viele, jede definiert die Art und Weise, mit dem ein System von Wesen optimal interagiert.

Der bedeutende Entomologe Fabre, der eine Gottesanbeterin beim Akt des Verschlingens ihres Männchens beobachtete, rief: »Welch entsetzliche Gewohnheit!«

Der gewöhnliche Mensch mag, im Verlaufe eines Tages, gezwungen sein, gemäß den Bedingungen eines halben Dutzends Moralitäten zu handeln. Einige dieser Handlungen, die im Augenblick angemessen sind, mögen im nächsten Augenblick, in den Begriffen einer anderen Moral, als obszön oder schimpflich betrachtet werden.

Eine Person, die, lassen Sie uns sagen, von einer Bank Großzügigkeit erwartet, effektive Flexibilität von einer Regierungsstelle, Aufgeschlossenheit von einer religiösen Institution, wird enttäuscht werden. In jedem Bereich repräsentieren diese Konzepte Unmoral. Der arme Tor mag genauso gut Liebe unter den Gottesanbeterinnen entdecken.

～

Gersen kehrte nach Aloysius zurück und landete auf dem Dünenraumhafen, einige Kilometer südlich von Pontefract. Es war schon spät an einem dunklen violett-grauen Nachmittag. Dunst, der von der Flaschenglas-Bucht hereingeblasen wurde,

verbarg die Terminalgebäude nahezu vollständig. Gersen beugte
den Kopf und ging über einen Weg aus verwittertem Seeholz zur
Station.

Zunächst nahm er die Untergrundbahn, dann fuhr er mit dem
Taxi zum Landhaus von Jehan Addels, seinem Finanzberater und
allgemeinen Geschäftsfaktotum, in den Ballyholt-Wäldern.

Addels begrüßte ihn mit dem üblichen Ausdruck verdrosse-
ner Missbilligung, die Gersen für eine Maske der Wertschätzung
und möglicherweise sogar Zuneigung hielt, obwohl dies zu viel
von Addels verlangt sein mochte, dessen Ansichten über den
Menschen und das Universum durch ein Leben misstrauischen
Zynismus' geprägt waren. Und so sah er auch aus, mit seinem
hageren, gelblichen Gesicht, der hohen Stirn und seiner langen
dünnen Nase mit ihrer bebenden Spitze. Sein Haar war spärlich
und gelblich-braun; seine Augen waren nüchtern hellblau.

Gersen ging zu seinem üblichen Zimmer, badete und zog sich
Kleidung an, die er bei einer anderen Gelegenheit hiergelassen
hatte. Er aß gemeinsam mit Addels und dessen großer Familie
im geräumigen Speisezimmer zu Abend, an einem Tisch, der
von Kerzen beleuchtet wurde. Das Tafelbesteck war aus antikem
Silber und sie aßen von uraltem Wedgewood-Geschirr.

Nach dem Abendessen kehrten die beiden Männer in Addels
mit Sampang getäfeltes Arbeitszimmer zurück und setzten sich
mit Kaffee, der aus einer silbernen Kanne eingeschenkt wurde,
vor ein Feuer.

Gersen zeigte ihm die Fotografie; Addels war konsterniert.
»Ich hatte gehofft, Sie hätten mit dieser Art von Dingen abgeschlossen.«

»Nicht ganz«, erwiderte Gersen. »Was denken Sie?«

Addels stellte sich dumm. »In welcher Hinsicht?«

»Wir wollen Treesong identifizieren und herausfinden, wo er
sein Hauptquartier aufgeschlagen hat.«

»Und dann?«

»Möglicherweise werden wir ihn vor Gericht bringen.«

»Pah! Und möglicherweise lässt sich jemand töten, indem er

einen Kilometer hoch an einem Haken aufgehängt wird, was dem armen Newton Flickery widerfahren ist.«

»Eine Schande. Nun, wir müssen das Beste hoffen.«

»Daher hoffe ich, dass Sie nichts mit dieser Angelegenheit zu tun haben werden. Hier, lassen Sie mich die Fotografie ins Feuer werfen.«

Gersen ignorierte ihn und studierte zum hundertsten Male die Fotografie. »Wer ist Treesong? Wie können wir ihn identifizieren?«

Addels meinte verärgert: »Er ist einer von zehn Personen. Die anderen müssen ihn kennen oder zumindest sich selbst. Treesong kann identifiziert werden, indem man die anderen ausschließt.«

»Zunächst müssen wir die anderen identifizieren.«

»Weshalb nicht? Jeder von ihnen muss viele Freunde und Bekannte haben. Aber lassen Sie uns nicht weiter von dieser Torheit reden.«

Gersen durchwanderte die gekrümmten alten Straßen von Pontefract. Er ließ sich auf kleinen Plätzen in unregelmäßigen Abständen nieder, die mit Buchsbaum und Goldlack bepflanzt waren. Müßig ging er entlang Alleen, die nach Alter und feuchtem Stein rochen. Er nahm mehrere Mahlzeiten in einem Restaurant ein, das an einem verrotteten schwarzen Pfahlwerk über der Flaschenglas-Bucht hing.

Er sah nur wenig von Addels, außer bei den stattlichen Abendessen, die dieser für das grundlegende Element der zivilisierten Existenz hielt. Er weigerte sich, Gersens Hauptanliegen zu diskutieren und Gersen hatte nur wenig Interesse an den hochprofitablen Geschäften, mit denen Addels Gersens Wohlstand mehrte.

Am vierten Tag entschied sich Gersen für eine Methode, den Vorteil seines einzigen Instrumentes auf das Äußerste zu nutzen. Seit einigen Jahren hatte die Geschäftsführung von *Cosmopolis* über ein Begleitmagazin nachgedacht, das *Existent* genannt werden sollte. Viele der vorbereitenden Arbeiten waren bereits erledigt worden. Das neue Journal würde stark von der Produktion und den Vertriebswegen von *Cosmopolis* abhängen und bedurfte einer Herausgeberpolitik, die darauf abzielte, eine lebhaftere und weniger geruhsame Leserschaft anzusprechen, als jene von *Cosmopolis*.

Durch eine Verbindung von Dachgesellschaften besaß Gersen *Cosmopolis* zur Gänze. Nun verfügte er die sofortige Existenz von *Existent*. Über Nacht kam es ins Leben. Lange vorbereitete Abzüge durchliefen die Druckmaschinen und *Existent* flutete über die Vertriebswege von *Cosmopolis* hinaus zu den fernen Rändern der Ökumene.

Um die Wirkung auf dem Markt zu erhöhen, würde die Erstausgabe kostenlos verteilt werden. Sie enthielt ein bemerkenswertes Gewinnspiel, das sicherlich die Aufmerksamkeit aller Leser wecken würde. Eine Fotografie auf dem Umschlag zeigte zehn Personen auf einem Bankett. Die Überschrift lautete:

WER SIND DIESE PERSONEN?
*Nennen Sie die richtigen Namen und gewinnen Sie 100.000 SVE!*

Auf der Innenseite des Umschlags waren erläuternde Details zu finden. Lediglich die ersten drei Teilnehmer, welche alle dargestellten Gesichter identifizieren konnten, würden Preise gewinnen. Sollte niemand alle Personen richtig benennen können, würden jene drei Personen, welche die größte Anzahl der Gesichter benennen konnten, die Preise erhalten. Sechs zusätzliche Regeln setzten die Preise für jene fest, die als erstes oder unter den ersten waren, die weniger als sämtliche Gesichter identifizierten. Einsendungen sollten an folgende Adresse erfolgen: *Existent*, Corribplatz 9–11 in Pontefract, Aloysius (Wega VI). Die Einsendungen würden von den Mitarbeitern von *Existent* ausgewertet werden.

Wo auch immer Zeitschriften verkauft wurden, fiel *Existent* ins Auge, umso mehr durch den auffälligen Überdruck auf dem Umschlag:

–: KOSTENLOS :–

In Unterständen auf den gefrorenen Salztundren von Irta, unter den Linden von Duptis Major, an Haltestellen der Kabelbahnen in den Midor-Bergen, in Kiosken entlang der großen Boulevards von Paris und Oakland, auf Alphanor, Chrysanthe, Olliphane und Krokinole und jeder anderen Welt des Rigel-Concourses: *Existent*. In Raumhäfen, Barbiergeschäften, Gefängnissen, Hospitälern, Klöstern, Bordellen, Konstruktionslagern: *Existent*. Millionen von Augen sahen die Gesichter, gewöhnlich mit nur beiläufigem Interesse. Nicht wenige studierten die Fotografie sorgfältig und sogar fasziniert und ergriffen die Gelegenheit, Briefe an den Gewinnspielredakteur, *Existent*, zu schicken. Zwei Personen im Besonderen, durch Lichtjahre im Weltraum voneinander getrennt, sahen die Fotografie mit erschrecktem Staunen. Die erste saß stirnrunzelnd aus dem Fenster starrend da, während sie über die Bedeutung des Gewinnspiels nachgrübelte. Die zweite gluckste gelegentlich rau, nahm einen Stift zur Hand und schrieb einen Brief an den Gewinnspielredakteur, *Existent*.

Gersen beschloss, in die Stadt zu ziehen, näher zum *Existent*-Büro. Addels empfahl das *Federwischer*-Hotel. »Es liegt günstig zu Ihrem Büro und ist die beste Adresse der Stadt, sehr respektabel.« Sein Blick verweilte gedankenvoll an Gersens Anzug. »In der Tat ... «

»In der Tat was?«

»Nichts. Sie werden es im *Federwischer*-Hotel bequem haben. Sie kümmern sich gut um ihre Gäste. Ich werde anrufen, um Arrangements zu treffen; sie akzeptieren dort nur selten Kundschaft ohne günstige Empfehlung.«

Die Fassade des *Federwischer Hotels*, sechs Geschosse aus geschnittenem Sandstein und bogenförmigem schwarzem Eisen, gekrönt von einem flämischen Mansardendach aus grünen Kupferziegeln, überblickte den Alt-Taraplatz. Ein unauffälliges Portal öffnete sich zunächst zu einem Foyer, dann in eine Empfangshalle mit an einer Seite gelegener Lounge und dem gegenüberliegenden Speisesaal. Gersen trug sich an einem Schalter aus geschnittenem braunem

Marmor, der von Pilastern und Ecksäulen aus glänzend schwarzem Gabbro gestützt wurde, ein. Der Empfangsherr trug formelle Morgenkleidung in altmodischem Schnitt – wie altmodisch war sich Gersen nicht sogleich bewusst. Tatsächlich hatte sich der Stil um nicht einmal ein Knopfloch geändert, seit das Hotel vor elfhundert Jahren eröffnet worden war. Im *Federwischer* wie in Pontefract im Allgemeinen brachte die Tradition nur widerwillig, falls überhaupt, Neues hervor.

Gersen wartete, bis der Empfangsangestellte leise den Hauptportier konsultiert hatte; die zwei blickten von Zeit zu Zeit zu Gersen. Die Konsultation war beendet. Gersen wurde zu seiner Suite geführt. Der Chefportier ging voraus, ein Assistent trug Gersens kleine Tasche, ein Dritter trug dessen Samtschachtel. An der Tür öffnete der Chefportier die Schachtel, nahm ein mit Lavendel parfümiertes Damasttuch heraus, mit dem er forsch die Türklinke abwischte, die er dann mit Daumen und Zeigefinger betätigte. Die Tür öffnete sich; Gersen betrat eine Flucht von Zimmern mit hohen Decken, eingerichtet in einem Stil schmucklosen Komforts, alles andere als luxuriös.

Die Portiers bewegten sich geschwind durch den Raum, richteten die Möbel, wischten die Oberflächen mit ihren parfümierten Tüchern, verschwanden dann, flink und ruhig, als wären sie mit den Schatten verschmolzen. Der Chefportier sagte: »Mein Herr, der Kammerdiener wird auf der Stelle zugegen sein, um Ihnen bei Ihrer Garderobe zu helfen. Das Wasser für Ihr Bad ist bereits eingelassen.« Er verbeugte sich und schickte sich an zu gehen.

»Einen Augenblick«, sagte Gersen. »Gibt es einen Schlüssel für die Tür?«

Der Chefportier lächelte gütig. »Mein Herr, Sie müssen im *Federwischer* keinen Eindringling befürchten.«

»Vielleicht nicht. Aber nehmen Sie zum Beispiel an, ich sei ein Juwelenhändler, der einen Kasten Gemmen bei sich hätte und ein Dieb würde wünschen mich auszurauben.«

Der Chefportier, immer noch lächelnd, schüttelte den Kopf. »Mein Herr, solch eine schreckliche Angelegenheit könnte hier niemals geschehen. Es würde einfach nicht geduldet werden. Ihre Wertgegenstände sind vollkommen sicher.«

»Ich habe keinerlei Wertgegenstände bei mir«, entgegnete Gersen. »Ich habe lediglich die Möglichkeit angedeutet.«

»Das Unvorstellbare, mein Herr, ist selten möglich.«

»Ich bin vollkommen beruhigt«, sagte Gersen. »Vielen Dank!«

»Ich danke Ihnen, mein Herr!« Er zog sich zurück, als Gersen seine Hand ausstreckte. »Das Personal wird adäquat bezahlt, mein Herr. Wir ziehen es vor, keine Zuwendungen zu akzeptieren.« Er neigte kurz den Kopf und ging davon.

Gersen badete in einer eingelassenen Wanne, die, wie der Empfangsschalter, aus einem Block braunen Marmors geschnitten war. Als er aus der Wanne herauskam, fand er seine Habseligkeiten ordentlich in der unteren Schublade einer uralten Garderobe. Der Kammerdiener, welcher seine Kleidung für ungeeignet erachtet hatte, hatte neue herausgelegt: gesetzte dunkelbraune Hose, lavendelfarben und weiß gestreiftes Hemd, eine Krawatte aus weißem Musterleinen sowie einen knielangen, an den Schultern gerafften und den Hüften gebauschten Mantel aus schwarzem Twill.

In reuevoller Resignation zog Gersen die neue Kleidung an. Wenn nichts anderes, so würde zumindest Jehan Addels erfreut sein.

Gersen stieg hinunter in die Lobby und durchquerte den Haupteingang. Der Chefportier trat vor, um ihn aufzuhalten. »Einen Augenblick, mein Herr, ich werden Ihnen Ihren Klapper holen.« Er überreichte ihm einen großen schwarzen Samthut mit einer breiten gerollten Krempe, einem dunkelgrünen Rüschenkranz und einem kleinen steifen Pinsel aus schwarzen Borsten. Gersen sah den Hut entsetzt an und wäre vorbeigeschlüpft, hätte es der Türsteher nicht so eingerichtet, sich zwischen Gersen und der Tür zu positionieren. »Sie werden die Luft etwas frisch finden, mein Herr. Es ist uns eine Freude, Ihnen bei der Verwendung der angemessenen Kleidung zu helfen.«

»Das ist nett von Ihnen«, erwiderte Gersen.

»Vielen Dank, mein Herr! Erlauben Sie mir, den Hut zu richten. Genau, so … Nachmittagskleidung wird beim Schlag des
zweiten Gongs für Ihre Verwendung bereitgelegt. Das Wetter deutet auf einen driftenden feuchten Dunst hin, mit Schauern später
am Tage.«

Im Foyer hielt Gersen inne, um sich selbst im Spiegel anzuschauen. Wer war dieses finstere Exemplar der vornehmen
Gesellschaft von Alt-Pontefract, das seinen Blick erwiderte? Noch
nie war eine Verkleidung täuschender gewesen.

Gersen wanderte die verschlungenen Straßen entlang, unter
hohen Häusern mit schmalen Fassaden her, über die allgegen-
wärtigen kleinen Plätze und deren umrandete Beete mit Goldlack,
Stiefmütterchen, einheimischen Bulrastia und St.-Olafs-Zehen.
Von Zeit zu Zeit teilte sich der Nebel, um einem Strahl Wegalicht
zu gestatten, auf feuchtem Stein zu glitzern und einen unvermittelten Farbguss in die Blumenbeete zu schütten. Von einem
öffentlichen Telefon aus rief er Jehan Addels an, um ein Treffen im
*Existent*-Büro zu arrangieren, wann immer es diesem genehm sei.

»Das wäre in einer Stunde«, sagte Addels.

»Ich werde dort sein.«

Gersen bog zum Corribplatz ein, auf eine kleine Straße, etwas
breiter als gewöhnlich und gepflastert mit Platten aus poliertem
Granit, jede an jede andere angepasst und vor langer Zeit von den
Estebaniter-Mönchen als ein Akt der Buße ausgelegt.

Der Corribplatz nahm den ältesten Teil der Altstadt von Pontefract ein. Auf der einen Seite befand sich das Estebaniter-Kloster,
welches zu einer kommerziellen Einrichtung umgewidmet
worden war. Die gegenüberliegenden Gebäude, welche aus alters-
dunklem Mazis- und Gantharholz gebaut und mit Klammern aus
schwarzem Eisen eingefasst waren, standen hoch und hager und
zusammengedrängt da, häufig mit Erkern in den Obergeschossen,
welche in die Straße hineinragten.

Die Zeit, die er bis zum Treffen mit Jehan Addels erübrigen
konnte, schlenderte Gersen den Corribplatz entlang, schaute in
die Läden, welche sich hier eines besonderen éclats befleißigten

und lediglich Güter von Auszeichnung und Eleganz offerierten: ungewöhnliches Gebäck und importierte Leckereien; seltene Gemmen, Perlen von den örtlichen Blauwalen, aus toten Sternen gewonnene Kristalle; Handschuhe, Krawatten, Gamaschen, Halstücher; Parfüme, Liebestränke, magisches Duhamel-Öl; Nippes, Kuriosa, Sammlungen antiker Kunst: Giotto und Gostwane; William Snyder und William Blake; Mucha, Dulac, Lindsay; Rackham, Nielsen; Dürer, Doré, David Russell. Gersen hielt zehn Minuten inne, um ein Paar Puppen bei einer Partie Schach zu beobachten. Die Puppen waren Maholibus und Cascadine, Charaktere aus dem Lustigen Maskenspiel. Beide hatten bereits verschiedene Figuren geschlagen. Nach reiflicher Überlegung führte jeder von ihnen abwechselnd einen Zug aus. Wenn einer einen Stein schlug, vollführte der andere Gebärden der Wut und der Erregung. Maholibus machte einen Zug und sprach mit krächzender Stimme: »Schachmatt!« Cascadine schrie schmerzlich betroffen auf, schlug sich gegen die Stirn und fiel hintüber vom Stuhl. Einen Augenblick später rappelte er sich wieder auf, die zwei stellten die Figuren abermals auf und begannen eine neue Partie ...

Gersen betrat den Laden, erwarb die Schachpuppen und veranlasste die Lieferung zum *Federwischer*: eine der seltenen Gelegenheiten in seinem Leben, bei denen er sich mit einem trivialen Artikel belastete.

Er schlenderte weiter über den Corribplatz und fand sich gegenüber der *Existent*-Redaktion wieder. Er blieb vor dem Schaufenster des Horlogikons stehen, um eine Uhr zu mustern, die augenscheinlich aus Quasten und Wirbeln aus Nebel gestaltet war, mit Stellen farbigen Lichts, welche die Zeit anzeigten. Interessant, aber unpraktisch, dachte Gersen ... Jehan Addels bog auf den Corribplatz ein und näherte sich ihm, wobei er sorgfältig einen Fuß vor den anderen setzte. Es war einige Minuten vor der Zeit. Er hielt neben Gersen an, um Atem zu schöpfen und musterte die *Existent*-Büros. Er warf Gersen einen gleichgültigen Seitenblick zu, ignorierte ihn und fuhr damit fort, in Richtung der *Existent*-Büros zu spähen.

Gersen sprach. »Mein Herr, erwarten Sie jemanden?«

Addels schwang herum und starrte verwirrt. »Mein teurer Freund, ich habe Sie nicht erkannt!«

Gersen lächelte ein kühles Lächeln. »Das Hotel hat mir gestattet, diese Kleidung zu verwenden. Sie sind dort der Meinung, dass meine gewöhnliche Kleidung etwas zu gewöhnlich ist.«

Addels sprach in präzisem Ton. »Eine Person trifft mit ihrer Kleidung eine Aussage über sich selbst. Eine vornehme Person trägt vornehme Kleidung, um ihren Status zu etablieren – und Status, ob man ihn mag oder nicht, ist das Schlüsselelement zwischenmenschlicher Beziehungen.«

Gersen sagte: »Zumindest bietet sich mir eine vorzügliche Verkleidung.«

Addels Stimme hob sich um einen oder zwei schnelle Töne. »Weshalb sollten Sie eine Verkleidung benötigen?«

»Wir, Sie und ich, beschäftigen uns mit einem bemerkenswerten Mann. Er ist ein rücksichtsloser Mörder, aber gleichzeitig auch ein Muster an Höflichkeit, und könnte bedenkenlos im *Federwischer*-Hotel wohnen.«

Addels schnitt eine bedrückte Grimasse. »Sie erwarten ihn doch gewiss nicht hier?«

»Ich weiß nicht, was zu erwarten ist. Wir veröffentlichen seine Fotografie, die zu verbergen er sich große Mühe gegeben hat.«

»Bitte verwenden Sie das Wort ›wir‹ nicht so freimütig. Aber ich stimme zu: Das Gewinnspiel wird seine Aufmerksamkeit erregen.«

»Das ist Teil meines Plans. Er wird sich fragen, wer an ihm interessiert ist und Ermittlungen anstellen.«

Addels schniefte. »Oder er entscheidet sich einfach dafür, das gesamte Gebäude zu zerstören.«

»Das denke ich nicht«, entgegnete Gersen. »Zunächst wird er die Fakten erkunden wollen.«

»Er wird versuchen, Ihre Organisation zu infiltrieren. Es wird sehr schwierig werden ihm zuvorzukommen.«

»Ich werde es nicht einmal versuchen. Tatsächlich werde ich es ihm einfacher machen.«

»Ein riskantes Geschäft! Was kann Gutes daraus entstehen?«

»Seine Infiltration wird eigentlich zu unserer Infiltration. Wir locken ihn heran, dann arrangieren wir ein Treffen. Sie werden der Mittelsmann sein ... «

»Keinesfalls! Niemals! Nicht in einer Million Jahren!«

»Ich erwarte keine Gefahr, bis er seine Neugierde gestillt hat.«

Addels weigerte sich, sich überzeugen zu lassen. »Das ist, als sagte man einer angepflockten Ziege, dass der Tiger nicht beißen wird, bevor er nicht ein wenig herumgeschnüffelt hat.«

»Ich frage mich, ob die Parallele zutreffend ist.«

»Trotzdem, ich habe nicht vor an diesem Plan teilzuhaben. Ich habe meinen Anteil an Narben und Schrecken gehabt! Meine eigentliche Arbeit liegt woanders.«

»Ganz wie Sie meinen. Wir werden unsere Pläne entsprechend gestalten.«

Addels war noch nicht ganz beruhigt. »Wann, erwarten Sie, wird er handeln?«

»Sobald er die Fotografie sieht. Dann wird er jemanden schicken, um Ermittlungen anzustellen oder möglicherweise selbst auf der Szene erscheinen. Wir haben immer noch einige Tage, um uns vorzubereiten.«

»Die Ruhe vor dem Sturm«, murmelte Addels.

Gersen lachte. »Vergessen Sie nicht, wir machen die Pläne, nicht Treesong. Kommen Sie, ich lade Sie zum Mittagessen im *Federwischer* ein, wenn Sie glauben, dass wir in den Speiseraum gelassen werden.

An der Tür der *Existent*-Büros wurde ein Schild angebracht:

### ÖFFENTLICHE BEKANNTMACHUNG

*Personal wird eingestellt. Vorübergehende Hilfe beim Identifikations-Gewinnspiel gesucht. Erwünscht, aber keine Voraussetzung ist, dass Bewerber einen Termin für ein Gespräch vereinbaren.*

Ein Bewerber, der die *Existent*-Büros betrat, fand sich in einem durch ein Pult geteiltes Vorzimmer wieder. Zur Linken befand sich eine Tür mit einer Mitteilung:

GEWINNSPIEL-BEARBEITUNGSZIMMER
NUR FÜR AUTORISIERTES PERSONAL

Auf der Tür zur Rechten stand:

— REDAKTIONSBÜROS —

Am Pult würde der Bewerber auf Frau Millicent Ench treffen, eine flotte dunkelhaarige Dame mittleren Alters, die unabänderlich, Tag für Tag, einen langen schwarzen Rock, eine hellblaue Bluse mit roter Schärpe, eine Kappe mit einem roten Schirm und glänzend schwarze Schuhe, die bis über die Knöchel geschnürt waren, trug. Frau Ench führte einen Überprüfungsprozess durch und wies jene Bewerber ab, die offenkundig ungeeignet waren. Andere schickte sie in das benachbarte Zimmer, wo sie, unter den Augen des Personalleiters, ein Bewerbungsformular ausfüllten. Dieser war Herr Henry Lucas, der sich, seiner Kleidung zufolge, für einen Patrizier von kultiviertester Vornehmheit hielt. Seine Gesichtszüge waren gutwillig, wenn auch ein wenig hart; sein Mund war breit, dünn und schief. Schwarze Ringellocken waren sorgfältig über die Stirn und die teigig-bleichen Wangen arrangiert.

Nach dem ein oder anderen beiläufigen Wort mit den Bewerbern hieß Henry Lucas sie in Kabinen hinten im Raum Platz nehmen und bat sie, einen Fragebogen auszufüllen. Die Kabinen und Schreibtische waren offensichtlich Improvisationen und für diese Gelegenheit grob zusammengebaut worden. Eigentlich verbargen und tarnten sie außergewöhnlich empfindliche Sensoren und Stress-Messer, die jedes kleine Zittern des Bewerbers, jedes Augenflackern, jede Veränderung des Blutdrucks, jeden Wechsel des Gehirnwellenmusters aufzeichneten. Nach einem

Abgleich wurden die Ergebnisse als farbige Lichter und bunte Markierungen auf einem Faksimile des Fragebogens auf Gersens Schreibtisch angezeigt.

Gersen hatte den Fragebogen sorgfältig zusammengestellt, um zu erreichen, dass die Antworten und die damit einhergehenden Reaktionen ein Maximum an Informationen lieferten, selbst wenn die Fragen als solche harmlos erschienen.

Die ersten Fragen waren geradeheraus, um normale Bedingungen zu schaffen und die Apparatur zu kalibrieren.

Name: _____ Geschlecht: _____ Alter: _____
Gewünschte Anstellung: _____
Örtliche Adresse: _____
Geburtsort: _____
Namen der Eltern:
   Vater: _____ Adresse: _____
   Mutter: _____ Adresse: _____
Beruf des Vaters: _____ Der Mutter: _____
Geburtsort des Vaters: _____ Der Mutter: _____

Die nächste Fragengruppe, so schätzte Gersen, würde jemand anderen als einen legitimen Bewerber einem etwas höheren Stress aussetzen.

Örtliche Adresse seit wann: _____
Örtliche Referenzen (Geben Sie zumindest zwei an. Diese Personen könnten in Hinsicht auf Ihren Charakter und Ihre Befähigung konsultiert werden.):
1. _____
2. _____
3. _____

Vorherige Adresse, falls vorhanden: _____
Geben Sie zumindest zwei Personen an, die Sie unter dieser Adresse gekannt haben. (Sie könnten konsultiert werden.):
1. _____

2. _____

3. _____

Ihre Adresse vor oben angegebener, falls vorhanden: _____
Geben Sie zumindest zwei Personen an, die Sie unter dieser Adresse gekannt
haben.

1. _____

2. _____

3. _____

Bemerkung: Sie werden verstehen, dass *Existent* die Integrität seines
Personals unter diesen Umständen sorgfältig sicherstellen muss.

Die folgenden Fragen sollten maximalen Stress auf jede Person
ausüben, die auf Täuschung aus war.

Falls nicht ortsansässig, weshalb sind Sie nach Pontefract gekommen? (Geben
Sie spezifische Gründe an. Keine Verallgemeinerungen.):

_____

_____

_____

Gewinnspiel-Personal muss notwendigerweise unvoreingenommen sein.
Studieren Sie die hier gezeigte Fotografie, die den Teilnehmern vorgelegt
wurde. Kennen oder erkennen Sie jemanden darauf? Schreiben Sie eine »o« in
die Kästchen der Personen, die Sie NICHT kennen. Füllen Sie mit festem Strich
die Kästchen der Personen aus, DIE SIE KENNEN.

| 1 | 2 | 3 | 4 | 5 | 6 | 7 | 8 | 9 | 10 |
| □ | □ | □ | □ | □ | □ | □ | □ | □ | □ |

(Lesen Sie von links unten Mitte im Uhrzeigersinn.)
Welches ist ihr/sein Name?

_____

_____

_____

_____

(Geben Sie die Namen mit den entsprechenden Nummern an.)
Welches sind die Umstände Ihrer Bekanntschaft? (Bitte um genaue
Schilderung.): _____

_____

_____

_____

Falls es zu einem Beschäftigungsverhältnis kommt, wann können Sie die
Stelle antreten?

_____

Kurz darauf präsentierten sich Bewerber auf die Stelle im
Büro: Studenten des Sankt-Griegands-Seminars und der Kelti-
schen Akademie, ebenso viele Frauen im mittleren Alter, die über
ausreichende Freizeit verfügten. Gersen verwendete bei jedem
Bewerber rigoros die Sensoren, um den Mechanismus zu justieren
und die Genauigkeit seiner Methode sicherzustellen. Von einigen
wenigen Schwankungen und bedeutungslosen Ausnahmen abge-
sehen, bescheinigte sein System farbiger Zeichen die Arglosigkeit
eines jeden Bewerbers. Aus diesen wählte Frau Ench, welche
die Beurteilungsprozedur ebenfalls beaufsichtigte, eine Gruppe,
welche die beginnende Flut der Einsendungen bearbeiten sollte.
Jeder Umschlag durchlief bei Eintreffen im Büro einen Zähler, um
die Reihenfolge des Empfangs zu verzeichnen.

Gersen selbst öffnete und musterte eine Anzahl von Einsendungen, fand jedoch eine große Vielfalt von Antworten vor, die
jegliche Übereinstimmung vermissen ließen.

Am Nachmittag eines ungewöhnlich sonnigen Tages kehrte
Gersen vom Mittagessen zurück und traf unter den Bewerbern ein
schlankes, zierliches, rothaariges Mädchen, an dem er, aus zumindest zwei Gründen, unmittelbares Interesse fasste. Zunächst
einmal war sie sehr hübsch, auf eine Art, hart am Rande der
Unkonventionalität. Ihr Gesicht, recht breit an Stirn und Wan-
genknochen, verlief schräg zu flachen Wangen und mündete in
einem schmalen Kinn und einem geschwungenen rosigen Mund,

der selbst in bewegungslosem Zustand faszinierende Möglichkeiten auszudrücken schien. Die graublauen Augen, unter dunklen
Wimpern, waren klar und direkt. Sie war vielleicht etwas kleiner
als der Durchschnitt, aber aus offensichtlich dauerhaftem Material
gemacht; sie besaß eine ansehnliche Sonnenbräune, als verbrächte
sie viel ihrer Zeit draußen. Sie hätte eine von den Studentinnen
der örtlichen Institutionen sein können, doch Gersen glaubte es
nicht. Zuerst bemerkte er sie durch sein Fenster, wie sie auf der
anderen Seite der Straße stand: in blassgrauer Hose, mit schwarzer
Schärpe und einem blassgrauen Umhang, ganz und gar nicht in der
lokalen Mode ... Einen Moment stand sie mit trübem Ausdruck
im Gesicht da, dann spannte sie die Schultern und überquerte,
außerhalb von Gersens Sichtbereich, die Straße. Einen oder zwei
Augenblicke später ließ Frau Ench sie in Gersens Büro ein.

Dieser warf ihr einen kurzen Blick zu. Der trübe Ausdruck
war verschwunden; nun erschien sie gelassen – und dies war der
zweite Grund für Gersens Interesse. Es gab noch einen dritten
Aspekt, der aus seinem Unterbewusstsein aufstieg, und möglicherweise der wichtigste von allen war.

Sie sprach in einem angenehmen, heiseren Ton mit einer Spur
eines Akzentes, den Gersen nicht identifizieren konnte. »Mein
Herr, Sie bieten eine Stelle an?«

»Für dafür qualifizierte Personen«, sagte Gersen. »Ich nehme
an, Sie kennen das *Existent*-Gewinnspiel?«

»Ich habe davon gehört.«

»Wir benötigen Angestellte für eine befristete Zeit, die bei
dem Gewinnspiel helfen, und stellen außerdem Personal ohne
Befristung ein.«

Sie dachte über die Bemerkungen nach. Gersen fragte sich,
ob ihre Arglosigkeit echt war oder höchst sorgfältig arrangiert.
Er achtete darauf, seine halb flotte, halb hochnäsige Formalität
zu akzentuieren. Sie unterbreitete einen höflichen Vorschlag:
»Vielleicht könnte ich als Gewinnspiel-Angestellte anfangen und
anschließend, wenn ich es gut mache, könnten Sie mich für eine
unbefristete Stelle in Betracht ziehen.«

»Das ist gewiss möglich. Ich will Sie bitten, dieses Formular auszufüllen, das selbsterklärend ist. Bitte beantworten Sie alle Fragen.«

Sie blickte auf den Fragebogen und stieß einen leisen, gemurmelten Laut aus. »So viele Fragen?«

»Wir halten sie für notwendig.«

»Erheben Sie all das bei jedem, den Sie einstellen?«

Gersen sprach mit flacher Stimme: »Eine große Menge Geldes ist mit dem Gewinnspiel verbunden. Wir müssen sicherstellen, dass unser Personal absolut ehrlich ist.«

»Ich verstehe.« Sie nahm das Formular und ging zur Kabine.

Gersen, der vorgab sich mit Schreibarbeiten zu beschäftigen, berührte einen Schalter und beobachtete auf zwei Schreibtischbildschirmen, wie das rothaarige Mädchen den Fragebogen ausfüllte. Links erschien ihr Gesicht, rechts der Fragebogen und die farbigen Lichter, welche den Befund der Stress-Detektoren anzeigten.

Sie hatte mit dem Ausfüllen angefangen.

*Name:* Alice Wroke
*Geschlecht:* weiblich

Die Frage zum Geschlecht und ihre Beantwortung bestätigten einen selbstverständlichen Zustand und kalibrierten die Instrumente auf grundlegender Ebene. Es war durchaus denkbar, wie im Falle eines als Frau verkleideten Mannes, dass die Frage Stress erzeugte und damit die Interpretation jeder anderen Anzeige beeinträchtigte. Zusätzlich zu den Farblichtanzeigen zeichnete ein Diagramm Antworten in Begriffen absoluter Einheiten auf. So konnten anomale Antworten identifiziert werden. Konkret hatten die farbkodierten Messwerte verlässliche Informationen geliefert. Blaue Lichter zeigten nun an, dass Alice Wroke wahrheitsgemäß ihren Namen und ihr Geschlecht angegeben hatte, obwohl das Licht, bevor sie ihren Namen geschrieben hatte, für einen Augenblick rosa aufgeflackert war, als überlege sie, einen falschen Namen zu verwenden. Die Warnungen seines Unterbewusstseins

waren offenbar gerechtfertigt. Überraschend! Er hatte auf einen
Infiltrationsversuch von *Existent* seitens Treesongs gehofft, aber
dass es jemand wie Alice Wroke sein könnte, kam völlig unerwartet. Gersen verspürte eine Woge primitiver Erregung. Das Spiel
hatte begonnen. Mit beschleunigtem Puls beobachtete er, wie
Alice Wroke Antworten auf die von ihm formulierten Fragen
niederschrieb.

*Alter:*   20*

Ein deutliches blaues Licht: keine Heuchelei.

*Gewünschte Anstellung:*

Hier zögerte Alice. Die Farbe, die von blau zu blau-grün flackerte, zeigte eher Unentschlossenheit als Stress an. Sie schrieb:

> Bürotätigkeit oder journalistische Arbeit. Ich bin für
> beides qualifiziert.

Als sie den letzten Satz schrieb, zuckte das Blau-grün für einen
Moment ins Grün, als sei sie sich ihrer Qualifikation nicht so
sicher wie sie behauptete ... Sie zögerte immer noch und allmählich wurde das Grün schärfer und immer beißender. Sie fügte zu
ihrer Antwort hinzu:

> Jedenfalls bin ich darauf vorbereitet, in jeder Funktion
> zu arbeiten und tue, was immer von mir verlangt wird.

Als sie über die nächste Frage nachdachte, wechselte die Farbe
zurück zu Blau-grün, was ein erhöhtes Stadium des Bewusstseins
anzeigte.

---

\* In allgemeiner Übereinkunft werden das Alter und nahezu alle
anderen Einheiten der Zeitdauer nach den irdischen Standards
berechnet.

*Örtliche Adresse:*

Die Farbe veränderte sich um kein Jota. Alice schrieb:

St. Diarmids Inn

Es war ein großes kosmopolitisches Hotel im Herzen der Stadt, das von Touristen und Außenwelt-Reisenden frequentiert wurde, beträchtlich weniger prestigeträchtig als das *Federwischer*, aber nicht ohne Rang und gewiss nicht preisgünstig. Alice Wroke schien sich in keiner unmittelbaren Notlage zu befinden.

| | |
|---|---|
| *Geburtsort:* | Blackfords Landing, Terranova, Denebola V |
| *Namen der Eltern:* | |
| *Vater:* | Benjamin Wroke |
| *Adresse:* | Wildinsel |
| *Mutter:* | Eileen Sversen Wroke |
| *Adresse:* | Wildinsel |
| *Beruf des Vaters:* | Ingenieur |
| *Der Mutter:* | Buchhalterin |

Diese Fragen wurden ohne Stress abgeschlossen, außer im Hinblick auf den Beruf des Vaters, bei der das Licht gelb-grün leuchtete.

Nun begannen jene Fragen, die darauf abzielten, Druck auf einen Heuchler auszuüben.

*Örtliche Adresse seit wann:*

Alice hatte diese Frage dadurch entschärft, dass sie ein Durchreise-Hotel als ihren Wohnort angegeben hatte. Dennoch, der Anzeiger wechselte zu Hellgrün, als sie schrieb:

Seit zwei Tagen

*Örtliche Referenzen. Geben Sie zumindest zwei an.*

1. Mahibel Wroke, Den Blawen, Gungoldstraße
2. Sean Paldester, Dingelgasse, Tuorna

Bei diesen Antworten schimmerte der Anzeiger ruhig blau. Die erste war offenbar eine Verwandte, wie vielleicht auch der zweite, der in Tuorna lebte, einer nahe gelegenen Stadt.

*Vorherige Adresse, falls vorhanden:*

Das Blau erhellte sich zu Grün, blitzte für einen Moment ins Gelb hinein. Gersen beobachtete Alices Gesicht, sah wie sie die Lippen zusammenpresste und sich dann mit entschlossenem Ausdruck nach vorn beugte; gleichzeitig pendelte der Anzeiger durch Grün in Richtung Blau zurück. Sie schrieb:

Wildinsel, Cytherea Tempestre

Die Referenzen waren:

1. Jason Bone, Wildinsel
2. Jade Channifer, Wildinsel

Auf die nächste Frage, die Informationen über die vorherige Adresse verlangte, antwortete sie ohne Anspannung:

1012–792te Avenue, Blackfords Landing, Terranova, Denebola V

Als Referenzen gab sie an:

1. Dain Audenave, 1692-753te Avenue
2. Willow Tarras, 1941-777te Avenue

Die folgenden Fragen waren jene, die entworfen worden waren, um maximalen Druck zu erzeugen.

*Falls nicht ortsansässig, weshalb sind Sie nach Pontefract gekommen?*

Als Alice die Frage studierte, glühte der Anzeiger gelb und flackerte orange. Ihre Anspannung wich … Der Anzeiger kehrte ins Grün zurück. Sie schrieb:

Um mir eine Anstellung zu suchen

Als Alice die Seite umblätterte, entdeckte sie die Gewinnspiel-Fotografie und die Frage:

*Kennen oder erkennen Sie irgendeine der hier aufgenommenen Personen?*

Das Anzeigelicht glühte gelb, dann orange. Sie überlegte einen Augenblick und die Farbe wurde gelb-grün. Kurz danach füllte sie alle Kästchen mit Nullen aus. Bei Kästchen 6 glühte das Licht rosa. Rasch blätterte sie weiter, um zu vermeiden auf die Fotografie zu sehen, und ihre Anspannung ebbte langsam ab ins Grün.

*Welches ist ihr/sein Name?*

Das Licht glühte zinnoberrot. Alice beantwortete die Frage mit einem Strich.

*Welches sind die Umstände Ihrer Bekanntschaft?*

Das Licht glühte rot. Alice antwortete mit einem zweiten Strich.

*Falls es zu einem Beschäftigungsverhältnis kommt, wann können Sie die Stelle antreten?*

Das Licht kühlte schnell bis zum Grün und Grünlich-Blau ab, wie vor Erleichterung.

Sofort

Der Fragebogen war nun vollständig. Als Alice ihn sich noch einmal durchlas, beobachtete Gersen ihr Gesicht. Dieses schlanke rothaarige Mädchen war das Instrument von Howard Alan Treesong. Es war durchaus möglich, dass sie ihn unter anderem Namen kannte, in diesem Fall mochte sie seinen Ruf kennen oder auch nicht. Zu gehöriger Zeit würde die Wahrheit ans Licht kommen ... Gersen erhob sich und schlenderte durch den Raum. Sie blickte mit einem unsicheren Lächeln auf. »Ich bin gerade fertig geworden.«

Gersen blickte auf die Antworten. »Das scheint in Ordnung zu sein ... Sie stammen ursprünglich von Terranova, wie es aussieht.«

»Ja. Meine Familie ist vor fünf Jahren in den Virgo gezogen. Mein Vater ist – nun, Berater auf Wildinsel. Sind Sie jemals dort gewesen?«

»Nein. Ich habe gehört, es sei eine ganz andere Umgebung als hier.« Gersen richtete es ein, in einem Ton müder Missbilligung zu sprechen.

Alice erfasste ihn mit einem Blick, ausdruckslos, bis auf ein Aufflackern von Verwunderung. Ohne Intonation erwiderte sie. »Ja. Es ist eine Art Traumland, nicht ganz und gar wirklich.«

»Aus müßiger Neugierde: Weshalb sind Sie von dort weggegangen?«

Alice zuckte mit den Achseln. »Ich wollte reisen und etwas von anderen Welten sehen.«

»Haben Sie vor zurückzukehren?«

»Ich weiß es selbst noch nicht. Im Augenblick bin ich nur daran interessiert, für *Existent* zu arbeiten. Ich wollte immer schon Journalistin sein.«

Gersen schritt langsam, mit den Händen hinter dem Rücken, vor und zurück, eine Gestalt von wichtigtuerischer Eleganz. »Erlauben Sie mir einen Augenblick, mich mit Frau Ench zu beraten. Ich will herausfinden, welche Stellen offen sind.«

»Gewiss, mein Herr.«

Gersen wanderte durch den Gewinnspiel-Raum dorthin, wo ein Dutzend Angestellte große Stapel von Gewinnspieleinsendungen bearbeiteten. Er prüfte den Computerausdruck. Bereits dreizehn Personen hatten Nummer sieben als John Gray identifiziert und zehn kannten Nummer fünf als Sabor Vidol: Identifikationen, die gut und gern als sicher gelten konnten. Der große hagere Mann mit der Denkerstirn und dem fuchsartigen Kinn war unter einer Vielfalt von Namen bekannt: Bentley Strange, Fred Framp, Kyril Kyster, Herr Wharfish, Silas Sparkhammer, Arthur Artleby, Wilton Freebus und einem Dutzend mehr.

Gersen kehrte zu seinem Büro zurück. Alice Wroke hatte sich auf einen Stuhl nahe am Schreibtisch gesetzt. Gersen hielt inne, um sie anzuschauen, den angenehmen Einklang zwischen den orangeroten Locken und der dunklen elfenbeinfarben-braunen Haut zu bewundern. Sie lächelte. »Warum mustern Sie mich so?«

Gersen sprach in seinem wichtigtuerischsten und nasalsten Ton. »Wenn nichts anderes, Fräulein Wroke, so sind Sie in der Tat eine höchst dekorative Dame. Doch bitte ich Sie, sollten Sie sich entschließen die Stelle anzutreten, sich etwas gesetzter zu kleiden.«

»Dann werde ich eingestellt?«

»Heute Abend werden wir Ihre Referenzen überprüfen und ich bin sicher, dass sie meine vorteilhafte Meinung von Ihnen bestätigen werden; ich schlage vor, Sie melden sich morgen früh beim zweiten Gong zur Arbeit.«

»Haben Sie vielen Dank, Herr Lucas!« Alices Lächeln barg keine großen Gefühlsregungen. Wenn überhaupt, erschien sie angespannt und entmutigt. »Wo werde ich arbeiten?«

»Im Augenblick ist Frau Ench ausreichend mit Personal eingedeckt, aber ich benötige eine Assistentin, die das Büro führt, wenn

ich nicht da bin. Ich glaube, Sie sind ausreichend befähigt, diesen
Posten auszufüllen.«

»Vielen Dank, Herr Lucas!« Alice erhob sich. Sie bedachte
Gersen mit einem Blick über die Schulter, der kokett, spröde, verwirrt, bekümmert und ängstlich zu gleichen Teilen war.

Sie verließ das Büro. Gersen blickte ihr nach. Eigenartig, sehr
eigenartig.

# KAPITEL IV

Ein ehemaliger Kollege erinnert sich an Howard Alan Treesong, der damals, als sie gemeinsam in der Fabrik der Elite Süßigkeiten-Gesellschaft in Philadelphia gearbeitet haben, etwa achtzehn Jahre alt gewesen ist.

Er war rast- und ruhelos und unvorhersehbar, wie eine Pfütze Quecksilber auf einem Tisch, aber ich bin immer gut mit ihm ausgekommen. Er schien sanftmütig und vernünftig zu sein. Sicherlich war er clever und amüsant und besaß eine Neigung zu wilden Streichen. Zuweilen trieb er den Unfug zu weit – viel zu weit. Eines Tages brachte er eine Schachtel toter Insekten mit – Küchenschaben, Hummeln, Käfer – und präparierte eine Schachtel Pralinen – jede der Leckereien erhielt einen großen Käfer. Er stellte sie zur Auslieferung bereit und sagte mit entrücktem Ausdruck zu mir: »Ich frage mich, wer meine kleine Überraschung erhalten wird.«

Doch dies war es nicht, weswegen er gefeuert wurde. Es gab eine törichte alte Dame, die Fette Aggie genannt wurde und immer hochhackige schwarze Schuhe trug, die sie auszog, wenn sie sich an die Arbeit setzte. Howard stahl die Schuhe und füllte sie randvoll – den einen mit Erdnussglasur und den anderen mit unserem besten Sirup Toffee-Gaumenfreude, dann stellte er sie zurück unter Aggies Stuhl.

Dieser Streich kostete Howard seine Stelle. Ich habe ihn danach nie wieder gesehen.

～

Am Morgen erschien Alice Wroke in den *Existent*-Büros und trug einen Rock und ein Jackett aus weichem blauem

Stoff, das sich liebevoll an ihre schlanken Hüften klammerte. Ein schwarzes Band hielt das orangefarbene Haar zurück. Wie sie durch die alte schwarze Holztür trat, bot sie ein atemberaubendes Bild. Sie war intelligent genug, dies auch zu wissen, dessen war sich Gersen sicher. Die Kleidung war kaum so konservativ, wie er angedeutet hatte, aber er beschloss, die Angelegenheit auf sich beruhen zu lassen. Er gewann nichts, wenn er seine Rolle als pompöse Vogelscheuche übertrieb. Alice Wroke, die nicht nur intelligent, sondern auch einfühlsam zu sein schien, mochte sich nicht täuschen lassen.

»Guten Morgen, Herr Lucas«, sagte Alice in sanftem Ton. »Was möchten Sie, dass ich tue?«

An diesem Morgen hatte der Kammerdiener für Gersen eine graue Hose mit lavendelfarbenen Nadelstreifen, einen an den Schultern gerafften und den Hüften geblähten schwarzen Gehrock mit weißem Hemd mit hohem Kragen sowie einer schwarz-lavendelfarben gestreiften Krawatte bereitgelegt. Der Hauptportier hatte dem einen schwarzen Hut mit geckenhaft seitwärts abfallender Krempe und purpurrotem Band hinzugefügt. In diesem Kostüm fühlte Gersen sich verkrampft und eingezwängt; er musste nur die Schultern hochziehen, um den Rock der Länge nach am Rücken aufzureißen. Sein Unbehagen und sein Verdruss, zusammen mit der Anforderung, sein Kinn hoch über dem steifen Kragen zu tragen, zwangen ihm eine Haltung auf, die leicht als hochnäsige Verachtung gegenüber den Bürgerlichen interpretiert werden konnte, mit denen umzugehen er gezwungen war. Nun, sei's drum, dachte Gersen. Er sagte, in einem Ton, der zu seinem Kostüm passte: »Fräulein Wroke! Ich habe mich mit Frau Ench beraten und Sie werden mir zumindest zeitweise in der Eigenschaft einer Privatsekretärin assistieren. Ich habe mehr Schreibarbeit, als ich zu bewältigen bereit bin, und, wenn ich so sagen darf, Sie bringen einen farbigen Akzent in ein ansonsten tristes Büro.«

Alice Wroke schnitt unwillkürliche eine verdrießliche Grimasse, was Gersen amüsierte. Eine höchst sonderbare Situation. Alice Wroke, wenn sie denn vertraulich mit Howard Alan Treesong verbunden war, musste eigentlich eine böse Frau sein. Schwer zu glauben ... Gersen erfand Arbeit, um Alice beschäftigt zu halten und ging hinaus, um tabellarische Aufstellungen zu überprüfen.

Die eintreffende Post füllte bereits einen ganzen Behälter. Sechs Angestellte öffneten die Einsendungen, kontrollierten den Inhalt und gaben die Informationen in ein Verarbeitungsgerät ein. Gersen ging zum Leseschirm am Ende des Raumes, den zu verwenden nur er und Frau Ench berechtigt waren. Er berührte einen Knopf, um die tabellarische Aufstellung zu aktualisieren.

Neunzehn Personen hatten Nummer 7 mittlerweile als John Gray, von Vier Winden auf Alphanor, identifiziert; seine Identität konnte als sicher betrachtet werden. Das konnte für Nummer 5, Sabor Vidol, aus London, Erde, Nummer 1, Sharrod Yest, von Nova Baktria und Nummer 9, A. Gieselman, von Lange Parade, Espandenzia, Algenib IX, gesagt werden. Nummer 6 war in der Ökumene weit und breit unter einer Vielfalt von Namen bekannt: Kyril Kyster, Timothy Trimmons, Bentley Strange, Fred Framp, Silas Sparkhammer, Wilson Wharfish, Oberon. Nummer 4 wurde zwei Mal als Ian Bilfred, vom technischen Institut Pallas, in Pallas, Alcyone, benannt. Gersen kehrte zu seinem Büro zurück. Als er durch die Tür trat, dachte er daran, wieder seine Rolle als Henry Lucas anzunehmen.

Während seiner Abwesenheit hatte Alice ihre Taktik überdacht. Um diesen zu fein gekleideten Dummerjan besser manipulieren zu können, wollte sie es nun mit forsch-fröhlicher Freundlichkeit, vielleicht sogar mit ein wenig Flirten versuchen. Nun gut, dachte Gersen. Weshalb nicht?

»Ich frage mich, ob ich einen Ihrer Artikel gelesen habe, Herr Lucas. Ihr Name klingt mir sehr vertraut.«

»Möglich, Fräulein Wroke, sehr gut möglich.«

»Haben Sie Spezialgebiete, über die Sie schreiben?«

»Verbrechen. Laster. Furchtbare Taten.«

Alice blickte ihn entsetzt an. »Wirklich?«

Gersen wurde gewahr, dass er für einen Moment seine Maske hatte fallen lassen. Er vollführte eine lustige Gebärde. »Jemand

muss über solche Dinge schreiben. Wie sonst sollte die Öffentlichkeit davon erfahren?«

»Aber Sie wirken kaum wie jemand von der Sorte, die Interesse
an solchen Dingen hat.«

»Oh? Welche Themen würden Sie für mich als angemessen
erachten?«

Wieder wandte Alice ihm einen Blick wachsamer Spekula-
tion zu. »Zivilisierte Dinge«, erwiderte sie heiter. »Die besten
Restaurants, zum Beispiel. Oder die Weine der Erde. Oder Lilien-
milch* oder Si-Shi-Shim-Tänze.«

Gersen schüttelte bekümmert den Kopf. »Das sind nicht meine
Gebiete. Was ist mit Ihnen?«

»Oh! Ich bin auf keinem Gebiet eine Expertin.«

»Diese Si-Shi-Shim-Tänze, worum handelt es sich dabei?«

»Nun – man braucht dazu die geeignete Musik. Gongs, Wasser-
flöten, eine Kurdaitsy – das ist ein recht widerwärtiges dressiertes
Tier, das quiekt, wenn man es am Schwanz zieht. Die Kostüme
bestehen überwiegend aus federbesetzten Fußringen, aber weder
die Tänzer noch das Publikum scheinen etwas dagegen zu haben.
Tatsächlich kann ich nicht allzu gut tanzen, wenn überhaupt.«

»Ach kommen Sie, ich bin sicher, Sie sind allzu bescheiden.
Wie geht es?«

»Bitte, Herr Lucas. Angenommen, es schaut jemand ins Büro
und sieht mich umherwirbeln, was würde er denken?«

»Genau«, sagte Gersen. »Wir müssen ein Beispiel für Anstand
sein. Wenigstens während der Arbeitszeit. Wo wohnen Sie jetzt?«

»Immer noch im *St. Diarmids*.« Alice Wrokes Erwiderung war
wachsam und kühl.

»Sie sind alleine hier? Das heißt, Sie haben keine hiesigen
Freunde oder Verwandten?«

»Ich bin ganz allein, Herr Lucas. Warum fragen Sie?«

»Pure Neugierde, Fräulein Wroke. Ich hoffe, ich habe Sie nicht
gekränkt?«

---

* Eine kostbare Keramikware, die entlang der Susimara-Inseln des
  Gelbe-Sonne-Planeten hergestellt wird.

Alice zuckte duldsam mit den Achseln und widmete sich wieder ihrer Arbeit, die Gersen mit einiger Mühe für sie ersonnen hatte.

Mittags fuhr der Gastronomie-Lieferwagen vor dem Gebäude vor. Das Mittagessen wurde Frau Ench und ihren Angestellten in einem kleinen Refektorium serviert; Gersen und Alice Wroke erhielten es in Gersens Büro.

Alice drückte ihre Überraschung über das Arrangement aus. »Warum essen wir nicht alle zusammen? Ich bin neugierig, wie das Gewinnspiel verläuft.«

Gersen schüttelte gebieterisch den Kopf. »Das ist nicht möglich. Meine Vorgesetzten verlangen ein Maximum an Sicherheit, insbesondere in Hinsicht auf das Gerücht.«

»Gerücht? Was für ein Gerücht?«

»Ein berüchtigter Krimineller habe ein Interesse für das Gewinnspiel entwickelt: Das ist das Gerücht. Ich persönlich bin skeptisch. Dennoch, wer weiß? Wir haben sogar Schlafmöglichkeiten für unsere Angestellten hier vorbereitet; sie werden das Gebäude nicht verlassen, bevor ein Gewinner bekannt gegeben worden ist.«

»Das erscheint mir etwas übertrieben«, meinte Alice. »Wer ist der berüchtigte Kriminelle?«

»Es ist absoluter Quatsch«, erklärte Gersen hochtrabend. »Ich weigere mich, einen solchen Unsinn zu verbreiten!«

Alice wurde hochnäsig. »Ich bin eigentlich gar nicht daran interessiert.« Und während des Mittagessens zog sie sich in sich selbst zurück und warf Gersen von Zeit zu Zeit unergründliche Blicke zu.

Nach dem Essen erfand Gersen weitere Arbeit für Alice, anschließend setzte er sich vorsichtig den schrägkrempigen Hut auf den Kopf. »Ich werde für etwa eine Stunde fort sein.«

»Gut, Herr Lucas.«

Gersen ging zum Federwischer-Hotel. Von seinem Zimmer aus rief er im St. Diarmids Inn an. »Fräulein Alice Wroke, bitte.«

Nach einer Pause erwiderte die Empfangsdame: »Fräulein Wroke ist gegenwärtig nicht im Hotel, mein Herr.«

»Ich glaube, sie wohnt in Zimmer 262?«

»Nein, mein Herr, Zimmer 441.«

»Ist irgendein anderes Mitglied ihrer Gruppe auf dem Zimmer?«

»Sie ist allein, mein Herr. Wollen Sie eine Nachricht hinterlassen?«

»Nein, es ist nichts Wichtiges.«

»Vielen Dank, mein Herr!«

Gersen suchte einige Ausrüstungsgegenstände zusammen und packte sie in ein Etui. Um Schwierigkeiten am Empfangspult vorzubeugen, zog er Nachmittagskleidung an, dann verließ er das Hotel.

Zu dieser Tageszeit, der nachmittäglichen Teepause, waren die feuchten alten Straßen von Pontefract mit Männern in braunen und schwarzen Anzügen mit geblähten Beinkleidern und drallen Frauen mit rosigen Gesichtern in voluminösen, gemusterten Röcken und schwarzen Umhängen bevölkert. Gersen erreichte bald das *St. Diarmids* Inn. Er trat ein und musterte die Lobby, entdeckte jedoch nichts, was ihm wichtig erschien.

Er näherte sich dem Empfangsschalter und gab vor, Berechnungen auf einem Blatt Papier anzustellen. Die Angestellte schaute einen Augenblick lang zu, dann trat sie an ihn heran. »Mein Herr, darf ich Ihnen behilflich sein?«

Gersen schrieb verschiedene Zahlen auf das Papier, während die Angestellte verblüfft zuschaute. »Ich brauche für etliche Tage oder eine Woche ein Zimmer, für den Numerologenkongress. Mathematische Vibrationen deuten auf Nummer 441 und ich will dieses Zimmer mieten.« Gersen legte eine SVE auf den Schalter. Die Angestellte beeilte sich, einen Leseschirm zurate zu ziehen.

»Schade, mein Herr! Das Zimmer ist bereits vermietet.«

»Dann muss ich entweder 440 oder 442 haben.«

»Ich kann Ihnen mit Zimmer 442 dienen, mein Herr.«

»Das wäre gut. Ich bin Aldo Brise.«

Als Gersen Zimmer 442 erreichte, ging er zur Wand und platzierte ein Mikrofon auf die Verschalung. Aus 441 kam kein Geräusch.

In der Ecke ließ er sich auf die Knie nieder, bohrte ein winziges Loch und steckte einen nahezu unsichtbaren Tonabnehmer hinein. Er schloss ein Aufzeichnungsgerät an, welches er dann an das Telefon koppelte. Er steckte das Aufzeichnungsgerät in eine Schublade, öffnete die Schaltung, führte Tests durch und verließ das Hotel.

Er kehrte zum Büro zurück, betrat es, stolzierte durch den Raum und legte sorgfältig den Hut ab, indem er ihn auf einem Reck platzierte. Dann bedachte er Alice mit einem gemessenen Nicken, auf welches sie mit einem spröden Murmeln und einem stillen Seitenblick unter den langen dunklen Wimpern hervor reagierte. Gersen ließ sich mit einem Grunzen am Schreibtisch nieder und blieb fünf Minuten stirnrunzelnd ins Leere starrend sitzen, als sei er tief in Gedanken versunken. Dann erhob er sich, ging hinaus in die Passage und gelangte so in den Arbeitsraum.

Die Angestellten waren emsig bei der Arbeit. Gersen überflog die gegenwärtigen Auflistungen auf dem Verarbeitungsapparat. Die Identifikation aller Abgebildeten, bis auf einen, konnte nun als abgeschlossen gelten. Nur Nummer 6 war unter einer Vielfalt von Namen bekannt. Bis jetzt hatte noch niemand den Namen »Howard Alan Treesong« genannt.

Gersen ging zurück zu seinem Büro. Alice blickte von ihrem Schreibtisch auf. »Wie verläuft das Gewinnspiel?«

»Extrem gut, von einem verkaufsfördernden Standpunkt aus gesehen. Die Antworten übertreffen unsere Hochrechnungen um siebzehn Prozent.«

»Aber niemand hat den großen Preis gewonnen?«

»Noch nicht.«

»Warum haben Sie diese besondere Fotografie verwendet?«

Gersen ging zu seinem Schreibtisch und nahm mit der Gemessenheit eines Richters Platz. Er sprach in seinem nasalen Ton: »Ich habe es nicht für geboten gehalten, danach zu fragen.«

Alice zog die Mundwinkel ein, sagte jedoch nichts.

Nach einem Augenblick legte Gersen die Fingerspitzen gegeneinander. »Ich denke, ich kann Sie darüber in Kenntnis setzen, in absoluter Vertraulichkeit natürlich, dass alle Abgebildeten, außer einem, richtig identifiziert wurden.«

Alice zuckte gleichgültig mit den Schultern. »So interessiert bin ich nun auch nicht, Herr Lucas.«

»Kommen Sie«, entgegnete Gersen stark spöttisch, »fühlen Sie sich nicht vor den Kopf gestoßen. Ich glaube, Sie haben erwähnt, dass Cytherea Tempestre Ihre Heimat ist?«

»Schon seit einigen Jahren, ja«

»Ich habe gehört, dass sich die Leute auf Cytherea höchst informell verhalten.«

Alice überlegte. »Ich bin mir nicht sicher, was Sie mit ›informell‹ meinen.«

»Gibt es nicht häufig – lassen Sie uns sagen – einiges an Ausschweifungen?«

»Ja, das ist gelegentlich der Fall. Touristen führen sich schlecht auf, wenn sie von zu Hause fort sind. Einige der schlimmsten Übeltäter kommen aus Pontefract.«

Gersen lachte. Alice, die ihn von der Seite aus beobachtete, dachte: Der Idiot besitzt letzten Endes doch menschliche Züge.

»Haben Sie jemals die Kasinos auf Wildinsel besucht? Mir wurde gesagt, die Leute verspielen große Summen Geldes.«

»Sie können wohl kaum erwarten zu gewinnen.«

Gersen sagte mit durchdringender Schärfe: »Das Geld, welches sie verlieren, füllt die Taschen berüchtigter Krimineller.«

»Das habe ich gehört«, erwiderte Alice. »Mein Vater hat, sozusagen, seine Taschen in den Kasinos gefüllt, aber ich glaube nicht, dass er ein berüchtigter Krimineller ist.«

»Ich hoffe es nicht. Ist er ein Spieler?«

»Im Gegenteil. Er entwirft Spielapparate und justiert sie, sodass sie die Spieler schröpfen. Er findet die Arbeit unterhaltsam. Ich habe ihn sagen hören, dass es ihm an jeglichem Mitleid für die Spieler mangelt. Er hält sie für maßlos, töricht und faul, wenn nicht gar psychotisch.« Alice musterte Gersen mit unschuldigem Ausdruck. »Ich hoffe, Sie sind kein Spieler, Herr Lucas. Ich würde Ihre Gefühle nicht verletzen wollen.«

»Seien Sie beruhigt, Fräulein Wroke. Ich bin weder verletzlich gegenüber beiläufiger Missbilligung noch ein Spieler.«

»In Bezug auf das Gewinnspiel: Wer ist noch nicht korrekt identifiziert worden?«

Gersen sagte gelassen: »Nummer 6.«

»Wann wird das Gewinnspiel zu Ende sein?«

»Ich weiß es nicht.« Gersen blickte auf die Uhr. »Ich habe heute keine weitere Arbeit für Sie, Fräulein Wroke. Sie können gehen, wenn es Ihnen beliebt.«

»Vielen Dank, Herr Lucas!« Alice schlüpfte in ihr Jackett und ging zur Tür. Sie hielt inne und bedachte Gersen mit einem unverbindlichen Lächeln. »Wird es heute Abend noch mehr geben, Herr Lucas?«

»Nein, vielen Dank, Fräulein Wroke! Ich sehe Sie morgen früh.«

Alice verließ das Büro. Gersen ging hinaus in den Gewinnspiel-Raum, blieb stehen und sah den Eingebern zu. Anschließend kehrte er in sein Büro zurück, legte den Mantel beiseite und unterzog Wände, Fenster, Boden, Decke und jeglichen Inhalt des Zimmers einer langsamen und fachmännischen Untersuchung. Für den Fall der Fälle hatte er Aufspürvorrichtungen dabei, um damit die Vibration von Energieflüssen zu messen, doch der Prozess mochte gut und gern Aufmerksamkeit auf seine Wachsamkeit lenken. Oben in einer Zimmerdecke bemerkte er einige Webfäden, die von einer Spinne gewebt sein mochten: etwas, worüber das Augen hinweggleiten würde, ohne es zu bemerken.

Nach fünf Minuten der Überprüfung entschied er, dass das Gespinst tatsächlich die Arbeit einer Spinne war und wischte es fort.

Er setzte sich in den Sessel, öffnete den Kragen, löste die Krawatte und dachte nach. Es war nun später Nachmittag. Gersen ging hinaus in den Arbeitsraum und sah, dass die Spätschicht ihren Dienst angetreten hatte. Er schaute einen Augenblick lang zu, richtete seine Kleidung für die Straße, verließ das Büro und schlenderte durch den kühlen Abendnebel zum *Federwischer*.

Der Türsteher nahm seine Ankunft mit einer ernsten Verbeugung zur Kenntnis. Der Diener eilte vor, um seinen Hut zu
nehmen und ihm die Treppe hinaufzuhelfen, als sei er ein Hun-
dertjähriger.

Gersen ging hinauf zu seinen Zimmern. Er legte den Mantel
beiseite und setzte sich ans Telefon ... Er zögerte mit der Hand
mitten in der Luft. Er stieß ein Schnauben bissiger Heiterkeit aus.
Abhörgeräte im *Federwischer*? Undenkbar!

Um absolut sicherzugehen – schließlich besaßen die Türen
keine Schlösser – überprüfte er die Räumlichkeiten mit einem
Detektor, dessen Spezifikationen er selbst festgelegt hatte.

Der Raum war frei von Spionzellen.

Gersen ging zum Telefon und rief Zimmer 442 im *St. Diarmids
Inn* an.

»Herr Brise ist nicht zugegen«, stellte seine Anrufvorrichtung
fest. »Bitte hinterlassen Sie eine Nachricht.«

Gersen sprach ein Codewort, um das Aufzeichnungsgerät
zu aktivieren. Ein Musikton setzte ihn davon in Kenntnis, dass
etwas aufgezeichnet worden war und gab die Zeit des Empfangs
bekannt: erst vor einer halben Stunde.

Der erste Laut war Alices Stimme. »Herrn Albert Strand, bitte.«

»Vielen Dank, Madame!« Eine institutionelle Stimme, dachte
Gersen. Einen Augenblick später: »Hallo, Alice!«

»Hallo, Herr Sparkhammer! Ich ... «

»Papperlapapp, Alice! Und bah! Denken Sie daran, hier bin
ich der Edle Albert Strand von den Strands aus der Grafschaft
Wambs.«

»Verzeihung. Macht es irgendeinen Unterschied?«

»Wer weiß?« Der Ton war blasiert. »Wir haben es mit cleveren
Leuten zu tun. Nicht, dass wir nicht mit ihnen umgehen könnten,
aber lassen Sie uns unsere Vorteile hegen und pflegen. Kühnheit,
Überzeugungskraft, Schläue, Entschlossenheit! Das sind unsere
Parolen!«

»Vergessen Sie die Furcht nicht«, sagte Alice in einem sanften,
bitteren Ton.

»Und natürlich: Furcht! Also dann, was haben Sie in Erfahrung gebracht?« Dies war eine volle Stimme, unter außerordentlicher, beschwingter Kontrolle. Gersen lauschte mit höchster Aufmerksamkeit.

Alice antwortete mit einem nahezu ausdruckslosen Ton. »Als ich heute Morgen zur Arbeit gekommen bin, sagte Herr Lucas mir, dass ich seine Privatsekretärin sei.«

»Oh, ach du liebe Zeit! Damit hatte ich nicht gerechnet. Also dann, was ist mit Herrn Lucas?«

»Er ist vorsichtig, was die Sicherheit betrifft – und das sehr extrem. Mir ist nicht gestattet, in den Gewinnspiel-Raum zu gehen. Heute habe ich es zweimal versucht, während er fort war, doch Frau Ench hat mich abgewiesen. Ich habe Herrn Lucas gefragt, wie das Gewinnspiel laufe und er hat sich unerträglich aufgeblasen. Er hat gesagt, dass jeder auf dem Bild identifiziert worden sei, außer einem – Nummer sechs. Bisher hat noch niemand den Preis bekommen.«

»Und das ist alles?«

»Ich fürchte. Herr Lucas sagt sehr wenig. Er ist ein alberner, zu fein gekleideter Narr, aber ein recht gerissener Narr, wenn Sie verstehen, was ich meine.«

»Vollkommen. Dennoch, es scheint, dass er Ihrem recht bemerkenswerten Charme gegenüber nicht unzugänglich ist.«

»Tja – ich bin mir nicht sicher.«

»Nun denn, finden Sie es heraus! Wir können keine Zeit verschwenden. Ich habe in nächster Zukunft wichtige Verpflichtungen.«

»Ich werde mein Bestes geben, Herr Strand.« Alice zögerte, dann sagte sie: »Eigentlich haben Sie noch nie genau erklärt, was ich für Sie herausfinden soll.«

»Das habe ich nicht, tatsächlich?« Herrn Strands Stimme wurde kurz, beißend und scharf. »Finden Sie heraus, weshalb dieses besondere Bild verwendet wird! Wann und woher haben sie es bekommen? Es geht etwas vor, etwas im Hintergrund dieses Gewinnspiels, und ich möchte wissen, was.«

Das Gespräch war zu Ende.

❧

Am folgenden Tag erstattete Alice den zweiten Bericht. »Herr Strand?«

»Ich bin hier, Alice.«

»Ich habe Ihnen nicht viel zu erzählen. Heute war es wie gestern. Ich habe versucht, über das Gewinnspiel zu reden, aber Herr Lucas wollte meine Fragen nicht beantworten. Er sitzt nur da und blickt mich an seiner Nase vorbei an.«

»Die Zeit wird kritisch, Alice.« Herr Strand sprach in einem harten, zischenden Ton, der auf eigenartige Weise im Gegensatz zu der wohlklingenden Stimme am Vortag stand. »Ich möchte Resultate. Sie kennen die Umstände.«

Alices Stimme wurde dumpf. »Ich versuche es morgen wieder.«

»Besser, Sie versuchen es mit etwas Effektiverem.«

»Aber ich wüsste nicht, womit. Er ist absolut verschwiegen!«

»Holen Sie ihn sich ins Bett. Es ist schwer verschwiegen zu sein, wenn man keine Sachen anhat.«

»Herr Sparkhammer – ich meine Herr Strand – so kann ich mich nicht aufführen! Ich wüsste gar nicht, wie!«

»Bah, Alice, alle wissen wie!« Herr Strand kicherte, seine Stimme verlor das drohende Schnarren, hob sich in eine höhere Lage und nahm eine lebhafte, kurze, nahezu schrille Qualität an. »Wenn Sie müssen, können Sie – und Sie müssen!«

»Herr Strand, wirklich, ich kann nicht ... «

»Alice, Sie machen eine solche Affäre aus dem Ganzen! Es ist höchst einfach. Sie lächeln ihn an, er führt Sie zum Abendessen aus. Eins führt zum anderen und nicht lange und ihr findet euch ohne Sachen wieder. Herr Lucas keucht wie ein gestrandeter Schellfisch. Sie beginnen zu flennen. ›Meine teure Alice!‹ ruft Herr Lucas. ›Weshalb diese Tränen, in diesem leidenschaftlichen Augenblick?‹

›Weil ich, Herr Lucas, traurig bin und Angst habe. Sie spielen nur mit mir, nicht wahr?‹

›Nicht doch, Alice! Ich glühe vor Leidenschaft, weißt du das nicht? Der Gedanke an deine orangefarbenen Locken auf diesem weißen Kissen dort drüben lässt mich erzittern! Spüre meinen Puls! »Spielen«? Niemals! Ich meine es todernst!‹

›Aber du behandelst mich wie eine Außenseiterin! Weshalb kannst du deine Achtung für mich nicht zeigen?‹

›Ich bin bereit und begierig darauf, es zu tun!‹

›Nicht auf diese Weise. Ich möchte dein volles Vertrauen und deine Wertschätzung. Zum Beispiel, wenn ich ein natürliches Interesse an Büroangelegenheiten zeige, wie am Gewinnspiel, dann wendest du den Kopf ab. Deshalb bin ich traurig.‹

›Hrrumpf, harra – ich würde nicht wollen, dass eine so belanglose Angelegenheit zwischen uns steht. Morgen im Büro …‹

›Nein, Henry, du könntest wieder kühl sein. Du musst es mir jetzt sagen, um deine Treue zu beweisen.‹

›Nun, es ist wirklich eine simple Angelegenheit.‹ Und so kommen alle Geheimnisse heraus, in einem großartigen ordinären Rülpser. Am Morgen, müde, aber glücklich, übermitteln Sie mir, was Sie erfahren haben, und alles wird gut. Ansonsten …«, hier hielt Herr Strand inne, »… ansonsten«, und seine Stimme fiel um eine halbe Oktave, »kann ich nichts versprechen.«

»Ich verstehe.«

»Sie können die Aufgabe erledigen?«

»Davon gehe ich aus.«

»Denken Sie daran, die Zeit spielt eine Rolle, da ich eine Verpflichtung habe, die nicht aufgeschoben werden darf: eine Versammlung alter Schulkameraden. Also widmen Sie diesem Projekt bitte die größte Aufmerksamkeit – in der Art und Weise, wie ich es skizziert habe. Letzten Endes sind Sie für genau diesen Zweck hierher nach Pontefract gebracht worden.«

»Ich werde mein Bestes tun, Herr Strand.«

»Ihr Bestes, dessen bin ich sicher, wird genügen.«

Das Gespräch war beendet; es herrschte Stille im Zimmer.

# KAPITEL V

Aus: *Fauna der weganischen Welten* Band III:
*Die Fische von Aloysius* von Rapunzel K. Funk:

Der Gaid, auch bekannt als *Der Nachtzug*: Es handelt sich um einen prächtigen Fisch von glänzend schwarzer Farbe, der nicht selten eine Länge von sieben Metern erreicht. Der Körper ist außerordentlich wohlgeformt, mit beinahe rundem Querschnitt. Der Kopf ist groß und stumpf, besitzt einen einzelnen knollenförmigen Visualapparat, eine Gehörschote und ein breites Maul, das, wenn es geöffnet ist, ein beeindruckendes Gebiss aufweist. Unmittelbar hinter dem Kopf bis nahezu zum Schwanz wächst eine Reihe dorsaler Stacheln – sie können eine Anzahl von einundfünfzig Stück erreichen –, auf deren Spitzen jeweils ein Luminifer sitzt, der des Nachts ein helles blaues Licht ausstrahlt.

Tagsüber schwimmt der Gaid unter der Oberfläche, wo er sich von Wracken, Borsen und ähnlichen Geschöpfen ernährt. Bei Sonnenuntergang steigt der Nachtzug zur Oberfläche auf und kreuzt ruhig, mit glühenden Lichtern umher.

Die ozeanischen Reisen des Nachtzugs bleiben ein Geheimnis. Die Fische wandern auf direkten Kursen, wie auf dem Weg zu einem vorgeschriebenen Bestimmungsort. Dies mag ein Kap sein oder eine Insel oder möglicherweise eine unmarkierte Stelle mitten im Meer. Nachdem er seinen Bestimmungsort erreicht hat, stoppt der Nachtzug, lässt sich eine halbe Stunde ruhig treiben, als würde er Fracht löschen, Passagiere aufnehmen oder Befehle entgegennehmen, dann schwingt er mit schwerfälliger Bedächtigkeit herum. Er hört ein Signal und macht sich erneut auf zu seinem nächsten Bestimmungsort, der gut und gerne achttausend Kilometer entfernt sein mag.

Des Nachts auf diesen edlen Fisch zu stoßen, wenn er durch das schwarze Wasser des Ozeans von Aloysius pflügt, ist wirklich ein bewegendes Erlebnis.

～

Gersen fühlte sich rastlos, nervös. Er ging hinaus in den Abend und durchwanderte die gekrümmten Straßen Pontefracts.

Ein wenig überrascht fand er sich am St. Diarmids Inn wieder. Er hielt inne und blickte an etwas entlang, was, nach den Standards von Pontefract, eine schreiende Fassade aus hellblauen und dunkelroten Ziegeln war. Gersen ging weiter, über den Mullawney-Platz in die Partee-Altstadt, einen billigen Bezirk von Tavernen, merkwürdigen Läden, Künstlerstudios, Bratfisch-Buden und diskreten Bordells, von denen jedes, einem alten Gesetz gemäß, eine beleuchtete Grünglaskugel aufwies. Nicht lange danach erreichte er das Hafenviertel.

Er blieb stehen und blickte über die Flaschenglas-Bucht auf die fernen Lichter von Port Rufus. Eine Brise wehte ihm den Geruch der aloysianischen Watten zu. Gersen war bereits an vielen Ufern gestanden, auf vielen Welten. Nicht zwei davon hatten gleich gerochen … Am Ende eines nahe gelegenen Piers schmückte eine Kette bunter Lichter die Fassade eines Restaurants. Gersen ging auf den Pier hinaus, blickte in das Restaurant, welches heiter und sauber erschien und Tische mit rot karierten Decken besaß. Der Name des Restaurants war Murdocks Buchtblick-Grill.

Gersen trat ein und nahm die Hausspezialitäten zum Abendessen, die im Wesentlichen aus dem Meer stammten. Aloysianische Küche tendierte zu Fadheit; Murdock allerdings schien keine Furcht vor scharfen Kräutern und pikanten Soßen zu haben … Gersen blieb lange sitzen, blickte durch die Fenster zu den Lichtern von Port Rufus und lauschte dem Murmeln der Wellen an den uralten Pfählen unter dem Restaurant.

Es schien, dass er im Laufe der Zeit immer anfälliger für seltsame Stimmungen wurde, die er nicht benennen konnte. In früheren Jahren hatten sich seine Gefühle entlang einer einzigen Achse gebündelt: Hass, Gram, rachsüchtige Gier. Er war humorlos, verbissen, nur in seiner Hingabe leidenschaftlich gewesen. Nun gab es viele Achsen, in viele Richtungen. War die Intensität dadurch geschwächt? Ein zweckloses Unterfangen, Nachforschungen darüber anzustellen ... Seine Strategien, so überlegte er, waren zumindest teilweise effektiv. Howard Alan Treesong hatte sich in eine aufreizende Nähe, durchaus denkbar nach Pontefract selbst, locken lassen. Möglicherweise schlenderte er in diesem Moment durch die engen alten Straßen oder machte es sich in einem der formellen Hotels bequem, wo er nun vielleicht saß und furchtbare Gedanken dachte, Pläne schmiedete.

Gersen blickte sich im Restaurant um. Irgendwo mochte Howard Treesong sein Abendessen einnehmen ... Unter den Gästen von Murdocks Buchtblick-Grill befand sich kein hochgewachsener hagerer Mann mit Denkerstirn und einem listigen fuchsartigen Kinn. Treesong war woanders.

Gersen ging zum Telefon und rief das *Federwischer*-Hotel an.

»Hier Henry Lucas! Hat sich mein Freund Herr Strand bei Ihnen eingetragen? ... Nein? Was ist mit Herrn Sparkhammer? ... Auch niemand mit diesem Namen? ... Dann erweisen Sie mir einen Dienst, wenn ich bitten darf. Finden Sie heraus, wo Herr Strand und Herr Sparkhammer sich aufhalten, diskret – erwähnen Sie nicht meinen Namen.«

»Ich werde mein Bestes geben, mein Herr.«

Gersen kehrte zum Tisch zurück. Die Chancen waren gering, Treesong so leicht ausfindig zu machen. Er musste gereizt, geködert und ausgetrickst werden und Alice Wroke musste notwendigerweise die Mittelsperson sein. Es würde ein faszinierendes Spiel geben, sann Gersen, besonders, da Alice ihn für aufgeblasen, spießig, eitel, zu fein gekleidet und dumm hielt.

Gersen verließ das Restaurant und kehrte zum *Federwischer* zurück. Der Empfangschef war, wie erwartet, nicht in der Lage gewesen, »Herrn Strand« oder »Herrn Sparkhammer« ausfindig zu machen. Gersen versicherte ihm, dass die Angelegenheit nicht von Belang sei und ging auf sein Zimmer.

Niemand war durch die Tür getreten, seit er das Hotel verlassen hatte; die Alarmvorrichtung, welche er angebracht hatte, war immer noch an Ort und Stelle.

Am Morgen übertraf sich der Kammerdiener selbst und kleidete Gersen in einen derart prächtigen Anzug, dass selbst der Türsteher ihn vor Bewunderung anstarren musste. Gersen traf in den Büros von *Existent* ein und sah, dass Alice Wroke bereits an ihrem Schreibtisch saß. Gersen entbot ihr einen höflichen Gruß, den sie freundlich erwiderte. An diesem Tag trug sie einen knielangen Rock aus einem dunkelbraunen Stoff und ein aschbeiges ärmelloses Hemd, das perfekt zu ihrem Teint passte. Das Kostüm brachte ihre schlanke Figur vorteilhaft zur Geltung; das orangefarbene Haar war glänzend gebürstet. Gersen setzte sich an seinen Schreibtisch und gab vor, sie nicht zu beachten. Einige Male, wenn er durch den Raum schaute, bemerkte er, dass ihre Augen grübelnd, abschätzend, fragend auf ihm ruhten.

Gersen ging hinaus in den Gewinnspiel-Raum. Frau Ench überreichte ihm einen Brief. »Ein Beinahe-Gewinner. Herr Lucas! Vielleicht sogar ein Gewinner! Und wie seltsam das alles ist!«

Gersen las den Brief:

Gewinnspiel-Leiter, *Existent*
Pontefract, Aloysius

Geehrter Herr,
ich kann die Personen auf Ihrer Fotografie identifizieren. Es war meine Aufgabe, sie bei dem furchtbaren Ereignis, welches sie das Leben kostete, zu bedienen. Diese Fotografie wurde im Regenblumen-Saal im *Wildinsel-Inn* aufgenommen. Sie schicken sich an, die Charnay zu essen, die sie alle auf unerklärliche Weise vergiftet hat, bis auf Herrn Sparkhammer. Die Namen jener am Tisch sind, von links nach rechts:

Sharrod Yest
Dianthe de Trembuscule
Beatrice Utz
Robun Martiletto
Sabor Vidol
Stanley Sparkhammer
John Gray

Die stehenden Männer sind:

Ian Bilfred
A. Gieselman
Artemus Gadouth

Ich kenne ihre Namen von den Platzkarten, die ich selbst vorbereitet habe. Es waren zwei weitere Männer anwesend. Keiner
von ihnen aß Charnay und so überlebten sie beide. Das Bild,
übrigens, wird üblicherweise aufgenommen, um das Zeichen
des Kochs aufzuzeichnen, der die jeweilige Portion Charnay
zubereitet hat. Die Zeichen sind die kleinen farbigen Signalmasten vor jedem Platz. In diesem Fall war das Staunen groß, denn
verschiedene Köche hatten die Charnays zubereitet. Das Gift
wurde offenbar von einem verschmutzten Utensil übertragen.

Ich hoffe, ich habe die Bedingungen Ihres Gewinnspiels
erfüllt und werde den Preis gewinnen.

Cletus Parsival
Wildinsel-Inn
Wildinsel, Cytherea Tempestre

»Höchst interessant«, sagte Gersen. »Der Brief ist offenbar
echt.«

»So erscheint es mir auch.« Frau Ench warf Gersen einen eigen-
artigen Blick zu. »Wussten Sie, was dieser Parsival-Bursche uns
erzählt – dass diese Männer aufgrund von Gift umgekommen sind?«

»Ich bin so überrascht wie Sie. Aber es schadet der Auflage von
*Existent* nicht.«

»Weshalb würde jemand ›Charnay‹ essen, wenn sie als Gift bekannt ist? Seltsame Dinge gibt es!«

»Ganz genau, Frau Ench.«

»Nun, dieser Herr Parsival scheint die korrekten Namen genannt zu haben«, meinte Frau Ench.

»Alle außer Nummer Sechs. Sparkhammer ist nicht der richtige Name.«

»Hmmpf!«, entgegnete Frau Ench. »Diese Nummer Sechs ist ein Irrlicht in Sachen Identifikation.«

»Ja, er scheint ein seltsamer Fall zu sein.«

»Ich bin geneigt, Herrn Parsival als Gewinner zu benennen und es damit gut sein zu lassen«, bekundete Frau Ench. »Gewiss hat uns niemand eine solch lange Liste zukommen lassen.«

»Ich bin geneigt dem zuzustimmen«, erwiderte Gersen. »Aber wir müssen immer noch das Ende des Gewinnspiels abwarten. Wie sieht es mit der Post aus?«

»Immer noch das Gleiche, vielleicht etwas abnehmend.«

»Nun denn, Frau Ench, weiter mit der guten Arbeit. Und bitten Sie Ihre Leute darum, äußerste Aufmerksamkeit in Hinsicht auf die Erwähnung von Nummer Sechs walten zu lassen.«

»Das werde ich, Herr Lucas.« Anders als Alice Wroke hielt Frau Ench Gersen für einen höflichen und kultivierten Herrn, »ohne jegliche Aufgeblasenheit«, wie sie es gegenüber ihrer Schwester formulierte.

Gersen kehrte mit dem Brief zum Büro zurück.

Alice fragte heiter: »Haben Sie aufregende Neuigkeiten?«

Gersen ließ sich schwerfällig am Schreibtisch nieder. Alice wartete, ihr Gesicht zu einer Maske fröhlicher Erwartung gefroren.

Gersen sprach in seiner nasalsten und affektiertesten Sprechweise. »Es hat sich der Umstand ergeben, dass wir einen Brief haben, der alle unsere Gesichter identifiziert.«

»Korrekt?«

»Er behauptet, die Platznamen des Banketts geschrieben zu haben.«

»Dann scheint es, als seien die Namen korrekt benannt worden.«

»Nicht notwendigerweise. Es gibt eine sehr zweifelhafte Identifikation.

»Oh? Welche?«

Gersen warf ihr einen strengen Blick zu. »Ich bin mir nicht sicher, dass es angemessen von mir ist, Kommentare über diese Angelegenheit abzugeben, Alice. Nicht im Augenblick jedenfalls.«

Alice zog ein langes Gesicht. Sie schnitt eine Grimasse. Gersen, der sie verstohlen beobachtete, dachte: Nun überlegt sie, wie sie ihre Verführung am besten arrangiert.

Alice sprang auf, ging zur Kommode und schenkte zwei Tassen Tee ein. Sie platzierte eine davon vor Gersen, nahm die andere mit zu ihrem eigenen Schreibtisch, wo sie halb zurückgelehnt, halb sitzend verharrte. »Haben Sie schon immer hier in Pontefract gelebt, Herr Lucas?«

»Ich bin gereist, natürlich, zu vielen Orten.«

Alice seufzte. »Pontefract erscheint so unpersönlich, sogar ein wenig eintönig nach fünf Jahren auf Wildinsel.«

Gersen bezeugte kein Mitgefühl. »Ich kann nicht verstehen, dass Sie überhaupt hierhergekommen sind.«

Alice hob anmutig die Schultern. »Aus einem Dutzend Gründen. Wanderlust. Rastlosigkeit. Haben Sie jemals Cytherea besucht?«

»Nein. Ich habe gehört, es ist eine höchst hedonistische Umgebung und die Einwohner führen ein sehr unkonventionelles Leben.«

Alice lachte und warf Gersen einen frechen Seitenblick zu. »In einigen Fällen trifft das zu. Aber nicht in allen. Auf Wildinsel finden Sie jedes Spektrum an Lebensstilen. Meine Mutter ist beinahe so konventionell wie Sie.«

Gersen hob die schwarzen Augenbrauen. »Wie bitte? Sie halten mich für konventionell?«

»Ja, bis zu einem gewissen Grad.«

»Aha!« Gersen stieß ein verächtliches Grunzen aus, als deute er an, Alices Ansichten seien unreif und oberflächlich. »Erzählen

Sie mir mehr von Wildinsel. Ist es wahr, dass Kriminelle die Kasinos leiten?«

»Das ist beträchtlich übertrieben«, erwiderte Alice. »Mein Vater ist kein Krimineller.«

»Aber niemand gewinnt jemals.«

»Natürlich nicht.«

»Gehen Sie jemals in ein Kasino?«

»Nein. Es ist ganz und gar nicht amüsant.«

»Wildinsel ist eine Stadt?«

»Es ist mehr wie eine Touristenort: Kasinos, Hotels, Restaurants, Yachthäfen, Strände und eine Menge kleiner Villen in den Hügeln. Selbstverständlich ist dort nichts mehr wild.«

»Haben Sie jemals ein Charnay-Restaurant besucht?«

Alice warf ihm einen Blick wachsamer Verblüffung zu. »Nein.«

»Wie ist Charnay?«

»Tja, es ist eine violette Frucht mit rauer Schale. Im Inneren ziehen sich Bahnen voller Gift entlang der Schale. Der Frucht selbst wird nachgesagt, sie sei köstlich, aber ich habe sie nie gekostet. Ich will nicht sterben. Und sie ist furchtbar teuer.«

Gersen lehnte sich im Sessel zurück. »Wir haben den Hinweis erhalten, dass unsere Gewinnspiel-Fotografie ein Charnay-Bankett darstellt.«

Alice nahm eine Kopie der Fotografie an sich und musterte sie. »Ja ... Das kann gut sein.«

»Sehr seltsam! Sie könnten auf der Straße einigen dieser Leute begegnet sein.«

Alices Erwiderung war kühl. »Vielleicht, aber nicht wahrscheinlich. Tausende von Durchreisenden passieren Wildinsel. Und es gibt keine Angabe, wann das Bild aufgenommen wurde; es könnte zehn Jahre alt sein.«

»Es ist ein jüngeres Bild. Alle sind identifiziert worden und wir befinden uns nun in der Bestätigungsphase.«

»Also hat jemand das Gewinnspiel gewonnen?«

»Eine solche Behauptung habe ich nicht aufgestellt.«

Alice fragte unbefangen: »Wie sind Sie an das Bild gelangt?«

»Eigentlich habe ich es vor dem Abfallbehälter bewahrt. Aber ich darf nicht über das Gewinnspiel schwatzen; es stehen noch nicht alle Ergebnisse fest. Weshalb nehmen Sie nicht den Rest des Tages frei, Alice? Ich habe eine Beschäftigung außerhalb des Büros.«

»Vielen Dank, Herr Lucas! Ich weiß nicht recht, was ich mit mir anfangen soll. Ich kenne niemanden in der Stadt, außer Ihnen – und Sie sind so unnahbar.«

»Was für ein Unsinn!« erklärte Gersen. »Das können Sie nicht wirklich denken!«

»Aber ja! Möglicherweise halten Sie es nicht für angemessen, gesellschaftliche Kontakte mit Angestellten zu haben. Ist das Firmenpolitik?«

»Ich bin sicher, eine solche Regel gibt es nicht.«

»Halten Sie mich für unelegant und unansehnlich?«

»Ganz im Gegenteil«, sagte Gersen aufrichtig. »Ich halte Sie für äußerst einnehmend. Außergewöhnlich einnehmend. Es tut mir leid, dass Sie Pontefract so eintönig finden. Vielleicht könnten wir irgendwann gemeinsam zu Abend essen.«

Alices Lippen zitterten. Ein Lächeln? Eine Grimasse? Gesetzten Tons erwiderte sie: »Das wäre nett. Warum nicht heute Abend?«

»In der Tat, weshalb nicht? … Lassen Sie mich überlegen. Wo wohnen Sie?«

»*Saint Diarmids Inn.*«

»Ich treffe Sie in der Lobby, um Median.«

»Ich fühle mich bereits viel besser, Herr Lucas.«

# KAPITEL VI

Loblieder auf Charnay!

Von allen guten Dingen, die in diesem freigiebigen Universum zu haben sind, gibt es nichts, was eine schöne reife Charnay übertrifft, außer zwei oder drei weitere.

... aus: *Goutation* von Michael Wiest

~

Wenn man sterben muss – und dies scheint das allgemeine Schicksal zu sein –, weshalb sollte man diesen Akt in schäbigem und vulgärem Stil vollziehen? Besser, herrlich zu sterben, auf eine Art und Weise, die alle beneiden werden, prall gefüllt mit Charnay.

... Gillian Seal, Koch, Musiker und Bonvivant

~

Glauben Sie es oder glauben Sie es nicht, aber eine ungefährliche, gesunde und ungiftige Charnay könnte leicht entwickelt, herangezogen und geerntet werden. Doch jede Bemühung in dieser Richtung ist vom Verband der Charnayzüchter unterbunden worden. Zudem gibt es keinen großen öffentlichen Aufschrei, der eine solche Entwicklung fordert. Ist es möglich, dass der zugegebenermaßen gute Geschmack von Charnay durch das Vorhandensein der furchtbaren Gefahr noch gesteigert wird?

... Leon Wolke, Journalist für *Cosmopolis*, der, zwei Wochen nach Veröffentlichung dieses Artikels, unsachgemäß zubereitete Charnay aß und starb

~

D as *St. Diarmids* Inn war durch die Hände verschiedener
Besitzer gegangen. Jeder hatte originelle Einfälle zu seiner Ausstattung beigetragen, was letzten Endes einen Effekt von
beträchtlicher Neuheit zeitigte. Die Lobby nahm das gesamte
Erdgeschoss ein. Massive, im kretischen Stil dekorierte Säulen
stützten die Decke, welche lavendel- und rosafarben gemustert
war. Neben jeder Säule wuchsen Rhodanthus-Palmen in Terra-
kottatöpfen bis zur Decke, wo der kahle Stamm in Kugeln aus
dunkelgrünem Laubwerk endete. Für weganische Verhältnisse
war die Ausstattung schreiend. Die Bewegungen vieler Menschen,
in Gewändern aus jeder Ecke der Ökumene, fügten der Hektik
und der vage liederlichen Atmosphäre, die das *St. Diarmids* kenn-
zeichneten, Leben und Drama hinzu.

Gersen traf pünktlich zur festgesetzten Zeit ein und trug, was
der Kammerdiener für einen zwanglosen Abend in der Stadt für
angemessen gehalten hatte: eine hautenge schwarze Hose und
ein senkrecht in Schwarz, Dunkelgrau und Hellgrau gestreiftes
Hemd mit einem hohen schwarzen Kragensteg statt einer Krawatte. Das schwarze Jackett, welches dem Diktat des hohen Stils
von Pontefract entsprach, war vorn tief ausgeschnitten, an den
Schultern gerafft und an den Hüften nahezu glockenförmig. Gersen hatte einen gefiederten Hut abgelehnt und der Kammerdiener
hatte ihm ein wenig eingeschnappt den Gebrauch einer weichen,
quadratischen Kappe zugestanden. Mit dem harschen düsteren
Gesicht, den schwarzen Locken und der blassen Hauttönung gab
er ein eindrucksvolles Bild ab, eines, das ihm allerdings nur Befrie-
digung verschaffte, weil er eine Art verschmitzter Freude daran
hatte, die arme Alice Wroke mit Verkleidungsspielen zu verwirren.

Gersen sah sie, zaghaft hier- und dorthin blickend, den Mittel-
gang entlangkommen. Er musterte sie, als hätte er sie noch nie zuvor
gesehen: der versonnene Mund, die feine kurze Nase, die Wangen,
welche sich zu einem kleinen Kinn verjüngten. An diesem Abend
hing ihr orangefarbenes Haar offen an ihren Ohren herunter, beinahe bis zu dem Schulterteil ihres einfachen, rauchgrauen Kleides.

Sie sah Gersen; ihr Gesichtsausdruck wurde gekünstelt

enthusiastisch. Sie schlenkerte mit der Hand in der Luft –eine Gebärde des fröhlichen Grußes – und durchquerte den Raum in einem Halbtrab, um drei Meter vor Gersen stehen zu bleiben. Sie unterzog ihn einer bewundernden Kopf-bis-Fuß-Musterung. »Ich muss sagen, Herr Lucas, Sie stellen sich als höchst elegant heraus.«

»Das *Federwischer*, ganz und gar«, entgegnete Gersen. »Die Anerkennung gebührt meinem Kammerdiener.«

Alice hörte ihn ohne großes Verständnis. Immer noch heiter lächelnd sagte sie: »Nun denn, wo sollen wir essen? Hier? Der Wappensaal ist sehr nett.«

»Zu laut, zu überlaufen«, meinte Gersen. »Ich kenne einen bei Weitem exklusiveren Ort.«

»Ich gebe mich völlig in Ihre Hände«, versicherte Alice.

»Dann hier entlang, hinaus in die weganische Nacht.«

Sie verließen das *St. Diarmids* und Alice nahm zaghaft Gersens Arm. »Wohin wollen wir?«

»Es ist eine angenehme Nacht«, erklärte Gersen. »Wir können gehen, wenn es Ihnen recht ist.«

»Mir macht es nichts aus.«

Sie überquerten den Mullawney-Platz zur Beaudry-Gasse und gelangten so in die Partee-Altstadt. Unwirklich!, murmelte Gersen vor sich hin. Wir gehen über die Straßen Pontefracts, sie in ihrer Maskerade, ich in meiner.

Alice spürte etwas von Gersens Stimmung. »Herr Lucas, warum sind Sie so düster?«

Gersen wich der Frage aus. »Sie dürfen mich Henry nennen. Wir sind nicht im Büro.«

»Vielen Dank, Henry!« Sie blickte unbehaglich über die Schulter. »Ich bin noch nie in diesem Teil der Stadt gewesen.«

»Es ist ganz und gar nicht wie Wildinsel?«

»Ganz und gar nicht.«

Nicht lange danach erreichten sie das Hafenviertel und Murdocks Buchtblick-Grill. Alice betrachtete Gersen gedankenvoll. Herr Lucas, so spießig und gewissenhaft, schien unkonventionelle Facetten des Charakters zu besitzen.

Sie setzten sich in eine Ecke des Restaurants, neben ein Fenster. Unter ihnen seufzte das Wasser in langsamen Wogen und säuselte zwischen den Pfählen; Sterne und ferne Lichter spiegelten sich auf der dunklen Oberfläche. Gersen fragte: »Können Sie Ihren Heimatstern finden?«

»Von hier aus kenne ich die Sternbilder nicht.«

Gersen blickte sich am Himmel um. »Er ist bereits untergegangen. Aber dort drüben ist die alte Sol.«

Das Essen wurde serviert: einheimische Artischockensuppe, Eintopf aus Schalentieren, Zwiebeln und Kräutern, die in braunen Töpfen köchelten sowie ein frischer grüner Salat. Alice knabberte an diesem und jenem und als Gersen nachfragte, berief sie sich auf Appetitlosigkeit. Sie trank einige Gläser Wein und erreichte ein gewisses Maß an Lebhaftigkeit.

»Und was ist mit dem Gewinnspiel?« erkundigte sie sich. »Ist es immer noch ein Geheimnis? Besonders eines vor mir?«

»Geheimnis? Nicht mehr. Aber lassen Sie uns nicht über die Arbeit reden. Sie sind das Geheimnis. Erzählen Sie mir von sich.«

Alice blickte stirnrunzelnd über die Flaschenglas-Bucht. »Da gibt es nicht viel zu erzählen. Das Leben auf Wildinsel ist nicht aufregend, außer für die Touristen.«

»Mir ist es immer noch ein Rätsel, weshalb Sie nach Pontefract gekommen sind.«

»Oh – die Umstände.«

Der Nachtisch wurde serviert: Obstkuchen und starker Kaffee mit Sahnehäubchen, ganz nach dem aloysianischen Geschmack.

Gersen, der spürte, dass er weit genug von seinem Charakter abgewichen war, versuchte eine profunde Analyse der Politik Pontefracts, über die er nahezu nichts wusste. Alice saß teilnahmslos da und blickte aus dem Fenster über das dunkle Wasser, wobei ihre Gedanken offensichtlich nicht auf Gersens Bemerkungen gerichtet waren.

Schließlich fragte Gersen: »Wohin nun? Es gibt nicht viel an Unterhaltung in Pontefract, außer beim Mummenschanz, doch für dieses Programm ist es zu spät. Hätten Sie Lust auf eine Zecherei in einer der Tavernen entlang der Docks?«

»Nein ... ich nehme an, wir sollten zum Hotel zurückgehen.«

Ein kopflastiges altes Taxi brachte sie zurück zum *St. Diarmids Inn*.

In der Lobby hielt Gersen inne und vollführte eine feierliche Verbeugung, als wolle er sich verabschieden. Alice meinte rasch: »Oh, bitte gehen Sie noch nicht so bald!« Sie blickte durch die Lobby und sagte mit sorgfältig lässiger Stimme. »Sie können mit auf mein Zimmer kommen, sofern es Ihnen genehm ist.«

Gersen protestierte höflich. »Aber Sie müssen müde sein.«

Mit immer noch abgewandtem Blick und einer Spur Röte, die in ihr Gesicht stieg, sagte Alice: »Nein. Nicht wirklich. Eigentlich bin ich – tja, einsam.«

Gersen verbeugte sich noch einmal formell, um seine Einwilligung zu bekunden. »Wenn das so ist, wäre ich glücklich, mit Ihnen hinaufzugehen.« Er nahm ihren Arm. Sie gingen zum Aufzug und fuhren hinauf in das vierte Geschoss.

Alice öffnete die Tür und ging ins Zimmer, steif wie eine Gefangene.

Gersen folgte ihr wachsam. Er hielt im Eingang inne und inspizierte das Gemach. Alice schaute gleichgültig zu, machte sich nicht einmal die Mühe sich nach den Gründen seiner Wachsamkeit zu erkundigen.

Beruhigt trat Gersen vor. Er schloss die Tür. »Henry«, sagte Alice atemlos. »Darf ich Sie Henry nennen?«

»Das hatte ich Ihnen bereits erlaubt.«

»Das habe ich vergessen. Ist es nicht idiotisch? Lassen Sie mich Ihren Hut und Ihren Umhang nehmen.«

Gersen warf den Hut auf einen Sessel und löste den Umhang. »Das ist eine Erleichterung. Die Schneider in Pontefract haben keine Vorstellung von der menschlichen Figur.«

»Setzen Sie sich, Henry – dort.«

Gersen machte es sich gehorsam auf der Couch gemütlich. Alice holte ein Silbertablett von einer Anrichte. »Was ist das alles?« fragte Gersen.

»Kandierte Blütenblätter. Hydromelkristalle. Dies ist Lebenssaft, von Sirsse.« Sie schenkte eine klare grüne Tinktur in zwei
kleine Schalen. »Sirsse wird daheim von Liebenden getrunken,«
erläuterte Alice. »Selbstverständlich sind wir keine Liebenden,
Sie und ich, aber ...«

»Aber was?«

»Oh – nichts Besonderes.«

Gersen kostete den Lebenssaft, der ihm berauschend und zart
erschien.

Alice wollte wissen: »Schmeckt er Ihnen?«

»Er ist außergewöhnlich, gewiss. Und sehr köstlich.«

Alice ließ sich neben ihm nieder und nippte von ihrer Schale.
»Es macht mich schaudern.« Gersen war überrascht, seinen Arm
um ihre Schultern zu finden; er hatte vorgehabt, Anstand zu wah-
ren. Sie lehnte sich entspannt gegen ihn, und er küsste sie – viel
mehr, als der pure Anstand es zugelassen hätte.

Alice blickte ihn mit dunklen und geweiteten Pupillen an.
Gersen fragte: »Was ist verkehrt? Habe ich Sie gekränkt?«

»Oh nein!« Sie lachte nervös. »Sie erschrecken mich nur ein
wenig. Sie sind so anders als der Herr Lucas im Büro. Ich weiß
nicht, wie ich es beschreiben soll.«

»Es gibt definitiv nur einen von mir.«

Sie schenkte mehr von dem Lebenssaft ein. »Trinken Sie.«

»Den Trank der Liebenden?«

»Wenn Sie ihn so nennen wollen.«

»Haben Sie noch einen anderen Liebhaber?«

»Nein ... Und Sie?«

»Ich bin ganz allein.«

Alice hob ihr Gesicht, und er küsste sie noch einmal. Ihr Kleid
fiel vorne auseinander, entblößte ihren Körper und eine kleine
runde Brust. Sie schien keineswegs beunruhigt zu sein.

Gersen seufzte tief. »Das kann nicht weitergehen.«

»Nicht?« Alice berührte seine Wange.

»Ich kann einen quälenden Verdacht nicht zerstreuen.«

Alice starrte ihn konsterniert an. »Was meinen Sie damit?«

»Ich wäre sehr verletzt herauszufinden, dass Sie die Beziehung zu mir nur pflegen, um Informationen über das Gewinnspiel zu erhalten. Das ist natürlich absurd.«

Alice saß angespannt und bleich da. »Absurd, in der Tat.«

»Nun, könnten wir dann Liebende sein, ohne dass ich Ihnen auch nur irgendetwas über das Gewinnspiel erzähle?«

»Das wird so intellektuell ... Ich könnte niemanden lieben, der kein Vertrauen in mich hat.«

»Mit anderen Worten – nein.«

»Aber ich will nicht, dass es so ist«, entgegnete Alice ernst.

Gersen überlegte einen Augenblick. »Um mein Vertrauen zu beweisen, scheint es, dass ich Ihnen alles erzählen muss, was ich weiß.«

»Wenn Sie es wünschen.«

»Nun gut; weshalb nicht?« Gersen streckte die Beine aus und verschränkte die Hände hinter dem Kopf. »Da gibt es wirklich nicht viel zu erzählen. Die Personen auf dem Bild sind identifiziert, alle, außer einer, deren Identität uns unter einem anderen Namen bekannt ist.« Aus seiner Tasche zog Gersen eine Liste, von der er Namen ablas: »Yest, de Trembuscule, Utz, Bilfred, Vidol, Sparkhammer, Gray, Gadouth, Gieselman, Martiletto; alle richtig, bis auf ›Sparkhammer‹, der unter einem Dutzend anderer Namen bekannt ist. Niemand hat seinen richtigen Namen eingeschickt. Überrascht Sie das?«

»Nein. Warum? Sollte es?«

Gersen warf die Liste auf den Tisch und lehnte sich wieder zurück. »Weil es scheint, dass er ein berüchtigter Krimineller namens Howard Alan Treesong ist.«

»Howard Alan Treesong? Das kann nicht wahr sein!«

»Weshalb nicht?«

Alice hatte keine Antwort.

»Die Leute auf der Fotografie sind alle tot – außer Nummer Sechs, Treesong. Was sagt Ihnen das?«

Alice, deren Gedanken weit entfernt waren, antwortete mit einem düsteren Achselzucken. »Ich verstehe nichts von all dem.«

»Es gibt noch einen anderen Aspekt bei der Angelegenheit«, sagte Gersen. »Wenn Nummer Sechs Howard Treesong ist – und das ist er sicherlich –, möchte ich ihn interviewen. Für *Existent* könnte ein solcher Artikel oder eine kurze Autobiografie sehr profitabel sein. Ich wünschte, ich würde einen Weg kennen, um ihm diese Nachricht zu übermitteln. Ich möchte, dass er Verbindung mit mir aufnimmt.«

Alice starrte durch das Zimmer und hinaus ins Nichts. Gersen erhob sich. Er nahm Umhang und Hut an sich. Alice blickte auf und sprach in einem heiseren Halbflüstern. »Gehen Sie?«

Gersen nickte. »Ich habe Ihnen alles gesagt, was ich wusste.«

»Aber das haben Sie nicht!«, platzte Alice verzweifelt heraus. »Wie sind Sie an die Fotografie gekommen?«

»Ich bin in die Bibliothek von *Cosmopolis* gegangen: Ich habe in den Papierkorb geschaut und diese Fotografie gefunden. Niemand konnte mir etwas darüber sagen und das *Existent-Gewinnspiel* war geboren.«

»Wer hat das Bild in den Papierkorb geworfen?«

»Ein törichter junger Angestellter.«

»Dennoch – warum haben Sie diese besondere Fotografie ausgewählt? Es muss viele andere ebenso geeignete gegeben haben.«

»Jemand Unbekanntes hat auf das Bild ›Treesong ist hier‹ geschrieben. Ich hatte Interesse daran, weil es keine bekannten Abbildungen von Treesong gibt. Ich spürte, dass das Bild beträchtlichen Neuigkeitswert haben würde. Wie es sich trifft, ist das tatsächlich der Fall.«

Alice blieb still sitzen. Gersen ging zur Tür. »Gute Nacht.«

Alice schaute ihn mit einem müden Blick an. »Ich frage mich, wie viel Sie über mich wissen.«

»Nicht sehr viel. Gibt es etwas, was Sie mir sagen wollen? Vertrauen wirkt in beiden Richtungen.«

Alice schüttelte bedauernd den Kopf. »Ich habe nichts zu sagen.«

»Dann gute Nacht.«

»Gute Nacht.«

᛭

Alice saß noch da, wo Gersen sie verlassen hatte und lehnte sich mit ausgestreckten Beinen auf der Couch zurück, einen eisigen Ausdruck im Gesicht. Sie fuhr sich mit den Fingern durch das orangefarbene Haar und schob sich die Locken aus der Stirn zu einem Durcheinander zusammen. Zehn Minuten blieb sie tief in Träumerei versunken sitzen. Dann erhob sie sich, ging zum Telefon und stellte eine komplizierte Verbindung her.

Eine Stimme sprach. »Alice, so früh bereits? Ihr seid wohl schnell zur Sache gekommen.«

Alice entgegnete mit gleichmäßiger Stimme. »Ich habe Ihre Informationen. Die Personen auf der Fotografie sind folgende … « Sie las die Namen von der Liste, die Gersen zurückgelassen hatte.

»Welches ist die Quelle dieser Namen?«

»All die verschiedenen Einsendungen. Es gibt zumindest eine Einsendung, die alle Namen richtig aufführt, außer einem.«

»Und um welchen Namen handelt es sich dabei?«

»Herr Lucas sagt, dass ›Sparkhammer‹ viele verschiedene Namen zu verwenden scheint: Fred Framp, Bentley Strange, Howard Alan Treesong … Den Rest habe ich vergessen.«

Stille. Dann, mit einer anderen Stimme, ruhig und nachdenklich: »Was hat Herr Lucas daraus geschlossen?«

»Ich glaube, er ist darauf aus, dass Herr Sparkhammer oder Herr Treesong ihn wegen eines Interviews kontaktiert. Er möchte Herrn Treesongs Autobiografie veröffentlichen.«

Die Entgegnung kam prompt und entschieden. »Er muss sich auf eine Enttäuschung gefasst machen. Herr Sparkhammer oder Herr Treesong, wie auch immer sein Name ist, hat keinen Gefallen an solch vulgären Possen. Wie ist *Existent* in den Besitz der Fotografie gelangt?«

»Herr Lucas hat sie in einem Abfallkorb in der Bibliothek von *Cosmopolis* gefunden. Ein Angestellter hatte sie fortgeworfen.«

»Eigenartig, äußerst eigenartig … Handelt es sich um Fakten?«

»Ich denke schon.«

»Wie ist *Cosmopolis* an die Fotografie gekommen?«

»Ich habe nicht daran gedacht zu fragen; ich nehme an, sie ist auf dem üblichen Weg gekommen.«

»Und was hat ihn dazu gebracht, dieses besondere Foto zu wählen?«

»Jemand hatte ›Treesong ist hier‹ darauf geschrieben. Das hat Herrn Lucas' Aufmerksamkeit erregt.«

»Also hat er ein Gewinnspiel vorgeschlagen, um Herrn Treesong und seine Kollegen zu identifizieren.«

»Das ist, was er mir erzählt hat.«

»Hat er gesagt, wieso?«

»Er sagte, er würde sehr gern die Autobiografie von Herrn Treesong veröffentlichen. Wie ich bereits gesagt habe, möchte er, dass Herr Treesong mit ihm Kontakt aufnimmt.«

»Da bestehen nur wenig Chancen. Herr Treesong ist mit dringenden Angelegenheiten beschäftigt.« Herr Strand wurde für einen solch langen Zeitraum still, dass Alice begann, zappelig zu werden. Dann: »Was hat er Ihnen sonst noch erzählt?«

»Nicht sehr viel. Er weiß, dass die Fotografie auf Wildinsel aufgenommen wurde und dass alle an Charnay gestorben sind, außer Herrn Sparkhammer.«

Ein weiteres ausgedehntes Schweigen. Dann: »Sehr gut, Alice. Im großen Ganzen haben Sie es gut gemacht.«

»Ich kann nach Hause zurück? Und Sie werden tun, was Sie versprochen haben?«

»Noch nicht! Oh meine Teure, noch nicht! Sie müssen auf Ihrem Posten bleiben! Halten Sie Augen und Ohren offen. Dieser Henry Lucas, was halten Sie von ihm?«

Alice sprach mit rauer Stimme: »Ich weiß nicht, was ich von ihm halten soll. Er ist ein Widerspruch in sich.«

»Hmmpf! Das sagt mir nichts. Aber einerlei, fahren Sie fort wie bisher. Morgen reise ich ab, und Sie werden für etwa einen Tag nicht in der Lage sein, mich zu erreichen. Halten Sie Ihre Vertraulichkeit mit Herrn Lucas aufrecht. Ich habe das Gefühl, dass hinter dem, was er Ihnen gesagt hat, noch mehr steckt.«

»Wie lange noch?«

»Ich werde es Sie zu gegebener Zeit wissen lassen.«

»Herr Strand, ich habe alles getan, was ich konnte! Bitte …«

»Alice, ich habe keine Zeit für Klagen. Fahren Sie fort wie bisher und alles wird gut werden. Haben Sie das verstanden?«

»Ich denke schon.«

»Dann gute Nacht.«

»Gute Nacht.«

# KAPITEL VII

Auszug aus einer Ansprache von Nicholas Reid, Mitglied des Instituts, Phase 88, am Technischen Kolleg Madera:

Das Institut widmet sich den menschlichen Eigenschaften. Wir versuchen, günstige Prozesse zu mehren und jenen zu wehren, die morbide und septisch sind.

Unser Credo leitet sich aus der Geschichte der menschlichen Rasse ab, die sich über Millionen von Jahren hinweg in ihrer natürlichen Umwelt entwickelt hat.

Was geschieht, wenn ein Salzwasserfisch ins Süßwasser umgesetzt wird? Er verfällt in Zuckungen und stirbt. Dann bedenken Sie ein Wesen, dessen sämtliche Sinne, Fähigkeiten und Instinkte durch die natürliche Umwelt geformt wurden, durch die Wechselwirkung mit Sonne, Wind, Wolken, Regen; die Ansicht von Bergen und fernen Horizonten; den Geschmack natürlicher Nahrung; den Kontakt mit dem Boden. Was geschieht, wenn dieses Wesen in eine künstliche Umgebung versetzt wird? Es wird neurotisch, ein Opfer hysterischer Launen, eigenwilliger Halluzinationen, sexueller Perversionen. Es beschäftigt sich mit Abstraktionen statt mit Fakten und wird somit intellektualisiert und inkompetent. Mit einer realen Herausforderung konfrontiert, schreit es, rollt sich zu einer Kugel zusammen, schließt seine Augen, besudelt sich selbst und wartet. Es ist ein Pazifist und hat Furcht, sich selbst zu verteidigen.

—

Aus: *Zum besseren Verständnis des Instituts*
von Charles Bronstein (82):

> Urbanisierte Männer und Frauen erfahren nicht das Leben, sondern eine Abstraktion des Lebens, auf immer höheren Ebenen der Verfeinerung und Verlagerung von der Realität. Sie werden zu Verarbeitern von Ideen und haben solch esoterische Berufe hervorgebracht, wie den Kritiker; den Kritiker, der die Kritik kritisiert und darüber hinaus den Kritiker, der die Kritik über die Kritik kritisiert. Ein trauriger Missbrauch des menschlichen Talents und der menschlichen Energie.

—

Aus: *Das Institut: Eine Fibel* von Mary Murray:

> Unser Schutzpatron ist der Titan Antaeus.
> Urbanität ist eine unnatürliche Gewohnheit.
> Sind wir elitär, wie häufig behauptet wird? Nun, gewiss halten wir uns nicht für den Abschaum der Gesellschaft.
> Wir heißen Kontrast, gesellschaftliches Ungleichgewicht, Extreme im Wohlstand gut. Häufig werden wir beschuldigt, das Chaos zu fördern; dies jedoch ist niemals eingeräumt worden.

—

Die Urbanisten schlagen zurück!

> »Elitäre Schnösel!«

> »Wenn sie das Pleistozän so mögen, weshalb tragen sie keine Felle und leben in Höhlen?«

> »Bewohner sehr hoher und sehr entfernter Elfenbeintürme, welche sie mit ›natürlichen Lebensräumen‹ verwechseln.«

> »Ich benutze lieber einen Bleistift in einem klimatisierten Büro, als einen Schubkarren im Matsch.«

*Mit nahezu den gleichen Worten:*

>>Ich suche lieber Fehler in jemandes Manuskript, als Tomaten in der heißen Sonne zu pflücken.<<

*Noch einmal:*

>>Ich sitze lieber in meinen Fisselblitzer, als auf einem störrischen Maultier.<<

~

Gersen stand grübelnd am Fenster seines Wohnzimmers im *Federwischer* und blickte über den alten Taraplatz. Es war Mitternacht; der Platz war dunkel und still. Sternenlicht beleuchtete die Dächer Pontefracts, erzeugte schwarze Schatten an hohen Giebeln, unter schiefen Dachvorsprüngen und an Tausenden von wunderlichen Schornsteinköpfen.

Gersens Stimmung wurde von seiner Pose widergespiegelt; er fühlte sich verdrossen und bar jeder Energie. Der große Plan war misslungen. Das Programm war gut verlaufen: Howard Treesong hatte so reagiert, wie Gersen es gehofft hatte; in Alice Wroke hatte er einen Kanal gefunden, der ihn zu Treesong führte. Dann, nahezu beiläufig, die Niederlage. Aus welchen Beweggründen auch immer – Stolz, Druck von Angelegenheiten, das Wirken einer unheimlichen Wachsamkeit – hatte Howard Treesong sich geweigert, die Veröffentlichung seiner Autobiografie in Betracht zu ziehen, geschweige denn ein Interview zu geben.

Das Gewinnspiel besaß nun keine Hebelkraft mehr. Am Morgen würde er Frau Ench die Leitung des gesamten Projektes übertragen.

Was nun? Alice Wroke blieb sein einziger Zugang zu Howard Treesong, doch die Verbindung war zerbrechlich und unsicher geworden.

Zwei Fragen blieben unbeantwortet. Wie kontrollierte Howard Treesong Alice Wroke? Weshalb hatte Howard Treesong neun Menschen mit Charnay vergiftet?

Die Antworten waren möglicherweise auf Wildinsel zu finden,

aber, so überlegte Gersen niedergeschlagen, die Informationen waren höchstwahrscheinlich alt und nutzlos.

Darüber wusste Alice Wroke offensichtlich nichts. Eine andere Informationsquelle bot sich ihm nicht.

Gersen blickte über die sternenbeschienenen Dächer. In den Kneipen der Partee-Altstadt würden die Lichter immer noch brennen. Er blickte in Richtung des *St. Diarmids* Inns und fragte sich, ob Alice Wroke noch wach war.

Gersen wandte sich vom Fenster ab und blieb reglos stehen. Dann warf er das *Federwischer-Hemd* beiseite, legte eine dunkelgraue Raummannbluse an, zog eine weiche Kappe über die Stirn und ging zur Tür ... Ein Klingeln am Kommunikator veranlasste ihn sich umzudrehen. Er hielt, stirnrunzelnd auf das Gerät blickend, inne. Wer würde ihn zu dieser Stunde anrufen?

In den Bildschirm kam Leben und präsentierte das lange blasse Gesicht Maxel Rackroses. »Herr Lucas?«

»Der spricht.«

Rackrose sprach mit sorgfältig lässiger Stimme. »Die Informationen, die Sie wollten – Authentifizierungen und so weiter –, sind gemacht, bis auf einige lose Enden hier und da.«

Maxel Rackrose sprach mit derart gedämpfter Zurückhaltung, dass Gersen unvermittelt wachsam wurde. Rackrose sagte ohne große Überzeugung: »Ich hoffe, ich habe Sie nicht aus dem Bett geholt?«

»Nein. Ich war auf dem Weg zur Tür.«

»Weshalb kommen Sie nicht für einige Minuten herüber ins Büro? Ich glaube, Sie werden Interesse haben an dem, was herausgekommen ist.«

»Ich bin gleich da.«


Die *Cosmopolis*-Büros waren niemals geschlossen; es wurde jede Stunde am Tag und jeden Tag im Jahr gearbeitet. Eine hohe Glastür sauste zur Seite, als Gersen sich ihr näherte. Er betrat das Foyer, wo beleuchtete Tafeln farbigen Glases eine Mercatorkarte der Erde abbildeten.

Gersen fuhr mit einem Aufzug hoch in den Nordturm und
gelangte so zu den Büros von Maxel Rackrose, der nun den
Titel »Superintendent für diverse Operationen« trug. Das
Vorzimmer, das Rackroses Haltung pingeliger Eleganz wider-
spiegelte, war eine Übung in äußerst gepflegtem Übermaß im
Hoch-Clapshott-Stil. Das innere Zimmer, in dem Rackrose den
Großteil seiner Zeit verbrachte, war ein Dschungel der Unordnung. Auf einem langen Tisch lagen Stapel von Büchern und
Zeitschriften, Zeitungen, Fotografien, Krimskrams, Kuriosa
und verblüffende Nichtigkeiten von Plunder. Es gab einige
Stühle, einen Kommunikator, eine komplizierte Vorrichtung
für die Zubereitung von Tee, eine weitere für die Projektion
kaleidoskopartiger Muster an die Wand, eine zwei Meter sieb-
zig hohe magere Statue einer nackten Frau, deren Bauch sich
jede Stunde öffnete, um einen Vogel vortreten und »kuckuck«
rufen zu lassen.

Rackrose, ein hochgewachsener kantiger junger Mann in
teurer, wenn auch unkonventioneller Kleidung, mit langem,
etwas pferdeähnlichem Gesicht, strähnigem blonden Haar und
schwerlidrigen blauen Augen, begrüßte Gersen auf eine sorgfältig lässige Weise. »Setzen Sie sich, wenn es Ihnen genehm ist.«
Er winkte mit einer schlaffen weißen Hand in Richtung einer
seiner kostbaren antiken Sessel. »Vielleicht nehmen Sie eine
Tasse Tee? Und einen Keks?«

»Das wäre nett.«

Als der Tee eingeschenkt und die Aniskekse bereitgestellt
waren, ließ Rackrose sich in einem Sessel neben einem nierenförmigen Tisch nieder. »Und, wie läuft Ihr Gewinnspiel?«

»Recht gut. Eine Einsendung nennt neun von zehn und falls
niemand besser ist, denke ich, werden wir sie zum Gewinner
erklären. Was ist mit Ihrer Authentifizierung?«

Rackrose lehnte sich zurück, presste die Fingerspitzen zusammen, blickte mit geschürzten Lippen zur Decke.

»In Übereinstimmung mit Ihren Anweisungen habe ich
alle verfügbaren Informationen verarbeitet. Ich habe mit dem

Register* und Informationen aus unseren eigenen Akten angefangen. Ich darf sagen, dass es keine Schwierigkeiten mit der
Authentifizierung gegeben hat. Die Bürger sind Personen von
Gewicht und Reputation. Außer, was Nummer sechs angeht.
Keiner seiner vorgeblichen Namen steht mit etwas anderem als
anrüchigen Tätigkeiten in Beziehung. Kurz: Eer scheint ein Krimineller zu sein.«

»Was ist mit den anderen?«

»Aha! Das ist es, wo wir eine interessante Entdeckung gemacht
haben. Ich fand immer wiederkehrende Auskünfte zum Institut
und solche Bemerkungen wie ›man hört, er stehe weit oben in
der Hierarchie‹ und ›ein Mitglied mit offensichtlich hohem
Rang‹. Tatsächlich wird Beatrice Utz mit ›103‹ identifiziert.
Artemus Gadouth war der Triun†. Maxel Rackrose hielt inne,

---

* Ein Verzeichnis von Identitäten, das ursprünglich von der IPCC
zusammengestellt und von anderen Behörden kontinuierlich
weitergeführt wird. Das Register umfasst Aufzeichnungen zur
Vorgeschichte: soziale Wohlfahrtsregistraturen, militärische Dienst-
pläne, Passagierlisten interplanetarer Schiffe; Geburts-, Heirats- und
Sterbeurkunden; Telefonverzeichnisse; Schul- und Universitäts-
abschluss-Listen, Verbrecherkarteien; Mitgliedschaften in Clubs,
Verbänden und Gesellschaften; Namen, die von automatischen
Überwachungsvorrichtungen den täglichen Nachrichten entnom-
men werden.

† Das Institut klassifiziert seine Mitglieder mit Rängen von 1 bis 111.
Nummer 111 ist der Triun. Die Ränge 110 und 100 sind stets unbesetzt.

Die Ränge 101 bis 109 sind jeweils auf ein einzelnes Mitglied
beschränkt. Zusammen mit dem Triun bilden diese Ränge die
Dexade, obwohl die neun Mitglieder von 101 bis 109 ebenso als
Dexade bekannt sind.

Die Mitglieder steigen von 101 zum Triun in der Reihenfolge des
Ranges auf.

Lediglich drei Mitglieder nehmen Rang 99 ein. Sobald ein Platz in
der Dexade frei wird, gewöhnlich aufgrund eines Todesfalls, wählen
die hinterbliebenen Mitglieder einen der drei 99er, um den Platz zu
besetzen. ...→

um Gersen Zeit zu geben, die Bedeutung seiner Informationen zu erfassen.

Gersen studierte die Fotografie, welche er bereits in jeder kleinsten Einzelheit kannte. Ein bestürzender Verdacht bildete sich in seinem Geist, eine seltsame und schreckliche Vorstellung. »Zehn Gesichter – könnte es sich um die Dexade handeln?«

»Der gleiche Gedanke ist mir auch gekommen«, sagte Rackrose.

Gersen dachte einen Augenblick nach. Rackrose wusste nichts von den Charnay-Vergiftungen, noch war er sich darüber im Klaren, dass Nummer sechs Howard Alan Treesong war. Er fragte: »Wer hat hier vor Ort den höchsten Rang?«

Rackrose blickte stirnrunzelnd an die Decke. »Es gibt einen Einsiedler, draußen auf Boniface, von dem angenommen wird, dass er in hohem Rang steht. Ich habe gehört, er sei in der Dexade. Falls dem so ist, stellt dieses Bild nicht die Dexade dar, weil hier niemand von Boniface anwesend ist.«

»Wer in Pontefract steht in hohem Rang?«

»Ich bin mir nicht sicher. Lassen Sie mich Condo fragen, er weiß solche Dinge.« Rackrose sprach in einen Kommunikator, wobei er sich einer sanften Stimme befleißigte, die nur ein wenig lauter als ein Flüstern war. Er machte sich Notizen auf einem Block fahlrosafarbenen Papiers. »Das reicht.« Er wandte sich mit einer vom Block abgerissenen Seite wieder an Gersen. »Ihr Name ist Leta Goynes. Sie wohnt im Flahertyweg 17, draußen in Bray, und bekleidet etwa Rang 60 oder 65.«

… Von den drei Mitgliedern im Rang 98 wird einer in Rang 99 gewählt. In gleicher Weise steigen die Mitglieder von Rang 90 aus auf. Unter 90 gibt es keinerlei Beschränkung der Mitgliederzahl eines Ranges.

Rang 89 zu erreichen ist schwierig. Rang 99 zu erlangen ist erheblich schwieriger. Ein in Rang 101 gewähltes Mitglied hat eine gute Chance, Triun zu werden. Das muss nicht notwendigerweise für Rang 99 gelten, wo ein Mitglied, das sich innerhalb der Dexade Feinde gemacht hat, niemals aufsteigen mag.

Gersen nahm die Adresse mit in sein eigenes kleines Büro, das bei Weitem weniger prächtig war als jenes von Maxel Rackrose. Von seinem Kommunikator aus tätigte er einen Anruf. Ein Augenblick verging, dann sprach eine weibliche Stimme ohne besonderen Nachdruck. »Hier Leta Goynes.«

»Es tut mir leid, dass ich Sie zu dieser späten Stunde störe, Frau Goynes. Mein Name ist Kirth Gersen und ich möchte Sie in einer Angelegenheit von großer Wichtigkeit um Rat fragen.«

»Jetzt?«

»Unglücklicherweise ja. Es ist eine Institutions-Angelegenheit von äußerster Dringlichkeit. Wenn Sie gestatten, komme ich direkt zu Ihrem Haus.«

»Wo sind Sie jetzt?«

»In den *Cosmopolis*-Büros.«

»Nehmen Sie den Transit bis zur Bray-Kreuzung; ein Taxi wird Sie hinaus zum Flahertyweg bringen.«

Als Gersen sich dem Landhaus im Flahertyweg 17 näherte, glitt die Tür zurück; von hinten durch die Öffnung beleuchtet stand eine dunkelhaarige Frau, robust, stabil und in offensichtlich gutem körperlichem Zustand. Sie unterzog Gersen einer flüchtigen Musterung und trat zurück. Gersen trat ein. Die Tür schloss sich hinter ihm. »Hierher«, sagte Leta Goynes und führte ihn zu einem schmucken Salon. »Tee?«

»Ja, bitte.«

Sie schenkte eine Tasse ein und gab sie Gersen. »Nehmen Sie Platz, wo Sie möchten.«

»Vielen Dank!« Gersen setzte sich. Leta Goynes blieb stehen, eine recht ansehnliche Frau in den mittleren Jahren. Ihr schwarzes Haar war kurz geschnitten, die Augen waren dunkel und befanden sich unmittelbar unter den schwarzen Brauen. »Ein Kirth Gersen ist bei *Cosmopolis* nicht bekannt.«

»Aus gutem Grund. Ich nenne mich Henry Lucas, Sonderautor.«

»Sie sind Mitglied?«

»Nicht mehr. In Phase 11 habe ich herausgefunden, dass das Institut und ich häufig nicht miteinander übereinstimmten.«

Leta Goynes, die schwach lächelte, neigte den Kopf in einem knappen Nicken. »Also dann?«

Gersen gab ihr die Gewinnspiel-Fotografie. »Haben Sie dies hier gesehen? Es ist in *Existent* erschienen.«

»Ich habe es noch nicht gesehen.«

»Was halten Sie davon?«

»Nichts Besonderes.«

»Sie erkennen niemanden?«

»Niemanden.«

»Es ist gut möglich, dass es sich um die Dexade handelt. Artemus Gadouth ist dieser Herr. Er ist Triun, was Sie, wie ich annehme, wissen.«

Leta Goynes nickte. »Ich habe ihn noch nie getroffen.«

»Dies ist Sharrod Yest ... Dianthe de Trembuscule ... Beatrice Utz, Rang 103 ... Ian Bilfred ... Dieser Herr nennt sich selbst Sparkhammer ... Sabor Vidol, Rang 99 ... John Gray ... Gadouth ... Gieselman, Rang 106 ... Robun Martiletto.« Gersen hielt inne.

Leta Goynes sagte. »Es ist nicht die gesamte Dexade. Es gibt drei Personen – Nummer fünf, sechs und sieben – die möglicherweise 99 sind. Letzten Monat hatten wir Elmo Shookey zu betrauern. Dieses Bankett geht, nehme ich an, der Erhebung eines 99igers voraus.«

»Die Erhebung kann nicht stattgefunden haben«, meinte Gersen. »Alle außer Nummer sechs wurden mit Charnay vergiftet.«

Leta Goynes Gesicht wurde kühl und leicht verächtlich. »Das Institut ist nicht nur stark, es ist flexibel. Normale Anpassungen werden vollzogen werden.«

»In diesem Fall wird die Anpassung nicht so einfach werden. Der Überlebende, Nummer sechs, hat die anderen vergiftet. Sein Name ist Howard Alan Treesong.«

Leta Goynes starrte auf die Fotografie. »Das sind schreckliche Informationen – falls sie stimmen. Und ich sehe, dass sie wahr sein müssen ... Wie ist er in Rang 99 gekommen?«

»Durch Betrug, Erpressung, Furcht, Gedankenmanipulation –
nehme ich an. Bestimmt ist er nicht Rang um Rang aufgestiegen.
Aber eine wichtigere Frage: Welche Mitglieder der Dekade fehlen
auf dem Bild? Und wo befinden sich diese Mitglieder?«

Leta Goynes brachte ein herbes, kühles Lachen zustande.
»Unter diesen Umständen wird dies zu einer höchst bedeutsa-
men Information.«

»Richtig. Und ich könnte einer von Treesongs Kollegen sein.«

»Oder Treesong selbst.«

Gersen gab ihr Addels Geschäftskarte. »Telefonieren Sie mit
diesem Mann. Er ist ein Ortsansässiger von gutem Ruf. Fragen Sie
ihn über mich, was Sie möchten.«

Leta Goynes ging zum Kommunikator. »Zunächst werde ich
jemanden über Jehan Addels befragen.«

Sie zog eine Reihe abgeschirmter Erkundigungen ein, während
sie Gersen aus dem Augenwinkel beobachtete. Dann rief Sie Jehan
Addels an. Nach einiger Wartezeit antwortete er, darüber ver-
stimmt, in seiner Ruhe gestört zu werden. Gersen sprach zu ihm:
»Dies ist die Dame Leta Goynes. Beantworten Sie ihr jede Frage,
die zu stellen sie geneigt ist.«

Leta Goynes befragte Addels fünfzehn Minuten lang, anschließend wandte sie sich langsam vom Kommunikator ab. Nach und
nach hatte sie die typische Haltung der oberen Ränge des Instituts angenommen: einen gelassenen und leidigen Gleichmut
gegenüber allen Ereignissen, einschließlich persönlicher Unannehmlichkeiten.

»Addels gesteht Ihnen einen bemerkenswerten Ruf zu.« Sie
nippte gedankenvoll am Tee, dann sprach sie mit nachdenklicher
Stimme: »Das Institut neigt dazu, gewöhnliche gesellschaftliche
Probleme zu ignorieren, selbst solch ungeheuerliche Kriminelle
wie Howard Treesong. Dennoch …« Leta Goynes schob das
Kinn vor. »Ich werde Ihnen die Informationen geben. Drei aus der
Dexade sind auf der Fotografie nicht zugegen. Es handelt sich um
101, 102 und 107. Der Tod von 107 war der Anlass der Zusammen-
kunft. 101 lebt abgeschieden auf Boniface, an einem Ort namens

Athmore Violet, im wildesten Teil von Weltmoil. Sein Name ist
Dwyddion und er ist unser Triun, obwohl er es nicht wissen mag,
da er niemanden empfängt und sich weigert zu kommunizieren.«

»Und was ist mit 102?«

Leta Goynes lächelte ein seltsames, schiefes Lächeln. »Sein
Name ist Benjamin Wroke. Er ist in der Shanarosee ertrunken.
Letzte Woche wurde seine Leiche an den Strand bei Cele gespült,
in der Nähe von Wildinsel.

# KAPITEL VIII

Aus: *Sternenführer für Jedermann: Wega, Alpha Lyrae*:

... Die drei inneren Planeten, Padraic, Mona, Noaille sind Schlackebrocken aus versengtem Stein, gebacken im strengen Glast vom Großen Weißen Stern. Noaille kehrt Wega stets eine Seite zu und ist erwähnenswert wegen seines Regens aus flüssigem Quecksilber, welcher auf der dunklen Seite niedergeht, zur heißen Seite fließt, wo er verdampft und zur dunklen Seite zurückkehrt.

Als Nächstes kommen die bewohnten Welten: Aloysius, Boniface, Cuthbert. Cuthbert ist nass und unangenehm sumpfig, mit nur wenigen Bereichen, die angenehm zu bewohnen sind, zum Teil wegen der zahlreichen Insekten, denen Cuthbert seinen Spitznamen verdankt: »Paradies für Kammerjäger«.

Aloysius, als nächstes in der Umlaufbahn, ist gemäßigt, wenn auch klamm, und die am dichtesten besiedelte der weganischen Welten.

Die frühe Geschichte von Aloysius wird beherrscht von der Rivalität religiöser Sekten. Die Auswirkungen des Hasses und der Kriege bestehen noch heute, ganz besonders auf dem Land, in Form von provinziellem Argwohn. Die Städte Pontefract, Neu Wexford und Yeo sind vergleichsweise kosmopolitisch.

Boniface, äußerste und größte der besiedelten Welten, ist düster, feucht und wie eine Karikatur der beiden anderen, weil sie die Rauheit und Absonderlichkeiten ihrer

Schwesterplaneten übertreibt. Die Meere werden von Ehrfurcht gebietenden Stürmen heimgesucht, die Landmassen
sind wegen ihrer außergewöhnlichen Topografie bemerkenswert: dem Wind und dem Regen ausgesetzte weite Ebenen;
Berge, Höhlen, Felsspitzen, Klüfte; breite Flüsse, die von See
zu See fließen. Hier und da lässt das Land Behausungen zu,
jedoch ohne Bequemlichkeit und Komfort.

Von frühester Zeit an entrang das gewitzte und voraus-
schauende Volk von Aloysius Werte aus Schlacke und nutzte
die ungastlichen Einöden von Boniface als eine Strafnieder-
lassung, wo die Atheisten, die Unverbesserlichen und die
Rettungslosen der weganischen Welten ausgesetzt wurden.

Die Sträflinge, die in Port Swaven eintrafen, wurden
in einem Durchgangslager abgefertigt, das vom Orden
des Heiligen Jedasias geleitet wurde. Durch eine göttliche
Offenbarung erhielt ein gewisser Abbot Nahut Anweisung
bezüglich einer neuen Therapie, der die ankommenden
Sträflinge unterzogen werden mussten, um sich besser auf
das Leben auf Boniface vorzubereiten. Die Methoden waren
drastisch und einzigartig. Viele der Überlebenden erlitten
genetische Defekte, die sich als dauerhaft erwiesen, und
damit war – mehr oder weniger zufällig – eine neue menschliche Rasse geschaffen worden. Dies waren die »Fojos«, eine
der Kuriositäten im menschlichen Universum. Der typische
Fojo war hochgewachsen, besaß dünne Arme und Beine,
große Hände und Füße, knotige grobe Gesichtszüge und
einen Schopf weißer Stacheln anstelle von Haaren. Die Fojos
wurden funktionell zur einheimischen Rasse von Boniface
und zogen zu den geschütztesten Winkeln, Spalten und einsamsten Tälern ihrer harschen Welt.

In einigen wenigen Städten – Slayman, Cashel Creary,
Nahutty, Kaw Doon, Fiedeltown – unterhalten einige wenige
gewöhnliche Männer und Frauen Läden und Geschäftsstellen
und führen technische Dienste durch, wobei sie in einem Ver-
hältnis des gegenseitigen Missfallens mit den Fojos umgehen.

Der Orden des Heiligen Jedasias ist längst verschwunden, aber durch eine der bittereren kosmischen Ironien treten die Fojos immer noch für eine Variation des jedasianischen Credos ein und in jedem kleinen Fojo-Dorf existiert eine quadratische jedasianische Kirche.

≈

Die Zeit war plötzlich zu einem kritischen Faktor geworden, insofern, als Dwyddion, Einsiedler und neuer Triun, sicherlich eine von Howard Treesongs »dringenden Angelegenheiten« darstellte. Gersen beeilte sich so gut wie möglich, von Leta Goynes Landhaus zum Raumhafen, an Bord des Fantamischen Flitzerflügels und hinaus in den Raum zu kommen.

Der automatische Pilot schwang das Boot hoch über Wega hinaus und hinunter auf die gegenüberliegende Seite, dahin, wo Boniface in seiner Umlaufbahn dümpelte. Da es sich um eine primitive Welt handelte, mit nichts von Wert, das geplündert, geraubt oder entwendet werden konnte, fehlte Boniface jegliche Zugangskontrolle; Gersen ließ sich hinunter auf die harsche blau-schwarze und weiße Scheibe fallen, ohne aufgehalten zu werden.

Gersen durchsuchte das *Weganische Ortsverzeichnis*, fand jedoch nur eine vage Auskunft über Athmore Violet. Das Skak-Gebirge verlief diagonal durch ein Gebiet, das als Weltmoil bekannt war, in der Mitte von St. Crodeckers Kontinent. Entlang der südlichen Flanken des Skaks mäanderte der Fluss Meaughe das Meaughetal hinunter, wo Gersen das Dorf Poldoolie bemerkte, das sich gut als Quelle örtlicher Informationen erweisen mochte.

Die Oberfläche von Boniface, verdeckt von Wolken und getarnt durch Wolkenschatten, offenbarte keine sichtbaren Landmarken. Gersen orientierte sich mithilfe von Funkfeuern, berechnete die Position des Dorfes Poldoolie und flog schräg durch die trübe Atmosphäre hinunter.

Über dem Meaughetal war der Himmel klar. Gersen machte Poldoolie ausfindig, eine Gruppe von Steingebäuden neben einer

Vegetation aus violettem Voitch*. Gersen stieg in einer Spirale hinab und landete den Flitzerflügel auf einer matschigen Wiese, einen halben Kilometer vom Dorf entfernt.

Es war örtliche Mittagszeit. Gersen trat aus dem Flitzerflügel in einen klammen kühlen Wind, der nach Modder und ranziger Vegetation roch.

Aus dem Dorf sprang ein Dutzend schlaksiger Bengel. Die größeren stießen die kleineren beiseite, die kleineren fluchten und stellten den größeren Beinchen. Alle trugen schmutzige weiße Kittel, die sie während des Laufens hochzogen, was weiße Beine und knorrige Knie zum Vorschein brachte. Ihre Köpfe waren schmal, die Gesichtsstrukturen derb und knotig. Aus jedem schmalen Schädel hob sich ein Busch steifer weißer Dornen. Der erste, der herankam, hielt einen halben Meter vor Gersen an und schrie: »Ich bin der Wächter, ich bin hier der Erste, die anderen sind Schmetterer, zahlen Sie ihnen nichts! Ich bin Keak, ich bekomme den Gautsch.«

»›Gautsch‹? Was ist ›Gautsch‹?« fragte Gersen.

»Das ist meine Bezahlung. Ich will entweder fünf SVE oder fünf Bilderbücher.«

Die anderen Jungen schrien mit eifrigen Stimmen: »Geben Sie ihm Bücher als Gautsch! Gute Bücher, mit Bosern! Yetsch Bosern!«

»›Bosern‹? Was sind ›Bosern‹?«

Die Frage löste ersticktes Gelächter aus. Keak wischte sich über den Mund und erklärte. »Bosern – mit den großen Ärschen und ohne Kleider. Yetsch: Das sind gute Bosern!«

»Ich verstehe«, sagte Gersen. »Und angenommen, ich zahle weder mit Münzen noch mit Bildern nackter Bosern – was dann?«

---

* Als einzelner Organismus, vergleichbar mit einer gigantischen Flechte, trägt das Voitch eine drei Meter dicke schwarze Matte auf sandfarbenen oder hellgrauen, fünfzehn Meter hohen Strünken. Bestimmte Voitch-Gewächse sind giftig, andere räuberisch und fleischfressend. Die zuträglichen Exemplare liefern Nahrung, Getränke, Fasern, Schutz und Arzneimittel.

»Dann kommen die Schmetterer – die hässlichen Schutts dort drüben! Sie werden Ihre Ferberator-Kristalle besudeln und schale Hundepisse in Ihre Luftzufuhr schütten. Also zahlen Sie und ich werde sie davon abhalten.«

Gersen überlegte. »Wie kann man so viele Schmetterer beherrschen?«

»Sie werden sich hüten sich über mich hinwegzusetzen. Cukkins! Sag ihm, was ich sonst mit euch tun werde.«

»Glauben Sie, wenn ich auch nur ein Flünkchen zerschmettere, drückt er mir den Kopf in den eigenen Hintern. Er ist ein Skarfer, das ist Keak, und er weiß, wie man es macht.«

Gersen nickte. »Nun, Keak, ich verstehe, dass du ein Geschäft machen willst. Dennoch, ich denke es ist besser, wenn alle etwas davon haben. Hierher, also, um das Boot herum; ich habe schöne Dinge für Burschen wie euch in der Ladebucht.«

»Wie?« fragte ein kleingewachsener Jugendlicher. »Was für eine Art schöner Dinge?«

»Was haltet ihr von Bosern-Büchern?« fragte Gersen. »Dutzende davon, alle furchtbar unflätig!«

»Darum geht es!« schrie Keak. »Lassen Sie uns sehen!«

»Hierher.« Gersen ging um das Schiff herum, gefolgt von hoppelnden und hüpfenden Jugendlichen. Gersen ließ das Ladeluk beiseite gleiten und zog die Leiter herunter. Er deutete auf Keak. »Du hast die erste Wahl; schnell jetzt, ich habe keine Zeit zu verschwenden.«

Keak hüpfte die Leiter empor, gefolgt von den anderen und Gersen zum Schluss.

»Hier gibt es nichts zum Licht machen«, krächzte Keak. »Machen Sie Licht! Zeigen Sie uns die Bosern.«

»Großer Arsch, dicke Euter.«

Gersen berührte einen Knopf; das Licht in dem Raum, der völlig leer war, ging an.

»He!« rief Keak. »Hier ist nichts!«

Gersen grinste. »Nur eine Brut junger Spitzbuben. Ich gehe jetzt meinen Geschäften nach und schließe euch ein. Wenn ihr irgendeine Schweinerei macht, fliege ich euch in die Berge, werfe euch hinaus und ihr werdet nicht zum Abendessen zu Hause sein. Also, achtet auf euer Betragen!«

Gersen stieg die Leiter hinunter, schloss und verriegelte das Luk. Er machte sich über die matschige Wiese auf und fand kurz darauf einen Weg, der neben einem mit magentarotem Schleim verstopften, träge dahinfließenden Entwässerungsgraben verlief.

In den Ausläufern des Dorfes kam er an einer kleinen Hütte vorbei, die auf Pfählen über dem Sumpf stand. Unter der Veranda kauerte ein alter Mann und sortierte Steine aus einem Sack auf drei Haufen.

Gersen rief: »Hoy! Können Sie mir den Weg nach Athmore Violet weisen? Ich kann es nicht auf der Karte finden.«

Der alte Mann kauerte sich lediglich im Schatten zusammen. Gersen dachte, dass der Mann ihn nicht gehört hatte und näherte sich ihm. Der alte Mann warf ein Tuch über seine Steine und kletterte spreizbeinig, wie eine unbeholfene Spinne, zurück in den Dreck unter seinem Haus.

Gersen wandte sich ab, ging weiter den Weg entlang und kam an einer weiteren, etwas solideren Hütte vorüber, die eine, von einem religiösen Fetisch umgebene, schwarze Energieeinheit auf dem Dach hatte. Im Torbogen der niedrigen Mauer stand ein Mann, der einen hohen kegelförmigen Hut trug. Gersen hielt inne und entbot ihm einen freundlichen Gruß. »Guten Tag, der Herr.«

»Ja, ja!« entgegnete der Fojo in einem herablassenden, schleppenden Ton.

Gersen ruckte mit dem Daumen in Richtung der ersten Hütte: »Weshalb hat sich der alte Mann unter der Hütte versteckt?«

Der Fojo gluckste ob Gersens Naivität. »Er ist ein Bergmann, ist das nicht klar? Es sind seine neuen Erze. Schauen Sie unter das Haus; sehen Sie wie seine Augen schimmern! Er hat ein Beilo-bei. Hätten Sie sein Erz angerührt, hätte er Ihnen den Kopf mitsamt den Ohren weggeblasen.«

»Ich möchte nur Informationen. Wo ist Athmore Violet? Auf meiner Karte ist es nicht verzeichnet.«

»Natürlich nicht. In Athmore Violet baut Bugardoig Alexandriten ab.«

»Ich bin nicht interessiert an Alexandriten. Ich möchte einen Mann finden, der in der Nähe wohnt. Können Sie mir den Weg nach Athmore Violet zeigen?«

Der Fojo deutete mit dem Daumen in Richtung des Dorfes. »Bugardoig ist der Mann, den Sie fragen müssen.«

»Ich bin in Eile. Ich möchte keine Zeit verschwenden, indem ich mich nach Bugardoig umsehe.«

»Nur die Ruhe; er wird Sie finden, sobald er Ihr Schiff auf seiner Wasserwiese bemerkt, dann wird er keine Zeit verschwenden.«

»Was ist mit Ihnen? Haben Sie Lust, hundert SVE zu verdienen? Helfen Sie mir, meinen Freund zu finden.«

»In der Nähe von Athmore Violet, sagen Sie. Das muss der Einsiedler vom Voymont sein.«

»Er ist ein einsamer Mann, richtig.«

»Athmore Violet und Voymont: gefährliche Gegend, wenn auch nur wegen Bugardoigs Minen.«

Aus dem Inneren der Hütte drang eine heisere Stimme: »Nimm das Geld, Lippold. Tu, was verlangt wird! Es ist keine große Sache.«

Lippold schien den Rat nicht zur Kenntnis nehmen zu wollen. Offenbar hatte er das Interesse an Gersen verloren und blieb, ernst durch das Meaughetal starrend, stehen. Der Himmel riss auf und Wega warf ein Licht von strahlender Klarheit über die Landschaft. Die Dinge nahmen Farbe an und wurden lebendig: Sumpfginster in Kastanienbraun und Ocker, die Berge hinter Poldoolie in Blauschwarz und Weiß, das Voitch, violett, mit einem unerklärlichen blaugrünen Schatten darunter. Die Wolken schlossen sich wie eine Falle; das Wegalicht war verschwunden. Lippold stand unbewegt von der unvermittelten Pracht und ihrem ebenso abrupten Verschwinden da. Gersen wandte sich ab und ging weiter in Richtung Dorf: ein unregelmäßiger Wirrwarr aus Steinhütten, Schweinekoben, Ställen und Schuppen, einem Dutzend Läden und Geschäftsstellen, einer Taverne und einer gedrungenen jedasianischen Kirche.

Darüber kollidierten Wolken aus dem Osten und dem Westen. Sie wirbelten ineinander und wühlten sich auf, Regen setzte ein. Gersen blickte über die Schulter; Lippold stand wie zuvor, nun in einem Regenschleier.

Gersen lief in das Dorf und suchte Schutz unter dem Dachvorsprung einer geschlossenen Mechanikerwerkstatt. Nur die Taverne schien geöffnet zu haben.

Er wartete einen Augenblick. Der Regen ging weiter in grauen Schleiern nieder, monumental beleuchtet von Gewitterblitzen. Gersen sah hochgewachsene Gestalten durch den Regenguss zum Wirtshaus laufen, an der Tür pausieren, um sich zu schütteln, die Nässe abzustreifen und dann einzutreten. Für einen Augenblick setzte der Niederschlag aus. Während der Pause lief Gersen die Straße hinauf zur Taverne.

Er betrat einen langen Raum mit einem Tresen an einer Seite und Bänken und Tischen auf der anderen. Eine Reihe hoher Fenster mit Scheiben aus gelbem Muskovit ließ ein farbloses Licht in den Raum. An den Tischen saßen Gruppen von Fojos über Tassen mit heißer Flüssigkeit gebeugt. Die Schärfe des heißen Gebräus, gemischt mit dem säuerlichen Dampf nassen Stoffes und feuchten Fleisches, ließen Gersens Nasenlöcher zucken.

Als er weiter in die Stube hineinging, versiegten die Unterhaltungen, alle Köpfe wandten sich um und Reihen milchblauer Augen sahen Gersen prüfend an. Jeder der Männer trug eine über das Stachelhaar gezogene Strumpfhaube, ähnliche Hauben hingen über Pfählen neben jedem Tisch. Gersen nickte der Gesellschaft höflich zu und begab sich zum Tresen. Der Barmann, der sich die großen Hände an einem schmutzigen Handtuch abwischte, das um seinen Bauch gebunden war, kam heran. »Was ist Ihr Begehr?«

»Ich möchte einige Worte mit jemandem namens Bugardoig wechseln«, entgegnete Gersen. »Befindet sich dieser Herr im Augenblick hier?«

»Es ist kein Alois Bugardoig hier; und was brauchen Sie von ihm, wenn Sie es ohne besser haben? Und wollen Sie keinen Hut tragen? Wo bleiben Ihre Manieren?«

»Es tut mir leid, ich besitze keinen Hut.«

»Einerlei, mit einem Prut, der an Ihrer Wange herunterhängt, würden Sie wie ein dummer Scherz aussehen, wie ein erschöpftes Coigel. Aha, wer ist das?«

In die Taverne trampelte, dick und schwerfällig, ein Mann mit geschlitzten hellblauen Augen, die durch pralle apfelrote Wangen nahezu verborgen wurden. Er ging zu einem Pfahl, nahm einen »Prut« und zog ihn mit einer geschickten Drehung über die Haarstacheln. Gersen wandte sich an den Barmann: »Ist das Bugardoig?«

»Ha, ha! Das ist ein Grund zum Lachen oder – wären Sie Bugardoig – einem großen Stich der Wut. Das ist Looke Hollop und er leert die Abfallgrube des Dorfes. Sehen Sie seine Arme. Er ist ein starker Mann, der Hollop, aber nie und nimmer wie Bugardoig. Trinken Sie? Mögen Sie unseren gekochten Twirps?«

»Was servieren Sie sonst noch?«

»Nur wenig anderes. Es ist gut genug für uns. Schnauben Sie und rümpfen die Nase über unseren guten Twirps?«

»Niemals!« versetzte Gersen. »Seien Sie so gut und servieren Sie mir eine Portion.«

»Wohl gesprochen. Jocko! Einen Batter Twirps für diesen Ausländer. Und hier, da ich Erbarmen mit Ihnen habe, lassen Sie mich versuchen, Ihrem Kopf den Anschein von Schicklichkeit zu verleihen.« Der Barmann stopfte Papier in einen schmutzigen und öligen Prut und zog ihn bis über Gersens Brauen hinunter, sodass der ausgestopfte Teil zuerst zur einen Seite wankte, dann zur anderen. »Nicht gut«, sagte der Barmann, »aber besser, insbesondere wenn Sie Geschäfte mit Alois Bugardoig machen, der ein selten pingeliger Geselle ist, wenn es um die Feinheiten des Lebens geht. In der Tat, er hat geschworen am Heiligen Tag niemals einem anderen Menschen zu schaden, kann man es glauben? Einige beteuern, umso schlimmer ist er an den anderen Tagen. Ach du liebe Zeit, wer ist denn das?«

In die Taverne kam ein Fojo mit einer breiten, gewölbten Brust und einem auswärts gebogenen und knorrigen Gesicht wie ein Dschungelpilz. Gersen fragte: »Ist das Bugardoig?«

»Er? Niemals. Das ist Shirmis Poddle. Shirmis, was soll es sein? Das Übliche?«

»Das Übliche, denn es gibt nichts Besseres. Ich frage mich, wo mein Balg ist? Es hätte draußen sein sollen, um die Decker zu deddeln, aber keine Spur von seinem Hemdzipfel. Na, einerlei. Es sind seine Knochen, die es zu spüren bekommen, nicht meine.«

Der Barmann ließ einen Krug mit stark gewürztem Twirps hinübergleiten. »Trink mit Genuss, Shirmis. Heute ist es bisher ruhig geblieben.«

»Ist dieses missmutige Wesen auf dem Weg? Oder habe ich einen Augenblick Frieden?«

»Nur das Hohe Auge sieht so weit. Pst! Hört ihr ihn jetzt?«

Shirmis blickte wieder zur Tür. »Das ist nur der Donner. Aber ... «, er hob seinen Krug und trank, » ... du hast mich nervös und striktiös gemacht. Ich breche auf zu ruhigeren Orten.«

Der Barmann sah zu, wie er verschwand und schüttelte bekümmert den Kopf. »Furcht ist ein seltsames Gefühl und nicht zu erklären. Ah, da, ist das jetzt Donner oder ist es Bugardoig, der sein Bein schüttelt?«

Ein Fojo betrat die Taverne, seine Schultern füllten den Eingang. Zwillingsstreben aus sehnigen Muskeln bogen sich, um sein Kinn zu stützen, sodass der Kopf schmaler erschien, als der Hals. Sein Mund war eine klaffende Spalte, die Nase ein hervorstehender Knorpel.

Gersen blickte den Barmann an. »Und das ... ?«

»Da sehen Sie Bugardoig, und heute hat er Flammen in den Augen. Jemand hat ihm übel mitgespielt und es könnte für uns alle hart werden. Sitzt Ihr Prut gerade?«

»Das will ich hoffen. Was trinkt er?«

»Das Übliche und einiges mehr vom Gleichen.«

»Servieren Sie einen Doppelten.« Gersen wandte sich Bugardoig zu, der dastand und sich mit einem Ausdruck finsterer Absichten unter den Tavernengästen umsah. Als er sich zur Bar umwandte, bemerkte er Gersen und zuckte mit übertriebenem Missfallen zurück. »Und was ist das, mit schiefem Hut und einem Gesicht wie ein Wasserspeier?«

»Ein Freund in Pontefract hat mich gebeten Sie aufzusuchen. Er schlug vor, mein Schiff auf Ihrer Wasserwiese zu landen, da Sie berühmt sind für Ihre Großzügigkeit. Übrigens habe ich in Ihrem Namen eine doppelte Portion Sud bestellt.«

Bugardoig hob einen Krug mit der rechten Hand und leerte ihn; er nahm den zweiten Krug mit der linken Hand, schüttete sich den Inhalt mit gleicher Leichtigkeit in die Kehle und setzte die leeren Behältnisse zurück auf den Tresen.

»Also zum Geschäft. Da ich keine Ausnahmen mache, zahlen Sie mir jetzt einhundert SVE an Landegebühren, Liegegeld und Liegezeitgeld für einen Monat.«

»Lassen Sie uns zunächst eine größere Angelegenheit besprechen«, sagte Gersen. »Haben Sie gegenwärtig einige Stunden übrig?«

»Für welche Art von Geschäften?«

»Profitable Geschäfte.«

»Erklären Sie das.«

»In der Nähe von Athmore Violet lebt ein wichtiger Mann, den wir auf der Stelle aufsuchen müssen.«

»Wie? Wer ist das? Der verrückte Einsiedler von Voymont?«

»Er ist ganz und gar nicht verrückt«, entgegnete Gersen. »Tatsächlich hat er Sie als den Qualifiziertesten empfohlen, mich zum Voymont zu bringen, da Ihr Anwesen in der Nähe ist.«

Bugardoig stieß ein dröhnendes Lachen aus. »Nicht so nahe, dass ich Lust hätte, mein Leben auf dem Voymont zu riskieren. Also bezahlen Sie mir meine Gebühren und gehen Sie allein zum Voymont. Falls Sie sich Athmore Violet nähern, erwartet Sie mein ernsthaftes Missfallen.«

Gersen nickte bedächtig. »Nun denn, kommen Sie mit zu meinem Boot; ich habe kein Geld bei mir.«

Bugardoig verzog das Gesicht zu einer erstaunten, finsteren Grimasse. »Muss ich mich durch die nasse Wiese quälen, weil Sie dumm genug gewesen sind, Ihr Geld zu vergessen?«

»Wie Sie wollen«, meinte Gersen. »Warten Sie hier. Ich hole das Geld und gebe es Ihnen.«

»Ha!« röhrte Bugardoig. »So leicht legt man mich nicht herein. Kommen Sie, wenn ich muss, muss ich. Zu Ihrem Schiff, und
ich verlange eine Zulage von zehn SVE.«

»Warten Sie einen Augenblick!« bellte der Barmann. »Ich will
ein Dreierstück\* für den Sud!«

Gersen legte eine Münze auf den Tresen und machte ein Zeichen in Richtung Bugardoig. »Lassen Sie uns eilen, bevor es
wieder zu regnen anfängt.«

Bugardoig brummte etwas vor sich hin, dann folgte er Gersen
aus der Taverne. Sie gingen den Weg entlang unter dem pflaumen-
farbenen Himmel zurück, vorüber an der Hütte, wo Lippold wie
zuvor stand, vorbei an der Hütte des Bergmannes, der nirgends zu
sehen war, und hinaus auf Bugardoigs Wasserwiese.

Sie näherten sich dem Flitzerflügel. Gersen sagte zu Bugardoig:
»Warten Sie hier. Ich springe an Bord und hole das Geld.«

»Verschwenden Sie meine Zeit nicht mit Torheiten!« erwiderte Bugardoig. »Machen Sie auf. Ich werde Sie nicht außerhalb
der Reichweite meiner Fingernägel umherstreunen lassen, bis ich
nicht habe, was mein ist.«

»Die Fojos sind eine argwöhnische Rasse«, bekundete Gersen.
Er kletterte die Leiter hinauf und öffnete das Luk, mit Bugardoig
dicht auf den Fersen. »Hierher«, rief Gersen. Am Hinterschott
des Salons ließ er eine Tür zur Seite gleiten und gestikulierte in
Richtung Bugardoig. »Hier hindurch.«

Bugardoig schob sich ungeduldig vorbei in die Ladebucht.
Gersen ließ die Tür zugleiten und betätigte den Riegel, gerade
als Bugardoig seinen Fehler bemerkte und sich gegen die Tür
schmiss. Gersen drückte sein Ohr gegen das Paneel und hörte
schrille Stimmen. Grinsend ging er an die Steuerung, brachte das
Boot in die Luft und flog das Meaughetal hinauf. Unten bewegte
sich der Fluss nach Süden wie eine mürrische graue Schlange,
über mit verschiedenen Arten von Vegetation beklecksten Ter-
rassen: grauen Kropfbüschen, violettem Voitch, hellgrünen

---

\* Eine Münze im Wert von drei Vierteln einer SVE.

Wachspflanzen, schwarzen Brandbäumen. Minarette aus rosafarbenen und gelben Landkorallen stießen sich hundert Meter in den Himmel; giftig orangefarbene Schmierflecken zeigten Kolonien wandernder Moschusochsen an.

Fünfzehn Kilometer fielen zurück. Gersen ließ das Boot auf einer Wiese mit breitblättrigem Silbergras niedergehen. Er stieg aus dem Gefährt aus, ging zum Ladeluk, ließ es aufgleiten und stieg dann die Leiter hinab. Er rief: »Keak! Keak! Sprich!«

Eine verdrießliche Stimme entgegnete: »Was wollen Sie?«

»Wie viel Schweinerei habt ihr gemacht?«

Eine kurze Pause; dann, in erhabenem Ton, der zu einem Falsett anstieg: »Ich persönlich? Nichts von Bedeutung.«

»Keak! Hör gut zu – hör sehr gut zu! Ich bin dabei, die Gören gehen zu lassen. Alle außer dir. Wir werden uns die Ladeluke ansehen. Wenn die Zustände bei mir Anstoß erregen, werde ich dich dreihundert Kilometer weit in die Berge fliegen. Dort wirst du, und du allein, die Ladeluke scheuern, bis sie glänzt und so süß riecht wie die Rose von Kew. Danach wirst du deiner Wege gehen und ich meiner.«

Keaks Stimme kam etwas bebend: »Die Zustände sind leidlich gut. Ich bemerke ein wenig Sauerei hier und dort ...«

»Am besten säuberst du es jetzt gleich, während du noch über Hilfe verfügst und noch recht nahe an deinem Zuhause bist.«

»Wir haben nichts zum Säubern hier.«

»Wasser gibt es auf der Wiese. Benutzt eure Hemden.«

Keak stieß einen furiosen Schwall gebellter Befehle aus. Die Jungen kamen blinzelnd und zwinkernd die Leiter herunter. Dann erschienen zwei massive Beine, als nächstes ein großer Torso und schließlich der Kopf von Alois Bugardoig. Am Fuß der Leiter hielt er inne, um Gersen anzustarren, seine Wangen blähten sich, sein Mund war wie ein gewaltiger scharlachroter Polyp. Langsam krümmte er die Schultern und ging auf Gersen zu, der eine Linie knisternden blendenden Lichts beinahe über Bugardoigs Zehen brannte. »Provozieren Sie mich nicht«, sagte Gersen. »Ich bin in Eile.«

Bugardoig wich einen Schritt zurück, das Gesicht erhitzt und düster. Gersen winkte mit der Pistole in Richtung Keak. »Schneller! Erinnerst du dich, wie schnell ihr aus dem Dorf gerannt seid?«

Eine halbe Stunde später brachte Gersen das Boot in die Luft und ließ eine ihm nachstarrende Gruppe niedergeschlagener Jungen ohne Hemden zurück.

Während er zusah, wandten sie sich um, zogen die Ellbogen an die dürren weißen Oberkörper und machten sich das Tal hinunter auf.

Bugardoig saß nun im Salon; ein Band begrenzte seinen Bewegungsbereich. Muskelknoten spielten an seinen Wangen, seine Augen waren Ritze aus blauem Funkeln. Bugardoig war offensichtlich niemand, der gegenüber Widrigkeiten ein duldsames oder gar fatalistisches Gesicht zeigte.

Gersen brachte das Schiff hoch bis unter die ersten dahintreibenden Wolkenschichten. Er wandte sich an Bugardoig. »Sind Sie mit Dwyddion bekannt?«

»Dem Einsiedler? Gewiss, ich kenne ihn. Er lebt am Voymont von Athmore Violet. Habe ich nicht gesagt, dass er verrückt ist?«

»Verrückt oder nicht, wir müssen ihn vom Voymont fortschaffen oder er wird getötet werden.«

»Und das ist wichtig?«

»Ziemlich wichtig. Also, wo befindet sich der Voymont von hier aus?«

»Dort drüben. Über den Skak.«

»Und welches sind die Landmarken?«

Bugardoig stieß ein raspelndes Grunzen aus. »Ah, diese Unannehmlichkeiten, die ich diesem Yetsch und seiner Pistole zu verdanken habe ... Was, wenn ich vom Blitz niedergestreckt würde?«

»Das wäre Ihr Schicksal.«

Bugardoig hievte sich auf und blickte durch die Bullaugen hinaus. »Nach Westen und eine Slarshtitt* nördlich. Der Voymont ist hinter diesen drei scharfen Spitzen. Sehen Sie diesen schwarzen

---

* Slarsh: ein Fojo-Begriff für ein vorpubertäres Mädchen. Slarshtitt ist ein vulgärer umgangssprachlicher Ausdruck für »geringfügige Menge« oder »in einem nahezu vernachlässigbaren Grade«.

Schatten. Das ist der Pritz, auf der anderen Seite vom Voymont, mit der Luftigen Schlucht dazwischen. Sehen Sie das Teufelslicht! Ah, es gibt seltsame Dinge am Pritz!«

Gersen lenkte den Flitzerflügel hoch, über ansteigende Wälle aus eintönigem schwarzem Fels und über ein Ehrfurcht gebietendes Ödland aus Fels und Felsspalten. Im Westen zeichnete sich der Pritz ab. Blitze, die vor seinem Antlitz niederfuhren, wurden immer deutlicher.

Ein Durcheinander wirrer Kämme flog unter ihnen vorüber. Bugardoig nannte mit bedrückter Stimme die Namen: »Der Schaggeth ... Morneys Zahn und, dort drüben, Athmore Violet ... Hunckertown Trabble, mit einer Palladium-Bohrung, ... Mount Lucasta, da ist der Oberlauf des Armebeins-Flusses ... Jetzt der Voymont ...«

Der Flitzerflügel kreuzte hinaus über eine gewaltige Schlucht mit einem silbernen Wasserrinnsal weit unten.

»Unter uns ist die Luftige Schlucht«, sagte Bugardoig.

Der Flitzerflügel schwebte und ließ sich langsam nieder. Aus aufgewühlten Wolken schossen Blitze, die den Pritz umklammerten. Gersen fragte mit unbewusst angespannter Stimme: »Wo ist Dwyddion?«

»Gehen Sie mit dem Schiff tiefer, in den Alten Luftigen ... Da, dort drüben, der Felsvorsprung, wo nur ein Verrückter leben würde.«

Gersen ließ den Flitzerflügel nahe an den Voymont herangleiten und ging unter Windböen nieder.

Bugardoig deutete mit einem rotknöcheligen Finger: »Dort, Dwyddions Haus. Jetzt habe ich mein Wort gehalten; bringen Sie mich nach Poldoolie zurück.«

»Wir bleiben gerade so lange, um sicher zu sein, dass Dwyddion da ist.«

»Pah!« knurrte Bugardoig. »Ich bin versucht, Ihnen die Faust auf den Kopf zu schlagen, Pistole hin oder her.«

»Haben Sie Geduld«, beschwichtigte Gersen. »Es wird nicht lange dauern. Je schneller, desto besser.«

Der Flitzerflügel schwebte dicht an den Berghang heran. Dwyddions Haus war ein einfaches Gebäude: ein Block aus geschweißtem Gestein und Glas, das gefährlich auf dem Felsvorsprung hockte. Im Norden war der Felsvorsprung durch eine kunstvolle Anhäufung und Verkleidung von großen Felsbrocken verbreitert worden, um zunächst einen dreißig Meter langen Viadukt und anschließend einen schmalen Landebereich zu schaffen: einen offen einsehbaren Platz. Südlich des Hauses wurde der Felsvorsprung zu einem Pfad, der zu einem kleinen ebenen Platz in einem Winkel einer Felsspalte führte. Hier befand sich ein kleiner schwarzer Flieger und dahinter, halb aus dem Stein gehauen, ein Gebäude, das Gersen für eine Werkstatt hielt. Dieser Bereich war verborgen und unauffällig. Er ließ den Flitzerflügel zur Landung neben Dwyddions schwarzem Flieger niedergehen.

Bugardoig übte schnaubend Kritik an Gersens Wahl des Landeplatzes. »Seit ihr Yetschs immer so töricht? Weshalb benutzen Sie nicht den geeigneten Bereich? Ist das ein zu leichtes und offensichtliches Verfahren?«

Gersen erwiderte gemessenen Tons: »Ein Krimineller kommt, um Dwyddion zu töten. Ich will nicht, dass er weiß, dass ich hier bin.«

Bugardoig stieß ein rasselndes, höhnisches Prusten aus.

Gersen öffnete das Luk und sprang auf den Boden. »Ich kann Sie nicht allein vor der Steuerung lassen«, sagte er zu Bugardoig. »Etwas Seltsames könnte sich ereignen. Sie kommen besser mit mir.«

Bugardoig verschränkte die massiven Arme. »Ich bleibe hier.«

»Sofort!« rief Gersen. »Es gibt keine Zeit zu verschwenden.«

»Für verrückte Yetsch-Geschäfte ist jede Zeit verschwendet«, brummte Bugardoig. »Hören Sie doch auf.«

»Das bedeutet das Ladeluk für Sie.«

»Nein.«

Gersen streckte die Arme aus. »Sehen Sie mich an.« Er zuckte mit dem rechten Bizeps; wie durch Magie erschien ein Projek in seiner Hand. »Sie wissen, was ich damit tun kann.« Er zuckte mit dem linken Bizeps und es kam jene komplizierte Waffe zutage, die als Dedaktor bekannt war. »Ist er Ihnen bekannt? Nein? Er stößt drei Arten von Glasnadeln aus. Die harmlosesten verursachen ein unerträgliches, drei Wochen währendes Jucken. Ich werde Ihnen zehn Nadeln verabreichen, wenn Sie sich nicht sehr schnell zum Ladeluk bewegen.«

»Schließlich haben Sie mich doch noch überzeugt«, sagte Bugardoig. Er stöhnte, rülpste und ließ seine massige Gestalt mit unerträglicher Bedächtigkeit auf den Boden hinab. »Ich gehe mit Ihnen und schaue mir Ihre Tricks an.«

Gersen blickte sich am Himmel um. »Kommen Sie, beeilen wir uns.«

Er machte sich den Felsvorsprung entlang auf den Weg. Bugardoig folgte ihm schlendernd.

Eine Tür an der Rückseite von Dwyddions Haus glitt beiseite; im Schatten stand ein hochgewachsener dünner Mann. Er trat einen Schritt vor und seine Züge wurden deutlich: Er besaß eine Stirn wie eine Kuppel, mit einer weit zurückweichenden Matte staubfarbenen Haars, schwarze Augen, die in finsteren Augenhöhlen grübelten, abgezehrte Wangen, ein zartes, spitzes Kinn – ein Gesicht, das große intellektuelle Kraft und eine humorlose Veranlagung andeutete. Er musterte seine Besucher ohne Liebenswürdigkeit.

Gersen hielt inne. »Sie sind Dwyddion?«

»Der bin ich.« Dwyddions Stimme war tief. »Bekunden die Bedingungen dieses Ortes nicht meinen aufrichtigen Wunsch nach Einsamkeit?«

»Der Tod ist ebenso einsam. Sie müssen aufmerksam zuhören, da wir sehr wenig Zeit haben. Ich bin Kirth Gersen, dies ist Alois Bugardoig, ein Herr aus Poldoolie, der sich bereit erklärt hat, mich hierher zu führen.«

»Zu welchem Zweck?«

Gersen suchte erneut den Himmel ab und sah wieder nur dunkle Bewölkung und niedrige Wolken, die vom Wind umhergewirbelt wurden.

Eine Bö heulte über den Berghang hinweg und schleuderte Tropfen halb gefrorenen Regens in ihre Gesichter. Dwyddion gab ein ungeduldiges Geräusch von sich, zog den Kopf zwischen die Schultern und zog sich ins Haus zurück. Gersen und Bugardoig folgten ihm. Mit geringstmöglichem Anstand gestattete Dwyddion ihnen zu passieren.

Sie traten unmittelbar in den Hauptraum des Hauses ein. Gersen gewann einen Eindruck karger Verhältnisse, neutraler Farben, humorloser und nur wenig bequemer Einrichtung. Die Botschaft des Raumes war vieldeutig. Er mochte der Ausdruck von Dwyddions Persönlichkeit sein, seiner Ansichten über die Existenz, oder er mochte den Raum lediglich der Aussicht aus seinem breiten Fenster untergeordnet haben; die riesige Schlucht, durch die Winde und Nebel geblasen wurden, der Pritz und das nicht abreißen wollende Spiel der violett-weißen Blitze.

Dwyddion sprach kühl: »Darf ich mich noch einmal nach dem Grund Ihres Eindringens erkundigen?«

»Gewiss. Sie wurden in Bezug auf ein kürzlich abgehaltenes Konklave der Dexade auf Wildinsel in Kenntnis gesetzt?«

»Ja. Ich habe es vorgezogen nicht teilzunehmen. In Diskussionen finde ich mich stets in der Minderheit nur einer Person und meine Anwesenheit erschien unnötig.«

Gersen hielt seine Fotografie hoch. »Kennen Sie alle diese Männer?«

»Selbstverständlich.«

»Und diese Person hier?«

»Es ist Silas Sparkhammer, ein 99er. Ich halte ihn für intelligent, spontan, extrem einfallsreich und absolut ungeeignet für die Dexade.«

»Dem stimme ich völlig zu«, erwiderte Gersen. »Sein Name, übrigens, ist Howard Alan Treesong. Er hat den Triunen und die gesamte Dexade mit Charnay vergiftet. Mit zwei Ausnahmen: Benjamin Wroke, den er ertränkt hat und Sie. Sie sind nun als neuer Triun zu betrachten. Nach Ihrem Tod wird Treesong neuer Triun, und nun ist er auf dem Weg hierher, um Sie umzubringen.«

Dwyddion starrte, blinzelte von der Fotografie zu Gersen. »Sie alle sind tot?«

»Alle.«

»Ha hum! Ich kann das einfach nicht glauben.«

»Zweifellos! Es ist eine schockierende Nachricht. Aber wir haben keine Zeit zu verlieren. Sie müssen mit uns kommen ...« Gersen gestikulierte in Richtung der Tür.

Dwyddion wich zurück. »Ich weiß nichts. Ich kenne keine Fakten. Ich kann nicht so abrupt handeln ... Wer sind Sie eigentlich?«

»Ich erzähle Ihnen alles, sobald wir von hier fort sind. Kommen Sie jetzt.«

Dwyddion schüttelte verdrossen den Kopf. »Nein, natürlich nicht. Das ist pure Hysterie. Ich kann nicht ...«

Gersen winkte Bugardoig zu. »Ergreifen Sie diesen Kerl, tragen Sie ihn hinaus.« Wenn Dwyddion sicher aus dem Weg und im Flitzerflügel war, würde ein Hinterhalt für Howard Treesong möglich werden. Mit etwas Glück könnte die Angelegenheit an genau diesem Tag zu einem Ende gebracht werden.

Bugardoig blinzelte, dann rückte er auf Dwyddion zu, der mit wütender Stimme erstickt schrie: »Zurück!« Er fuchtelte mit den Fäusten herum, als Bugardoig vortrat. Dieser stieß ein Grunzen des Ärgers ob der törichten Situation aus, in der er sich fand. Er packte Dwyddion, warf ihn in die Luft und über seine Schulter. Bugardoig brummte Gersen zu: »Und was nun? Mich langweilt dieser Unsinn.«

Gersen öffnete die Tür. »Tragen Sie ihn zum Schiff, und schnell. Es ist eine undankbare Aufgabe, dem stimme ich zu.« Bugardoig stolzierte hinaus auf den Felsvorsprung und Gersen folgte ihm dichtauf.

Drei Männer, die auf das Haus zugekommen waren, blieben auf der Stelle stehen. Die Person zur Linken war geschmeidig wie ein Seehund im schwarzen Samtanzug. Sein Gesicht war rund und weiß und gekennzeichnet durch eine aus Goldfiligran gearbeitete, verzierte künstliche Nase. In der Mitte stand Howard Alan Treesong, der eine grüne Hose, ein pflaumenrotes Jackett, einen flatternden Umhang und einen schwarzen Käseschnitten-Hut trug. Zur Rechten starrte ein beitelgesichtiger Mann mit schwarzer Haut und schwarzem Bart verwundert Bugardoig an.

Treesong rief mit einer prompten, fröhlichen Stimme aus: »Holla! Was geht denn hier vor?«

Gersen brachte den Projeck zum Vorschein. Er zielte auf Treesong, nur um zu sehen, dass Bugardoig vor ihm stand. Er lehnte sich zur Seite und zog den Abzug durch; der Blitzstrahl schlug in Treesongs strammen Oberschenkel ein. Dieser wirbelte in einem Flattern des Umhangs zu Boden. Gersen ließ sich auf ein Knie nieder und feuerte noch einmal, doch Treesong war über den Rand des Viaduktes geglitten und lag zwischen den Felsbrocken, wo er seiner Wut mit einer Reihe seltsamer, vielstimmiger Aufschreie Luft machte.

Gersen feuerte auf den schwarzhäutigen Mann und tötete ihn, gerade als er mit seiner eigenen Waffe zielte. Goldnase, der sich auf den Boden fallen ließ, feuerte einen Blitzstrahl ab, der Bugardoigs dicken gerippten Hals aufriss. Der Getroffene stürzte wie ein Baum und fiel auf Dwyddion, der sich verdrossen freikämpfte und fortkroch, während Bugardoig dalag und lebendiges rotes Blut zwischen den Steinen vergoss.

Gersen feuerte erneut. Goldnase zuckte, fluchte, rollte über den Rand des Viadukts. Gersen erhob sich, um in einer wachsamen Hockstellung zu verharren und nach Bewegungen Ausschau zu halten. Treesong hatte sein bemerkenswertes, vielstimmiges Gejammer eingestellt. Gersen rannte einige Schritte vor und suchte, in der Hoffnung Treesong zu überraschen, den Hang ab. Er sah nichts. Sein Gegner hatte offenbar hinter einem kompakten Felsbrocken aus Gneis Schutz gefunden.

Gersen lief geduckt über den Viadukt. Er nahm eine Bewegung wahr und ließ sich flach hinfallen. Ein Blitzstrahl knisterte einen Viertelmeter über seinem Kopf durch die Luft. Gersen feuerte den Projeck ab; Gesteinssplitter spritzten gegen Kopf und Hals von Goldnase, der vor Schmerz aufschrie. Er verlor den Fußhalt und glitt den Hang hinunter. Gersen sah fasziniert zu, wie Goldnase rollte, glitt und sich überschlug, wobei er langsam an Schwung gewann, um zu einem stürzenden schlaffen Gegenstand zu werden, der hüpfend, rollend im freien Fall gegen die Felswände schlug, daran abprallte und in der Finsternis verschwand.

Gersen kletterte zurück auf den Viadukt – gerade rechtzeitig, um ein kleines Luftboot vom Landesteig abheben und schräg in den Himmel steigen zu sehen. Howard Alan Treesong hatte keinen Schutz hinter dem Felsbrocken gesucht, er war zwischen den Felsen zurückgekrochen und hatte es so geschafft zu fliehen.

Zehn Sekunden lang starrte Gersen dem Luftboot hinterher. So nah und doch so fern. Seine Intrigen und Listen waren zunichte und der arme Bugardoig eine Leiche, nun bar seines Blutes. Er wandte sich Dwyddion zu, der an der Seite stand und Gersen mit unleserlichem Ausdruck beobachtete.

»Gehen Sie in das Schiff«, sagte Gersen schroff. »Wir müssen eilends von hier fort.«

»Ich sehe keinen Grund … «

Gersen beherrschte seinen Ärger und seine Frustration mit eisiger Kontrolle. »Das war Howard Alan Treesong. Er ist gekommen, um Sie zu töten. Er hat ein Beiboot benutzt. Irgendwo, nicht zu weit oben, schwebt sein Schiff; tatsächlich wird es bereits im Sinkflug sein, um ihn abzuholen. Sobald er an Bord ist, wird das Schiff Ihr Haus vernichten, ebenso wie uns selbst, wenn wir töricht genug sind, solange zu warten.«

Dwyddion vollführte ein fatalistisches Schulterzucken, erhob jedoch keinen weiteren Protest. Der Flitzerflügel stieg in den Himmel und flog gen Westen. Aus den Wolken heraus stieß ein dunkler Rumpf in Richtung Voymont. »Dort ist sein Schiff. Wir sind gerade noch rechtzeitig fortgekommen.«

»Ich verstehe nichts von alledem«, sagte Dwyddion mit düsterer Miene. »Es ist ein Skandal, dass ich, der ich nur Abgeschiedenheit suche, überfallen, genötigt und belästigt werde.«

»Traurig«, sagte Gersen. »Dennoch, wenn es Ihnen – und Bugardoig – Genugtuung verschafft, wir haben Treesongs Meisterplan platzen lassen und ihn ins Bein geschossen.«

»Was für ein Plan ist das?«

»Mit Ihrem Tod wäre er Triun geworden. Er hat es bereits mit der IPCC versucht und ist gescheitert – obwohl ihm der Weg immer noch offen steht. Er beherrscht die Kriminellen auf allen größeren Welten. Das ist die Grundlage seiner Macht. In zehn Jahren wäre er Imperator der Ökumene.«

»Humm ... Bevor der Tag vorüber ist, werde ich in Pontefract eine neue Dexade berufen. Der Mann ist ein Größenwahnsinniger!«

»Das ist er.« Gersen dachte über Howard Treesongs Aufschreie nach, die ihm vielstimmig erschienen waren. »Er ist in der Tat sehr seltsam.«

# KAPITEL IX

Drei Erinnerungen blieben Gersen, lebhafter als alles andere in Verbindung mit Dwyddions Haus auf dem Voymont, im Gedächtnis und verfolgten ihn für den Rest seines Lebens.

Zunächst der Pritz selbst, der kauernd den Attacken Tausender furioser Blitze widerstand und die Luftige Schlucht, die von Wind und Donner widerhallte.

Zweitens die Leiche von Bugardoig, deren Gesicht in Erstaunen erstarrt war ob der undenkbaren Tragödie, die über ihn gekommen war, und dessen Dutt getränkt war mit dem eigenen Blut.

Die dritte Erinnerung, seltsam und erstaunlich, war das vielstimmige Jammergebrabbel von Howard Treesong, als er zwischen den Felsen lag. »... bei den Sibyllen des Hades, solch ein Schmerz!« – »... einerlei, einerlei ...« – »... dieser verrückte Hund; wer kennt ihn?« – »Ich nicht.« – »Ich auch nicht.« – »Genug! *Elhur padache!*« – »Getreuer Grün!«

Wieder schwang sich der Flitzerflügel hoch um Wega herum. Dwyddion saß steif und verärgert da, die Mundwinkel herabgezogen, das Gesicht düster. Kurz darauf bedachte er Gersen mit Seitenblicken. Doch dieser blieb, beschäftigt mit den eigenen Problemen, still sitzen.

Schließlich brach Dwyddion die Stille. In ehrwürdigem Ton sagte er: »Ich wäre daran interessiert, den Grund für Ihre Teilnahme an dieser Angelegenheit zu erfahren.«

»Das ist kein großes Geheimnis«, entgegnete Gersen. »Ich hege so etwas wie einen Groll gegenüber Treesong. So einfach ist das.«

Dwyddion brachte ein säuerliches Glucksen zustande. »So etwas wie einen Groll, wie? Was geschieht, wenn man Sie ernsthaft kränkt? … Nun, einerlei, ich nehme an, ich sollte Dankbarkeit Ihnen gegenüber empfinden.«

»Möglicherweise.«

»Ah, Sie pflichten mir bei! Dann erlauben Sie mir, Ihnen meinen Dank auszusprechen … Es mag sein, dass ich zu lange einsam gewesen bin. Tatsächlich habe ich nun, da die Dexade nicht mehr ist, keinen weiteren Grund zur Abgeschiedenheit. Das Geheimnis ist jetzt nur noch mir bekannt.«

Dwyddion blieb grübelnd und sich an den langen weißen Fingern zupfend sitzen. Nun, da er zu reden begonnen hatte, fand er es schwer, seine Redseligkeit zu stoppen. »Sie fragen sich wahrscheinlich, weshalb ich die Abgeschiedenheit gewählt habe. Aus Verbitterung und Desillusion – das ist die Antwort. Oder, wenn Sie es vorziehen, ich habe ›das Geheimnis‹ erfahren. Vielleicht war ich zu unerfahren, möglicherweise naiv – aber niemand hatte jemals etwas an meinem Eifer auszusetzen gehabt. Es hat niemals einen solchen Strebemann* gegeben wie mich. Sehr früh bereits wurde ich zum ›Exemplar‹ erwählt und lobend ob ›meines geistigen Adels und meiner Ungezwungenheit‹ erwähnt; ich habe meine gesamte Zeit an Monstranzen und auf Wandertouren verbracht. Ich habe Tausend Landschaften durchwandert, unzählige Farmer ermahnt. Die Orte, die ich gesehen habe! Berenskaya, Kotop, die Langen Hügel. Das Alte Zuhause und die Prärielande, die Grünstern-Schwanütten, die Polder von Pedder-Dulah: sie alle habe ich durchwandert! In Chlodie auf Marskens wurde ich eingesperrt; die Faktoren von Pollardich auf Copus haben mir den Kopf rasiert; ich wurde ein ansässiger Hindermann in Vasconcelles. Vielleicht entsinnen Sie sich des Kreuzzugs gegen elektronischen Sport in Myra, auf dem Südkontinent von Alphanor? Wie war noch der Name?«

»Trans-Iskana.«

»Erinnern Sie sich an den Kreuzzug?«

»Nein.«

---

* Institutsargot: eine Person, die energisch danach strebt, die Ränge schnell zu erklimmen.

»Ich habe den Marsch angeführt und wir haben große Taten
vollbracht, allerdings nicht ohne zu leiden. Oh! Wenn ich mich an
die Mühe erinnere, die Hitze, den Hohn und die Beschimpfungen,
ganz zu schweigen von den Insekten, Kriechern und Fluchkäfern!
Aber wir stießen vor bis nach Cattlesbury und obsiegten ... Wie
lange her erscheint dies nun! Und plötzlich war ich im Rang 50 und
60! Ich leitete die Kampagne gegen Pestizide auf Wirfil, ich arbeitete als Verbindungsmann mit den Erbsen- und Bohnenbauern in
Neu Gorcherum, ich diente in der Liga Natürlicher Dschungel auf
Armongol. Alle hielten mich für die Definition eines Instituts-Ak-
tivisten. Ich war überwältigend, markig, vollkommen sicher, dass
meine Ideale die besten aller möglichen Ideale seien. Mein Rang
stieg weiter: Durch die 80er und 90er. Jetzt gab es keine Kampa-
gnen mehr, keine weiteren Programme – nun war ich mit Politik
beschäftigt. Ich hatte Zeit auszuruhen, nachzudenken. Ich trat vor
die Dexade. Ich beobachtete ihre Beratungen und nahm an ihren
Banketten teil und wurde schließlich zum 99er ernannt. Plötzlich
war ich Anwärter für die Dexade. Ich traf die anderen 99er, meine
Rivalen und meinesgleichen. Einer von ihnen war Benjamin
Wroke, ein mir recht ähnlicher Mensch, der seinen Status auf ähnliche Weise wie ich erlangt hatte. Wir hatten viel gemeinsam und
doch entwickelte sich keine gegenseitige Freundschaft: Was letzten Endes auch nicht zu erwarten war, wenn drei Männer um die
Dexade konkurrieren. Der andere 99er nannte sich Sparkhammer.
Er war ein Mann, den ich nicht ausloten konnte; er war undurch-
dringlich für den gewöhnlichen Prozess der Analyse. Ich fand ihn
abwechselnd charmant, abstoßend, beruhigend, aufreizend. Er
zeigte sowohl Kompetenz als auch Zuversicht; seine Entschei-
dungen waren mühelos. Er wäre ein sicherer Kandidat für die
Dexade gewesen, wäre nicht eine gewisse Extravaganz gewesen,
die seine Chancen vereitelt hat. Beide, Benjamin Wroke und Silas
Sparkhammer, strebten nach der Dexade   Sparkhammer nahezu
ungebührlich. Cloyd Free, Rang 104, starb in den Dschungeln von
Kankashee. Die Dexade berief Benjamin Wroke und ernannte
Sabor Vidol zum 99er. Sparkhammer konnte seine Wut kaum

verbergen. Nur zwei Wochen später wurde Hassamide von einem thrakianischen Straßenräuber ermordet. Ich wurde in die Dexade erhoben und Ian Bilfred wurde zum 99er ernannt. Sparkhammer gratulierte mir mit Würde und Haltung. In Wahrheit war er viel zu sehr selbst darauf aus, und alle wussten es. Was mich anging, mir bedeutete die Dexade nichts. Ich wurde plötzlich gewahr – innerhalb eines Zeitraums von zehn Sekunden – dass diese höchste Errungenschaft – ich beziehe mich auf die Mitgliedschaft in der Dexade – künstlich war. Ich war über mein Ziel hinausgeschossen. Ich sah mein altes Selbst als ein Kind, das Spiele spielt. Es war ein Standpunkt, dem, so vermute ich jetzt, die Dexade vollkommen beigepflichtet hätte. Ich hatte zweiunddreißig Jahre der Mühe und Opfer in eine Sache investiert, welche die Führerschaft bestenfalls mit nachsichtiger Billigung betrachtete. Denken Sie daran, es waren die besten Intellekte der Ökumene; sie waren weder korrupt noch unlauter! Allmählich verstand ich, dass sie in den Prozessen der Reife und der weiten Voraussicht erkannten, dass die Stärke und Tugend des Instituts nicht in seinen Zielen noch in dem hoffnungsvollen Erreichen dieser Ziele liegt, sondern in ihrer operativen Funktion als ein System, in das Personen wie ich selbst ihre Energien einbringen und damit eine ansonsten schwerfällige Gesellschaft auflockern.«

Dwyddion hielt inne und starrte entlang einer Strecke von Erinnerungen, wobei sein Mund in einem bitteren Lächeln bebte. Gersen fragte: »Sie haben sich, sagen Sie, innerhalb eines Zeitraumes von zehn Sekunden geändert. War das nicht sehr abrupt?«

»Ja ... Nun, weshalb sollten Sie es nicht wissen? Rob Martiletto, der 108er, trat an mich heran. Er sagte: ›Dwyddion, Sie sind nun in der Dexade. Es ist wohl unnötig zu sagen, dass Sie den Rang verdient haben. Darf ich fragen, ob Sie in Ihrer Einschätzung der Dexade etwas bemerkt haben, das ich transzendentale Gelassenheit nennen möchte?‹

›Ja, ich habe etwas dergleichen bemerkt. Ich habe es dem Alter und der schwindenden Energie zugeschrieben.‹

›Das ist nicht die ganze Erklärung. Der Sprung von 99 auf 101 ist weiter als, sagen wir, 70 zu 99. Das rührt daher, dass die Dexade ein Geheimnis teilt, das ich nun an Sie weitergeben werde. In der Dexade gehen Sie einen großen Schritt über die Gründe hinaus, welche Sie hinauf nach 99 gebracht haben. Die neue Ideologie ist in dem »Geheimnis« enthalten.‹ Dann sagte er mir das Geheimnis. Die zehn Sekunden, auf die ich mich beziehe, gingen vorüber. Ich sagte: ›Mein Herr, ich kann Ihre Ansichten nicht nur nicht billigen, ich werde auch meinen Platz in der Dexade nicht einnehmen. Kurzum: Ich scheide nun und für immer aus dem Institut aus.‹

›Das ist nicht möglich! Sie haben geschworen, für die Dauer Ihrer Lebtage zu dienen, und so muss es sein.‹

›Leben Sie wohl‹, erwiderte ich. ›Sie werden mich niemals wiedersehen.‹

›Wohin gehen Sie?‹

›Dahin, wo niemand mich jemals suchen wird.‹

Martiletto zeigte weder Überraschung noch Groll; eigentlich schien er amüsiert zu sein. ›Nun denn, tun Sie, was Sie tun müssen. Abgeschiedenheit mag Ihnen eine neue Perspektive eröffnen.‹ Ich ging fort. Ich suchte und fand Abgeschiedenheit; und ich muss sagen, es war bis heute die friedlichste Zeit meines Lebens.«

»Und das Geheimnis?«

»Es ist impliziert in dem, was ich gesagt habe. Die Dexade nimmt die Gesellschaft als in drei Elemente aufgeteilt wahr. In der Reihenfolge der Bedeutung sind dies die Menschheit als Ganzes, das Institut und die Dexade. Die Menschheit und das Institut werden als gegensätzliche Kräfte angesehen, die sich in einem Zustand des dynamischen Gleichgewichts befinden. Die Aufgabe der Dexade war es, die Spannung aufrechtzuerhalten und zu verhindern, dass eine Seite die andere überwältigt. Deshalb hat die Dexade häufig in Opposition zum Institut agiert und ständig Situationen geschaffen, um die Mitglieder zu empören und zu animieren. Das ist das Geheimnis.«

»Nun sind Sie Triun und werden eine neue Dexade benennen. Wie betrachten Sie diesen Standpunkt?«

Dwyddion stieß ein kurzes raues Lachen aus. »Ich habe etwas über mich selbst erfahren. Das ›Geheimnis‹ hat mich in Verlegenheit gebracht. Ich habe mich im Verlauf von zweiunddreißig Jahren gesehen: der ernsthafte Strebemann, der schwitzende Gimpel, kontrolliert durch Instituts-Heuchelei, ehrfürchtig dem Triun und der Dexade ergeben, geringschätzig gegenüber der allgemeinen Bevölkerung. Dann erfuhr ich, zu meinem Kummer, das Geheimnis. Nun, da ich Triun bin, muss ich das Geheimnis entweder mit der nächsten Dexade teilen oder es unterdrücken.«

Gersen meinte: »Sie sind Treesong bisher noch nicht los. Heute ist ihm ein Strich durch die Rechnung gemacht worden und er wurde verletzt. Er wird verrückt sein nach Rache.«

»Rache?« rief Dwyddion mit so viel gewöhnlichem menschlichem Gefühl, wie Gersen es bisher bei ihm noch nicht erlebt hatte. »Wo er gekommen ist, um mich zu töten? Absurd! Ich bin es, der nach Rache verlangt, für den Mord an meinen Kameraden, für die ungeheuerliche Schamlosigkeit, die er dem Institut gegenüber begangen hat.«

»Wenn ich Ihnen etwas raten darf«, sagte Gersen. »In Pontefract müssen Sie Ereignisse öffentlich machen. Die Rolle von Silas Sparkhammer, 99er des Instituts, wird für Treesong nicht mehr länger möglich sein.«

»Ich hatte vor, eine Stellungnahme abzugeben.«

»Je eher, desto besser. Tatsächlich könnten wir, wenn wir den Raumhafen von Pontefract erreichen, *Cosmopolis* anrufen.

# KAPITEL X

Sonderbeitrag in der *Pontefracter Rundschau*:

### INSTITUTS-TRIUN BESCHREIBT
### SKURRILES MORD-BANKETT

*Beschuldigt:* Howard Alan Treesong

Die gesamte Führung vergiftet: Das Komplott,
die Kontrolle über das Institut zu übernehmen,
wird dem berüchtigten »König der Kriminellen«
und »Dämonenfürsten« Howard Alan Treesong
zugeschrieben.

»Ich persönlich entging dem Tod durch eine Kombination aus Glück, schnellem Denken und der Hilfe meines Beraters«, erklärte Dwyddion, ehemals institutioneller Rang 101 und nun Triun, ein Titel, der Rang 111 bezeichnet. »Ich habe nicht am Bankett teilgenommen«, sagte Dwyddion. »Ich erfuhr durch Instituts-Nachrichten über das Ereignis und wurde darüber informiert, dass sich der berüchtigte Kriminelle Treesong irgendwie den Rang 99 angeeignet hat, natürlich nicht unter seiner eigenen Identität. Er nannte sich Sparkhammer. Es wird nicht lange dauern, bis ich die Täuschung entdecke, mit der er Rang 99 erreicht hat. Es ist unnötig zu sagen, dass sein unberechtigter Rang aberkannt ist. Ich habe eine neue Dexade von einer Liste berechtigter Ränge benannt. Die Arbeit des Instituts geht weiter. Ich habe aus einer ganzen Reihe von Gründen nicht an dem Mord-Bankett teilgenommen. Die Dexade und der Triun sind in Wildinsel, auf dem Planeten Cytherea Tempestre,

zusammengetreten, um einen der drei 99er in die Dexade
zu erheben und um ein Bankett, einschließlich Charnay,
zu genießen, eine nur auf Cytherea bekannte Delikatesse.
Ich habe Charnay gekostet und finde sie köstlich, wenn sie
jedoch nicht angemessen zubereitet wird, ist sie ein tödli-
ches Gift. Howard Alan Treesong erwarb Charnay, entnahm
das Gift, spritzte es in die bereits zubereiteten, geprüft unbe-
denklichen Früchte, die anschließend dem Triun, der Dexade
und den kandidierenden 99ern serviert wurden. Treesong
selbst enthielt sich der Mahlzeit oder aß möglicherweise eine
unbedenkliche Frucht. Benjamin Wroke, Rang 102, der es,
wie ich selbst, vorgezogen hatte, dem Bankett fern zu bleiben, wurde später von Treesong ertränkt. Weshalb hat er eine
solch grausame Tat begangen, wenn er noch immer in die
Dexade hätte erhoben werden können? Weil er bereits zwei
Mal übergangen worden war und möglicherweise Informationen erhalten hatte, dass er erneut zurückgewiesen worden
wäre, zugunsten von Vidol oder Bilfred. Wenn ein 99er zum
dritten Mal verweigert wird, muss er der bitteren Tatsache
ins Gesicht sehen, dass er niemals die Dexade erreichen wird
und somit genauso gut von der Kandidatur zurücktreten
kann. Treesong zog es stattdessen vor, alle Ränge über ihm
zu ermorden, wonach er gemäß Institutsrecht zum höchsten
offenen Rang aufsteigen würde: in diesem Fall lediglich 109,
bis er mich beseitigt hätte. Ich wäre natürlich, da ich von
höherem Rang war, vor ihm Triun gewesen.«

~

Gersen rieb sich das Gesicht mit heller Hauttönung ein, richtete das Haarteil aus ungebärdigen schwarzen Locken über
dem kurzen schwarzen Schopf und zog sich exquisite Kleidung
an, um einmal mehr das Aussehen eines trägen Taugenichtses
anzunehmen.

Er machte sich über den Taraplatz auf den Weg. Der Tag war
grau und ein grauer Dunst hing in der Luft. Das Volk von Pontefract

marschierte stumpf vorüber. Ihre schwarzen und braunen Trachten stellten eine gedämpfte Pracht gegenüber dem nassen Stein und dem alten schwarzen Eisen dar.

Gersen bog auf den Corribplatz ein und hielt inne, um die *Existent*-Büros zu mustern. Alles schien in Ordnung zu sein. Das betagte Gebäude, schwarz vor Ruß, erschien so beschaulich wie zuvor. Die Dauer seiner Abwesenheit konnte in Stunden bemessen werden; die psychologische Zeit erschien ihm bei Weitem länger ... Er überquerte die Straße, betrat das Gebäude und ging unmittelbar in den Gewinnspiel-Raum. Heute, so erinnerte er sich, war der letzte Tag des Gewinnspiels. Der Arbeitsanfall hatte wesentlich nachgelassen und nur ein halbes Dutzend Postsäcke lagen im Behälter.

Frau Ench eilte geschäftig auf ihn zu, um ihn zu begrüßen. »Guten Morgen, Herr Lucas!«

»Guten Morgen, Frau Ench. Irgendwelche überraschenden Entwicklungen?«

»Bisher nicht, Herr Lucas. Die Cytherea-Einsendung ist immer noch die beste. Aber haben Sie die Zeitung von heute Morgen gesehen? Es ist absolut außergewöhnlich!«

»Ja, höchst erstaunlich.«

»Wie wird es sich auf unser Gewinnspiel auswirken?«

»Gar nicht, hoffe ich wenigstens. Wir haben Glück, dass heute der letzte Tag ist. Ansonsten hätten wir eine Vielzahl opportunistischer Gewinner.«

»Das könnte immer noch eintreten.«

»Wir müssen einfach jede Einsendung als solche beurteilen.«

»Ganz recht, Herr Lucas.«

Gersen wandte sich ab, doch Frau Ench rief ihn zurück. »Oh, Herr Lucas, da wäre noch ein interessanter Brief – zumindest halte ich ihn für interessant. Ich habe ihn für Sie beiseitegelegt, da er unsere Nummer sechs betrifft.« Sie händigte Gersen einen Umschlag aus.

»Vielen Dank, Frau Ench!« Gersen las den Brief. »Interessant!« Er las den Brief ein zweites Mal. »Ich nehme an, er hat keine besondere Auswirkung auf unser Gewinnspiel, da die Zeitung Sparkhammers richtige Identität ermittelt hat.«

»Genau meine Meinung. Unser Gewinnspiel scheint bemerkenswerterweise zur rechten Zeit stattgefunden zu haben. Ist das alles Zufall?«

Gersen lachte höflich. »Für den Fall, dass jemand danach fragt, sind wir alle sprachlos ob der neuen Entwicklungen.«

»Niemand hat bisher gefragt, aber alle dürften sich wundern.«

»Das mag so sein. Die Werbung kann *Existent* nicht schaden.«

Gersen ging ins vordere Büro. Alice saß still an ihrem Schreibtisch. Sie trug ein schlichtes schwarzes Hemd mit Jacke, auf der die Spitzen ihres orangefarbenen Haars ruhten und sich aufwärts bogen. Als sie Gersen sah, vollführte sie eine abrupte Bewegung in Richtung der Zeitung auf ihrem Schreibtisch, dann hielt sie sich zurück.

»Guten Morgen, Herr Lucas.«

»Guten Morgen, Alice. Sie haben die Nachrichten offensichtlich bereits gesehen.«

Alice gab kein Unverständnis vor. »Ja.« Sie blickte hinab auf das Journal. »Es ist … interessant.«

»Nicht mehr als das?«

Alice zuckte nur unverbindlich mit den Achseln.

Gersen sagte: »Treesong ist ein furchtbarer Mann. Er ist einer der ›Dämonenfürsten‹.«

»Ich habe den Namen schon gehört, gewiss«, erwiderte Alice steif.

Gersen meinte: »Es wird ein ›Benjamin Wroke‹ erwähnt, der in der Shanarosee ertrunken ist. Ich hoffe, er ist kein Verwandter von Ihnen.«

Alice blickte mit trauervollen Augen auf, dann wandte sie sich ab. »Ja. Er ist ein naher Verwandter.«

»Das ist sehr bedauerlich. Mein aufrichtiges Mitgefühl.«

Alice entgegnete nichts. Gersen ging zu seinem Schreibtisch. Er setzte sich und studierte Alices Profil. »Ich wünsche mir immer noch sehr, Howard Alan Treesong zu treffen.«

Alices Kinn hob sich um den Bruchteil eines Zentimeters. Sie sprach mit bitterer Einsilbigkeit. »Warum?«

»Er ist nun mehr denn je ein hervorragendes Subjekt für ein Interview.«

Alice senkte das Kinn auf die ursprüngliche Position. »Halten Sie es für klug, die Taten eines solchen Mannes zu veröffentlichen?«

»Gewiss. Früher oder später wird er ein schlimmes Ende nehmen. Wie funktionieren solche Menschen? Welches sind ihre Beweggründe? Wie betrachtet er sich selbst?«

»Er würde es Ihnen niemals erlauben, würdelose Dinge über ihn zu schreiben.«

»Was mich angeht, kann er die Abschrift selbst besorgen. Mit dem Gewinnspiel und den Morden würden wir hundert Millionen Exemplare verkaufen.«

Alice stand abrupt auf. »Ich fühle mich nicht wohl. Wenn es für mich nichts mehr zu tun gibt, gedenke ich mich für eine oder zwei Stunden auszuruhen.«

»Ganz wie Sie wünschen«, sagte Gersen. Er erhob sich höflich. »Ich hoffe, es geht Ihnen bald besser.«

»Vielen Dank!« Mit einem letzten raschen Blick in Richtung Gersen verließ Alice, skeptisch und zweifelnd, das Büro.

Gersen setzte sich wieder. Er holte den Brief hervor, den Frau Ench ihm gegeben hatte, und las ihn zum dritten Mal.

An den Leiter des *Existent-Gewinnspiels,*
Bitte betrachten Sie diesen Brief als Einsendung zu Ihrem Gewinnspiel.

Ich kann eine Person auf der Fotografie definitiv identifizieren.

Das gibt mir das Recht auf ein Zehntel des Anteils am Gewinnspiel-Preis, den ich hiermit beanspruche.

Die Person, welche mit »Nummer 6« gekennzeichnet ist, wurde auf Heimfarm geboren, nahe von Gladbetook, im Land Maunish. Seinen Namen hat er von seiner Mutter:

Howard Alan, nach dem Fernsehmagier H. A. Topfinn; und
Arblezanger, in Erinnerung an ihren Großvater. Mit Vater-
namen war und ist er Howard Alan Arblezanger Hardoah
und als diesen identifiziere ich ihn. Er ist niemals ein sehr
nahestehender Sohn gewesen und hat uns vor einigen Jahren
verlassen. Ich habe gehört, er sei erfolgreich und es gehe ihm
gut. In Kürze hoffe ich ihn beim Schultreffen, zu dem er eingeladen ist, zu sehen.

Jedenfalls reiche ich diese Identifikation ein und erwarte
die sofortige Auszahlung meines Anteils am Gewinnspielgeld.

Ich bin Adrian Hardoah,

    in Heimfarm, Gladbetook, Land Maunish

      Moudervelt, Van Kaathes Stern

Gersen dachte einen Augenblick nach und rief dann den Infor-
mationsdienst an. Er fand heraus, dass Moudervelt der einzige
bewohnte Planet von Van Kaathes Stern war. Es war eine Welt,
etwas größer als die Erde, mit einem einzigen Kontinent, der sich
zwei Drittel entlang des Äquators erstreckte. Die Welt war alt und
ihr Boden ausgereift. Die Bergketten ihrer Jugend waren abgetra-
gen und hatten Prärien und sich schlängelnde Flüsse hinterlassen.
Moudervelt war zunächst von einer Vielzahl kleiner Gruppen
besiedelt worden: religiösen Sekten, Klanen, Sportvereinigun-
gen, philosophischen Gesellschaften und dergleichen. Sie hatten
schnell die Rasse halbintelligenter Wesen ausgerottet, welche dort
ansässig gewesen war, hatten Landgebiete parzelliert, Grenzen für
ihre 1562 Reiche errichtet und sich Jahrhundert um Jahrhundert
mit ihren eigenen Angelegenheiten beschäftigt. Das Land Maunish nahm einen Abschnitt der Goshen-Prärie ein, im östlichen
Landesinneren des großen Kontinentes. Die Hauptstadt, Cloutie,
hatte eine Einwohnerzahl von dreißigtausend. Einhundertund-
zwanzig Kilometer im Norden, im Verwaltungsbezirk Fluter, an
den Ufern des Wiggal-Flusses, lag Gladbetook mit dreitausend
Einwohnern. Maunish war von den Teilhabern der Reinen Wahrheit besiedelt worden. Deren Lehre lehnte die Raumfahrt ab und

der nächste Raumhafen lag vierhundert Kilometer im Süden, bei der Theobald-Station im Land Lelander.

Gersen wandte sich vom Kommunikator ab. Howard Treesong war als Bauernjunge in einem der beschaulichsten Nester des menschlichen Universums geboren. Nach kurzer Überlegung befand Gersen, dass die Tatsache keine allgemeine Bedeutung besaß. Es gab viele Bauernjungen, die niemals zu Kriminellen geworden waren ... Er wandte sich wieder dem Kommunikator zu und stellte eine Verbindung zu Zimmer 442 im *St. Diarmids* Inn her. Alice würde um diese Zeit in ihrem Zimmer eintreffen.

Sein Zeitgefühl war exakt. Er hörte, wie die Tür aufging und Alices Schritte, als sie durch das Zimmer ging. Für einige Augenblicke ging sie recht lustlos hier- und dorthin und kam dann zur Ruhe.

Fünf Minuten blieb sie sitzen und ordnete ihre Gedanken. Dann hörte er sie sprechen, mit einer Stimme, die resolut und fest war. »Alice Wroke hier.«

Eine Minute verging. Dann entgegnete Howard Treesong mit durchdringender und harscher Stimme: »Ja, Alice, ich höre Sie. Was haben Sie erreicht?«

»So viel wie möglich.«

»Ich bin nur mit Leistungen zufrieden.«

»Wo ist mein Vater? Der Zeitung zufolge ist er tot.«

»Erdreisten Sie sich nicht, mich zu befragen. Erstatten Sie Ihren Bericht.«

»Ich kann nur das berichten, was Sie bereits wissen. Herr Lucas hat mir erneut gesagt, wie begierig er darauf ist, Sie zu interviewen.«

Die Stimme wurde sogar noch harscher. »Er weiß, dass Sie mit mir in Kontakt stehen?«

»Gewiss nicht. Er ist genauso herzlos wie Sie. Er möchte Ihre Biografie oder Ihre Autobiografie veröffentlichen, sodass er hundert Millionen Exemplare seines Journals verkaufen kann.«

»Und er hält mich für einen Altruisten?«

»Das bezweifele ich, aber ich berichte nur über seine Bemerkungen. Tun Sie, was Sie für richtig halten.«

»Eben.«

Alice zögerte, dann fragte sie. »Das Gewinnspiel ist zu Ende.
Ich habe meinen Teil des Handels eingehalten. Ist mein Vater
wirklich tot?«

Treesongs Stimme, die erneut wechselte, wurde zugleich flach
und kehlig, beißend und dick. »Sie kennen meinen Namen.«

»Ja.«

»Und Sie wissen, wer ich bin.«

»Ich habe von Ihnen gehört.«

»Vielleicht haben Sie meinen großen Plan erahnt.«

»Sie hatten vor, Triun des Instituts zu werden.«

Treesongs Stimme wurde wieder durchdringend. »Dieser Plan
wurde auf abscheuliche und verwerfliche Art und Weise vereitelt.
Benjamin Wroke – wer war er schon? Was hatte er für ein Gewicht?
Natürlich ist er tot und weshalb habe ich mich bemüht? Der Plan
ist gescheitert, wegen der Journalisten und ihrem Gewinnspiel!«

»Also ist er tot?«

»Wer? Wroke? Wie können Sie etwas anderes annehmen?«

»Sie haben mir etwas anderes versichert.«

Ein krächzendes Lachen. »Die Leute glauben immer, was sie
glauben wollen.«

»Ich bin fertig mit Ihnen.«

»Gehen Sie Ihres Weges. Sie sind in destruktivem Sinne schön.
Sie haben Uneinigkeit unter die Farben meiner Seele gebracht.
Rot begehrt, Blau verspürt eine melancholische Sehnsucht, während Grün Ihnen Schmerzen zufügen würde. Aber nichts wird
getan werden. Ich bin verletzt worden und leide. Keine Zeit,
außerdem haben Sie sich besudelt; Sie haben sich zu dem Journalisten gelegt. Zugegeben, auf mein Geheiß hin, aber Sie hätten
bitten und Protest erheben sollen.«

»Ich habe ein schlechtes Urteilsvermögen gezeigt«, stellte
Alice scharf fest.

Als Treesong darauf reagierte, war seine Stimme ernst und finster. »Ich bin im Begriff abzureisen. Wega ist nicht nett gewesen,
noch war sie es je. Ich bin verwundet und enttäuscht, aber ich

werde die Dinge bald wieder ins Lot bringen – und dann! Wird meine Pein um das Tausendfache geheilt werden.«

»Was ist Ihnen widerfahren?« Alice sprach mit unbefangenem Interesse.

»Wir sind in einen Hinterhalt geraten. Ein Dämon in Gestalt eines Mannes sprang aus Dwyddions Haus und feuerte seinen Projek auf mein Bein ab.«

»Man sollte annehmen, Sie würden solche Dinge erwarten.«

Treesong schien die Bemerkung nicht zu hören. Eine weitere kurze Stille, dann eine neue Stimme, clever und elektrisierend: »Das *Existent*-Gewinnspiel endet morgen?«

»Nein. Heute.«

»Und es gibt immer noch keinen Gewinner?«

»Richtig.«

»Dann sind dies Ihre Anweisungen: ›Rufen Sie mich nicht noch einmal an.‹«

»Ich bin Sie los. Sparen Sie sich Ihre Anweisungen!«

Treesong ignorierte die Unterbrechung. »Fahren Sie fort wie bisher.« Aber die Unterhaltung war bereits beendet.

Gegen Mittag hatte Wega die Bewölkung fortgebrannt, den Himmel durchflutet und einen hellen milchigen Dunst hinterlassen. Alice kehrte zum Büro zurück; sie sah bleich und abgespannt aus.

»Ich hoffe, Sie fühlen sich besser?« fragte Gersen.

»Ja, danke!« Sie ging zu ihrem Schreibtisch und setzte sich. Sie hatte die Kleidung gewechselt und trug nun ein graugrünes Kleid mit einem züchtigen weißen Kragen, den die orangefarbenen Locken kaum berührten: die Farben einer exotischen Wüstenblume, dachte Gersen. Sie wurde sich seiner Aufmerksamkeit bewusst und warf ihm einen kurzen Blick zu. »Gibt es etwas, was ich tun soll?«

»Nicht wirklich. Das Gewinnspiel ist im Wesentlichen vorbei. Es hat interessante Entwicklungen gegeben, denken Sie nicht?«

»Definitiv.«

»Dennoch, es ist nicht besser als ein Patt. Treesong hat darin versagt, das Institut zu übernehmen; auf der anderen Seite ist er immer noch lebendig und seine Karriere geht weiter. Ihr Vater ist tot, das ist Ihre persönliche Tragödie. Falls Sie gewusst haben, dass Sparkhammer Howard Alan Treesong ist, hätten Sie auf nichts anderes hoffen dürfen.«

Alice wandte sich auf ihrem Stuhl um und starrte Gersen an. »Woher wissen Sie, dass Benjamin Wroke mein Vater ist?«

»Es steht auf Ihrer Bewerbung«, entgegnete Gersen. Er lächelte ein recht lahmes Lächeln. »Und, um ehrlich zu sein, ich habe Ihre Gespräche mit Treesong abgehört.«

Alice saß da wie eine Statue. »Dann wissen Sie ...«

»Von dem Augenblick an, als Sie in das Büro traten. Sogar davor bereits. Ich wusste es, als ich Sie auf der anderen Straßenseite gesehen habe.«

Alice wurde unvermittelt rot. »Und Sie müssen gewusst haben ...«

»Das habe ich.«

»Und doch ...«

»Was hätten Sie von mir gedacht, wenn ich die Situation ausgenutzt hätte?«

Alice stellte ein gezwungenes, bedeutungsloses Lächeln zur Schau. »Was für einen Unterschied macht es, was ich denke?«

»Ich möchte Ihrer Selbstachtung nicht schaden – besonders nicht aus den falschen Gründen.«

»Das ist eine idiotische Unterhaltung«, meinte Alice. Sie stand auf. »Und es ist idiotisch, wenn ich noch länger hierbleibe.«

»Wohin gehen Sie?«

»Fort. Bin ich nicht entlassen?«

»Selbstverständlich nicht! Ich bewundere Ihre Courage! Wenn ich durch das Büro schaue, mag ich es, wenn ich Sie dort sitzen sehe. Außerdem ...«

Der Tischkommunikator läutete. Gersen berührte einen Knopf; eine Stimme sprach: »Howard Alan Treesong ruft Henry Lucas.«

»Hier Henry Lucas. Haben Sie ein Gesicht?«

»Das habe ich tatsächlich.« Auf dem Schirm erschien ein Bild:

ein Gesicht mit einer hohen kantigen Stirn, klaren haselnussbraunen Augen, einer schmalen geraden Nase, langem Kinn, weitem, ungezwungenem Mund und einem Ausdruck von Stolz erfüllter Verve und Lebendigkeit. Gersen zog die schwarzen Locken des Haarteils etwas vor und über seine weißen Wangen, schloss halb die Augen und ließ das Kinn hängen, um den Eindruck aristokratischer Trägheit zu vermitteln. Alice sah in sardonischem Vergnügen zu, wie Gersen das Bild an Howard Treesong übertrug.

Die beiden Männer musterten einander. Treesong sprach in einer vollen, fließenden Stimme. »Herr Lucas, ich habe Ihr Gewinnspiel mit Interesse verfolgt, da ich, wie Sie wissen, selbst auf der Fotografie bin.«

»Das habe ich gehört. Natürlich steigert dies das öffentliche Interesse an der Sache.«

Treesong sagte leichthin: »Ich bin mir nicht sicher, ob Sie vorhaben, mir zu schmeicheln oder nicht.«

»Für die Zwecke dieses Anlasses bin ich ein Journalist, was heißt, ein Automat, ohne persönliche Gefühle.«

»Wenn dem so ist, dann sind Sie außergewöhnlich. Doch einerlei. Da Sie keine besonderen Verbote oder Ausschlüsse ausgesprochen haben, möchte ich meine persönliche Lösung für das Gewinnspiel einreichen. Seien Sie so gut und notieren Sie jene, die ich identifiziere, oder, besser noch, bitten Sie Ihre bemerkenswert hübsche Sekretärin es zu tun.«

Gersen sagte gedankenvoll: »Ich bezweifle, dass dies als ein reguläres Vorgehen betrachtet werden kann. Alle anderen Einsendungen sind in schriftlicher Form eingegangen.«

»Sie haben keine Bedingungen in dieser Hinsicht gestellt, weshalb sollte eine mündliche Identifikation also nicht gültig sein? Ich kann das Preisgeld ebenso gut gebrauchen wie jeder andere.«

»Genau. Unsere Preisverleihungsfeier wird in Kürze stattfinden. Falls Ihnen der Preis zugesprochen wird, könnten Sie vor Ort sein, um den Preis entgegenzunehmen?«

»Das ist etwas ungünstig, fürchte ich. Es sei denn, die Feier würde im Jenseits begangen werden.«

»Das könnte schwierig sein, von unserem Standpunkt aus betrachtet.«

»Dann müssen Sie das Geld an eine Adresse schicken, die ich Ihnen geben werde. Nun zur Identifikation.«

»Ganz recht, ganz recht ... Alice, schreiben Sie mit.«

»Ich gehe nach den Nummern vor. Eins ist Sharrod Yest. Zwei ist diese sauertöpfische Vettel Dianthe de Trembuscule. Drei die korpulente Beatrice Utz. Vier ist der einst redegewandte Ian Bilfred, dessen agile Zunge nun leider für immer verstummt ist. Fünf ist der übereifrige Sabor Vidol. Sechs ist die Person, die bei diesem Anlass als Sparkhammer bekannt war, aber im Großen und Ganzen besser bekannt ist als Howard Alan Treesong. Sieben ist John Gray. Acht ist dieser müßige Trottel eines Triuns Gadouth. Neun ist Gieselman, zehn Martiletto. Ich hoffe, ich bin der erste, der diese Leute richtig identifiziert.«

»Ich fürchte nein. Sobald Dwyddions Enthüllungen publik wurden, schwärmten Dutzende von Opportunisten mit den richtigen Angaben in unser Büro.«

»Pah! Habsucht wuchert überall! Noch eine Rechnung, die mit Dwyddion zu begleichen wäre!«

»Vielleicht kann man noch etwas retten. Ich möchte Ihre Biografie veröffentlichen, zu Bedingungen, die noch festgelegt werden müssen. Sie sind eine einzigartige Person und Ihre Memoiren sollten unsere Leser interessieren.«

»Das ist etwas, worüber man nachdenken müsste. Ich habe häufig den Drang verspürt, meine Ansichten zum Ausdruck zu bringen. Die Öffentlichkeit betrachtet mich als einen Kriminellen. Der üblichen Definition nach bin ich das Muster dieses Gewerbes schlechthin; ich anerkenne niemanden als meinesgleichen. Durch die ureigene Natur meiner Leistungen habe ich eine neue Kategorie geschaffen, nach der ich – und nur ich allein – beurteilt werden darf. Ich werde nicht näher auf dieses Konzept eingehen.«

»Jedenfalls wird das öffentliche Interesse nicht geringer.«

»Ich muss die Angelegenheit sorgfältig abwägen. Ich mag es nicht, mich an einem bestimmten Ort zu einer bestimmten

Zeit aufzuhalten. Wenn Sie über die Umstände meiner Existenz nachdenken, werden Sie erkennen, dass die Notwendigkeit zur Wachsamkeit eine ihrer sehr wenigen Nachteile ist.«

»Ja, das würde ich meinen.«

»Gewisse Leute folgen meinen Anweisungen nicht beflissen genug und ziehen sich dadurch Strafen zu. Das ist eine simple Tatsache. Ich nehme Belohnungen und Strafen sehr genau, das versichere ich Ihnen. Gewöhnlich streiche ich die Belohnungen ein und andere müssen mit den Strafen vorlieb nehmen, doch einerlei. Ist der Kosmos nicht ein lebendigerer und abenteuerlicherer Ort, wenn ich anwesend bin? Natürlich! Ich bin unentbehrlich.«

»All dies wird meine Leser faszinieren. Ich hoffe, Sie stimmen dem Interview zu.«

»Wir werden sehen. Im Augenblick drängt die Zeit. Ich habe ein Rendezvous auf einem fernen Planeten und muss meine Vorbereitungen treffen. Das wäre es einstweilen.«

Der Schirm wurde dunkel. Gersen lehnte sich im Sessel zurück. »Treesong scheint eine dehnbare Veranlagung zu haben.«

»Er verändert sich von Minute zu Minute«, sagte Alice. »Er macht mir Angst. Dennoch hoffe ich, ihn wenigstens noch einmal zu sehen.«

Ihre stumpfe Stimme erregte Gersens Neugier. »Weshalb?«

»Ich werde versuchen, ihn zu töten.«

Gersen reckte die Arme in die Luft. Der Mantel, der an den Schultern eng geschnitten war, behinderte ihn. Er zog ihn aus und warf ihn beiseite. Dann nahm er das Haarteil ab und warf es dem Mantel hinterdrein. Alice sah ihm von der Seite aus zu, gab aber keinen Kommentar dazu ab.

»Er ist vorsichtig«, meinte Gersen. »Ich hatte Glück, dass ich draußen auf dem Voymont einen Schuss auf ihn abgeben konnte.«

Mit sanfter, verwunderter Stimme fragte Alice: »Wer sind Sie?«

»In Pontefract bin ich als Henry Lucas, Autor für *Cosmopolis*, bekannt. Zuweilen verwende ich einen anderen Namen und gehe anderen Angelegenheiten nach.«

»Warum?«

Gersen erhob sich und schlenderte durch den Raum zu ihrem Schreibtisch. Er griff ihr unter die Arme und zog sie hoch, sodass ihr Gesicht dem seinen nahe war. Er küsste ihre Stirn, ihre Nase, ihren Mund, was sie reglos geschehen ließ.

Er lockerte den Druck der Arme. »Falls Treesong anruft, um nach mir zu fragen, können Sie ihm nichts sagen, weil Sie nichts wissen.«

»Ich werde ihm auf keinen Fall etwas sagen. Er hat keine Macht mehr über mich.«

Gersen küsste sie erneut; sie ließ es zu, erwiderte den Kuss jedoch nicht. Sie zog sich zurück. »Dann möchten Sie, dass ich bleibe?«

»Ja, sehr.«

Sie wandte sich ab und zog sich von ihm zurück. »Ich habe nichts Besseres zu tun.«

»Dann werden Sie hier sein, wenn ich zurückkehre?«

»Wohin gehen Sie?«

»Ich gehe auf eine seltsame alte Welt, um an einem gesellschaftlichen Ereignis teilzunehmen.«

»Dort, wo auch Howard Treesong hingeht?«

»Ja. Ich werde Ihnen alles erzählen, wenn ich wieder hier bin.«

Alice fragte schwermütig. »Wann wird das sein?«

»Ich weiß es nicht.« Gersen küsste sie erneut und nun erwiderte sie den Kuss und lehnte sich einen Augenblick lang entspannt an ihn. Gersen küsste sie auf den Kopf. »Auf Wiedersehen.«

# KAPITEL XI

*Das Leben,* Vorwort zu Band II von Unspiek, Baron Bodissey:

Wenn wir den Fluss der menschlichen Zeit in unseren Wunderbooten überqueren, bemerken wir wiederkehrende Muster im Fluss der Völker und Zivilisationen ... Die ungleichen Rassen vermischen sich, wenn das Territorium begrenzt, beschränkt und übervölkert ist, unter umfassendem gesellschaftlichem Druck. Starke, strenge Regierungen sind typisch für diese Umstände; sie sind notwendig und willkommen. Umgekehrt, wenn das Land weiträumig und leicht zugänglich ist, wie bei der Erschließung eines neuen Kontinents oder einer neuen Welt, kann nichts verschiedene Arten von Völkern in engem Kontakt zueinander halten. Sie wandern zu neuen Orten aus und sondern sich ab, woraufhin sich die Sprache verändert, sich Trachten und Gewohnheiten herausbilden und ästhetische Symbole frische Bedeutungen annehmen. Nun wendet sich die öffentliche Stimmung nach innen; eine von einem anderen Ort eingerichtete Regierung kann nicht geduldet werden. Der Prozess einer Rasse, die von ihrem heimischen Stern auswandert, ist von unendlichem Reichtum und Quell nicht enden wollender Faszination ...

—

*Moudervelt: Damals und heute* aus: *Studien in Vergleichender Anthropologie* von Russell Cooke:

Hätte der scharfsinnige Baron sein berühmtes Vorwort zu Band II mit Beispielen geschmückt, so hätte er sehr gut die ferne Welt Moudervelt, welche um Van Kaathes Stern kreist, als treffendes Paradigma wählen können, um seinen allgemeinen Grundsatz zu beleuchten.

Moudervelt ist eine milde und fruchtbare Welt mit einer ausgedehnten Landmasse. Die Flora ist im Allgemeinen mit der irdischen Flora verträglich; die Fauna stellt keine Gefahr dar, mit Ausnahme einiger weniger räuberischer Meereslebewesen.

Moudervelt ist eine alte Welt. Die uralten Bergketten sind nunmehr bewaldete Hügel. Wellige Ebenen erstrecken sich unter einem blauen Himmel mit Flottillen hoher weißer Kumuluswolken von Horizont zu Horizont. Große träge Flüsse durchfließen dort, wo der Erdboden tief und das Klima mild ist, die Prärien. Außer den Flüssen hat das Land keine natürlichen Grenzen, doch gibt es eine Vielzahl geschaffener Grenzen, um die 1562 Herrschaftsgebiete voneinander zu trennen, von denen jedes eifersüchtig seine Identität hütet, jedes seine eigenen Sitten und Gebräuche hegt, jedes seine unverwechselbare Küche preist und alle anderen als Schmutz und Abschaum verachtet, jedes sich für die einzige Heimstätte der Zivilisation hält, unter 1561 barbarischen, unverständlichen und unangenehmen Nachbarn.

Moudervelt besitzt keine richtigen Städte. Die meisten der Länder unterhalten Raumhäfen. Der Handel wird über die Flüsse abgewickelt, die allesamt mit Kanälen untereinander verbunden sind. Nur wenige Landrouten verbinden die Staaten miteinander.

Moudervelt ist keineswegs vom Universum isoliert. Sie exportiert eine beträchtliche Menge spezieller Nahrungsmittel an frühere Einwohner* und importiert technische Waren, Spezialwerkzeug, einige Bücher und Zeitschriften:

---

* Schiffe, die mit Außenwelt-Nahrungsmitteln handeln, kreuzen zwischen sämtlichen bewohnten Welten. Die Alte Erde liefert vielleicht ein Drittel aller solcher Nahrungsmittel. Die Weine der Erde werden besonders gepriesen.

insgesamt keine großen Mengen. Im Großen und Ganzen ist Moudervelt selbständig.

—

Aus: *Populäres Handbuch der Planeten*, 348. Auflage, 1525: Moudervelt, Van Kaathes Stern: (Nach der üblichen Auflistung der physikalischen Daten und einem geschichtlichen Überblick widmet der Text einen oder zwei Absätze den 1562 Herrschaftsgebieten.)

Maunish, in der Mitte der Goshan-Prärie, nimmt eine Fläche von etwa 103.000 Quadratkilometern ein und unterhält eine Bevölkerung von etwa einer Million Einwohnern, die von einer Mission der Teilhaber der Reinen Wahrheit abstammen. Das Gebiet wird vom Dalglish-Fluss im Süden und Osten, vom Land Puck im Westen, von Amable und dem Fluss Bohuloe im Norden und den Ländern Ganaster und Erquhar im Osten begrenzt. Die Hauptstadt ist Cloutie.

Hinweis auf Außenwelt-Ankömmlinge: Es gibt keine Raumhäfen innerhalb der Grenzen von Maunish. Tatsächlich sind Raumboote, Flugzeuge, Hüpfer und Himmelsreiter, die in einer Höhe von über 15 Metern fliegen, verboten. Die Einreise muss per Oberflächentransport über einen autorisierten Kontrollpunkt erfolgen. Grenzkontrollen sind strikt, genau wie die Importregulierung. Es dürfen keine Waffen, Rauschmittel, Erotika, Medizin – außer für den persönlichen Gebrauch – eingeführt werden. Die Grenzdurchsuchungen sind gründlich; Strafen werden streng bemessen.

—

Gersen ließ den Flitzerflügel über Theobald-Station niedergehen. Farmland, unterbrochen durch weiße Häuser, erstreckte sich vom Dorf aus in alle Richtungen. Der Dalglish-Fluss kroch in großen Windungen durch die Landschaft, um schließlich gen Norden zu schwenken und zu verschwinden.

Der Raumhafen sandte kein erkennbares Funkfeuer oder Signal aus. Gersen konnte ihn von den angrenzenden Feldern lediglich aufgrund von drei Raumschiffen ausfindig machen, die bereits dort standen; zwei kleine Frachtträger und eine schmutzige alte Sissle Wanderweg.

Gersen landete den Flitzerflügel, traf die üblichen Vorbereitungen und sprang auf den Boden. Er fand sich in der Mitte eines sonnigen, offenen Feldes wieder, das mit blaugrünem Rasen bedeckt war. Kühle Landluft blies ihm ins Gesicht. Es gab kein Geräusch, außer dem leisen Zischen der sich wiederaufladenden Respiratoren des Flitzerflügels. Hundert Meter über das Feld, im Schatten zweier weit ausladender Bäume, sah er einen kleinen Schuppen, an dem ein Schild angebracht war:

ZENTRALER RAUMTERMINAL
— Theobald-Station, Land Lelander —
*Alle Ankömmlinge hier melden*

Im Inneren des Schuppens entdeckte Gersen einen kleinen dicken Mann, der an einem Tisch döste. Die Reste eines Mittagessens waren vor ihm ausgebreitet. Er trug etwas, was einstmals eine gepflegte Uniform aus schwarzem, hellbraunem und rotem Twill gewesen war, Hose und Stiefel jedoch hatte er durch einen knielangen Rock und Sandalen ersetzt.

Gersen klopfte auf den Tisch. Der Beamte erwachte abrupt. Noch bevor er seine Augen öffnete, griff er nach seiner Kappe und zog sie über den kahl werdenden Schädel. Er blickte Gersen mit nichtssagendem Ausdruck von Kopf bis Fuß an. »Mein Herr?«

»Ich bin einer der ›Ankömmlinge‹. Das Schild hat mich hierhergeleitet.«

»Ja! Ja, in der Tat! Nun, es gibt einige Formalitäten zu erledigen und einzutragen …« Er verschaffte sich ein Formular, stellte Fragen und notierte die Antworten.

Er vervollständigte das Formular und legte es in einer Schachtel ab. »Das wäre alles, mein Herr, bis auf die Landegebühr.«

Gersen sagte: »Zunächst eine Information. Eigentlich bin ich auf dem Weg nach Maunish. Gibt es irgendwelche Behinderungen auf der Reise dorthin?«

»Nichts dergleichen. Die Grenzen sind offen.«

»Ich kann ein Fahrzeug mieten?«

»Gewiss. Ich werde Ihnen meinen eigenen Wagen vermieten und mein Sohn wird Sie fahren.«

Gersens Ohren waren darauf eingestellt, nahezu unwahrnehmbare Hinweise und Andeutungen zu erkennen. Er blickte den Beamten scharf an. »Zu welchem Preis?«

»Oh – nichts Unvernünftiges. Zehn SVE *per diem.*«

»Keine Extragebühren oder Nachzahlungen?«

»Keine. Halten Sie mich für einen Preller?«

»Er wird mich nach Cloutie und überall sonst in Maunish bringen, wie es mir genehm ist?«

Der Beamte stellte einen Ausdruck entrüsteter Verwunderung zur Schau. »Ins Innere von Maunish? Sie scherzen wohl! Bis zur Grenze von Maunish, nicht weiter! Soll ich etwa meinen Wagen in dieser Nation von Steinköpfen riskieren, wo die Mädchen mit nackten Ellbogen einherstolzieren und Männer während des Essens ihre Zähne zeigen? Sie fahren wie Katatoniker. Die Luft stinkt nach ihren sauer eingelegten Zwiebeln. Bis zur Grenze, nicht weiter. Vielleicht können Sie sich an diesem Punkt eine weitere Transportmöglichkeit verschaffen.«

»Nun denn, welche öffentlichen Verkehrsmittel gibt es zwischen den beiden Ländern?«

»Nichts, was einem wohlhabenden Außenweltler genehm wäre. Sie wären gezwungen, per Trans-Welten-Bus zu fahren, der die Trampel zurück nach Maunish bringt.«

»Mir soll es recht sein. Ich bin schon in schlechterer Gesellschaft gereist.«

»Wenn das nach Ihrem Geschmack ist, haben Sie Glück. Der Nachmittags-Wagen kommt in einigen Minuten vorbei. Nun zur Landegebühr: ein Boot, wie das Ihre, wird mit 200 SVE pro Woche abgerechnet, zahlbar einen Monat im Voraus.«

Gersen lachte. »Ich habe bedeutende Freunde in der Nachbarschaft. Sie haben mich gewarnt, dass die öffentlichen Beamten entweder zum Diebstahl neigen oder zum Tagträumen.« Er holte fünf SVE hervor. »Das muss reichen.«

Der Beamte nahm das Geld unwillig an. »Es ist nicht regulär, aber ich nehme an, dass Ausnahmen um der guten Öffentlichkeitsarbeit willen gestattet sind ... Dort kommt der Trans-Welten-Bus.

Die Straße entlang kam ein wackliger, dreigliedriger Omnibus, der auf acht großen Luftreifen fuhr. Gersen winkte ihn heran, zahlte weitere fünf SVE an den Fahrer und suchte sich einen Sitzplatz.

Stundenlang fuhr er über das leicht wellige Land der Felder, Flüsse, Teiche und Obstplantagen. Weiße Farmhäuser erstreckten sich unter lumineszierendem Laubwerk in Rosa, Rosenrot, Orange und Gelb. Den Farmern schien es gut zu gehen; das Leben im Land Lelander konnte nicht vollkommen schlecht sein, selbst wenn die Mädchen ihre Ellbogen nicht zeigten.

Eine Linie dunkelblauen und schwarzen Laubes wanderte über den Horizont, wo der Dalglish gen Osten schwang, um die Maunish-Grenze zu kennzeichnen. Hundert Meter vor der Grenze hielt der Bus an. Aus einem Stationshaus marschierten ein Feldwebel und sechs Soldaten in schönen Uniformen.

Der Feldwebel kam an Bord des Busses, stellte dem Fahrer verschiedene Fragen, der daraufhin mit dem Daumen auf Gersen zeigte.

Der Feldwebel winkte Gersen heran. »Hierher, mein Herr, nur für einen Augenblick. Bringen Sie Ihr Gepäck mit.«

Gersen nahm seine kleine Reisetasche und folgte dem Feldwebel aus dem Bus und in einen Schuppen. Der Feldwebel nahm die Tasche, hob sie in die Höhe und lächelte Gersen an. »Ich sehe, dass Sie einen Projeck Modell 6A nach Maunish zu schmuggeln versuchen.« Er öffnete die zwei Halterungen an den Griffen der Reisetasche. »Das ist kein neuer Trick, darauf achten wir. Hier konfisziere ich die Waffe nur. Drüben, in Maunish, wären Sie in einen Käfig gesperrt und drei Stunden lang in den Fluss getaucht

worden, bis Sie ertrunken wären. Die sind barbarisch strikt in dieser Hinsicht. Geben Sie mir bitte die anderen Teile.«

Gersen öffnete die Tasche und holte die anderen Komponen-
ten hervor, die er mittels verschiedener Methoden getarnt hatte.
»Hier, Feldwebel. Ich danke Ihnen für Ihre Warnung.« Er zuckte
mit dem rechten Unterarm und ein Wurfmesser erschien in seiner
Hand. »Sie nehmen dies besser auch in Ihre Obhut.« Er schüttelte den linken Arm und brachte so ein Blasrohr zum Verschießen
von Glasnadeln zum Vorschein. »Und dies.«

»Sehr klug, mein Herr.«

»Bitte verkaufen Sie sie nicht sofort. Wenn ich auf diesem
Wege zurückkomme – und das habe ich vor – werde ich sie Ihnen
selbst abkaufen.«

»Das ist häufig der Fall, mein Herr.«

Gersen kehrte zum Bus zurück, der sogleich weiterfuhr, über
eine Eisenbrücke den breiten Dalglish querte und auf diese Weise
das Land Maunish erreichte.

Der Weg verlief schräg über eine Marsch aus braunem Modder
und purpurnem Schilfrohr, durchquerte einen Hain gigantischer
Papayas, die ein übel riechendes süßes Aroma verströmten, brach
hinaus in das Sonnenlicht und die Landschaft wurde anders.
Drüben, auf der anderen Seite des Flusses, lag Lelander, dies war
Maunish, nichts war vollkommen gleich. Der Bus hielt an der
Grenzstation von Maunish an, im Schatten eines enormen Ling-
lang-Baumes mit blauem Laubwerk und knorrigem, verdrehtem
Stamm mit einem Meter achtzig Durchmesser. Wie zuvor marschierten Wächter heraus, um auf den Bus zuzugehen. Hier trug
man graugrüne, statt roter, schwarzer und hellbrauner Uniform.
Es war ein gänzlich anderer Menschenschlag als jener der klein-
wüchsigen Lelander mit den sanften Zügen; die Leute hier waren
hochgewachsen, schlank, hatten glattes braunes Haar und kno-
chige Gesichter.

Auf einen Wink des Feldwebels stiegen die Passagiere aus und
einer nach dem anderen betrat den langen Schuppen, wo jeder
an drei verschiedenen Stationen geprüft und durchsucht wurde.

In Gersens Fall verlief dies brüsk, unpersönlich und ausgesprochen gründlich. Seine Außenwelt-Herkunft ignorierte man. Sein erklärtes Gewerbe, Journalismus, weckte nur wenig mehr Interesse. »Was erwarten Sie, in Maunish zu erfahren?«

»Nichts von Bedeutung. Ich komme als Tourist hierher.«

»Weshalb weisen Sie sich dann nicht als Tourist aus?«

»So oder so ist es keine große Angelegenheit.«

»Vielleicht nicht für einen Touristen oder einen Journalisten, doch wir sind die Sicherheitsoffiziere, die für den Anstand in Maunish verantwortlich sind. Für uns sind die Rollen gänzlich anders. Zunächst einmal mag der Tourist im Hotel Bon Ton in Maunish absteigen, wohingegen Journalisten jede Nacht auf der Polizeistation verbringen müssen.«

»In diesem Fall bin ich definitiv ein Tourist, durch und durch. Ich stimme Ihnen zu, dass die Unterschiede bedeutend sind.«

»Offensichtlich führen Sie keine Konterbande mit sich.«

»Offensichtlich nicht.«

Der Beamte zeigte ein frostiges Lächeln. »Sie werden feststellen, dass viele unserer guten Maunish-Gewohnheiten bei näherem Kennenlernen überzeugend sind. Dennoch – und ich habe neununddreißig verschiedene und eigenständige Domänen besucht – ist Maunish der Inbegriff der Toleranz, verglichen mit solchen Ländern wie Malchione oder Dinkland. Unsere Statuten sind einfach und vernünftig. Wir verbieten die Verbreitung von Polytheismus und die Zurschaustellung weißer Flaggen. Wir untersagen anstößiges Rülpsen und andere Übertretungen des öffentlichen Friedens. Unser Kriminalverzeichnis ist sehr herkömmlich; Sie müssen sich nur mit Gemessenheit betragen, um Schwierigkeiten zu entgehen.« Er zeichnete Gersens Einreisebescheinigung mit einem Schnörkel ab. »Bitte schön, mein Herr. Die Freiheit von Maunish ist die Ihre!«

Gersen stieg an Bord des Busses, der unvermittelt anfuhr. Die Grenzstation unter dem ausladenden blauen Linglang blieb hinter ihm zurück. Die Landschaft war nun die von Maunish, anders als jene von Lelander; ob aus Gründen des psychologischen

Wandels, des ihr innewohnenden Charakters oder des verän-
derten Bezuges wusste Gersen, der solche Veränderungen zuvor
bereits häufig erlebt hatte, nicht zu sagen. Das Land erschien größer, der Himmel weiter. In einer neuen Klarheit der Atmosphäre
wirkten die Horizonte wie in einem kuriosen visuellen Parado-
xon, fern und nah zugleich. Auf der Ebene wuchsen Bäume in
separaten Gruppen und Wäldchen, jede Art für sich: Ginsaften,
Orpoonen, Linglangs, Flammbojen. Der Schatten unter ihnen
besaß ein dichtes, dunkles Schwarz, das mit einer seltsamen reich-
haltigen namenlosen Farbe zu schimmern schien. Hier waren
die Farmhäuser seltener und älter als in Lelander, sie waren aus
keinem ersichtlichen Grund hoch und schmal gebaut und in
eifersüchtiger Abgeschiedenheit weit vom Weg entfernt errichtet
worden ... Das Land wurde freundlicher. Der Bus rollte durch
Plantagen, vorüber an schwarzen Stämmen und unter strahlend
rosafarbenem oder gelbem Laubwerk, über wasserreiche Flüsse,
durch kleine Dörfer und erreichte schließlich Cloutie, wo er auf
dem Zentralplatz stehen blieb. Die Seiten schwangen auf. Die
Passagiere mit Geschäften in Cloutie stiegen aus, unter ihnen Gersen. Er blickte sich interessiert um. Cloutie würde dem jungen
Howard Treesong als höchst bedeutender Ort erschienen sein, als
das Zentrum des zivilisierten Universums, wohin man ihn vielleicht einmal im Jahr zu einem besonderen Anlass hin mitnahm.
Auf der anderen Seite des Platzes sah Gersen das Hotel Bon Ton,
ein unansehnliches, viergeschossiges Gebäude, hoch und schmal,
mit einem stark überhängenden Dach und zwei zweigeschossigen
Flügeln.

Wenn Howard Treesong nach Gladbetook reisen würde, um
an seinem Schultreffen teilzunehmen, war es gut möglich, dass er,
wie Gersen, im Bon Ton logieren mochte. Die Zeit zur Vorsicht
war gekommen, hatte ihn vielleicht bereits überholt ... In einem
Herrenbekleidungsgeschäft erwarb Gersen lokale Kleidung und
zog sie an: ein Hemd aus schwerem grünem Stoff, eine am Knie
geraffte, weite Hose, graue Wollsocken und schwarze Schuhe mit
breiter Spitze, einen breitkrempigen, flachen schwarzen Hut, der

etwas in Richtung Hinterkopf geschoben wurde. Die örtlichen Eigenheiten – ein langsamer, steifbeiniger Gang mit an den Seiten angelegten Armen und direkt nach vorn gewandtem Gesicht – waren nicht so leicht nachzuahmen. Er würde immer noch als ein Ausländer erkannt werden, nur nicht mehr so schnell.

Er überquerte den Platz zum Hotel Bon Ton und betrat eine halbdunkle Eingangshalle, die nach altem gewachstem Holz, verrottendem Leder, schweren Polstern und unaussprechlichen örtlichen Absonderungen roch. Die Eingangshalle war verlassen, der Empfangstisch dunkel. Gersen klopfte gegen eine Pforte, bis eine kleine alte Dame aus einem Hinterzimmer erschien. Mit schriller Stimme verlangte sie seine Geschäfte zu wissen.

Gersen erwiderte mit Würde. »Ich möchte Unterkunft für einige Tage mieten.«

»Tatsächlich; wo werden Sie sich versorgen?«

»Wo ich die besten Mahlzeiten finde.«

»Das ist weit weg, auf der anderen Seite des Sees, wo die Leute die Strenge vergessen und ihre Bäuche verhätscheln. Sie müssen zu sich nehmen, was wir Ihnen hier servieren, in unserem Speisesaal.«

»Was immer angemessen ist.«

»Das ist sehr angemessen.« Die alte Frau spähte ihn schräg an. »Was suchen Sie hier? Kommen Sie, um Dinge zu verkaufen?« Sie brachte es fertig, das Wort gleichzeitig schlüpfrig und drohend klingen zu lassen.

»Nein, ich verkaufe nichts.«

»Oh!« Und nach einer Pause. »Überhaupt nichts?«

»Überhaupt nichts.«

»Das ist schade«, verkündete sie in einem unvermittelt heiteren und geschwätzigen Ton. »Ich sage immer, dass ein Mensch kaufen und verkaufen soll, wie es ihm gefällt, trotz Gesundheitsamt. Woher kommen Sie? Ich kann Sie nicht einordnen. Sie sind kein Mandyke? Kein Booder?«

»Nichts davon.«

»Entzünden Sie Feuer, schütten Sie Wasser ein?«

»Nein, niemals.«

»Nun gut, Sie dürfen das Zimmer Lächelnder Sonnenaufgang haben.« Das Gesicht der Frau wurde derart hübsch unschuldig, dass Gersen sich auf der Stelle veranlasst sah zu fragen: »Wie sind die Sätze?«

»Es ist unser bestes Zimmer, reserviert für wichtige Würdenträger. Der Mietsatz ist in entsprechender Höhe.«

»Wie viel?«

»Dreiundachtzig SVE per diem.«

»Das ist bei Weitem zu viel. Lassen Sie mich die Preisübersicht sehen.«

»Nun denn, fünf SVE … «

Gersen war zufrieden mit dem Zimmer, das die niedrigste der mittleren Veranden besaß, ein mit weißem Holz getäfeltes Badezimmer, eine daran angrenzende Schlafnische und einen kleinen Turnraum.

Es war später Nachmittag. Gersen stieg zur Straße hinunter, blickte nach links und rechts und machte sich auf, um das Dorf zu erkunden. Die Südseite des Platzes wurde von einer Steinstatue beherrscht, dahinter befand sich ein hohes strenges Gebäude, offenbar eine Kirche oder ein Tempel. Eine Tafel am Fuß der Statue identifizierte die herrschaftliche Gestalt als Bandervoum den Didram, der den Anschlagwinkel eines Zimmermannes in die Luft hielt, um die Seelen der Toten zu beurteilen. Hinter der Kirche wuchs eine Reihe großer schwarzer Zedern; Lücken im Laubwerk offenbarten ein Feld, auf dem eine Schar weißer Statuen stand.

Neben der Kirche entdeckte Gersen einen kleinen Schreibwarenladen, der eine Vielfalt kleiner Gegenstände zum Verkauf feilbot. Auf einem Regal bemerkte er verschiedene Ausgaben von *Cosmopolis* und ein Exemplar von *Existent*. Auf dem Umschlag von *Existent* war ein Bild von zehn Menschen abgebildet mit der Überschrift:

**WER SIND DIESE LEUTE?**
*Nennen Sie die richtigen Namen
und gewinnen Sie 100.000 SVE!*

Gersen betrat den Laden. Hinter zwei parallel verlaufenden Theken zur Linken und Rechten standen zwei kleine Mädchen, die mit langärmeligen schwarzen Kleidern bekleidet waren. Ihr schwarzes Haar wurde so stramm von Haarknoten gehalten, dass die Augen vorzustehen schienen. Ins Haar waren zwei korallenrote Palmwedel gesteckt. Auf der Theke fand Gersen ein zum Verkauf stehendes Pamphlet:

## Das LAND MAUNISH

### OFFIZIELLE KARTE UND ÜBERBLICK
Diese zuverlässige Übersicht enthält alle
Wege, Dörfer, Flüsse, Brücken, Grenzposten
mit physiografischen Details
PREIS: 25 Zentum

Gersen nahm ein Exemplar der Karte und bezahlte mit einer Münze. Sogleich protestierten die Mädchen! »Mein Herr! Der Preis beträgt zwei SVE!«

Gersen deutete auf die gedruckte Notiz. »Der Preis ist auf 25 Zentum festgesetzt.«

»Das ist für Ortsansässige«, sagte eines der Mädchen.

»Ausländer müssen einen Zuschlag bezahlen«, meinte das andere.

»Und weshalb ist das so?« fragte Gersen, der sich wunderte, wie die Mädchen ihn in seiner neuen Cloutie-Kleidung als Ausländer erkannt hatten.

»Weil die Karte wertvolle geheime Informationen enthält«, erklärte das Mädchen zur Rechten in ernstem Ton.

»Äußerst wertvoll für eine feindliche Armee«, verkündete das Mädchen zur Linken, sogar noch ernster.

»Aber sicherlich besitzen die Feinde bereits Karten von Maunish?«

»Vielleicht nicht alle unsere Feinde.«

»Vielleicht nicht mit so vielen geheimen Einzelheiten.«

»In diesem Falle«, meinte Gersen, »ist die Karte weit mehr wert, als zwei SVE.«

»Ganz recht, aber niemand würde einen solchen Preis bezahlen«, bemerkte eines der Mädchen.

»Sie würden eher eine alte verwenden«, fügte das andere Mädchen hinzu.

»Nun, zufällig bin ich ein Ortsansässiger und kein Feind«, sagte Gersen. »Ich wohne im *Bon Ton Hotel*. Deshalb habe ich ein Anrecht auf den niedrigen Preis.«

Die Mädchen standen still da und wägten die theoretische Grundlage von Gersens Standpunkt ab. Bevor sie eine Argumentation formulieren konnten, war Gersen verschwunden.

Er setzte sich auf eine Bank und studierte die Karte. Er fand Gladbetook fünfundsechzig Kilometer im Norden, an den Ufern des Sweet Trelawney gelegen.

Gersen ging weiter um den Platz herum. Auf seinem Weg bemerkte er ein Schild:

PANTILOTE GARAGE
*Fahrzeuge von Qualität! Verkauf oder Vermietung:*
Stundenweise ▪ Tageweise ▪ Wochenweise

Sprechen Sie in unserer korrekt geführten Werkstatt vor.
Sie werden die pflichtbewusste Genauigkeit
unserer Arbeiten bemerken und gutheißen.

DIDRAM-RUMMEL-STRASSE 29

Gersen machte die Didram-Rummel-Straße und die Pantilote Garage ausfindig, wo er, nach beträchtlichen Formalitäten, erfolgreich einen dreirädrigen Wagen mietete, der vor Ort aus einer Vielzahl von diesem und jenem zusammengebaut worden war.

Der Abend brachte bereits Dunkelheit über den Himmel. Der Weg nach Gladbetook erschien ihm zu weit. Gersen verabredete die Abholung des Wagens für den nächsten Morgen, woraufhin er über die Goshen-Prärie zum ehemaligen Zuhause von Howard Alan Treesong fahren würde.

# KAPITEL XII

Aus: *Die Lehre von Didram Bodo Sime*, 6:6
(Schmähungen wider den Zecher und sein Getränk)

**MOTTO:**

Es ist nicht gut, sich zu betrinken oder zu zechen, weder
an Gesöff, Bier von fern oder nah noch Destillat.

**ERWEITERUNG:**

Der Zecher ist ein säuselnder Langweiler, ein Lüm-
mel, ein Bastard, ein gesellschaftlicher Hohn.
Häufig beschmutzt er seine Kleidung und ergeht sich
in Schlimmweisen. Er riecht und rülpst. Mit seinen
Vertraulichkeiten belästigt er alle anständigen Leute.
Seine Lieder und sein Tirilieren beleidigen das Ohr.
Häufig verschwendet er seinen Atem mit skurrilen
Mutmaßungen.

Der Zecher versorgt sich heimlich mit gutem Obst und
lässt es verderben und der gute Mensch, der sich der
Wohlvitalität und des guten Geschmacks der gesun-
den Frucht erfreuen möchte, ist beraubt und muss
aufschreien: »Weshalb hast du mich, oh Zecher, meiner Frucht beraubt und sie der stinkenden Fäulnis
überlassen?«

Der Zecher ergeht sich in närrischen Tänzen. Er posiert
wie ein Clown und säubert sich die Ohren mit Besen-
stroh. Er ist geneigt, seine Streitsucht an ernsthaftem
Volk auszulassen, das zufällig auf seinem Weg innehält,
um ihn seiner Narrheit wegen zu schelten.

~

Nördlich von Cloutie wurde die Landschaft wild und öde, zunächst wegen des Sumpflandes am Junifer-Fluss, danach aufgrund der langen Simse aus schwarzem Fels, ob derer das Land nur zum Grasen geeignet war. Zum ersten Mal sah Gersen die auf Moudervelt einheimische Fauna: zweibeinige krötenartige Wesen, die nach fliegenden Insekten hoch in die Luft sprangen; eine Schar Echsenfüchse mit grüngrauen Squama-Schuppen und einem einzelnen Sehorgan. Sie richteten sich hoch auf, um Gersen zu beobachten, während er vorüberfuhr. Als er den Wagen abbremste, rückten sie mit tänzelnden Seitwärtsschritten vor, mit Absichten, die Gersen nicht zu erraten vermochte. Er fuhr weiter und ließ die Truppe hinter sich herstarrend zurück.

Nun, da die Felssuhlen hinter ihm lagen, dauerte die Einsamkeit an. Verlassene Steppen erstreckten sich bis zum Horizont: ein sich leicht wellendes Land, ohne Bäume, einsam und verlassen im Sonnenlicht.

Schließlich tauchte im Norden eine dunkle Linie auf: die Bäume am Ufer des Großen Swomeys. Einmal über dem Fluss, war das Land wieder besiedelt. Gersen fuhr durch ein halbes Dutzend kleiner Ortschaften, die sich wie ein Ei dem anderen glichen: eine Hauptstraße, einige wenige Querstraßen, eine Herberge, verschiedene Läden, eine etwas abseits gelegene Schule, Dorfsaal, Tempel, eine unterschiedliche Anzahl von Häusern und Hütten.

Etwa gegen Mittmorgen erreichte Gersen Gladbetook: ein Dorf, ganz ähnlich den anderen entlang des Weges, wenn auch vielleicht etwas größer, was durch die *Dankwall Taverne* am Dorfrand, wie auch durch das pompöse *Swechers* Einkehr an der Zentralstraße, bezeugt wurde.

Gersen hielt den Wagen neben dem *Swechers* Einkehr an, einem uralten Konglomerat aus zwanzig Gästezimmern unterschiedlicher Größe auf verschiedenen Stockwerken. Die Gaststuben waren nicht weniger unregelmäßig; sie besaßen schräge Decken, schwarzes Holzwerk und Fenster, die durch hundert Jahre Einstrahlung von Van Kaathes Sternenlicht violett getönt waren. Die Steinfassade war vor Weinblättern kaum zu sehen. Entlang der

Vorderseite saßen Bürger des Dorfes gemütlich unter einer Pergola.

An einem Schreibtisch in der Eingangshalle stand ein zwei Meter zehn großer und stockdürrer Mann mit wächsernen Wangen und tief in den Höhlen liegenden Augen. »Ihr Begehr, mein Herr?«

»Unterkunft, wenn es Ihnen genehm ist. Ich bevorzuge eine Suite mit mehreren Zimmern.«

Der Gastwirt musterte Gersen mit hochgezogenen Augenbrauen und heruntergezogenem Mund. »Sie sind allein?«

»Ganz allein.«

»Und Sie wollen mehrere Zimmer?«

»Wenn eine solche Suite zur Verfügung steht.«

»Das scheint eine unbescheidene Neigung zu sein, wenn ich das sagen darf. Wie viele Zimmer können Sie zur gleichen Zeit bewohnen? In wie vielen Betten haben Sie vor zu schlafen? Wie viele sanitäre Anlagen sind für Ihr Wohl erforderlich?«

»Das ist nicht so wichtig«, meinte Gersen. »Geben Sie mir ein Zimmer mit Bad ... Ist mein Freund Jacob Bane bereits eingetroffen?«

»Im *Swechers*? Nein.«

»Noch nicht? Irgendwelche anderen Ausländer, außer mir?«

»Es ist niemand namens Bane noch mit einem anderen Namen hier. Sie sind der Erste, der sich heute anmeldet. Bitte begleichen Sie die Rechnung im Voraus. Eine Person, die wie ein Truglicht von einer fernen Ecke des Universums eintrifft, kann genauso gut ohne die Rechnung zu bezahlen wieder abreisen.«

Gersen wurde in ein dunkles Zimmer mit blauen Wänden und einer schwarzen Decke geführt, das höher wirkte als breit. Auf einem Podium stand ein Bassin mit Wasser und einer Schrubb-Bürste. Ein Polster aus grauem Filz bedeckte das Bett, ein ähnliches Polster war auf dem Boden ausgelegt. Als er in das Badezimmer blickte, entdeckte Gersen einen Zustand der Unordnung. Der Gastwirt ahnte eine Beschwerde voraus. »Im Augenblick ist dies das Beste, was wir anbieten können. Die Herberge ist wegen einer Veranstaltung in zwei Tagen sehr gut belegt. Verwenden Sie das Becken und die Bürste, um sich zu waschen. Für Ihre anderen Bedürfnisse müssen Sie die Latrine unten in der Halle benutzen.« Der Gastwirt verschwand.

Das Glück ist auf meiner Seite, sagte Gersen sich. In der *Dankwall Taverne* ist es wahrscheinlich noch schlimmer.

Gersen verschwendete keine Zeit auf dem Zimmer. Er stieg zur Straße hinab, blickte nach rechts, in die Richtung, aus der er gekommen war, wandte sich dann nach links und schlenderte zu Gladbetooks bescheidenem Geschäftsbezirk.

Am Glocherweg wandte er sich nach links, überquerte den Sweet Trelawney über eine moosbedeckte Steinbrücke. An der Seite stand eine Statue des Bildnisses von Didram Runel Fluter, in der einen Hand ein kurzes, gebogenes Messer, das er in die Luft hielt, in der anderen abgetrennte männliche Genitalien. Dahinter befand sich die Kirche. Auf einem Schild stand:

## TEILHABER SIND SICH DER
## KREATIVEN WAHRHEIT GEWISS
*Es gibt kein Zurück!*
*Es gibt keine Abkehr!*
*Es gibt nur die WAHRHEIT und ihre LEHRE!*
◄ ■ ►

Ein Friedhof nahm das gegenüberliegende Feld ein, welches von hohen Zedern umsäumt war. Überall standen Statuen, welche die Toten ehrten; Nachbildungen, die mit unheimlichem Geschick aus glänzend weißem Marmor oder Kunststoff geschnitten waren. Die Statuen standen in Gruppen oder Gesellschaften zusammen, als seien sie in einer Konversation des Trostes über das schmerzliche Ereignis arrangiert, welches ihr gemeinsames Los gewesen war.

Einen halben Kilometer weiter den Weg entlang überquerte eine andere Brücke den breiten, trägen Swanibel auf seinem Weg zum Sweet Trelawny; dahinter sah Gersen die Oberschule von

Gladbetook ... Er blieb stehen und dachte einen Augenblick
nach. Es war kurz vor Mittag. Er wandte sich um und ging über
den Glocherweg zurück ins Dorf.

Bei einem Fleischmarkt erfragte Gersen die Richtung zur Farm
von Adrian Hardoah.

»Wenden Sie sich an der Ecke vom *Swechers* nach links«,
wurde ihm gesagt. »Gehen Sie aus dem Dorf hinaus; dann sind
Sie auf dem Virleweg. Gehen Sie sechs Kilometer bis zur Kreuzung und wenden Sie sich nach rechts in den Bausger-Feldweg.
Die zweite Farm von rechts, das ist Hardoahs, die mit der großen
grünen Scheune. Was wollen Sie von Hardoah? Erwarten Sie nur
kein Geld, er ist knauserig wie ein verstopfter Kauz auf Käsediät.«

Gersen gab eine nichtssagende Antwort und ging seines Weges.

Mit dem Wagen machte er sich entlang des Virlewegs auf gen
Norden. Nach sechs Kilometern über die Prärie stieß er auf die
Kreuzung und bog rechts in den Bausger-Feldweg ein. Nach eineinhalb Kilometern und hundert Meter vom Weg entfernt, sah er
ein Gehöft, das von Garomen und Pfeffernüssen umgeben war,
deren Laubwerk im Licht von Van Kaathes Stern fluoreszierten.
Nach weiteren eineinhalb Kilometern bemerkte er eine kleine
Hütte zur Linken – die Hardoah-Farm? Sie schien etwas bescheiden und sogar baufällig zu sein, auch konnte er keine grüne
Scheune entdecken. Auf einer Bank im Sonnenlicht saß eine alte
kleine dünne Frau mit einem spitzen runzeligen Gesicht. Neben
ihr hing eine Spule mit rauem Faden, aus dem sie mit steifen
Fingern in schmerzvoller Anstrengung einen gemusterten Stoff
fertigte.

Gersen hielt das Fahrzeug an und stieg aus. »Guten Tag,
Madame.«

»Guten Tag, mein Herr.«

»Ist dies die Hardoah-Farm?«

»Nein, mein Herr, keinesfalls. Sie finden die Hardoahs dort
drüben, anderthalb Kilometer weiter den Weg hinauf.«

Fünfzig Meter neben dem Bungalow bemerkte Gersen ein
verfallenes, altes, offenbar verlassenes Gebäude, das von einem

Wäldchen blauschwarzer Ginsaften umgeben war. »Das sieht aus wie ein altes Schulhaus«, sagte Gersen.

»Das ist es. Dort habe ich dreißig Jahre lang unterrichtet und seit zwanzig Jahren sitze ich hier und sehe zu, wie es verfällt. Heutzutage bringen sie die Kinder über den Hügel zu der neuen Schule in Leck.«

»Haben Sie schon immer hier gelebt?«

»Jawohl, in der Tat. Ich hatte nie einen Mann. Ich trinke Wasser und Molke und Gemüsesud. Ich folge der Lehre so gut ich kann und bin nach dem allgemeinen Urteil der Jugend eine gute Lehrerin gewesen.«

»Dann haben Sie Howard Hardoah unterrichtet?«

»Das habe ich. Kennen Sie ihn?«

»Nicht sehr gut.«

Die alte Frau blickte in die Luft, sah Szenen, die sich vor Jahren abgespielt hatten. »Ich habe mich oft gefragt, was Howard angetrieben hat. Er ist ein sonderbarer kleiner Junge gewesen und launisch. Irgendwo habe ich sein Bild, aber ich würde es nicht finden. Eigentlich war er wie ein Elfenkind. Ich erinnere mich gerade an das Schulfest, zu dem er als Elf gegangen ist, ganz in Grün und Braun gekleidet und ein elfenartiger Elf, das war er: ironisch und zappelig und mit unheimlichem Gesicht. Ah ja, und was ist er ungezogen gewesen mit der kleinen Tammy Fluter, der Fee! Sie schrie, und Howard wurde zur Rede gestellt und ohne Zweifel von seinem Vater gründlich bestraft. Sie waren Fundamentalisten, das sind die strengsten der Teilhaberschaft, die zum größten Teil heute ausgestorben sind. Sie sind kein Fundamentalist?«

»Ich kenne die Sekte nicht einmal.«

»Sie traten für ein strenges Credo ein und das recht spürbar, wenn man alles sagt, was gesagt werden muss. Sie versicherten, dass die Sünde des Menschen durch sorgfältige Wahl ausgemerzt werden könnte und so heiratete ein Bruder die Schwester und ein Vetter die Kusine, um so das Beste zu erhalten. Haben Sie die Statue von Runel Fluter, dem Didram, im Dorf bemerkt? Nun, er war Glaubenslehrer und wirkte die Arbeit, welche er für notwendig hielt, doch Dank hat er wenig dafür erhalten, insbesondere von jenen, die er für unwürdig hielt. Oh, waren das Zeiten, in denen die Lehre so stark war! Aber nun gibt es in diesem Teil niemanden mehr, außer den Hardoahs und die praktizieren die alten Ansichten nicht mehr.«

»Howard muss ein rechtes Sorgenkind gewesen sein.«

»Zuweilen, ja. Oder er konnte so lieb sein, wie nur was. Er besaß eine überreichliche Fantasie. Wie er Blumen liebte und wie sein kleiner Verstand funktionierte! Eines Tages sortierte er die Blumen nach ihrer Farbe, für die Schlacht der Blumen – und solche wilden Possen haben Sie noch nie gesehen, mit Blütenblättern, die durch die Luft flogen und die Aufschreie der Gefallenen. Von hier nach da ging Howard, um seine roten Truppen gegen die blauen zu führen, wobei Rosen mit großer Tapferkeit starben und die Sternhyazinthen über das Eisenkraut triumphierten. Meiner Treu, was für ein Tag! Dann ging er auf die Oberschule und tat sich schwer, wurde mir gesagt. Er war klein und jung und zweifellos haben ihn die großen Jungs etwas drangsaliert. Dann geriet er mit den Sadalflourys aneinander; das war natürlich ein Skandal.«

»Wieso?«

»Mmpf – hmm! Ich sollte nicht so viel reden, aber es ist lange her und die Zeiten haben sich geändert, obwohl die Sadalflourys immer noch wichtige Leute sind. Howard fand Gefallen an einem der Mädchen, ich glaube, es war Suby. Sie ließ ihn natürlich sitzen. Howard tat etwas Verwerfliches und die Sadalflourys waren rasend vor Zorn, nur dass Howard eilig verschwand und diese Welt verließ.«

Gersen beugte sich über die Handarbeit der Frau. »Das ist eine schöne Arbeit.«

»Es ist meine beste, mehr sage ich nicht, und damit verdiene ich meinen Lebensunterhalt.«

Gersen gab ihr zehn SVE. »Sie können einen solchen Stoff für mich beginnen. Wenn ich nicht zurückkomme, gut und schön, dann verkaufen Sie ihn anderweitig, ohne einen weiteren Gedanken daran zu verschwenden.«

»Haben Sie vielen Dank, mein Herr!«

»Nichts zu danken! Ich habe mich an Ihren Erzählungen erfreut und nun muss ich mich wieder auf den Weg machen.«

Eineinhalb Kilometer weiter den Weg entlang erreichte Gersen eine Farm mit einer auffälligen grünen Scheune daneben. Er hielt den Wagen an und musterte das Haus mit einem seltsamen Kribbeln von etwas Bevorstehendem, das ihm über die Haut lief. Das Haus war wie viele andere; dreigeschossig, aus rosa Schindeln und blauen Zierleisten an den Fenstern erbaut, mit hohem Dach, das von Giebeln und Dachfenstern unterbrochen wurde. Im Küchengarten arbeitete ein hochgewachsener Mann in blauer Hose und schwarzem Hemd mit einer Halsabschneider-Hacke. Als er Gersen und den Wagen bemerkte, hielt er in seiner Arbeit inne, um ihn anzustarren.

Gersen fuhr auf den Hof und der hochgewachsene Mann, offensichtlich Adrian Hardoah, kam auf ihn zu. Sein Haar war blond-braun, durchsetzt mit grauen Strähnen, und besaß keinen modischen Schnitt. Sein Gesicht war lang, knochig und wettergegerbt. Er musterte Gersen weder freundlich noch interessiert. »Mein Herr?«

»Ist dies die Heimfarm?«

»So ist es.«

»Und Sie sind Adrian Hardoah?«

»Das ist richtig.« Adrian Hardoah sprach mit einer sanften, tiefen Stimme in bedächtigem Tempo und präziser Artikulation.

»Ich bin Henry Lucas: Ich repräsentiere das Magazin *Existent* und komme von Pontefract auf Aloysius.«

»Ah! Das ist dieses Gewinnspiel-Magazin.« Hardoahs Stimme nahm einen lebhaften Ton an.

»Genau. Unter Millionen von Einsendungen waren Sie der Erste, der Person Nummer sechs richtig identifiziert hat, Ihren Sohn natürlich.«

Adrian Hardoah zog sich unvermittelt in die Defensive zurück. »Das sollte keinen Unterschied machen. Identifikation ist Identifikation.«

»Keine Diskussion. Tatsächlich bin ich gekommen, um Ihnen den Preis zu überreichen.«

»Das sind gute Neuigkeiten! Wie viel?«

»Nach unseren Regeln gewinnt die erste richtige Einzelidentifikation dreihundert SVE. Ich habe diese Summe bei mir.«

»Gesegnet sind wir, mit Hilfe der Didrams! Und was, wenn Sie wüssten, dass Sie Howard gerade um knapp eine Stunde verpasst haben? Er ist zum Schultreffen gekommen.«

Gersen lächelte und zuckte mit den Achseln. »Ein seltsamer Zufall, gewiss. Aber mir bedeutet es nichts, so oder so. Er ist einfach nur der Mann auf einer Fotografie.«

»Es geht ihm gut, Howard, obwohl er uns keine Münze hiergelassen hat und es viele lange Jahre her ist, dass er von zu Hause fortgegangen ist. Aber kommen Sie mit hinein; die Frau muss die guten Neuigkeiten hören. Um die Wahrheit zu sagen, ich hatte die Angelegenheit vergessen und habe nicht einmal daran gedacht, Howard nach seiner großen Bekanntheit zu fragen. Die Leute müssen ihn überall gesehen haben, wenn sein Bild so veröffentlicht wurde.«

»Nur wenige sind so aufmerksam, mein Herr.« Er folgte Adrian Hardoah die Stufen hinauf in eine ordentliche Küche. Eine beinahe so hochgewachsene Frau wie Adrian blickte sich um. Ihr Gesicht, mit Hundert flüchtigen Hinweisen auf Howard Treesong, faszinierte Gersen. Unter einer breiten kantigen Stirn standen ihre Augen etwas zu eng beieinander, eine lange, gerade Nase hing über einem blassen Mund und einem nahezu unscheinbaren Kinn: Charakteristiken, die ihr, zum Guten oder Schlechten, ein unerbittliches und verschlossenes Aussehen verliehen, ohne Anzeichen von Ungezwungenheit oder Humor.

Dennoch reagierte sie auf Adrians Bericht über seinen Gewinn mit einem absolut normalen Glucksen der Freude. »Nun, ist das nicht schön! Also hat Howard uns nolens volens doch noch bedacht!«

»So sieht es aus. Nun denn, wie wäre es mit einer Kostprobe Tee? Und einem guten Stück Stuten? Was sagen Sie dazu, Herr Lucas?«

»Ich danke Ihnen herzlich!«

Auf Adrians Geste hin setzte sich Gersen an den Tisch. Er holte ein Bündel Geldnoten hervor, um sie zu zählen. Adrian sprach ehrfurchtsvoll. »Wenn man bedenkt, dass ich aus nicht mehr als purem Zufall über diese Fotografie geschaut habe und das auch nur, weil es in diesem Außenwelt-Jinket *Existent* gewesen ist. Und wer hat den Hauptpreis gewonnen?«

»Die Personen der Gruppe sind im Grunde genommen Fremde, die sich zufällig an einem Vergnügungsort getroffen haben. Ein Bediensteter vor Ort war der erste, der die Namen wusste. Ihr Sohn Howard hat ebenfalls eine richtige Identifizierung abgegeben, allerdings zu spät.«

Reba Hardoah lächelte ein beißendes Lächeln. »Ist das nicht typisch Howard? Immer kommt er zu spät, wenn auch nur knapp! Eine Schande ... Still! Ich höre Ledesmus. Er ist Howards älterer Bruder, er ist von ganz anderer Sorte. Er wird die Farm übernehmen, wenn wir den Fließenden Fluss durchqueren.«

Ledesmus blieb im Eingang stehen, überrascht einen Außenwelt-Besucher zu sehen. Er war etwas massiger als sein Vater, besaß Apfelbacken und schwere Augenlider, die seinem Gesicht ein Aussehen gerissenen Witzes verliehen. Adrian sprach: »Ledesmus, komm her, um Herrn Henry Lucas von einem fernen Planeten zu begrüßen. Er hat uns einen Geldbetrag mitgebracht.«

Ledesmus schürzte die Lippen, um zu pfeifen. »Piee-oo! Was für ein Tag! Zuerst Howard, wie aus dem Nichts, und nun Herr Lucas.«

»Zufall«, entgegnete Gersen. »Trotzdem, es ist schade, dass ich ihn verpasst habe, da ich den Auftrag habe, einen Artikel über die Leute auf der Fotografie zu schreiben.«

Adrian sprach im Ton leidenschaftslosen Urteilens: »Über Howard gibt es nicht viel zu sagen. Er hat niemals seinen Teil Arbeit auf der Farm übernommen. Er hat seine Schulzeit verträumt und ich wage zu behaupten, dass auch heute nicht viel aus ihm geworden ist, trotz all seiner Reisen.«

»Also« sagte Reba, »nun tu dem Jungen kein Unrecht. Du hast immer gewusst, dass etwas Unheimliches an ihm ist.«

Gersen fragte: »Erwarten Sie ihn zurück?«

Adrian erwiderte knapp: »Nein.«

»Eigenartig, dass er von so weit kommt, um nur für ein oder zwei Stunden vorbeizuschauen.«

Reba versuchte, es zu erklären. »Nun, wir erwarten von Howard nichts anderes, als ein etwas ungebührliches* Verhalten. Dennoch grämen wir uns zu sehen, dass er sich von der Lehre abwendet. Wenn er nur den Sternenstaub von seinen Füßen schütteln würde und nach Hause käme, um Ledesmus bei der Feldarbeit zu helfen. Das würde uns freuen.«

Ledesmus zeigte Gersen sein gerissenes Grinsen und sagte: »Er wird nicht zurückkommen. Er ist jetzt noch ungebührlicher denn je.«

Adrian stimmte zu. »Er wird nicht zurückkommen. Er ist hierhergekommen und hat sich an diesem alten Ort umgeschaut. Alles, was er gesagt hat, war: ›Alles ist gleich. Doch nichts ist gleich geblieben.‹ Er hat genauso viel Zeit draußen in seinem alten Büro verbracht, wie mit seiner Mutter.«

»Seinem Büro?«

»Die alte Pumpenhütte dort drüben, wo er sich mit seinen Büchern und Papieren und farbigen Stiften vergraben hat.«

Ledesmus sagte düster: »Howard hat zu viel gelesen, eine Menge von diesem Außenweltler-Zeug. Er hatte einen Sessel und einen Tisch und die halbe Nacht über brannte das Licht, bis wir ihn zu Bett gerufen haben. Ein richtiger Werd†, das war Howard.«

»Wo hält er sich jetzt auf?«

Adrian sagte zweifelnd: »Er hat Freunde erwähnt, die er besuchen wollte.«

---

* Das Wort *vardespant* besitzt keine zeitgenössische Entsprechung. Es umfasst Begriffe wie Verbissenheit, verdrehte Querköpfigkeit und eine höhnische Haltung gegenüber düsterer Rechtschaffenheit.

† Ein übernatürliches Wesen in menschlicher Gestalt, das durch die Nacht streift und bei Tage unter der Erde schläft. Der Folklore von Maunish zufolge versteckt es sich in den Schatten und wartet darauf, sich auf Kinder stürzen zu können, um sie mit sich fortzutragen.

Ledesmus lachte höhnisch. »Freunde? Howard? Es gab niemanden, außer dem armen Nimpy Cleadhoe, und der ist nicht mehr.«

»Also«, meinte Reba mit mildem Vorwurf, »alles weißt du auch nicht, Ledesmus.«

Adrian erklärte: »Er ist hauptsächlich wegen des Schultreffens gekommen. Dennoch sollte man meinen, dass er eine Weile zu Hause verbringt. Letzten Endes ist er hier geboren worden und aufgewachsen und aus dieser Erde sind seine Knochen gemacht.«

Gersen schob das Bündel SVE-Noten hinüber zu Adrian Hardoah. »Nehmen Sie dies, mein Herr, und unseren Dank für Ihre Teilnahme am Gewinnspiel. Ich gehe davon aus, dass Sie *Existent* abonnieren möchten?«

Adrian zupfte sich am Kinn. »Wir werden darüber nachdenken. Es ist ein Außenwelt-Jinket und geht über unsere Belange hinaus. Wenn ich die Handlungen der Falschkopf-Ulmen im nächsten nördlich gelegenen Land nicht verstehe, wie kann ich darauf hoffen, die Taten in Alpheratz oder Cpah zu begreifen? Nein, wir befassen uns mit unserem eigenen Wissen. Was, letzten Endes, die Reine Wahrheit ist. So sagen es unsere Didrams.«

»Gesegnet sei die Lehre«, murmelte Reba.

Gersen erhob sich. »Ich würde mir gern Ihre Farm ansehen, wenn ich darf. Sie soll als Hintergrund für den Artikel dienen, den ich über Howard schreiben muss.«

»Gewiss. Ledesmus, führe den Herrn herum.«

Gersen und Ledesmus gingen hinaus auf den Hof. Ledesmus lugte Gersen von der Seite an. »Also müssen Sie nun über Howard schreiben? Wer will etwas über ihn lesen?«

»Es gibt ein großes Interesse an dem Gewinnspiel. Ich werde Ihren Vater und Ihre Mutter erwähnen und Sie natürlich auch.«

»Wirklich. Mit meinem Bild und allem?«

»Unglücklicherweise nicht. Ich habe keine Kamera bei mir ... Sie sind älter als Howard?«

»Jawohl, drei Jahre.«

»Sind Sie gut mit ihm ausgekommen?«

»Gut genug. Vater hat keinen Zank zugelassen. Ich habe die
Arbeit erledigt und Howard hat in seinem Büro geträumt.«

Gersen blieb unentschlossen stehen. Die Spur von Howard
Alan Treesong war deutlich, schien aber nirgends hinzuführen.
»Ich würde mir gern Howards Büro ansehen.«

»Gleich dort drüben. Es hat sich in den ganzen dreißig Jahren
nichts verändert. Wir pumpen Wasser für die Bewässerung der
Plantagen und für den Lastwagen aus dem Teich. Das Hauswasser
beziehen wir aus einer Quelle, mit einer anderen Pumpe.«

Ledesmus führte ihn zu einem drei Meter langen und zweieinhalb Meter breiten Schuppen. Er zog an der Tür, zerrte sie gegen
das Quietschen korrodierter Angeln auf. Zwei Fenster ließen
Licht hinein und zeigten ein staubiges Durcheinander.

»Es hat sich nicht viel verändert«, sagte Ledesmus. »Dort ist
sein Tisch und das ist genau der Sessel, in den er sich mit seinem
Bewalkus gepflanzt hat. In den Regalen waren seine Bücher und
Papiere; er war ordentlich, das war er, Howard, alles musste genau
sein.«

»Und wo sind die Bücher und Papiere?«

»Schwer zu sagen. Einige sind wieder im Haus, einige sind
kaputt gegangen. Howard ist immer heikel mit seinen Sachen
gewesen; als er sich zu fernen Häfen aufgemacht hat, ist wenig
genug übrig geblieben. Howard hatte gerne seine Geheimnisse.«

»Hatte er Freunde? Was ist mit Mädchen?«

Ledesmus stieß einen gutturalen Laut verächtlichen Vergnügens aus. »Howard konnte nicht mit Mädchen umgehen. Er hat
zu viel geredet und zu wenig gehandelt, wenn Sie wissen, was
ich meine. Er mochte kleine junge Mädchen und hat mit einem
oder zwei seine schmutzigen Spiele gespielt, aber drucken Sie das
nicht.« Ledesmus blickte über die Schulter zum Haus. »Vater hat
davon nichts gehört. Er hätte Howard das Fell über die Ohren
gezogen. Es hat nicht viel bedeutet; Howard wollte einfach nur
seine Gerätschaft ausprobieren. Letzten Ende ist sie dafür da,
habe ich nicht recht? Die Lehre ist in dieser Hinsicht etwas vage,
aber wenn Sarter Martus Mädchen nicht zum Spielen gewollt

hat, hätte er sie mit Schnappzähnen ausgestattet, wie eine Fisch-falle, wenn Sie verstehen, was ich meine. Seine große Liebe war ein Mädchen namens – wie hieß sie noch gleich? Sie ist im Persimonen-See ertrunken ... Zada Memar, ein hübsches Ding ... Freunde? Da war Nimpy Cleadhoe von unten am Weg. Er und Howard durchstreiften zusammen die Wälder und gingen ihren Spinnereien nach; er war so etwas wie ein Freund. Vater hat das nicht gemocht, weil der alte Cleadhoe der Dorfmarmelierer war.«

»Was ist ein Marmelierer?«

»Sie haben den Friedhof gesehen, wo die toten Leute stehen? Das alles sind Marmeln. Es ist niedrige Arbeit, mit totem Zeug und all das. Jetzt sind sie alle fort – und das war Howards Freund, wenn sie überhaupt Freunde waren.« Ledesmus bedachte Gersen mit einem verlegenen Lächeln. »Ich habe diese Freundschaft ruiniert, ich und meine Dummheit.«

»Inwiefern?«

»Tja, Howard hortete ein rotes Schreibbuch, womit er höchst eigen war. Einmal rief Nimpy ihn aus seinem Büro heraus und schickte ihn wegen diesem oder jenem zu Mutter. Ich langte durch das Fenster, nahm das rote Buch und warf es über die Pumpe. Tja, wie es der Zufall wollte, schlitterte das Buch hinter die Verkleidung. Ich zog mich hinter die Scheune zurück und wartete. Howard kam heraus und ging los, um sein Buch wegzusperren, konnte es nicht finden und – ein solch verrücktes Tun habe ich noch nie gesehen. Er fing an, mit komischen Stimmen zu reden und hüpfte umher. Dann sah er den armen Nimpy und sprang auf ihn zu. Ich rannte vor und zog ihn fort, bevor er den Jungen umbringen konnte. Das ist Howards Freund gewesen, danach war er keiner mehr; er ist niemals wieder gekommen. Howard ging fort zur Sommer-Lehre und ich vergaß das Buch. Lassen Sie uns nachsehen, ob es immer noch da ist.« Ledesmus ging hinüber zur Pumpe, zog das Sperrholz beiseite und zwängte die Arme hinein. »Ich hoffe, ich erwische nicht das falsche Ende einer Kang* ... Ich

---

* Einheimisches Stechinsekt, das eine Länge von zehn Zentimetern erreicht.

habe es.« Er hielt ein rotes Notizbuch hoch und warf es Gersen zu, der es ins Sonnenlicht mitnahm und den Inhalt überflog.

Ledesmus kam aus dem Pumpenraum. »Was steht darin?«

Gersen reichte es ihm und Ledesmus blätterte die Seiten durch. »Nichts Wichtiges ... Was für eine Schrift ist das? So etwas habe ich noch nie gesehen.«

»Schwierig zu sagen.«

»Was auch immer, es ist Blödsinn. Was soll es nützen, wenn niemand es lesen kann ... Hier sind Bilder: Herzöge und Könige in Kostümen. Dumme Rigobanden auf einem Karneval. Vater hat gedacht, Howard würde das Organon abschreiben. Ich habe gedacht, er stellt etwas über Mädchen zusammen. Howard hat uns alle hereingelegt.«

»So scheint es«, sagte Gersen. »Ich nehme es als Andenken an Gladbetook mit. Würden Sie zehn SVE für Ihre Mühe annehmen?«

»Tja, ich weiß nicht ...«, Ledesmus zauderte, dann nahm er das Geld. »Ich nehme an, das wäre etwas, was Vater nicht haben will. Sprechen Sie einfach nicht darüber.«

»Ich sage nichts und Sie erwähnen das Buch Howard gegenüber nicht, sollten Sie ihn vor mir sehen. Ich frage mich, wo er sich aufhält.«

Ledesmus hob die Schultern. »Ich glaube, er hatte vor, hier zu bleiben, bis es zu einer Auseinandersetzung mit Vater kam, danach ist er so schnell verschwunden, wie er gekommen ist. Er könnte im *Swechers* Einkehr sein, da dies das beste Hotel im Dorf ist.«

Wieder in Gladbetook, ging Gersen zur Pergola vor *Swechers* Einkehr und fand einen Platz an einem der Tische. Er setzte sich mit dem Rücken zur tiefstehenden Nachmittagssonne und sein schwarzer Schatten fiel über den geschrubbten Pinkholztisch. Ein hochgeschossener, schlaksiger Junge, ganz Arme, Beine und Hals, trat an ihn heran, um sich nach seinen Wünschen zu erkundigen. »Nun, mein Herr?«

»Was servieren Sie zu Mittag?«

»Mittagessen gibt es nicht mehr, mein Herr. Es ist etwas zu spät. Ich könnte Ihnen einen Teller Maunze holen, mit einer Kruste guten Brotes.«

»Was ist Maunze?«

»Na, es ist eine Art Zusammenstellung aus Kräutern und Flussfisch.«

»Das würde mir sehr gut passen.«

»Und was trinken Sie?«

»Was ist zu haben?«

»Was immer Sie wählen, mein Herr.«

»Ich hätte gern ein Glas kaltes Bier.«

»Kalt oder warm, das servieren wir nicht, mein Herr.«

»In diesem Fall zeigen Sie mir bitte die Karte oder die Liste.«

»So etwas haben wir nicht, mein Herr. Die Leute wissen, was sie mögen, auch ohne darüber nachlesen zu müssen.«

»Ich verstehe … Was haben diese Leute dort drüben?«

»Sie haben unseren gekühlten Haferschleim-Sicker.«

»Und die Leute dort an der Seite?«

»Sie haben Wirrfuß-Tränkung genommen.«

»Was sonst ist zu haben?«

»Nierentonik. Nibbes. Sauersaft-Grog. Rülpsbeerenzweig.«

»Was ist Nibbes?«

»Belebender Tee.«

»Ich versuche es mit Nibbes.«

»Sofort, mein Herr.«

Der Junge verschwand und Gersen war allein, um seine Situation zu überdenken. Nahebei, möglicherweise in Hörweite, war Howard Alan Treesong; Gersen konnte das Gewicht seiner Präsenz spüren. Wenn Gersen ihn einige Schritte aus dem Dorf hinaus locken könnte, vielleicht durch die Erwähnung des alten roten Notizbuches, um ihn dann im Sweet Trelawny zu ertränken, das wäre ein zufriedenstellendes Ende der Angelegenheit. Unwahrscheinlich, dass alles so reibungslos verlaufen würde …

Der Servierbursche brachte einen Teller mit Fischeintopf, Brot und eine Kanne Tee.

Gersen schenkte sich Tee ein, kostete und entdeckte einen Geschmack, den er nicht benennen konnte. Eine der Zutaten verbrannte erst die Zunge, dann die gesamte Mundhöhle. Der Dienstbursche, der ein Grinsen unterdrückte, fragte höflich: »Mein Herr, ist der Nibbes nach Ihrem Geschmack?«

»Vorzüglich.« Gersen hatte weißen Curry im Lascar-Viertel von Zamboanga gegessen, Pfefferrum in Mama Potts Schluckstube in Sairle City auf Canopus getrunken. »Übrigens erwarte ich einen Freund von Außenwelt. Es scheint, als sei er nicht hier im Einkehr. Haben Sie eine Reservierung für Herrn Slade oder einen anderen Fremden vorliegen?«

»Das weiß ich nicht, mein Herr.«

Gersen holte eine Münze hervor. »Finden Sie es heraus, aber diskret, da ich meinen Freund überraschen möchte. Er kommt zum Schultreffen.«

Der Bursche raffte die Münze an sich und verschwand. Gersen aß beharrlich den Maunze, wie er Dutzende anderer Gerichte überall auf den bewohnten Planeten gegessen hatte.

Der Bursche kehrte zurück. »Kein Fremder hier, mein Herr, und wir halten keine Zimmer frei.«

»Wo sonst könnte er sein?«

»Na, unten am Weg gibt es die *Dankwall Taverne*, aber deren Zimmer sind armselig. Und da wäre noch Otts Zuflucht, draußen am Skooneys See, wo die reichen Vögel sich niederlassen. Ansonsten gibt es nichts näher gelegenes, als das Inn in Blurry Corners.«

»Ich verstehe. Wo ist das Telefon?«

»Im Büro, aber zuerst müssen Sie für den Maunze und den Nibbes bezahlen – solche Streiche hat man mir schon früher gespielt.«

»Ganz wie Sie wünschen.« Gersen legte ihm Münzen hin. »Wenn ich darüber nachdenke ... «, Gersen gab dem Jungen eine weitere SVE, » ... seien Sie so gut und rufen Sie erst bei Skooneys See an, dann in der *Dankwall Taverne* und erkundigen Sie sich nach Außenwelt-Besuchern, die wegen des Schultreffens hier sind. Denken Sie daran – Diskretion! Erwähnen Sie mich nicht.«

»Wie Sie wünschen, mein Herr.«

Minuten vergingen. Gersen nahm eine weitere Kostprobe des Nibbes zu sich. Der Junge kehrte zurück. »Niemand weiß etwas, mein Herr. Das Schultreffen betrifft hauptsächlich Ortsansässige, obwohl einige von fremden Orten kommen. Ditty Jingols Onkel ist aus Bantry und einige andere aus Wimping. Ihr Freund wird wahrscheinlich erst heute Abend anreisen. Noch etwas, mein Herr?«

»Im Augenblick nicht.«

Der Junge verschwand. Gersen holte das rote Buch hervor. Auf der Vorderseite, sorgfältig in Blockbuchstaben gedruckt, stand ein Titel:

## DAS BUCH DER TRÄUME

Gersen schlug das Buch auf und konzentrierte seine Aufmerksamkeit auf die Handschrift des jungen Howard Hardoah ... Eine Stunde verging, zwei Stunden.

Gersen blickte auf, wandte sich um, schätzte die Höhe von Van Kaathes Stern – Spätnachmittag. Langsam schlug er das Buch zu und steckte es in die Tasche. Er winkte dem Servierjungen. »Wie ist Ihr Name?«

»Ich heiße Vitching, mein Herr.«

»Vitching, dies ist eine SVE. Sie ist für Sie. Bald wird es eine weitere geben. Als Gegenleistung möchte ich, dass Sie mir einen Dienst erweisen.«

Vitching blinzelte. »Na gut, mein Herr, aber wie? Ich kann die Lehre nicht außer Acht lassen. Ich würde alle meine guten Taten der Vergangenheit zunichtemachen.«

»Es steht in keinem Konflikt mit der Lehre. Ich möchte, dass Sie nach der Außenwelt-Person Ausschau halten, die ich Ihnen gegenüber erwähnt habe.«

»Na – alles in allem sehe ich keinen Grund, weshalb ich diese Arbeit nicht übernehmen kann.«

»Denken Sie daran, die Arbeit muss im Geheimen erledigt werden! Wenn ein Wort durchsickert, werde ich ernsthaft böse.«

»Keine Angst, mein Herr.«

Gersen gab die SVE in dünnfingrige Hände. »Ich gehe jetzt etwas im Dorf herum.«

»Herzlich wenig zu sehen, mein Herr, für Leute wie Sie, die in Cloutie gewesen sind.«

»Nun, ich sehe mich trotzdem um. Denken Sie daran, kein Wort über unser Geschäft, zu niemandem.«

»Ganz recht, mein Herr.«

Gersen machte sich entlang der Straße auf den Weg. Nun fühlte er sich zu auffällig in seiner städtischen Cloutie-Kleidung. Er blieb vor einem Bekleidungsladen stehen und sah sich die Ware an. Ein Auslagebrett neben der Tür stellte schwarze Stiefel mit scharfen Spitzen aus. An einem Gestell hingen Schals, Hüte und Gamaschen in Maulwurfgrau mit grünen und roten Stickereien. Er betrat den Laden und stattete sich im Stil Gladbetooks aus: mit einem Mantel aus schwarzem Ginster, einer Hose mit weiten Beinteilen, die an den Knien mit schwarzen Riemen gerafft waren, einem breiten grünen Hut, den er dicht über die Stirn gezogen trug, statt im Cloutie-Stil nach hinten geneigt. Als er in den Spiegel blickte, sah Gersen einen hinreichend faden und verträumten Tölpel, der geeignet war, das Außenweltler-Auge zu täuschen.

Er verließ den Laden und bog in den Glocherweg ein, überquerte den Sweet Trelawney, ging an Didram Runel Fluter vorüber sowie an der Orthometrischen Kirche und dem ihr gegenüberliegenden Friedhof, wo die Marmeln der Toten mit ihrer Verwandtschaft standen. Mit unbehaglichen Seitenblicken marschierte Gersen in der unheimlichen Überzeugung vorüber, dass blanke weiße Augen sich bewegten, um zu beobachten, wie er sie passierte. Einen halben Kilometer später überquerte er den Swanibel und stand wieder vor der Schule, einem Bauwerk, das den höchst kunstvollen Leitsätzen der maunishen Architektur entsprach. Jede Seite besaß einen Flügel, der in einem Barockturm mündete; ein hohes, steiles Dach endete in einem Glockenturm aus kanneliertem Messing, gekrönt von einer hoch aufragenden Messingverzierung. Im silber-goldenen Licht des untergehenden

Van Kaathes Sterns hob sich jedes Detail, jeder architektonische Einfall, jeder Kragstein und jedes Ornament in starkem Kontrast hervor. Über dem Tor stand auf einem Schild geschrieben:

## 25. JUBILÄUMSTREFFEN

Herzlich willkommen zur Rückkehr der
berühmten Klasse der Galoppierenden Plattfische!

Galoppierende Plattfische? Ein alter Spaß, ein besonderer Scherz, der nur den Klassenkameraden bekannt war … Es kostete Mühe, sich Treesong in dieser Umgebung vorzustellen, wie er diesen Weg entlangging, die Schultreppe hinauflief, aus den hohen Fenstern hinausguckte …

Zwischen dem Nordflügel und dem Swanibel erstreckte sich ein gepflasterter Pavillon, ein Ort für Schüler, um untätig zu sein, zu schwatzen, den Fluss zu betrachten. Nun arbeiteten ein Dutzend Männer und Frauen am Pavillon: hängten Girlanden auf, stellten Tische und Stühle auf, dekorierten das Rednerpodest mit Banderolen, hohen vergoldeten Fächern und Troddeln.

Gersen schlenderte in die Einfahrt hinein, stieg die breiten Stufen aus poliertem rotem Porphyr empor, überquerte die Piazza und näherte sich einer Reihe von Türen aus Bronze und Glas, von denen eine offen stand.

Gersen trat ein und fand sich in einer langen Zentralhalle, die von Ost nach West verlief. Am gegenüberliegenden Ende warf Van Kaathes Stern ein gleichmäßiges Licht durch weitere Glastüren. An den Wänden zu beiden Seiten hingen Abfolgen von gruppierten Fotografien: Abschlussklassen, die bis weit in die Vergangenheit hineinreichten.

Gersen hielt inne und lauschte. Stille, außer einem Fetzen von an- und abschwellender Musik, die abrupt abriss. Eine nahe gelegene Tür war geöffnet. Als Gersen hindurchblickte, sah er einen großen, schmalgesichtigen Mann mit einem Schopf weißen Haares und zwei Mädchen, die Flageoletts im Takt zu majestätischen Schwüngen der langen Arme des Mannes spielten.

Gersen zog sich zurück und schaute sich die Fotografien an.
Er sah Bilder von vor zweiundfünfzig Jahren. Als er den Korridor
entlang weiterging, näherten sich die Bilder der Gegenwart. Er
blieb bei einer Fotografie stehen, die eine Klasse von vor fünfundzwanzig Jahren darstellte und studierte die jungen Gesichter,
welche daraus hervorstarrten, einige in stolzen Posen, andere ver-
legen grinsend, wieder andere, die den Vorgang missmutig und
gelangweilt über sich ergehen ließen ... Stimmen und Schritte.
Aus dem Musikzimmer kamen der Lehrer und die Schülerinnen.
Der Lehrer starrte Gersen argwöhnisch an. Die Mädchen zogen
nach einem gleichgültigen Blick von dannen. Der Lehrer sprach
mit steifer und pedantischer Stimme: »Mein Herr, die Schule ist
für Besucher nicht geöffnet. Ich bin im Begriff zu gehen und muss
die Tür verriegeln. Darf ich Sie bitten zu gehen?«

»Ich habe auf Sie gewartet, mein Herr. Wäre es möglich, dass
wir einen Augenblick zusammen reden?«

»In welcher Hinsicht?«

Gersen begann eine Idee zu entwickeln, die ihm gerade gekommen war. »Sie sind der Musikprofessor dieser Schule?«

»Hier bin ich Professor Kutte. Ich gebe Stunden – aus kleinen
musikalischen Barbaren schaffe ich die Majestät eines Orchesters.
Abseits von diesem Ort bin ich Valdemar Kutte, Meistermusi-
ker und Direktor des Grand Salon Orchesters.« Valdemar Kutte
musterte Gersen von oben bis unten, mit Augen, die von Deka-
den des Unterrichtens von Kindern in der korrekten Bedienung
von Piano, Flöte, Harfe, Flageolett und Liltafon geschärft waren.
»Und wer sind Sie, Herr Außenwelter, wie ich erkenne?«

»Woran sehen Sie das?«, fragte Gersen. »Ich dachte, ich sehe
aus wie ein gewöhnlicher Gladbetooker.«

»Nicht mit diesen schwerfälligen Stiefeln. Und Sie tragen die
Hose zu weit unten. Hier kultivieren wir Stil, keine Schlampigkeit.
Ohne Sie kränken zu wollen, Sie sehen aus wie jemand, der sich
für eine Scharade gekleidet hat.«

Gersen lachte reuevoll. »Ich werde versuchen, durch Ihre
Unterweisung zu profitieren.«

»Guten Tag, mein Herr. Wir müssen aufbrechen.«

»Einen Augenblick. Spielt das Grand Salon Orchester beim morgigen Festival?«

Valdemar Kutte erwiderte knapp: »Es wurde überhaupt kein Orchester engagiert – wegen finanzieller Sparmaßnahmen.«

»Die Umstände scheinen eine Anwesenheit Ihres Orchesters zu rechtfertigen.«

»Vielleicht. Wie immer gibt es jemanden, der eine strenge Hand auf unseren Geldsack hält – gewöhnlich der wohlhabendste derjenigen, die das Sagen haben.«

»Das ist die Grundlage dessen, wie man wohlhabend wird.«

»Ja, möglicherweise.«

»Wie lange sind Sie schon musikalischer Direktor hier?«

»Viel zu lange. Vor drei Jahren habe ich mein fünfundzwanzigstes Jubiläum gefeiert. Ich darf hinzufügen, dass niemand, außer mir selbst, von dieser ›Feier‹ Notiz genommen hat.«

»Also haben Sie diese Leute unterrichtet?« Gersen zeigte auf die Fotografie an der Wand.

»Viele von ihnen ... Einige von ihnen hatten den Willen, allerdings nicht das Talent. Einige hatten das Talent, aber nicht den Willen. Vielen anderen mangelte es an beidem. Einige wenige konnten beide Eigenschaften aufweisen, und an diese erinnere ich mich.«

»Was ist mit dieser Gruppe? Wer waren die Musiker?«

»Aah! Darben Sadalfloury hatte ein gutes Gefühl für das Tantalein. Ich glaube, er spielt immer noch. Die bedauerliche Mirtisha van Boufer – sie hat fünf Jahre lang an der Varienz gearbeitet, allerdings nur gespielt, ohne zu glänzen. Howard Hardoah, er war sehr geschickt, aber undiszipliniert. Leider. Ich glaube, er hätte es weit bringen können.«

»Howard Hardoah? Welcher ist es?«

»In der dritten Reihe, am Ende, der Bursche mit dem braunen Haar.«

Gersen sah den jungen Howard Alan Treesong prüfend an; er hatte ein keineswegs hässliches Gesicht mit einer eckigen Stirn,

die breit und hoch war, ordentliches hellbraunes Haar und einen
intensiven Blick aus blaugrauen Augen. Der offene und gesunde
Ausdruck wurde von einem fuchsartigen Kinn, einem hinunter-
gezogenen, mädchenhaften Mund und einer etwas zu langen und
zu schmalen Nase zunichte gemacht.

» ... Fadra Hessel spielt natürlich heute noch Loitre im Kate-
chismus. Ich gebe zu, mein Gedächtnis bringt nur wenige andere
an die Oberfläche. Mein Herr, wir müssen jetzt gehen und die
Schule abschließen.«

Die zwei gingen hinaus; die Tür wurde abgeschlossen. Valdemar Kutte verbeugte sich. »Es war mir eine Freude, mich mit
Ihnen zu unterhalten, mein Herr.«

»Einen Augenblick«, entgegnete Gersen. »Mir ist ein erfreu-
licher Einfall gekommen. Ich hege ein starkes Gefühl gegenüber
dieser besonderen Klasse und möchte, als anonymer Gönner, ein
Orchester engagieren, um die Freude bei diesem Treffen zu stei-
gern. Können Sie mir ein solches Orchester vorschlagen?«

Der Lehrer richtete sich mit großen Augen auf. »Zufällig
kann ich das. Ich verweise Sie auf Valdemar Kuttes Grand Salon
Orchester, welches ich persönlich leite. Es ist die einzig denkbare
Wahl. Richtig, es gibt auch andere ortsansässige Gruppen: Skat-
telbogger, Knall-und-Peng-Gruppen und dergleichen, aber ich
verfüge über die einzige musikalische Organisation diesseits von
Cloutie, welche diese Bezeichnung verdient.«

»Und Sie sind für den fraglichen Abend zu haben?«

»Zufälligerweise bin ich vollkommen frei.«

»Dann betrachten Sie sich als engagiert. Wie hoch ist Ihre
Gage?«

»Nun, lassen Sie mich nachdenken ... Wie viel werden Sie
brauchen? Im Allgemeinen präsentiere ich zwei Tarabeln, eine
rechts und eine links; Zumbolt, Sopranflöte, Gambe, Kornett,
Vibre, Fiedeln, eine Gitarre und Flageolett in klassischer Weise.
Für ein Engagement dieser Art verlange ich gewöhnlich zweihun-
dert SVE, aber ... « Professor Kutte blickte zweifelnd auf Gersens
Kleidung.

»Ich bin nicht kleinlich«, sagte Gersen. »Sie sind angeheuert, für zweihundertfünfzig SVE. Meine einzige Auflage ist diese: Ich möchte Mitglied Ihres Orchesters werden, nur für dieses Engagement.«

»Wie? Sind Sie Musiker?«

»Ich kann keine Note spielen. Ich klopfe leise auf eine Trommel und störe niemanden.«

»Sie würden uns alle stören. Die Trommel ist ein Krachgerät für Kleinkinder!«

»Was würden Sie vorschlagen?«

»Das ist grotesk. Weshalb können Sie nicht einfach von jenseits des Zauns zuhören?«

»Ich möchte alles aus der Nähe erleben. Aber, wenn Sie nicht ... «

»Nein! Wir finden einen Weg. Können Sie wenigstens eine Blechpfeife spielen?«

Gersen konnte sich nicht helfen, aber er schämte sich seiner Unfähigkeit. »Ich habe es nicht einmal versucht.«

»Pah! Das ist Bathos. Kommen Sie mit mir. Wir werden sehen, was wir tun können.«

# KAPITEL XIII

*Nur ein toter Trommler ist ein guter Trommler.*
    ... Valdemar Kutte
    Direktor des Grand Salon Orchesters von Gladbetook

〜

In Valdemar Kuttes Studio wurde Gersen eine lange hölzerne Flöte ausgehändigt. »Ein Kinderinstrument«, meinte Kutte verächtlich. »Dennoch, um beim Grand Salon Orchester zu sitzen, muss gespielt werden, wenn auch nur auf einer hölzernen Flöte. Nun, Finger hier, hier, hier. So. Nun blasen Sie.«

Gersen brachte einen jämmerlichen Ton zustande.

»Noch einmal.«

Drei Stunden später hatte Gersen eine von fünf grundlegenden Tonleitern gelernt und Kutte war erschöpft. »Das reicht für jetzt. Ich werde diese Stopps nummerieren: eins, vier, fünf und acht. Wir werden einfache Melodien spielen: Promenaden, Galopps, einen gelegentlichen Ranter. Sie spielen eins-fünf eins-fünf eins-fünf acht eins-fünf-acht im Takt der Musik, gelegentlich vier-fünf-acht oder eins-vier-fünf. Wenn wir eine andere Tonart verwenden, werde ich Sie mit einem anderen Instrument ausstatten. Mehr kann ich nicht tun. Bitte zahlen Sie meine Gage im Voraus, zuzüglich zwanzig SVE für drei Stunden intensiver Unterweisung.«

Gersen bezahlte das Geld.

»Nun denn, nehmen Sie die Flöte. Wenn sich die Gelegenheit ergibt, üben Sie. Spielen Sie die Tonleiter. Spielen Sie einfache Sequenzen. Vor allem: Lernen Sie eins-fünf-acht eins-fünf eins-fünf.«

»Ich werde mein Bestes geben.«

»Sie müssen besser sein als Ihr Bestes! Denken Sie daran, es ist das Grand Salon Orchester mit dem Sie spielen! Wenn auch >spielen< ein anmaßendes Wort für das Niveau Ihrer Leistung ist, und natürlich werden Sie nur leise Geräusche von sich geben. Es ist eine exzentrische Situation, aber für einen Musiker ist das Leben eine Aneinanderreihung bemerkenswerter Ereignisse. Wir treffen uns morgen hier, am mittleren Nachmittag. Dann werden Sie in Van Zeels Warenhaus gehen und sich mit der für das Grand Salon Orchester angemessenen Musiker-Uniform ausstatten lassen. Ich gebe Ihnen Anweisungen, wenn Sie eingetroffen sind. Dann, nachdem Sie sich Ihre Uniform verschafft haben, kommen Sie her und ich gebe Ihnen weiteren Unterricht, so gut ich kann. Wer weiß? Vielleicht sind Sie nach diesem Ereignis sogar ein Musiker!«

Gersen blickte zweifelnd auf die Flöte. »Möglicherweise.«

Wieder im *Swechers* Einkehr, aß Gersen ein Abendessen aus Linsenbrei, einem Eintopf aus hellem Fleisch und Kräutern, einem Salat aus Flussried und einem halben Laib knusprigen Brots. Vitching, der Servierbursche, berichtete, dass er bei seinen Erkundigungen keinen Erfolg gehabt hatte, doch Gersen entlohnte ihn nichtsdestotrotz.

Dunkelheit legte sich über Gladbetook. Nachdem Gersen das *Swechers* Einkehr verlassen hatte, wanderte er die Hauptstraße hinauf zur Dorfmitte. An jeder Ecke des Platzes stand ein hoher Pfosten, der jeweils eine weiß-grüne Kugel trug, um die Dutzende von halbellenlangen rosafarbenen Insekten mit acht zarten Flügeln an jeder Seite, wie die Ruder einer Galeere, flatterten.

Die Läden waren dunkel und verlassen. Der Herrenausstatter hatte vergessen, das Gestell mit Stiefeln hereinzuholen, und seine Schals hingen noch immer dort, sodass jeder, der dazu geneigt war, eine vollständige Kollektion entwenden konnte. Andere Kaufleute schienen ebenso gleichgültig zu sein. Die Leute in Gladbetook waren offensichtlich nicht süchtig nach Diebstahl.

Ein Nachtleben gab es im Dorfzentrum nicht. Gersen kehrte die Hauptstraße entlang um, vorbei am *Swechers* zur *Dankwall*

*Taverne*, wo im Licht einiger gedämpfter Lampen ein halbes Dutzend Feldarbeiter im Gemeinschaftsraum sauer riechendes Bier tranken ... Gersen kehrte ins *Swechers* Einkehr zurück, ging hinauf in sein Zimmer, wo er eine Stunde lang leise auf der Flöte übte, bis seine Lippen versagten. Dann holte er Das *Buch der Träume* hervor und rätselte über der unleserlichen Schrift. Offenbar hatte der junge Howard eine Reihe heldenhafter Geschichten entwickelt, die eine Gesellschaft von Helden umfasste, deren Personen er mit liebevoller Sorgfalt und in höchst komplizierten Details geschildert hatte.

Gersen legte das Buch beiseite und versuchte, es sich auf dem harten Bett bequem zu machen.

Am nächsten Morgen folgte er Kuttes Anweisungen. Er übte auf der Flöte und machte sich in dessen Studio, in der Verlängerung des Glocherwegs einige hundert Meter südlich vom Platz, vorstellig. Kutte hörte ohne Enthusiasmus zu, wie er die Tonleitern spielte.

»Jetzt versuchen Sie eins-vier-fünf.«

»Dieses Stadium habe ich noch nicht erreicht.«

Kutte verdrehte die Augen zur Decke. Er seufzte tief. »Nun, was sein muss, muss sein: das ist die Lektion, welche alle Musiker lernen. Ich habe mit Frau Lavenger gesprochen. Sie ist Vorsitzende des Schultreffens. Ich habe ihr gesagt, dass ein anonymer Gönner das Grand Salon Orchester engagiert hat, und sie war sehr erfreut. Wir müssen uns morgen Nachmittag zur vierten Stunde einfinden und uns einrichten. Wir werden vor dem Abendessen spielen, wenn die Gäste Getränke ausländischer Art trinken, und während des Abendessens. Danach wird es Lobreden und Gratulationen geben und zweifellos werden die modischen Leute Bowle zu sich nehmen, was, ohne Frage, nicht meine Gewohnheit ist. Sie als Außenweltler haben Trunkenheit wahrscheinlich bereits erlebt?«

»Das habe ich tatsächlich schon.«

»Gelobt seien die Lehrenden Didrams! Denken Sie daran! Doch Sie scheinen ein verhältnismäßig vernünftiger Mann zu sein!«

»Ich trinke selten zu viel, wenn überhaupt.«

»Aber ist das Zeug nicht schädlich?«

»Ich habe verschiedene Ansichten dazu gehört.«

Kutte schien es nicht zu hören. Er zog gedankenvoll die Augenbrauen zusammen. »Wo befindet sich Ihres Wissens in dieser Hinsicht die unerträglichste Lasterhöhle der Ökumene?«

Gersen überlegte. »Das ist nicht leicht zu beantworten. Hunderttausend Wirtschaften von der Erde bis Letzter Schrei beanspruchen diesen Rang. Twasts Stätte auf Krokinole kann mit erhobenem Haupt davon reden, Der Schmutzige Red an den Piers von Daisys Landung auf Canopus III ist ein weiterer wohlbekannter Ort.«

»Wie glücklich sind wir in Gladbetook! Unser Anstand wird vom Kosmos beneidet! Wie auch immer, und ich sage das mit Bedauern, morgen Abend könnte unser Ruf befleckt werden. Die Sadalflourys, die van Bessems, die Lavengers – sie alle werden sicherlich von den Essenzen und Brennern kosten. Niemand von ihnen wird uns Schwierigkeiten bereiten, dessen bin ich sicher oder zumindest hoffe ich es. Noch einmal – lassen Sie uns die Tonleitern hören ... Jetzt: eins-fünf-acht. Eins-vier-fünf. Eins-fünf eins-fünf ... Eins-vier-fünf ... Ritt auf dem Heiligen Widder! Stopp! Das muss genügen; heute kann ich nichts mehr davon hören. Üben Sie fleißig heute Abend. Konzentrieren Sie sich darauf etwas hervorzubringen, einen Ton, Genauigkeit, Tonhöhe, Timbre, Klarheit, Präzision des Schwungs und der Klangfülle. Wenn Sie die Töne verändern, heben Sie einen Finger, drücken Sie die anderen gleichzeitig herunter, aber erst nach einem Zeitraum von etwa einer Sekunde. Üben Sie die Fingerhaltung. Wenn Sie den Finger auf vier legen wollen, muss es auch vier sein, nicht zwei oder sechs. Kultivieren Sie den Schwung. Vermeiden Sie diese eintönige Plattheit, die Ihre Klarheit noch durchzieht. Ist das alles klar?«

»Vollkommen.«

»Gut!« rief Valdemar Kutte herzhaft. »Möge der morgige Tag uns Hoffnung und Fortschritt bringen.«

⚜

Am nächsten Nachmittag versammelte sich das Orchester in Kuttes Studio. Kutte verteilte Noten, nahm Gersen beiseite und lauschte, während dieser seinen Part spielte. Kutte erreichte ein Stadium fatalistischer Ruhe und machte Gersen keine Vorhaltungen. »Es muss reichen«, sagte er. »Spielen Sie sehr leise und alles wird gut, besonders, wenn die Essenzen reichlich fließen.«

Kutte stellte Gersen den anderen Musikern vor. »Hört alle her. Bitte um Aufmerksamkeit! Ich möchte Ihnen meinen Freund Herrn Gersen vorstellen, der gerade angefangen hat, Flöte zu spielen. Er wird bei diesem einen Anlass versuchsweise mit uns spielen. Wir alle müssen versuchen, höflich zu ihm zu sein.«

Die Musiker drehten sich um, sahen Gersen an und murmelten untereinander. Gersen ließ die Aufmerksamkeit mit so viel Gleichmut über sich ergehen, wie er aufbieten konnte.

Das Orchester machte sich den Glocherweg hinunter auf den Weg. Jeder trug sein Instrument, außer Gersen, der fünf in verschiedenen Tonarten gestimmte Flöten bei sich hatte. Alle waren gleich gekleidet, in schwarze Anzüge – Jacketts mit hohem Schulterstück und Hosen mit ausgebeultem Hinterteil – graue Gamaschen, spitze schwarze Schuhe, niedrige schwarze Hüte mit abwärts zeigenden Krempen.

Die Gruppe näherte sich der Schule und Gersen wurde immer unruhiger. Den Plan, der ursprünglich so ausgeklügelt erschienen war, betrachtete er nun, wo der kritische Punkt nahte, als unzureichend, verrückt und unsicher. Wenn Howard Treesong den Musikern mehr als nur einen flüchtigen Blick schenkte, mochte er Henry Lucas von *Existent* erkennen, was eine ungünstige Situation heraufbeschwören würde. Howard Treesong würde zweifellos gut bewaffnet mit einem Gefolge eintreffen. Im Gegensatz dazu hatte Gersen fünf Flöten bei sich und ein Küchenmesser, das er am selben Morgen bei einem Eisenwarenhändler erstanden hatte.

Das Orchester strömte in den Pavillon, platzierte die Instrumente auf dem Podium und wartete, während Valdemar Kutte mit Ossim Sadalfloury, von der lokal bedeutenden Sadalfloury-Familie, konferierte: einem untersetzten und jovialen Mann in feinem Anzug aus dunkelgrünem Gabardine.

Valdemar Kutte gesellte sich wieder zum Orchester. »Hinter dem Pavillon wird ein Imbiss zu unserer Verfügung bereitgestellt werden. Es wird geschmorte Navetten und Konfekt geben, außerdem Tee und Rosinenwasser.«

Jemand hinten in der Gruppe murmelte und lachte; Kutte starrte ihn wütend an und sprach mit bedeutungsvollem Nachdruck. »Herr Sadalfloury ist sich gewahr, dass wir alle gesundheitsbewusst sind und respektiert unsere Überzeugung. Dem Orchester werden keine Essenzen oder fermentierte Produkte serviert werden, da uns dies von unserer Vorstellung ablenken würde. Also nun, hinauf auf das Podium: hopp, hopp, ha! Flink und flott, alle miteinander!«

Die Musiker nahmen auf dem Podium Platz, stellten die Noten auf, stimmten die Instrumente. Kutte ließ Gersen in der hinteren Reihe Platz nehmen, zwischen dem Zumbolt und der Gambe, beides Instrumente, die von großen blonden Männern stoischer Veranlagung gespielt wurden.

Gersen arrangierte seine Flöten in der Reihenfolge, die Kutte ihm vorgegeben hatte. Er spielte einige zögerliche Tonleitern, wobei er versuchte, musikerhaft zu erscheinen, dann lehnte er sich zurück und beobachtete die alten Klassenkameraden dabei, wie sie den Pavillon betraten. Viele von ihnen waren Ortsansässige, andere waren von umliegenden Dorfgemeinden gekommen. Einige wohnten in fernen Ländern und andere hatten die Reise von Außenwelt nach Gladbetook angetreten. Sie begrüßten einander mit Aufschreien verwunderter Überraschung und blechernem Gelächter, jeder erstaunt darüber, wie sehr die anderen gealtert waren. Herzliche Begrüßungen wurden zwischen Personen von gleichem gesellschaftlichem Stand ausgetauscht; sorgfältiger bemessene Begrüßungen fanden zwischen Personen von unterschiedlichen Schichten statt.

Howard Hardoah, wie ihn diese Leute kannten, war noch nirgends zu sehen. Wenn er eintraf, was dann? Gersen hatte nicht einmal die Spur eines Plans.

Das Schultreffen begann offiziell zur vierten Stunde des Nachmittags. An den Tischen hatten sich bereits Gruppen gebildet.
Rechts vom Musikpodium waren alle versammelt, die Rang und
Namen hatten, links saßen die Farmleute und Geschäftsinhaber.
Einige Tische links außen wurden von Flussleuten beansprucht,
die auf Barken lebten – die Männer trugen braunen Kordsamt,
die Frauen grob gewebte lockere Hosen und langärmelige Blu-
sen. Die Leute rechts, bemerkte Gersen, nippten an Spirituosen
aus exquisiten kleinen Fläschchen aus blauem und grünem Glas.
Wenn eines geleert war, wurde es mit einer manierierten Gebärde
in einen Korb fallen gelassen.

Valdemar Kutte, der eine Fiedel trug, trat auf das Podium. Er
verbeugte sich zur Rechten und Linken und wandte sich dann
dem Orchester zu. »Sharmellas Tanz, die vollständige Version.
Ruhig, aber fröhlich, nicht zu viel Nachdruck bei den Duetten.
Sind wir bereit?« Kutte blickte flüchtig zu Gersen, winkte mit
einem Finger. »Tonart vier … nein, nicht diese … Ja, richtig.«

Er zuckte mit den Ellbogen; das Orchester verfiel in einen fröhlichen Hüpf-Umher, wobei Gersen die Flöte blies, wie es ihm
gelehrt worden war, aber leise.

Das Stück endete. Gersen setzte dankbar die Flöte ab. Es hätte
schlechter gehen können, dachte er. Die Grundregel schien zu
sein aufzuhören, wenn alle anderen auch aufhörten.

Valdemar Kutte gab die nächste Weise bekannt und signali-
sierte Gersen, wie bereits zuvor, das angemessene Instrument.

Die Melodie Der schlimme Bengfer war jedem der Anwesenden bekannt. Alle sangen kraftvoll den Refrain mit und stampften
mit den Absätzen auf den Boden. Das Lied, so konnte Gersen
feststellen, pries die Eskapaden Bengfers, eines trunkenen Hafen-
arbeiters, der in eine Senkgrube hinter Buntertown gefallen war.
Überzeugt, er wäre in einen Bottich mit Nippdudel-Bier gefallen,
trank er sich satt und als Van Kaathes Stern aufging, um die Szenerie zu beleuchten, entdeckten Passanten Bengfers runden Bauch,
der über den Rand der Senkgrube hinausragte. Ein geschmack-
loses Lied, dachte Gersen, doch Valdemar Kutte dirigierte sein

Orchester mit Gusto. Gersen nutzte das allgemeine Durcheinander, um gewagter auf seiner Flöte zu spielen, erntete dafür jedoch nur einen oder zwei warnende Blicke von Kutte.

Ein Herr von einem Tisch zur Rechten kam herauf auf das Musikpodium und sprach mit Valdemar Kutte, der mit einer gereizten, wenn auch unterwürfigen Verbeugung reagierte.

Kutte wandte sich an die Gesellschaft. »Es wird gewünscht, dass Frau Taduca Milgher für uns singt.«

»Oh nein!« rief Taduca Milgher von ihrem Tisch aus. »Der absolute Schrecken!«

Sie wurde eindringlich auf das Podium gebeten, während Valdemar Kutte griesgrämig lächelte.

Taduca Milgher sang einige Balladen: Ein einsamer Vogel bin ich, Meine kleine rote Barke auf dem Fluss und Pinkrose, des Raumpiraten Tochter.

Die Tische waren voll besetzt; die Spätankömmlinge waren offenbar alle eingetroffen. Gersen begann sich zu fragen, ob Howard Treesong letzten Endes überhaupt erscheinen würde.

Taduca Milgher zog sich wieder an ihren Tisch zurück. Das Abendessen wurde angekündigt und das Orchester trat hinter die Trennwand, um sich am Imbiss zu erfreuen.

Der Abend war über Gladbetook hereingebrochen. Hundert Feenlampen hingen von einem Bambusgitter und beleuchteten den Pavillon. Die Teilnehmer speisten gemütlich an den Tischen und tranken Likör. Diejenigen, welche die Lehre strenger auslegten, saßen über Teekannen, versäumten aber nur wenig von dem, was an den modischen Tischen vor sich ging.

Wie unwirklich, dachte Gersen. Wo war Howard Treesong? Nahebei!, kam hart und stark die unvermittelte Nachricht von seinem Unterbewusstsein. Gersen blickte über den Rand des Pavillons, über die Flusswiese … Die Zeit schien wie eingefroren. Die Unwirklichkeit hatte sich aufgelöst. Jetzt herrschte die Wirklichkeit, das wirkliche Jetzt. Drei Männer standen reglos am Fluss und blickten zum Pavillon. Am Zaun standen drei

weitere Männer; ihre Gesichter und die Kleidung waren durch die
Dämmerung verschwommen. Gersen konnte an ihrer Haltung
erkennen, dass es sich nicht um Männer aus Gladbetook handelte.

Alles war anders. Bis zu diesem Augenblick war das Treffen eine
Begebenheit des Firlefanzes und der Fantasie gewesen: übertrieben, malerisch, absurd. Jenseits des Schimmerns der Feenlampen
gab es Fantasien ganz anderer Art, dräuend und unheilvoll. Gersen
ging zum Rand des Pavillons und blickte gen Süden. Er erkannte
weitere Gestalten, unauffällig, in einem Ulmenwäldchen ...

Kutte rief das Orchester zurück auf das Podium. »Nun denn!
Wir spielen *Rhapsodie träumender Maiden*. Denkt daran! Anmut
und Feingefühl.«

Das Fest der wiedervereinigten Klassengemeinschaft hatte
ein Stadium der Fröhlichkeit und guten Kameradschaft erreicht.
Freunde riefen alten Freunden durch den Pavillon zu und brachten sich Eskapaden, Heldentaten und Streiche in Erinnerung. Die
gesellschaftliche Strenge lockerte sich. Alle im Pavillon Anwesenden wurden in die Neckereien mit einbezogen: »... niemals,
niemals! Crambert war es, die ganze Zeit über! Ich habe die Schuld
dafür bekommen und wurde getadelt ...« – »He da, Sadkin!
Kannst du dich an die Stinkblume in Fräulein Boabs Strauß erinnern? Was für ein Spaß, nicht wahr?« – »... der fürchterlichste
Skandal überhaupt! Das war ein Jahr vor deiner Zeit! Danach war
er nur noch als ›Pussyhöschen‹ bekannt.« – »Was ist aus ›Pussyhöschen‹ geworden?« – »Im Quadekanal ertrunken, der arme
Kerl. Ist von seiner Barke gefallen.« – »Der schlimmste Skandal
bisher war Fimfles Periskop. Könnt ihr euch daran erinnern?«
– »Jawohl, das kann ich. Über das Oberlicht in den Ankleide-
raum der Mädchen, wegen Knien und Ellbogen und allem, was
dazwischen ist.« – »Was für ein Gedanke!« – »Fimfle! Was für
ein trauriger Fall! Wo ist er heute Abend?« – »Keine Ahnung!«
– »He da, was ist mit Fimfle los?« – »Red nicht von diesem
schrecklichen kleinen Kerl.« Dies kam von Adelie Lagnal, die am
Sadalfloury-Tisch saß.

Ein Geräusch wie der tiefste Ton eines enormen Gongs – war

er wirklich oder unterbewusst? Gersen spürte ihn, aber niemand sonst schien ihn zu bemerken.

Im Eingang stand eine hochgewachsene, breitschultrige Gestalt. Eine enge Hose aus grünem Velours spannte sich über langen, starken Beinen. Über einem weiten, langärmeligen weißen Hemd trug sie eine schwarze Weste mit purpurnen und goldenen Uhrentaschen. Die knöchelhohen Stiefel waren aus hellbraunem Leder. Eine weiche schwarze Kappe saß schief über der breiten hohen Stirn. Sie stand im Eingang und lächelte ein verdrehtes Lächeln. Dann, mit übertriebener Selbstzurückhaltung, trat sie an einen freien Tisch in der Nähe und setzte sich, immer noch verdreht lächelnd. Von dem Sadalfloury-Tisch drang ein heiseres, ersticktes Wispern, das die unvermittelte Stille durchdrang: »Es ist Fimfle!«

Howard Alan Treesong oder Howard Hardoah wandte langsam den Kopf und schaute zu den Sadalflourys. Dann blickte er flüchtig zum Musikpodium. Sein Blick glitt über Gersen und blieb an Valdemar Kutte haften und das Lächeln wurde etwas breiter.

Die Klassenkameraden nahmen die Unterhaltungen wieder auf. Hin und her flogen die Neckereien, aber nicht mehr so ungezwungen und so frei, da sich die Augen neugierig Howard Hardoah zuwandten.

Schließlich nahm Morna van Hulgen, eine der Vorsitzenden, ihr Herz in die Hand, trat an Howard Hardoah heran und hieß ihn herzlich, nur ein wenig unaufrichtig, willkommen, was dieser huldvoll akzeptierte. Morna van Hulgen gestikulierte in Richtung Buffet-Tisch und bot ihm Abendessen an. Howard Hardoah lächelte und schüttelte den Kopf. Morna blickte unsicher durch den Raum, von Gruppe zu Gruppe, dann wandte sie sich wieder an den weltmännischen Mann vor ihr. »Es ist schön, dich nach all diesen Jahren wiederzusehen! Ich hätte dich nicht erkannt ... aber richtig verändert hast du dich eigentlich nicht! Die Jahre sind gut zu dir gewesen!«

»Sehr gut, in der Tat. Ich bin zufrieden.«

»Ich kann mich nicht an deine speziellen Freunde entsinnen

... Aber du darfst nicht allein hier sitzen. Dort ist Saul Cheebe.
Erinnerst du dich an ihn? Er sitzt dort bei Elvinta Gierle und
ihrem Mann aus Puch.«

»Selbstverständlich erinnere ich mich an Saul Cheebe. Ich
erinnere mich an jeden und an alles.«

»Weshalb setzt du dich nicht zu ihm? Oder zu Shimus Woot?
Es gibt so viel, worüber man reden kann.« Sie deutete auf die
Tische, die sich ganz links am Ende des Raums befanden.

Howard Hardoah blickte flüchtig zu den infrage kommenden
Tischen hinüber. »Saul oder Shimus? Beide sind, wie ich mich
entsinne, Trottel, langweilig und schmutzig. Ich, auf der anderen
Seite, war ein Denker.«

»Nun, vielleicht. Dennoch, die Menschen ändern sich.«

»Nicht doch! Betrachte mich, zum Beispiel, ich bin immer
noch ein Denker, sogar noch tiefgründiger denn je!«

Morna vollführte unbehagliche Bewegungen, die ihren Rück-
zug vorbereiten sollten. »Nun, das ist nett, Howard.«

»Also dann, mit diesen Überlegungen im Hinterkopf, welcher
Gruppe, würdest du mir empfehlen, soll ich mich zugesellen? Den
Sadalflourys dort drüben? Oder den van Bouyers? Oder, was das
betrifft, deiner eigenen?«

Morna schürzte ihre Lippen und blinzelte. »Wirklich, Howard!
Ich bin sicher, du wärest überall willkommen, es ist nur, dass, nun,
in der Schule, du weißt schon, und ich dachte ...«

»Du hast mich für einen armen Raumvagabunden gehalten, der
müde und verlassen, aber voller Rührseligkeit zurückkehrt, um
mich auf unserem Schultreffen zu Shimus und Saul zu gesellen. In
verschiedener Hinsicht, Morna, ist die Zeit wie eine vergrößernde
Linse. Als Junge habe ich Likör oder Essenzen nicht einmal gekostet. Ich brütete über diesen verbotenen Freuden und die hübschen
kleinen Fläschchen wurden für mich zu Objekten der Faszination
und der Wunder. Sei so gut und winke den Ober herbei, Morna,
und setz dich zu mir. Zusammen werden wir Nektar von Phlox,
Blaue Tränen und Nun-siehst-du-mich kosten.«

Morna zog sich einen Schritt zurück. »Es gibt hier keinen Ober,

Howard. Für die Getränke, die du siehst, wurde privat gesorgt. Und nun ...«

»In diesem Fall nehme ich deine Einladung an.« Howard Hardoah sprang auf. »Wir begeben uns an deinen Tisch, und zweifellos kann Wimberly einen oder zwei Fläschchen aus seinem Korb erübrigen.« Mit einer flotten Gebärde drängte er Morna durch den Pavillon zu dem Tisch, an dem Sie zusammen mit ihrem Gatten, Wimberly, Bloy und Jenore Sadalfloury, Peder und Ellicent Vorvelt gesessen hatte.

Die Gruppe entbot Howard Hardoah ein kühles und minimales Willkommen. Seine Erwiderung bestand aus einem ungezwungenen Gruß. »Vielen Dank, euch allen! Morna hat mir diesen edlen Blaue Tränen empfohlen und ich nehme mit Freude einen oder zwei Schlucke zu mir. Meine Damen und Herren, meine besten Wünsche! Lasst das Fest weitergehen!«

»Es gibt kein formelles Programm«, sagte Jenore. »Sind keine von deinen alten Freunden hier?«

»Nur wir«, sagte Howard Hardoah. »Kein Programm, sagst du? Das müssen wir ändern. Letzten Endes soll eine solche Wiedersehensfeier unvergessen bleiben! Vielen Dank, Wimberly, ich koste noch einen Viertelpint. He dort, Direktor Kutte, stimmen Sie eine Melodie an!«

Valdemar Kutte vollführte eine starre Verbeugung mit Kopf und Schultern. Howard Hardoah kicherte und lehnte sich auf dem Stuhl zurück. »Er hat sich kein bisschen geändert; dieselbe trockene alte Vogelscheuche. Einige von uns entwickeln sich in die eine Richtung, andere in eine andere. Richtig, Bloy? Du hast dich nach außen entwickelt; du bist recht korpulent geworden.«

Bloy Sadalfloury wurde rot im Gesicht. »Das ist keine Angelegenheit, die ich erörtern möchte.«

Howard Hardoah war bereits zu einem anderen Thema übergegangen. »So viele Sadalflourys in der Fluter Dorfgemeinschaft, ich kann die verschiedenen Zweige nicht auseinanderhalten. Wenn ich mich recht erinnere, bist du von der Hauptlinie.«

»Das ist richtig.«

»Und wer ist jetzt Oberhaupt der Familie?«

»Das wäre mein Vater, Herr Nomo Sadalfloury.«

»Er ist heute Abend nicht anwesend?«

»Er ist kein Klassenkamerad.«

»Und was ist mit Suby Sadalfloury, die einstmals so schön gewesen ist?«

»Du beziehst dich offenbar auf meine Schwester, Frau Suby ver Ahe. Sie ist hier.«

»Wo sitzt sie?«

»An dem Tisch dort drüben, mit ihrem Gatten und anderen.«

Howard Hardoah schwang herum und musterte die dunkelhaarige Matrone an einem sechs Meter entfernten Tisch. Er erhob sich und ging, um sich über die Gruppe zu beugen. »Suby! Erkennst du mich?«

»Du bist Howard Hardoah, glaube ich.« Suby ver Ahes Ton war kühl.

»Der bin ich. Und wer sind diese anderen?«

»Mein Gatte Paul. Meine Töchter Mirl und Maud, Herr und Frau Janust von River Vista, Herr und Frau Gildy von Lake Skooney und ihre Tochter Halda.«

Howard Hardoah nahm die Vorstellungen zur Kenntnis und wandte sich wieder Suby zu. »Was für ein Ereignis, dich wiederzutreffen! Jetzt bin ich froh, dass ich gekommen bin. Deine Töchter sind so reizend, wie du es in ihrem Alter gewesen bist.«

Subys Ton war kühler denn je. »Ich bin überrascht, dass du solch alte Begebenheiten in Erinnerung rufen willst.«

Paul ver Ahe sagte: »Erstaunlich, dass Sie überhaupt aufgetaucht sind.«

Howard Hardoah stellte ein wehleidiges Lächeln zur Schau. »Bin ich nicht eingeladen worden? Ist dies nicht meine Klasse und meine Schule?«

Paul ver Ahe meinte schroff: »Gewisse Dinge bleiben besser ungesagt.«

»Ganz recht.« Howard zog sich einen Stuhl heran und setzte sich. »Wenn ich darf, koste ich ein Fläschchen von eurem Ammary.«

»Ich habe Sie nicht dazu eingeladen.«

»Tss, Paul, seien Sie nicht geizig! Mahlt Ihre Mühle nicht Tonne um Tonne wertvollen Murdockmehls?«

»Die Mühle ist immer noch in Betrieb. Ich verwende die Profite nach meinem Dafürhalten.«

Howard Hardoah warf den Kopf zurück und lachte. »Es ist eine Freude, euch alle zu treffen.« Er nahm Mirls Hand und küsste sie auf die Finger. »Besonders dich. Ich hege eine absolut unstillbare Bewunderung – >unersättlich< ist vielleicht nicht ganz das richtige Wort – für schöne Mädchen, und bevor dieser Abend zu Ende geht, müssen wir ein neues Treffen vereinbaren.«

Paul ver Ahe schickte sich an aufzustehen, aber Howard Hardoah hatte sich bereits von Mirl abgewandt. Er setzte das Ammary-Fläschchen an die Lippen und trank den Inhalt mit einem Schluck. »Erfrischend!« Mit Stil warf er das Fläschchen in einen Korb.

Subys Aufmerksamkeit war abgelenkt worden. Sie berührte den Arm ihres Gatten. »Paul, wer sind diese Leute?« Sie zeigte auf den Rand des Pavillons. Dort standen drei hartgesichtige Männer in grauschwarzen Uniformen mit schwarzen Helmen. Jeder hatte eine kurze, schwere Pistole bei sich.

Frau Janust schrie leise auf: »Sie sind überall! Sie sind um uns herum!«

Howard Hardoah sagte in lässigem Ton: »Beachtet sie nicht. Sie gehören zu meinem Gefolge. Vielleicht sollte ich eine Bekanntmachung geben, um die Neugierde zu stillen.«

Howard Hardoah sprang hinauf auf das Musikpodium. »Schulkameraden, alte Bekannte, alle anderen: Hier und da werdet ihr Gruppen sehen, die wie Kampftruppen erscheinen. Tatsächlich ist es eine Schwadron meiner Kampfgefährten. Heute Abend tragen sie diesen recht bedrohlichen Aufzug, der uns sagt, dass sie in düsterer Stimmung sind. Wenn sie gelb tragen, werdet ihr sie munter und fröhlich finden. Tragen sie weiß, nennen wir sie >Todespuppen<. Folgt heute ihrem klugen Rat, und wir alle werden einen freudigen Abend genießen. Fahrt alle fort mit dem

Fest! Lasst den Reminiszenzen freien Lauf! Jenore Sadalfloury
sagt mir, dass keine Unterhaltungen geplant sind. Das hatte ich
befürchtet und so habe ich es für angemessen gehalten, selbst
ein kleines Programm zu arrangieren. Lasst mich kurz über mich
selbst reden. Vielleicht war ich von allen, die diese teure alte
Schule besucht haben, der Unschuldigste. Nun lache ich, wenn
ich an meine Illusionen denke. Ah, dieser reizende verträumte
Bursche von vor fünfundzwanzig Jahren! In der Schule entdeckte
er eine mysteriöse neue Welt der verbotenen Freuden und verfüh-
rerischen Möglichkeiten. Doch als er versuchte, zu forschen und
seinen Horizont zu erweitern, wurde er zurückgewiesen. Nichts
verlief gut für ihn. Er wurde drangsaliert, geschmäht, verhöhnt
und erhielt einen abstoßenden Spitznamen: >Fimfle<. Bloy Sadalfloury, glaube ich, war der erste, der diesen Ausdruck verwendete.
Habe ich recht, Bloy?«

Bloy Sadalfloury blies die Wangen auf, gab jedoch keine
Antwort.

Howard Hardoah schüttelte langsam und erstaunt den Kopf.
»Armer Howard! Die Mädchen behandelten ihn kaum besser.
Sogar jetzt noch zucke ich ob der Beleidigungen zusammen!
Suby Sadalfloury spielte ein besonders herzloses Spiel, das ich
nicht schildern will. Nun lade ich ihre charmanten Töchter auf
eine Kreuzfahrt auf meinem Schiff ein. Wir werden interessante
Regionen des Raums aufsuchen und ich versichere euch, dass sie
sich in meiner Gegenwart nicht langweilen werden. Es mag sein,
dass Suby sich Sorgen macht und einsam ist, aber sie hätte die
möglichen Konsequenzen ihrer Handlungen vor fünfundzwanzig
Jahren bedenken sollen, welche in meiner Abreise aus Gladbetook
gipfelten. Eigentlich hätte mir nichts Vorteilhafteres widerfahren
können. Ich bin nun ein sehr wohlhabender Mann. Ich könnte
ganz Gladbetook kaufen und würde es nicht spüren. Philoso-
phisch gesehen bin ich eine weitaus bestimmtere Person. Ich
verschreibe mich der Doktrin des Kosmischen Gleichgewichtes:
in einfachen Worten – für jedes >dies< muss es ein >das< geben.
Nun zum Programm dieses Abends. Es ist eine kleine Persiflage

namens Eines prächtigen Schuljungens Tagtraum der Gerechtigkeit! Welches Glück wir haben, dass so viele Hauptpersonen der keimtragenden Umstände hier sind!«

Cornelius van Bouyers, Vorsitzender des Vorbereitungs-Komitees, trat eilends vor. »Howard! Du redest übertriebene Torheiten! Das kannst du nicht ernst meinen – eigentlich hältst du uns alle zum Narren. Komm sofort herunter, sei ein guter Kamerad, und wir alle erfreuen uns an diesem Abend.«

Howard hob einen Finger. Zwei Kampfgefährten führten Cornelius van Bouyers aus dem Pavillon, schlossen ihn in der Mädchen-Turnhalle ein, und niemand bekam ihn an diesem Abend mehr zu Gesicht.

Howard Hardoah wandte sich dem Orchester zu. Gersen, in sechs Metern Entfernung, hoffte, dass der breitkrempige Hut und ein nichtssagender Ausdruck eine angemessene Verkleidung waren.

Howard Hardoah blickte ihn kaum an. »Direktor Kutte! Es macht mir große Freude, Sie heute Abend hier zu sehen! Erinnern Sie sich an mich?«

»Nicht gut.«

»Das kommt daher, dass Sie einen Wutanfall hatten und mir die Fiedel weggeschnappt haben. Sie sagten, ich spiele wie ein betrunkenes Eichhörnchen.«

»Ja. Ich erinnere mich daran. Sie verwendeten ein ungeschicktes Vibrato. Sie versuchten Gefühl auszudrücken, erreichten aber nur Schmalz.«

»Interessant. Sie spielen nicht in diesem Stil?«

»Entschieden nicht. Jede Note muss, innerhalb einer gewissen Bandbreite, richtig und präzise getroffen werden.«

»Erlauben Sie mir, Sie an eine Binsenwahrheit der Musiker zu erinnern«, sagte Howard Hardoah. »›Wenn man aufhört, nach oben zu streben, beginnt man abzusteigen.‹ Sie haben niemals im Stile eines ›betrunkenen Eichhörnchens‹ gespielt und es ist an der Zeit, dass Sie es ausprobieren. Um wie ein ›betrunkenes Eichhörnchen‹ zu spielen, können Sie nicht zu einem Eichhörnchen werden, aber zumindest betrunken. Hier haben wir die notwendigen Essenzen. Trinken Sie, Professor Kutte, dann spielen Sie! Wie Sie nie zuvor gespielt haben!«

Direktor Kutte verbeugte sich steif und schob die angebotenen Fläschchen beiseite. »Entschuldigen Sie, ich trinke keine Gärstoffe oder Spirituosen. Die Lehre verbietet ihren Konsum ausdrücklich.«

»Pah! Heute Abend decken wir ein Tuch über die Theologie, wie wir es bei einem mürrischen Papageien tun würden. Lassen Sie uns jauchzen! Trinken Sie, Professor! Trinken Sie hier oder draußen vor dem Pavillon mit den Kampfgefährten.«

»Ich finde keinen Geschmack am Trinken, aber da ich gezwungen werde ...« Kutte schüttete den Inhalt des Fläschchens seine Kehle hinunter. Er hustete. »Es ist bitter.«

»Ja, es ist Bitter-Ammary. Hier, versuchen Sie das Wilde Sonnenlicht.«

»Das ist etwas besser. Lassen Sie mich den Blaue Tränen versuchen ... Passabel! Aber das genügt jetzt.«

Howard Hardoah lachte und klopfte Kutte auf den schmalen Rücken, während Gersen bekümmert zusah. So nah und doch so fern. Der Zumboltspieler neben ihm murmelte: »Der Mann ist verrückt! Wenn er in Reichweite kommt, klatsche ich ihm das Zumbolt über den Kopf. Sie geben ihm eins mit der Flöte, und im Nu ist er hilflos.«

Am Eingang standen zwei Männer: der erste klein und dick wie ein Stumpf, nahezu kahl, mit einem kantigen Kopf und flachen Gesichtszügen; der zweite hager, düster, mit kurzem dickem Schwarzhaar, hohlen Wangen und einer langen blassen Kiefer- und Kinnpartie. Keiner von ihnen trug eine Kampfgefährten-Uniform. »Sehen Sie diese beiden Männer?« Gersen gab einen dezenten Hinweis. »Sie beobachten alles und warten nur auf eine solche Torheit.«

»Ich bin niemand, der eine Demütigung hinnimmt!« knurrte der Zumboltspieler.

»Heute Abend gehen Sie besser vorsichtig zu Werke, sonst könnte es sein, dass Sie morgen früh nicht mehr leben.«

Direktor Kutte fuhr sich mit der Hand durch das Haar. Seine Augen waren etwas glasig geworden und er schwankte, als er sich dem Orchester zuwandte. »Spielt uns eine Melodie«, rief Howard Hardoah. »Im betrunkenen Eichhörnchen-Stil, wenn ich bitten darf.«

Kutte murmelte dem Orchester zu: »Zigeuner Feuerlicht, äolisch.«

Howard Hardoah lauschte aufmerksam, während das Orchester spielte und klopfte den Takt mit dem Finger mit. Bald darauf rief er: »Genug! Nun zum Programm! Es bereitet mir großes Vergnügen, die heutige Unterhaltung zu präsentieren. Fünfundzwanzig Jahre lang hat es gegärt. Da ich der Zeremonienmeister bin und die Themen meinen eigenen Erlebnissen entspringen, sollte der subjektive Standpunkt nicht überraschend sein. Lasst uns beginnen! Unsere Requisiten sind vorhanden. Ich ziehe nun den Vorhang der Zeit zurück! Nun befinden wir uns in der Schule, mit Howard Hardoah, einem reizenden Burschen, der von Rabauken und launenhaften Mädchen schlecht behandelt wurde. Ich erinnere mich an eine solche Begebenheit. Maddo Strubbins, ich sehe dich dort drüben; du siehst heute so anmaßend aus wie damals. Tritt vor! Ich möchte dir eine Begebenheit in Erinnerung rufen.«

Maddo Strubbins machte ein finsteres Gesicht und lehnte sich widerspenstig zurück. Die Kampfgefährten traten an ihn heran. Ruckartig stand er auf und schlenderte zum Musikpodium – ein hochgewachsener, kräftiger Mann mit dickem dunklem Haar und groben Gesichtszügen. Mit einer Mischung aus Geringschätzung und Unsicherheit blickte er zu Howard Hardoah auf.

Dieser sprach mit einer harschen, blechernen Stimme: »Wie schön, dich nach all den Jahren zu sehen! Spielst du immer noch Quadrangel?«

»Nein. Einen Ball vor und zurückzuschlagen ist ein Spiel für Kinder.«

»Einst dachten wir beide anders. Ich ging mit meinem neuen Schläger und Ball auf den Platz. Du kamst mit Wax Buddle und

hast mich vom Platz gestoßen. Du sagtest: ›Kühl deinen Arsch ab,
Fimfle. Du musst warten, bis die Besseren fertig sind.‹ Also habt
ihr euer Spiel gespielt, mit meinem Ball. Erinnerst du dich? Als
ich dagegengehalten habe, ich sei zuerst dort gewesen, sagtest du:
›Sitz still, Fimfle! Ich kann nicht mein Bestes geben, wenn du mir
dauernd mit deinem Jaulen im Ohr liegst.‹ Als ihr fertig wart, hast
du meinen Ball über den Zaun geschlagen und er ist im Unkraut
verloren gegangen. Erinnerst du dich daran?«

Maddo Strubbins erwiderte nichts.

»Lange noch habe ich den Verlust dieses einmaligen Tages
gespürt, der für immer verdorben war«, sagte Howard Hardoah.
»Er ist in meiner Erinnerung haften geblieben: eine Frustration!
Der Preis des Balls als solcher betrug fünfzig Zentum. Die Zeit,
die ich darauf verwandt habe, auf den Ball zu warten und ihm
nachzujagen, ist noch eine SVE wert, was insgesamt anderthalb
SVE ergibt. Mit zehn Prozent Verzinsung über fünfundzwanzig
Jahre ergibt dies genau sechzehn SVE, fünfundzwanzig Zentum
und zwei Heller. Rechne zehn SVE als zusätzlichen Schadener-
satz dazu, was zusammen, lass uns sagen, sechsundzwanzig SVE
ergibt. Bezahle sie mir jetzt.«

»Ich habe kein Geld bei mir.«

Howard Hardoah wies die Kampfgefährten an: »Prügelt ihn
sechsundzwanzig Minuten lang gut durch, dann schneidet ihm
die Ohren ab.«

Strubbins sagte: »Warte eine Minute … Hier ist das Geld.« Er
bezahlte die Münzen, dann drehte er sich um und ging gebeugt
zurück zu seinem Tisch.

»Nicht so schnell«, meinte Howard Hardoah. »Du hast mich
lediglich für den verlorenen Ball bezahlt. ›Sitz still‹, hattest du
gesagt.«

Die Kampfgefährten rollten einen hölzernen Stuhlrahmen vor,
auf dem ein Eisblock ruhte. Sie führten Maddo Strubbins zu dem
Stuhl, schnitten ihm die Hose weg, setzten ihn auf das Eis und
fesselten ihn an Ort und Stelle.

»Sitz still, kühl deinen Arsch«, sagte Howard Hardoah. »Du

hast meinen Ball verloren und ich bin versucht anzuordnen, deinen jämmerlichen Hodensack entfernen zu lassen, aber das ist eine Familienangelegenheit. Noch etwas …« Ein Kampfgefährte trat vor und presste eine Vorrichtung an Maddo Strubbins Stirn, der vor Schmerz aufschrie. Nachdem der Mann das Gerät fortgenommen hatte, war der Buchstabe F in großer purpurner Blockschrift auf der Stirn zu sehen.

»Das ist die unauslöschliche Erinnerung an den abstoßenden Spitznamen ›Fimfle‹«, bemerkte Howard Hardoah. »Es soll ein Andenken für jeden sein, an den ich mich erinnere, dass er den Namen benutzt hat. Ausgedacht hat ihn sich Bloy Sadalfloury. Kümmern wir uns als Nächstes um diesen korpulenten Strolch.«

Bloy Sadalfloury wurde nackt ausgezogen und am gesamten Köper mit Fs tätowiert, außer am Hintern, wo FIMFLE voll ausgeschrieben wurde.

»Jetzt bist du modisch herausgeputzt«, verkündete Howard Hardoah in kritischer Anerkennung. Wenn du in Lake Skooney badest und deine Freunde fragen, weshalb du gefleckt bist wie ein Leopard, wirst du antworten: ›Das kommt von meiner böswilligen Zunge!‹ He, Kampfgefährten! Eine schlaue Verfeinerung! Prägt seine Zunge auch noch! Also dann, wer und was stehen als Nächstes auf dem Programm? Edver Vissy? Nach vorn, bitte … Erinnerst du dich an Angela Dain? Ein hübsches kleines Mädchen aus einer der unteren Klassen? Ich habe Angela mit der ganzen Inbrunst meines romantischen Herzens bewundert. Eines Tages, als ich mit ihr zusammenstand und redete, kamst du vorbei und hast mich beiseitegedrängt. Du sagtest: ›Lauf weiter, Fimfle. Such dir einfach eine Richtung aus. Angela und ich gehen in die entgegengesetzte.‹ Ich habe lange und oft über diese Anweisung gerätselt. ›Lauf weiter.‹ Weiter wohin? Den Weg weiter? Weiter einer imaginären Linie entlang? Einen langen Weg weiter?« Howard Hardoahs Stimme wurde nasal und pedantisch. »In diesem besonderen Fall werden wir es vereinfachen und uns einen Kurs um den Pavillon herum vorstellen. Du wirst einen ›langen Weg‹ ›weiter‹ entlang dieses Kurses laufen und wir werden erfahren, wo die Betonung liegt. Vier Lumpenhunde werden dich jagen und an deinen Beinen nagen, solltest du stehen bleiben. Hurra also, Edver! Lass uns flinke Haxen sehen, wenn du den Kurs ›weiterläufst‹. Schade, dass Angela heute nicht hier ist, um den Abend zu genießen.«

Die Kampfgefährten brachten Edver Vissy zum Kurs und ließen ihn loslaufen, mit vier gedrungenen Hunden schlingernd und knurrend hinter ihm.

Der Zumboltspieler murmelte Gersen zu: »Haben Sie so etwas je gesehen? Der Mann ist verrückt, solche boshaften Streiche zu spielen!«

»Vorsicht!« riet Gersen. »Er hört zehn Minuten altes Wispern und das auf einen Kilometer. Bisher sind seine Taten nahezu gütig, er ist guter Stimmung.«

»Ich hoffe, ich erlebe ihn nie, wenn er wütend wird.«

Das Programm ging weiter und Howard Hardoah rückte eine Abweichung und Unausgeglichenheit des Kosmischen Gleichgewichtes nach der anderen zurecht.

Olympe Omsted hatte zugestimmt, sich mit Howard am Picknickplatz am Blinnick-Teich zu treffen. Howard war fünfzehn Kilometer weit getrottet und hatte vier Stunden gewartet, nur um zu sehen, dass Olympe in Gesellschaft von Gard Thornbloom eintraf. »Du wirst nun zu einem fernen Ort gebracht werden«, sagte Howard zu Olympe. »Du wirst acht Stunden warten, bis zum Morgen, und dann dreißig Kilometer bis zum Wiggal-Fluss gehen. Damit du dich für immer an diese Begebenheit erinnerst, habe ich eine weitere Strafe vorbereitet.« Olympe wurde bis zur Hüfte nackt ausgezogen. Eine Brust wurde hellrot bemalt, die andere in einem ebenso intensiven Blau, und ein großes violettes F wurde ihr auf den Bauch geprägt. »Vorzüglich!« verkündete Howard Hardoah. »In Zukunft wirst du es schwieriger finden, vertrauensselige junge Burschen zu betören und zu verführen.«

Während Howard seine Aufmerksamkeit Leopold Friss schenkte, wurde Olympe aus dem Pavillon geführt und durch die Nacht fortgebracht. Leopold hatte den jungen Howard angewiesen, ihm ›seinen Arsch zu küssen‹. Sechs Schweine wurden vor Leopold geführt und er wurde gezwungen, jedem einen entsprechenden Kuss zu geben.

Hippolita Fawer, die Howard auf der Vordertreppe der Schule geschlagen hatte, wurde von zwei Kampfgefährten übers Knie gelegt, während Professor Kutte ein Klagelied im Takt ihrer Aufschreie spielte.

Professor Kutte, der nun etwas weich in den Knien war, fand es schwierig, den Bogen richtig über die Saiten zu führen. Howard Hardoah entriss ihm empört die Fiedel. »Ich habe fünfmal so viel getrunken wie Sie!« sagte er zu Kutte. »Sie prahlen mit musikalischer Kompetenz und doch können Sie nicht spielen, wenn Sie betrunken sind! Schande über Sie! Ich werde die Melodie richtig spielen.« Er winkte den Kampfgefährten zu, welche die Prügelstrafe Hippolitas wieder aufnahmen, die wieder aufschrie, als Howard auf der Fiedel spielte. Während er spielte, begann er zu tanzen. Er hob eines der langen Beine, stieß es nach oben und nach vorn und vollführte einen kleinen Tritt, dann tänzelte er mit gebeugten Knien vorwärts, wobei er mit verzücktem Gesicht und halbgeschlossenen Augen weiterspielte.

Der Zumboltspieler sagte zweifelnd zu Gersen: »Um die Wahrheit zu sagen, er spielt in gutem Stil ... ein sicherer Streich; merken Sie, wie zeitig er die Aufschreie der Frau betont? Ich bin versucht, ›bravo‹ zu rufen.«

»Er wäre erfreut«, entgegnete Gersen. »Im Ganzen gesehen, ist es wahrscheinlich am besten, nicht die Aufmerksamkeit auf sich zu ziehen.«

»Sicherlich haben Sie recht.«

Die Melodie endete und Hippolita kehrte ramponiert an ihren Tisch zurück. Howard Hardoah war in der Stimmung für Musik. Er stand dem Orchester gegenüber. »Alle zusammen jetzt, mit Eifer, Einklang und präziser Ausführung: Pettyviller Freuden. Parnassische Tonart.«

Gersen stupste den Zumboltspieler an. »Welche Flöte?«

»Die mit dem Messingflansch.«

Howard Hardoah stapfte mit dem Fuß auf; die Melodie setzte
ein. Nach einem Stück gebot Howard Einhalt. »Ordentlich, nur
ordentlich! Mehr Biss mit dem Kornett! Sie an der Holzflöte!
Weshalb spielen Sie nicht das traditionelle Solo?«

Gersen stellte ein verträumtes Lächeln zur Schau. »Ich kann
den Part nicht sicher spielen, mein Herr.«

»Dann sollten Sie auf Ihrem Instrument üben!«

»Ich werde alles geben, mein Herr.«

»Noch einmal, lebhaft jetzt!«

Die Melodie wurde gespielt, wobei Howard Hardoah seinen
absurden Luftsprung-Tanz aufführte.

Abrupt stoppte er, stampfte mit den Füßen auf, hob die Arme
in die Höhe, fuchtelte mit der Fiedel herum und bog sich vor
Entrüstung. »Sie da, an der Holzflöte! Weshalb spielen Sie nicht
das, was Sie spielen sollen? Weshalb dieses groteske pip-pup-pup,
pip-pup-pup?«

»Nun, mein Herr, um die Wahrheit zu sagen, so habe ich das
Instrument gerade erst spielen gelernt.«

Howard Hardoah fasste sich an den Kopf, verschob vor wilder
Aufregung seinen Hut. »Sie bringen mich zur Verzweiflung, lenken mich ab, mit Ihrem pip-pup-pup! Und Ihr töricht starrendes
Gesicht. Kampfgefährten! Ergreift dieses Mondkalb, bringt ihn
zum Fluss und schmeißt ihn hinein! Ohne Musiker dieser Art ist
die Welt besser dran.«

Die Kampfgefährten packten Gersen und zerrten ihn vom
Podium. Howard wandte sich dem Publikum zu. »Sie sind Zeu-
gen eines wichtigen Ereignisses. Die Bevölkerung ist in drei
Klassen geteilt: erstens, pingelige Personen mit Urteilsvermögen
und Geschmack; zweitens, die gewöhnliche Masse, veranschau-
licht durch euch selbst; drittens, die erbärmlichen Parvenüs,
welche den Stil von Besseren nachahmen, wie im Falle dieses
Holzflötenspielers. Leute seiner Sorte müssen entmutigt werden!
Nun – weiter mit der Musik. Alle, die wollen, können tanzen.«

Zwei der Kampfgefährten schleppten Gersen durch den Pavillon und den Hang hinunter zum Fluss. Ein dritter bummelte lässig

hinterdrein. Nichts hätte mehr nach Gersens Geschmack verlaufen können. Die Stufen hinunter zum Bootsdock marschierten sie und hinaus zu dessen Ende, wo sich die Feenlampen zuckend und wabernd im dunklen Wasser widerspiegelten.

Die Kampfgefährten packten Gersen an den Armen und dem Hosenboden. Gersen hing träge und schlaff in ihrem Griff. »Wir zählen eins, zwei, drei und dann sind Sie auf dem Weg! Also, los geht's!«

»Los geht's!« sagte Gersen. Er drehte sich, durchbrach die Griffe, versetzte dem Mann zu seiner Linken einen fürchterlichen Schlag gegen den Hals und zertrümmerte ihm damit den Kehlkopf. Dem anderen schlug er mit der Faust auf die Schläfe und spürte, wie der Knochen brach. Sich duckend wandte er sich um und warf sich gegen die Knie des dritten Mannes, der taumelte, schwankte, nach hinten schlingerte und seine Seitenwaffe umklammerte. Gersen nahm ihn in einen Klammergriff, warf ihn mit dem Gesicht nach unten zu Boden, setzte ein Knie auf die massiven Schultern, langte in den Mund des Mannes, ruckte aufwärts und zurück und brach ihm das Genick.

Keuchend stand Gersen auf. In weniger als dreißig Sekunden hatte er drei Männer getötet. Gersen nahm eine der weitreichenden Waffen, eine Pistole, zwei Dolche an sich und rollte dann die Leichen in den Fluss.

Er machte sich auf den Rückweg zum Pavillon. Die Musik hatte aufgehört. Die Kampfgefährten, koordiniert durch Funk-Kommunikation, hatten auf die ein oder andere Weise von den Schwierigkeiten am Flussufer erfahren.

Gersen erspähte ein Dutzend Kampfgefährten, die geduckt aus dem Pavillon liefen. Howard Alan Treesong stand auf dem Musikpodium und blickte finster in seine Richtung. Gersen hob die weitreichende Waffe, zielte und feuerte, gerade, als Howard Treesong vom Musikpodium sprang. Mitten in der Luft wirbelte er, an der Schulter getroffen, herum. Gersen feuerte erneut und traf Howard Treesong an der Leiste, was ihn erneut herumfahren ließ. Er fiel auf den Boden des Pavillons und aus Gersens Sichtbereich.

Dieser zögerte, beugte sich vor und zurück, nahezu unwiderstehlich dazu gedrängt vorzurücken, um sich des Todes von Howard Treesong zu versichern ... Die Gefahr war zu groß. Falls Howard Treesong lediglich verletzt war, was wahrscheinlich erschien, und Gersen gefasst würde, wäre dies ein grässliches Geschick. Er konnte nicht länger warten. Er schob sich seitwärts in die Schatten der Lärchen und lief um den Pavillon herum zur Einfahrt, wo er sich zwischen die geparkten Fahrzeuge kauerte. Drei Kampfgefährten rannten vorn am Pavillon vorbei. Gersen zielte, feuerte: ein, zwei, drei Mal und drei Körper stürzten zu Boden.

Gersen erhob sich vorsichtig und reckte den Hals, in der Hoffnung, einen weiteren Schuss auf Treesong abgeben zu können.

Gefahr hing schwer in der Luft. Der Tod war nahe. Gersen zog sich zum Weg zurück, überquerte ihn und suchte Zuflucht in einem Gestrüpp feuchter einheimischer Gewächse. Eine gigantische Form verdeckte die Sterne und ließ sich auf den Pavillon hinab. Suchscheinwerfer beleuchteten unvermittelt die gesamte Fläche ... Gersen beschloss, nicht länger zu warten. Infrarottaster würden bald die Landschaft absuchen. Er rannte zum Flussufer, ließ sich ins Wasser gleiten und trieb gen Norden davon, sicher vor der Entdeckung durch das Infrarot.

Er schwamm durch den Fluss und tauchte einen halben Kilometer flussabwärts wieder auf. Er kletterte ans Ufer, durchnässt wie eine Bisamratte, und überblickte die Szenerie im Süden ... Erneutes Versagen. Bitteres, äußerst ärgerliches Versagen. Zum zweiten Mal hatte sich ihm die Gelegenheit zu einem Schuss auf sein Opfer geboten; zum zweiten Mal hatte er ihm lediglich eine Wunde zufügen können.

Tender schwebten vom Schiff davon und kehrten einen Augenblick später wieder zurück. Die Flutlichter wurden gelöscht. Das Schiff, nun eine schwarze Masse, welche durch beleuchtete Bullaugen auszumachen war, erhob sich bis zu einer Höhe von dreihundert Metern und blieb dort hängen.

Im Inneren des Schiffes würde Treesongs Hirn nicht stillstehen.

Der Alarm war vom Dock ausgegangen, wohin die Kampfgefährten den ungeschickten Musiker gebracht hatten. Wer war dieser Musiker, dem Professor Kutte erlaubt hatte, mit dem Orchester zu spielen. Offensichtlich würde diese Frage Kutte gestellt werden, der rasch alles erzählen würde, was er wusste: der Musiker sei ein Außenweltler, der beim Klassentreffen zugegen sein wollte.

Ein Außenweltler? Er muss gefasst werden, ohne Irrtum. Schnell würden Erkundigungen bei Herbergen, in Dörfern, bei Transport-Geschäftsstellen, Raumhäfen eingezogen werden. Man würde den Flitzerflügel in Theobald-Station ausfindig machen, an Bord gehen. Die Registratur auf den Namen Kirth Gersen würde ordnungsgemäß erfolgt sein und Howard Treesong bekannt gemacht werden. Gersen verzog das Gesicht. Er kletterte die Böschung hinauf und trottete nordwärts zum Glocherweg, anschließend nach Westen zum Friedhof. Die Toten von Gladbetook, welche im Sternenlicht unheimlich empfindungsfähig wirkten, beobachteten sein Vorübergehen.

An der Hauptstraße zögerte Gersen einen Augenblick, dachte an den dreirädrigen Wagen, aber Professor Kutte war dringlicher, und so ging er den Glocherweg entlang weiter zu Kuttes Haus.

Licht fiel aus den vorderen Fenstern. Gersen blieb im tiefsten Schatten stehen, näherte sich erst danach dem Haus. Valdemar Kutte, in kastanienbrauner Kleidung, ging hin und her und hielt sich ein Handtuch an die Stirn. So weit, dachte Gersen, so gut. Die Normalität dieser Szene stellte die Folgerichtigkeit seiner Überlegungen infrage. Das Raumschiff mochte bereits abgeflogen sein und der idiotische Musiker blieb ein ungelöstes, unbedeutendes Rätsel … Nichtsdestotrotz entschied Gersen, zu warten. Hinter einer Hecke fand er ein Versteck und richtete es sich dort ein.

Minuten vergingen: fünf, zehn.

Die Straße blieb ruhig. Er bewegte sich unruhig. Er suchte den Himmel ab, nur um Sterne und fremde Konstellationen zu sehen. Er seufzte tief, veränderte die Position, seine Kleidung war immer noch feucht.

Ein leises Geräusch von oben. Gersen wurde auf der Stelle wachsam. Wieder! Gefahr!

Aus der Luft schwebte ein kleines Luftboot heran. Sanft wie ein Schatten ließ es sich zur Landung auf die Straße nieder, zehn Meter von Gersens Versteck entfernt. Drei Männer traten heraus: dunkle Gestalten im Sternenlicht. Einen Augenblick blieben sie in gemurmeltem Gespräch beisammenstehen, offensichtlich um Kuttes Haus ausfindig zu machen.

Gersen lief geduckt hinter der Hecke her, umkreiste Kuttes Hortensienbüsche und wartete hinter dem Torpfosten.

Im Inneren des Hauses beklagte sich Valdemar Kutte, in einer Haltung, die Zorn und Entrüstung erkennen ließ, bei einer kleinen rundlichen Frau, die entgeistert lauschte, über die Ereignisse des Abends.

Zwei Männer kamen die Straße entlang. Sie bogen in Professor Kuttes Hof ein. Gersen schlug einem mit einer eiseren Gartenverzierung gegen die Stirn, rang mit dem anderen und stach sie ihm ins Herz.

Alles war lautlos vonstattengegangen. Im Inneren des Hauses schritt Professor Kutte immer noch auf und ab, fuchtelte mit den Händen herum und hielt dann und wann inne, um eine besonders abscheuliche Episode hervorzuheben.

Gersen kroch zurück hinter die Hecke an seinen vorherigen Posten. Der dritte Mann stand gegen den Luftwagen gelehnt da. Gersen trat leise hinter ihn auf die Straße, schlug hart mit dem Dolch zu und durchtrennte das Rückenmark des Mannes.

Gersen warf die drei Leichen in den hinteren Teil des Luftwagens. Er brachte das Gefährt in die Luft, ließ es über Gladbetook schweben, das nun dunkel und still in der Nacht lag, und ging im Hof hinter dem *Swechers* Einkehr nieder. Er ging leise in sein Zimmer, zog sich dankbar gewöhnliche Kleidung an und steckte Das *Buch der Träume* in die Tasche. Er kehrte zum Luftwagen zurück, stieg mit ihm in die Nacht auf und flog südwärts in Richtung Theobald.

Über dem Dalglish-Fluss ließ er den Luftwagen hinabgleiten,

warf die drei Kampfgefährten über Bord und setzte den Flug nach Süden fort.

Die verstreuten Lichter von Theobald erschienen nicht lange danach unter ihm. Rote und blaue Funkler markierten die Umrisse des Raumhafens.

Unbemerkt und unangefochten landete Gersen den Luftwagen neben dem Fantamischen Flitzerflügel. Er ging an Bord und startete die Flugsysteme.

Er dachte über den Flugwagen nach. Falls Howard Treesong ihn hier fand, neben der Stelle, an welcher der Fantamische Flitzerflügel gestanden war, würde er den natürlichen und offensichtlichen Schluss ziehen. Der Depotbeamte würde ihm die Registraturcodes des Flitzerflügels geben und die Spur würde ihn über Jehan Addels, Pontefract, Aloysius, zu Kirth Gersen führen ... Er setzte sich über den Sicherheitsriegel hinweg, richtete die Kontrollen ein und ließ den Luftwagen in die Nacht fliegen.

Er kehrte zum Flitzerflügel zurück, versiegelte die Luks und ließ das Land Lelander unter sich zurück ... In einer Höhe von fünfzehn Kilometern ging er in den Schwebflug über und suchte den Himmel ab. Weder Makroskop, Radar noch Xenodetektor entdeckten eine Spur von Treesongs Schiff, was gut war, da es dem Flitzerflügel an Bewaffnung mangelte.

Gersen flog in den fernen Norden und landete in einem Gebiet einer trostlosen Tundra, sicher vor Treesongs Detektoren, sollte jemand daran denken sie einzusetzen.

Stille und Sternenlicht beherrschten die Einöde außerhalb der Beobachtungs-Bullaugen. Gersen aß eine Schüssel Gulasch und saß zutiefst müde und zusammengesunken im Sessel, doch ein Fluss seltsamer Stimmungen hielt ihn vom Schlaf ab: allmählich abebbende, nervöse Aufregung, Enttäuschung ob seines Versagens, Howard Treesong zu töten – im Widerspruch dazu eine grimmige Zufriedenheit über den Schaden, den er angerichtet hatte und der Treesong Ungelegenheiten, Ärger, Furcht, Unsicherheit und Schmerz bereiten würde: keine schlechte Arbeit für einen Abend. Die Ereignisse selbst – sie waren nur zu begreifen,

wenn man die Umstände von Treesongs Persönlichkeit verstand
… er nahm Das *Buch der Träume* und begann den Inhalt zu studieren. Er war zu müde, um fortzufahren … Er ging zu seiner Couch
und schlief bald darauf ein.

# KAPITEL XIV

Am Morgen ging Gersen hinaus, um eine Tasse Tee im schräg einfallenden Sonnenlicht zu trinken. Die Luft trug einen rauchigen Geruch nach Muff, Modder und Äonen langsam verrottender Vegetation heran. Niedrige Hügel kauerten sich vor dem südlichen Horizont, ansonsten erstreckte sich eine Ebene, halb Tundra, halb Sumpf, so weit das Auge reichte. Graugrüne Flechten bedeckten den Boden, durchsetzt von scharlachroten Beeren. Das Treffen in der Schule von Gladbetook schien weit entfernt in Raum und Zeit.

Gersen ging in den Salon und holte sich noch eine Tasse Tee. Er setzte sich auf die oberste Stufe des Ausstiegsluks, in das matte Licht von Van Kaathes Stern und unternahm einen weiteren Anlauf, *Das Buch der Träume* zu untersuchen.

Der Tee wurde kalt. Gersen las, Seite um Seite, und erreichte schließlich die Stelle, an welcher der junge Howard nahezu in der Satzmitte aufgehört hatte zu schreiben.

Gersen legte das Buch beiseite und blickte in die Ferne. Einst hatte Howard Hardoah dieses Buch gehegt und gepflegt. Für Howard Alan Treesong stellte es ein Andenken an die holden Tage seiner Jugend dar. Und mehr noch: es definierte dessen Sein. Es war über alle Maßen wertvoll. Angenommen, er würde von seiner Existenz erfahren? ... Es gab Dutzende von Möglichkeiten diese Situation durchzuspielen. Howard glaubte, dass ihm das Buch von seinem Freund Nimpy Cleadhoe fortgenommen worden war. Eine außerordentlich wichtige Frage: Wo war Nimpy Cleadhoe jetzt?

Gersen blieb brütend sitzen: über den jungen Howard Hardoah – schwach, zögerlich, sensibel; über Howard Alan Treesong

– stark, strahlend vor Zuversicht, vor Eitelkeit pulsierend. Gersen
nahm Das *Buch der Träume* zur Hand und vermeinte, aus dem ver-
blassten roten Umschlag das Zittern einer ähnlichen Lebendigkeit
zu spüren ... Nach dem ersten Lesen war ihm das Buch als eine
recht formlose Persiflage erschienen. Darin enthalten waren persönliche Erklärungen, Gespräche zwischen sieben Paladinen,
zwölf Gesänge in erzählenden Versen. Ein spätes Kapitel enthüllte
die Sprache Naomei, die nur den sieben Paladinen bekannt war
und eine Silbenschrift aus 350 Zeichen umfasste, mittels derer
Naomei korrekt in schriftliche Form gebracht werden konnte.
Bevor der junge Howard Naomei vollständig entwickelt hatte, war
das Buch zu einem abrupten Ende gelangt.

Das Buch hatte Howard offenbar über einen Zeitraum von
mehreren Jahren beschäftigt. Das einleitende Manifest nahm
eineinhalb Seiten in Anspruch: eine Darlegung, in der ein wohl-
wollendes Ohr viel Anschauliches und Zwingendes finden
mochte, wohingegen ein zynischer Geist lediglich unreifen Bombast entdecken würde. Soviel, dachte Gersen, konnte über das
gesamte Buch gesagt werden. Ein letztendliches Urteil konnte nur
darauf begründet werden, wie nah die Leistung an die jugendliche
Fantasie herangekommen war. In diesem Licht musste der Begriff
»unreifer Bombast« verworfen werden. »Schwache Untertrei-
bung«, dachte Gersen, war eine angemessenere Formulierung.

Das Buch begann:

> Ich bin Howard Alan Treesong. Ich bekunde keine Treue
> gegenüber den Hardoah-Leuten. Ich selbst erwarte auch
> keine. Dass meine Geburt eine Folge der Tätigkeit von
> Adrian und Reba Hardoah war, ist ein Umstand, über den
> ich keine Kontrolle hatte. Ich ziehe es vor, meine Substanz
> woanders her erlangt zu haben: von der braunen Erde, wie
> die, welche ich mit meiner Hand umklammere, von dem
> grauen Regen und dem stöhnenden Wind, von der Strah-
> lung, die von dem magischen Stern Meamone ausgesandt
> wird. Mein Stoff wurde mit zehn Farben durchdrungen,

von denen fünf in den Blumen des Dahanewaldes zu finden sind und fünf im Funkeln von Meamone.

Solches ist der Stoff meines Seins.

Als meine Linie beanspruche ich jene von Demabia
Hathkens\*, insbesondere von seiner Verbindung mit Prin-
zessin Gisseth vom Treesong Keep, aus der Searl Treesong,
Ritter des Flammenden Speers, entsprang.

Mein Vistgeist† trägt den Namen geheimer Magie.

Dieser Name ist IMMIR

Mögen finstere Strahlen des Dunkelsterns in der Nähe
von Meamone die Leber und das Licht eines jeden treffen,
der seinen Namen mit Verachtung äußert.

Auf der folgenden Seite war eine Zeichnung beigefügt, die von
ungeschickter Hand gearbeitet worden und doch mit Inbrunst
und ernsthafter Direktheit durchzogen war. Dargestellt war ein
nackter Junge vor einem nackten jungen Mann – der Junge unerschütterlich und entschlossen, mit einem schlauen, intelligenten
Blick, der junge Mann wirkte etwas substanzlos, strahlte jedoch
eine namenlose Eigenschaft aus, die sich aus Kühnheit, Leidenschaft und magischem Wunder zusammensetzte.

Dies, dachte Gersen, war die Vorstellung des jungen Howards
von sich selbst und seinem Vistgeist Immir.

---

\* Protagonist eines folkloristischen Heldenzyklus' aus *Das
Heham-Ffolliot*, eine Sammlung von Sagen und Märchen, die wider-
strebend und mühevoll von der Lehre anerkannt wurde.

† Ein Begriff aus dem Jargon der Lehre: im Grunde genommen die
idealisierte Version des Ichs. Die Lehre definiert den Vistgeist
ziemlich genau und ermahnt den Einzelnen zu dem lebenslangen
Versuch, die Glückseligkeit des Vistgeistes zu erreichen. Howard
formuliert das Wesen eines Vistgeistes, welches völlig von der
Strenge der Lehre befreit ist.

Auf der nächsten Seite stand eine Reihe von Aphorismen, einige lesbar, andere derart durchgestrichen und geändert, dass sie unleserlich geworden waren.

### WIDERRUF

Probleme sind wie die Bäume des Blutsteinwalds – immer gibt es einen Weg hindurch.

Ich bin ein vollendetes Wesen. Ich glaube. Ich walle – und es ist getan. Ich besiege Helden; ich mache schönen Mädchen den Hof; ich schwimme warm im ruhmreichen Sehnen nach dem Unaussprechlichen. In meinem glühenden Drang überwinde ich die Zeit und denke das Undenkbare. Ich kenne eine geheime Macht. Sie kommt aus dem Inneren, übt eine unwiderstehliche Kraft aus. Sie hat Teil an allem Vergnügen, der fortschreitenden Galanterie der schönen Tattenbarthnymphen, dem Sieg der Seele über die Unendlichkeit. Sie ist VLON, die niemandem offenbart werden darf. Hier ist das geheime Symbol:

Ich liebe Glaide mit den blonden Locken. Sie lebt in Träumen, wie eine Anemone im kühlen Wasser lebt. Sie ist sich nicht bewusst, dass ich ich bin. Ich wünschte, ich wüsste den Weg zu ihrer Seele. Ich wünschte, ich wüsste die Magie, um unsere Traumwege zusammenzuführen. Wenn ich doch nur bei Sternenlicht mit ihr reden könnte, auf dem ruhigen Wasser treibend.

Ich kann die Züge erkennen. Es gibt Wege, das Tier zu beherrschen. Aber ich habe noch viel zu lernen: Furcht, Panik, Schrecken – sie sind wie wilde Giganten, die überwunden und in meinen Dienst gepresst werden müssen. Es wird getan werden. Wohin immer ich gehe, werden sie mir auf dem Fuße folgen, ungesehen und unbekannt, bis ich über sie gebiete.

Glaide!
Ich weiß, sie muss sich bewusst werden.
Glaide!
Sie ist aus Sternenlicht und Blütenstaub gemacht, sie atmet die Erinnerung an mitternächtliche Musik.

Ich frage mich Ich frage mich Ich frage mich.

Heute habe ich ihr das Zeichen gezeigt, wie zufällig, als wäre es nicht von Bedeutung. Sie sah es. Sie hat mich angesehen. Aber gesprochen hat sie kein Wort.

(Die nächsten paar Absätze wiesen Spuren von Radierungen auf und Passagen, die mit stärkerer Handschrift überschrieben worden waren.)

Was ist Macht? Es ist das Mittel, um Bedürfnisse und Wünsche zu verwirklichen. Für mich ist die Macht zur Notwendigkeit geworden – sie ist als solche eine Tugend und ein Balsam, süß wie der Kuss eines Mädchens, und ist – ebenso – da, um genommen zu werden.

Ich bin allein. Feinde und Hurlibutten umgeben mich und starren mich mit verrückten Augen an. Stolz zeigen sie ihre unverschämten Hinterbacken, wenn sie vorübereilen.

Glaide, Glaide, weshalb hast du das getan? Du bist mir genommen, du bist beschmutzt und verderbt. O süße, verderbte Glaide! Du wirst Bedauern und Reue kennenlernen. Du wirst Lieder des Jammers singen, vergeblich. Und was diesen Hundesohn Tupper Sadalfloury angeht – ihn werde ich mit der Bernsteingondel zur Schlächtermarktinsel bringen und den Mullen übergeben.

Aber es ist an der Zeit, darüber hinaus zu denken.

Der Text überschlug eine Seite, um in dicker violett-schwarzer Tinte wieder anzufangen. Die Handschrift wirkte fester, die Zeichen regelmäßiger geformt. Die nächste Passage war überschrieben mit:

## MANTRA

### *DAS INNERE KONTROLLIERT DAS ÄUSSERE*

Die Ansammlung von Macht ist ein sich selbst erhaltender Prozess. Der erste Zuwachs ist langsam, steigert sich jedoch entsprechend der Richtung.* Zunächst die erforderlichen Schritte. Diese sind ein ausgeglichenes und unbekümmertes Gesicht, das nichts offenbart. Während dieser Phase wird alle Strenge methodisch verworfen. Disziplin als solche ist kein verwerfliches Konzept, nur die Disziplin, welche einem auferlegt wurde und nicht aus einem selbst hervorgeht. Also kommt Emanzipation als Erstes: von der Lehre, von der Pflicht, von sanfteren Gefühlen, welche die Macht der Entschlossenheit aufweichen.

(Offensichtlich war eine gewisse Zeit vergangen, vielleicht einige Monate. Die folgende Handschrift war groß, steil, eckig und vermittelte eine nahezu greifbare Energie.)

Ein neues Mädchen ist ins Dorf gekommen!
Ihr Name ist Zada Memar.
 Zada Memar.
Nur an sie zu denken, legt einen Schleier der Berückung über den Verstand.
Sie bewegt sich in ihrem eigenen Kosmos, gefärbt in ihren eigenen Farben und getrieben von ihrer eigenen faszinierenden Leidenschaft! Wie kann ich meinen Kosmos mit

---

* »Richtung« bedeutet offenbar »persönliche Kontrolle«, »persönliche Manipulation.«

dem ihren verbinden? Wie kann ich unsere Geheimnisse teilen? Wie können wir uns zu einer Einheit aus Körper, Seele und Leidenschaft vereinigen?

Ich frage mich, ob sie mich so kennt, wie ich sie?

Es folgten einige Seiten mit extravaganten Spekulationen über das Schicksal und die Umstände, welche einer zufälligen Begegnung zwischen ihm und Zada Memar entsprangen.

Der nächste Abschnitt bestand aus leidenschaftlichen Apostrophen, gerichtet an das innere Bewusstsein von Zada Memar. Es gab keinen klaren Hinweis, was den Fortschritt oder den Ausgang der Liebesaffäre betraf, außer am Ende des Abschnitts: ein wilder Gefühlsausbruch, der sich gegen das Umfeld richtete, in dem sich Howard Hardoah befand.

Feinde umgeben mich, sie starren mich mit verrückten Augen an, gehen oder laufen vorbei oder drehen wie vom Winde verweht ab und zeigen offen ihre beleidigenden Herausforderungen. Ich sehe sie durch verschiedene Geister, es ist nützlich.

Die Zeit ist gekommen. Ich rufe Immir.

Immir! Tritt vor!

Das *Buch der Träume* war durch eine leere Seite geteilt. Aus Mangel an einer besseren Bezeichnung, konnte das Bisherige Teil Eins genannt werden. Teil Zwei war in einer sicheren runden Handschrift gehalten. Die reizbare Leidenschaft der vorhergehenden Passagen wirkte nun unter strenger Kontrolle.

Die offensichtliche Kontinuität zwischen der letzten Zeile von Teil Eins und der ersten Zeile von Teil Zwei erschien irreführend.

An diesem Ort, der mir heilig geworden ist, vergoss ich mein Blut, vollführte ich das Zeichen. Ich sprach das Wort, ich rief Immir und er kam.

Ich sagte, Immir, die Zeit ist gekommen. Steh mir bei.

Gewiss. Wir sind eins.

Nun müssen wir unsere Angelegenheiten regeln. Lass uns
unsere Truppe bilden, auf dass jeder mit jedem bekannt
ist, ihr mächtigen Paladine.

So soll es sein. Komm, stell dich in den Strahl von Meamone und sie sollen bekannt sein nach dem Duft ihrer
Farben.

Der Strahl fuhr herab auf den schwarzen Edelstein, sodass
eine Person aus schwarzer Pracht erschien; er und Immir
umarmten sich wie alte Gefährten.

Hier ist der erste Paladin. Es ist Jeha Rais der Weise und
Weitsichtige. Er berechnet Eventualitäten und rät zum
Notwendigen, ohne Schwäche, Erbarmen, Rücksicht
oder Milde.

Ich heiße dich willkommen, edler Paladin.

Immir hielt einen roten Edelstein in Meamones Strahl
und eine Person in purpurroten Amphrusculen* gesellte
sich zu den dreien.

Hier steht Loris Hohenger der rote Paladin. Er kennt die
ausführenden Künste und übt sie aus. Ohne Mühe voll-
bringt er Taten, die dem gewöhnlichen Mann wundersam
erscheinen. Furcht ist ihm fremd. Er ruft: Ah, ha, ha!,
wenn die Falbarden zur Schlacht erhoben werden.

Loris, ich nehme dich als meinen roten Paladin an und
verspreche dir Heldentaten und Raubzüge, die alles übertreffen, was vorher war.

---

* Amphrusculen: die emaillierten Täfelchen, welche die Schulter-
insignien und das Brustmedaillon eines trelancthianischen Ritters
bilden.

Das ist gut zu hören.

Immir, wer wird sich als nächstes zu uns gesellen?

Immir verwendete den grünen Edelstein und jemand in der grünen Kleidung eines idaspianischen Granden trat vor. Hochgewachsen und ernst blieb er mit mitternachtsschwarzem Haar und grün funkelnden Augen stehen.

Hier ist Mewness, der das Grün bewahrt: ein außergewöhnlicher Paladin, beweglich, sonderbar und unheimlich von Geist. Er begibt sich auf tollkühne Abenteuer, er vollführt das gänzlich Unerwartete. Er hat nicht mehr Skrupel als eine Echse und gibt weder Freund noch Feind Erklärungen. Es gibt niemanden, der ihm im Labyrinthrätseln gleichkommt, und er ist ein ebenso talentierter Musiker, fähig, in verschiedenen Tonarten zu spielen.

Grüner Mewness, willst du dich uns als Paladin anschließen?

Mit großer Freude und auf ewig.

Vortrefflich! Immir, wer nun?

Immir fand einen schönen Topas und hielt ihn Meamone hin, und also erschien eine Person mit schwarzem Halpernhelm mit daran befestigter gelber Feder, gelben Stiefeln und Stulpen. Auf dem Rücken trug er eine Laute. Immir entbot ihm einen Gruß und nannte ihn Spangleway den Possenreißer.

Wir können uns in der Tat glücklich schätzen: hier ist der fröhliche Spangleway der Possenreißer, der uns belebt, wenn der Weg ermüdend ist. Er ist schlau in der Schlacht und ein Meister der furchterregenden List. Lediglich Mewness kommt ihm mit seinen verschlagenen Tricks und erstaunlichen Vorführungen gleich.

Immir, über wen verfügen wir sonst?

Ich halte Meamone diesen Saphir entgegen. Ich rufe nach Rhune Fader dem Blauen!

Eine Person, schlank und stark, so munter und einnehmend wie der sonnige Himmel der Erinnerung trat vor.

Hier ist der heitere Rhune, ansehnlich und stark, ohne Kenntnis um Verzweiflung oder Niederlage! Zuweilen ist er bekannt als Rhune der Edle, dennoch schlägt er hart, tief und oft zu, doch niemals in herbem Zorn, und er gesteht seinen Gefangenen leicht Reue zu.

Rhune Fader, wir heißen dich willkommen. Schließt du dich uns an?

Alle Winde und Donner, alle Entschlossenheit des Krieges, alle Tricks und Listen verschlagener Feiglinge: nichts kann mich davon zurückhalten.

Dann bist du unser eingeschworener Paladin.

Immir, wer sonst? Gibt es noch mehr, die wir unserer wunderbaren Truppe hinzufügen können?

Noch einen: eine Person, welche die Gesamtheit herstellt.

Immir hielt einen weißen Kristall in die Höhe. Ich rufe nach Eia Panice dem Weißen!

Eine Person mit einem schwarzen Cape über einer Körperrüstung aus weißen Pailletten erschien. Sein Gesicht war blass und humorlos. Die Wangen waren hohl und die Augen warfen Blicke wie helles Feuer.

Immir sprach: Eia, seinen Feinden so furchtbar wie der Tod selbst, spricht wenig. Seine Taten sprechen für sich und der Schrecken folgt ihm bebend auf dem Fuße. Freut euch, Paladine, dass Eia einer von uns ist. Als Gegner ist er Respekt gebietend.

Eia Panice, ich grüße dich und mache dich zu meinem Bruder-Paladin und wir werden viele Wagnisse durchleben.

Darauf hoffe ich.

Immir sprach: Nun denn, ihr galanten Sieben! Lasst uns vortreten und einander die Hände reichen. Mögen unsere Bande lediglich durch kummervollen Tod gebrochen werden!

Alle bekräftigten es und so ward die edle Truppe geformt – dazu bestimmt, Taten und Leistungen zu vollbringen, die all jene der Vergangenheit und Gegenwart übertreffen.

Auf der nächsten Seite hatte sich der junge Howard an Porträts der sieben versucht, mit vielen Anhaltspunkten der mühseligen Überarbeitung. Mit diesen Skizzen endete *Teil Zwei* des Buches.

Dem folgten einige Seiten mit Notizen und Vermerken, einige wenige in naomeischer Silbenschrift. Howard war der Anstrengung offenbar müde geworden und hatte es mit gewöhnlicher Sprache fortgesetzt.

Eine Liste anschaulicher Titel erschien:

1. Das Abenteuer bei Tuarech
2. Das Duell mit den Champions von Sarsen Ebratan
3. Die Ankunft von Zada
4. Der unverschämte Stolz von König Weper
5. Verlassene Zada
6. Burg Haround
7. Das Werben um Zada Memar
8. Die Sieben Seltsamen von Haltenhorst
9. Die Abenteuer in der Taverne Zum Grünen Stern
10. Die Großen Spiele in Woon Windweg
11. Die Verliese von Mourne
12. Die siegreichen Paladine!

Welche Texte auch immer Howard für die zwölf Titel geplant hatte, sie waren nicht im Buch enthalten, außer Auszügen und Fragmenten, welche die folgenden Seiten einnahmen. Dann, ganz abrupt, nach zwei Dritteln des Buches hörte das Geschriebene beinahe mitten im Satz auf.

Gersen legte das Buch beiseite. Er stieg zur Tundra hinunter und ging neben dem Flitzerflügel auf und ab. Es konnte immer noch gelingen. Es hatte einen Fehlversuch am Voymont gegeben, einen weiteren in Gladbetook, aber *Das Buch der Träume* mochte eine dritte Gelegenheit bieten – wenn er es richtig nutzte. Auf jeden plumpen Köder würde der zweifach verwundete Howard Treesong mit überempfindlichem Argwohn reagieren.

Also bestand das Problem darin, den Köder so einzusetzen, dass er als etwas anderes wahrgenommen werden würde.

Gersen hielt inne und blickte düster nach Süden. Bevor Pläne geschmiedet werden konnten, musste er noch einmal nach Gladbetook zurückkehren.

Das Verbot in Hinsicht auf den Luftraum von Maunish kümmerte Gersen nicht weiter. Es lag auf der Hand, dass niemand auch nur den geringsten Versuch unternahm es durchzusetzen. Gegen Mittag ließ er den Flitzerflügel von hinter einer niedrigen Wolke kommend niedergehen und landete im Waldland hinter der Heimfarm der Hardoahs. Eingedenk vorheriger Rückschläge, bewaffnete er sich mit Umsicht, anschließend versiegelte er das Schiff und ging zum Rand des offenen Landes. Zu seiner Rechten erstreckte sich ein großer Teich, zur Linken befand sich das Land, welches früher von den Cleadhoes bewirtschaftet worden war. Als Gersen sich der Heimfarm näherte, verließ Ledesmus Hardoah die Scheune mit einem Eimer Futter, das er in den Trog warf, woraufhin er wieder in die Scheune zurückkehrte.

Gersen ging zur Tür des Farmhauses und klopfte.

Die Tür glitt zurück und offenbarte die hagere Gestalt von Reba Hardoah. Sie blickte Gersen mit verdutztem Ausdruck von oben bis unten an.

Gersen begrüßte sie höflich. »Heute bin ich geschäftlich hier, fürchte ich. Ich brauche lediglich noch etwas mehr an Informationen. Natürlich bin ich gewillt, Ihnen Ihre Zeit zu bezahlen.«

Reba Hardoah sprach in einem nervösen Wortschwall: »Herr Hardoah ist im Augenblick nicht hier. Er ist ins Dorf gegangen.«

Ledesmus, der aus der Scheune herauskam, sah Gersen. Er setzte den Eimer ab und schlenderte über den Hof. »Also sind Sie zurück, wie? Haben Sie die Neuigkeiten über Howard gehört?«

»›Neuigkeiten‹? Welche Neuigkeiten?«

Ledesmus lachte schallend und wischte sich mit dem Handrücken über den Mund. »Vielleicht sollte ich nicht lachen, aber der verrückte Howard ist mit einer Bande Schlägern zum Schultreffen gekommen und hat sie alle durch den Reif springen lassen. Howard hat alle alten Rechnungen beglichen.«

»Furchtbar, furchtbar!« klagte Reba Hardoah. »Er hat die van Bouyers beleidigt, Bloy Sadalfloury geschlagen und sich wie ein grausamer Schurke aufgeführt. Wir schämen uns entsprechend für diesen ruchlosen Sohn.«

»Na, na, meine Dame«, entgegnete Ledesmus, »es gibt keinen Grund, sich darüber zu grämen! Um die Wahrheit zu sagen, es bringt mich zum Lachen, wenn ich daran denke. Dieser Howard, wer hätte gedacht, dass er sich als ein solcher Preller erweisen würde?«

»Es ist eine Schande!« rief Reba. »Gerade in diesem Augenblick ist dein Vater dabei, Wiedergutmachung zu leisten.«

»Er ist viel zu aufrichtig«, meinte Ledesmus. »Howard hat nichts mit uns zu tun.«

»Das ist auch mein Standpunkt«, sagte Gersen. »Dennoch ist es eine Schande, dass er Ihnen eine solch traurige Berühmtheit einhandelt.«

»Wenn ich ins Haus der Lehre gehe, weiß ich kaum, wo ich hinschauen soll«, bekundete Reba Hardoah.

»Erwidere einfach die Blicke«, riet ihr Ledesmus. »Sag ihnen, dass du dich bei Howard beschwerst, wenn sie sich nicht benehmen. Das sollte den ein oder anderen zum Schweigen bringen.«

»Was für eine verrückte Idee! Aber gib diesem Herrn seine Informationen. Er ist gewillt, dafür zu bezahlen.«

»Tatsächlich? Worum geht es diesmal?«

»Nichts von Belang. Sie haben einen von Howards Freunden erwähnt, Nimpy Cleadhoe.«

»Gewiss. Und?«

»Was ist aus Nimpy geworden? Wo ist er jetzt?«

Ledesmus runzelte die Stirn und blickte über das Feld zu einem tristen Haus unter zwei hochgeschossenen Ginsaften. »Diese Cleadhoes sind schon immer seltsame Leute gewesen, von außenweltlicher Herkunft. Der alte Cleadhoe war der seltsamste von allen. Er war der Marmelierer der Fluter Dorfgemeinschaft. Ich erinnere mich nicht genau, aber sie haben es nicht gut aufgenommen, dass Howard mit Nimpy gekämpft und ihn beschuldigt hat, sein Buch gestohlen zu haben. Und die Dame, Frau Cleadhoe, kam herüber, um sich bei Vater zu beschweren, der eine Auseinandersetzung mit Howard hatte, welcher daraufhin fortging, um Karriere zu machen und Erfolg damit hatte, wie wir gesehen haben.«

»Ledesmus, sag nicht so etwas! Seine furchtbaren Taten sind eine Schande für uns!«

Ledesmus lachte lediglich. »Ich wünschte, ich wäre dort gewesen und hätte alles mit ansehen können. Stell dir Maddo Strubbins mit seinem Hintern auf Eis vor! Das ist doch großartig!«

Gersen fragte: »Und was ist mit Nimpy?«

»Die Cleadhoes reisten ab, und das war das Letzte, was wir von ihnen gesehen haben.«

»Wohin sind sie gegangen?«

»Sie haben mir nichts gesagt.« Er blickte zu seiner Mutter. »Was ist mit dir?«

»Sie sind dorthin zurückgegangen, woher sie gekommen sind.« Reba Hardoah ruckte mit ihrem Daumen in Richtung Himmel. »Außenwelt. Bevor die alten Cleadhoes starben, riefen sie nach ihren Außenwelt-Verwandten, um ihnen ihr Land zu vererben, so trafen die neuen Cleadhoes ein. Das war, bevor du geboren wurdest. Wir hatten nur wenig mit ihnen zu tun und das kann man uns nicht zur Last legen, bedenkt man den Beruf des Mannes.«

»Dorf-Ausweider und Marmelierer.« Ledesmus sprach mit salbungsvollem Ekel.

Reba Hardoah krümmte die knochigen Schultern und erschauderte. »Es trifft uns alle, Lehre oder nicht. Dennoch, wer sollte sonst Marmelierer sein, als jemand einer niederen Kaste oder ein Außenweltler?«

Adrian Hardoah betrat das Haus. Als er Gersen sah, blieb er auf der Stelle stehen und starrte argwöhnisch von Gesicht zu Gesicht. »Was soll das? Hat es schon wieder etwas mit Howard zu tun?«

»Diesmal nicht, mein Herr«, sagte Gersen. »Wir haben über Ihre alten Nachbarn gesprochen, die Cleadhoes.«

Hardoah grunzte und warf seinen Hut auf das Sofa. »Von schlechter Herkunft, diese Leute. Es ist ihnen nie gut gegangen, sie haben sich nicht richtig vermehrt. Ein Segen, dass sie gegangen sind.«

»Ich frage mich, wohin sie gegangen sind?«

»Wer weiß? Außerplanet, zumindest.«

Reba sprach. »Kannst du dich nicht erinnern, dass der alte Otho gesagt hat, er gehe dorthin, woher er gekommen ist?«

»Ja, etwas in der Art.«

»Wo könnte das sein?« erkundigte sich Gersen.

Hardoah warf ihm einen unfreundlichen Blick zu. »Die Hardoahs sind vom Geschlecht Didram Fluters. In bin Lehrer am Kolleg. Meine Mutter war eine Bistwider. Meines Vaters Mutter war eine Dwint der neunzehnten Generation. Otho Cleadhoe war öffentlicher Ausweider, welcher der Lehre kein offenes Ohr geschenkt hat. Und ich soll mit ihm gut Freund gewesen sein?«

»Definitiv nicht.«

Adrian Hardoah nickte düster. »Schauen Sie bei den Marmels nach. Der erste Cleadhoe steht stolzhaft. Sein Schild gibt Auskunft über seine Geburt.«

»Richtig und genau!« rief Ledesmus. »Trauen Sie Vater, was das angeht, er hat sich bisher noch nicht geirrt!«

⚕

Ledesmus und Gersen fuhren mit dem alten Energie-Wagen der
Hardoahs ins Dorf. Auf dem Weg erörterte Ledesmus Howards
Taten beim Schultreffen. Sein amüsiertes Glucksen zeugte weder
von Scham noch von Reue über Howards empörende Taten.

Ledesmus hielt den Wagen neben der Kirche an, ging den Weg
zum Friedhof voraus und schlängelte sich mit der Unbekümmert-
heit langer Vertrautheit durch die Versammlung der Toten. »Die
Hardoahs und andere von unseren Verwandten sind dort drüben.
Hier steht der Ausschuss – Außenweltler und Personen von gerin-
gem Ruf.«

Es war Spätnachmittag. Im gedämpften Licht gingen die beiden
zwischen den schattigen Gestalten hindurch. Schilder gaben die
Namen jener an, welche nach dem Gang der Jahre in Vergessenheit geraten sein mochten. Kassideh ... Hornblath ... Dadendorf
... Lup ... Cleadhoe ...

Gersen deutete. »Hier ist einer von ihnen.«

»Das ist eine der alten Damen. Hier ist Luke Cleadhoe, er
wird wohl der erste gewesen sein, und das ist Ihre Antwort:
»›Geboren auf Bethune-Revier, draußen in der Krähe, einer
fernen Welt, verloren für die Güte der Lehre. In seiner Jugend
war er ein beachtlicher Vorreiter, durch Fleiß verdiente er sich
die Stellung eines Krankheitswächters bei den Wildtieren, dann
wurde er zum Ersten Präparator-Lehrling. Als er in Gladbetook
eintraf, bearbeitete er fleißig das Farmland und ernährte eine
Familie einiger Seelen, alle bedauerlicherweise unzugänglich für
die Wahrheiten der Lehre.‹ Da haben Sie es.« sagte Ledesmus
triumphierend.

Als sie in Richtung der Kirche über den Friedhof gingen,
bemerkte Gersen zufällig das Marmel eines jungen Mädchens. Sie
stand aufrecht da und hatte den Kopf etwas zur Seite geneigt, als
vernehme sie einen fernen Laut: eine Stimme oder einen Vogel-
ruf. Sie trug einfache Kleidung. Kopf und Füße waren bloß. Auf
ihrem Schild stand zu lesen:

ZADA MEMAR
*das unglückliche Kind,*
*welches ihrer sie liebenden Familie kurz vor der*
*ersten Blüte entrissen wurde.*
*Weh und Ach dieser armen Maid!*

Gersen lenkte Ledesmus' Aufmerksamkeit auf das Marmel. »Erinnern Sie sich an sie?«

»Ja, das tue ich! Beim Schulausflug wanderte sie hinaus in den Wald und man fand sie im Persimonen-See. Sie ist ein hübsches Ding gewesen!«

Die Sonne hatte sich hinter einer Reihe von Zedern niedergelassen; die Marmels standen düster da.

Unvermittelt sagte Ledesmus: »Es ist an der Zeit weiterzugehen! Das ist kein Ort, an dem man sich nach Einbruch der Dunkelheit herumtreibt.

# KAPITEL XV

Aus: »Der Avatarlehrling«
in *Schriften aus der Neunten Dimension*:

Um das Podest herum befand sich ein Wall, angehäuft aus Scherben falscher Bildnisse aus Hundert Jahrhunderten. Das letzte von ihnen, in der Gestalt von Bernissus, lag umgeworfen, mit einem mächtigen hochgestreckten Bein, da. Marmaduke, der in einer Robe aus braunem Fries an der Seite stand, war derart bewegt, dass er Tränen trauriger Erinnerungen vergoss.

Nun wurde das Bildnis des Heiligen Mungol nach vorn gebracht und aufgerichtet, auf dass es von der Menschenmenge gepriesen werde.

Der Kriegsherr von Gortland bestieg den Sockel. Er hob die Arme und rief mit metallischer Stimme: »Sieg – endlich und für immer! Mungol steht erhaben; die Heiligen und die Treuen bewachen unser Land! Für alle Ewigkeit wird es so sein! Freude soll herrschen!«

Die Menge reagierte mit Jubel. Sie stieß tiefkehlige Laute aus und tanzte im Kreis. Die Windherren schlugen mit gepanzerten Handschuhen auf ihre Schilde; die Bracha pfiffen ihre edelsten Weisen. Die im glitzernden Nebel aufgereihten Prudessen schlugen Glocken an und vollführten Zeichen; die Kleinen Wefkins jauchzten.

Wieder sprach der Kriegsherr. »Alles ist vollendet! Die Balustraden werden von unseren mächtigen Venzedoren bewacht. Bernissus ist weniger als nichts: die Erinnerung an den Latrinengeruch im Albtraum eines Aussätzigen! Doch

nichts mehr von der Vergangenheit! Der Heilige Mungol
steht erhaben und lässt seinen erhabenen Blick durch die
Ewigkeit schweifen. Ein jeder nehme seine Beute und mar-
schiere mit Stolz zurück nach Hause! Die Blauen Männer
gen Osten, die Grünen Männer gen Westen. Ich, mit meinen
Cantaturzen, fahre gen Norden!«

Die Menge stieß einen letzten frohen Schrei aus und zer-
streute sich; ein jeder ging den Weg, den er wählte. Eine
einzelne Gruppe von sieben Personen machte sich gen
Süden über die Maudly-Öde in Richtung Sesset auf. Es
waren Chathres, ein flachgesichtiger Protz von einem Kerl,
mit kräftigen Schultern und einer anzüglichen Zunge; drei
Gewöhnliche Lygonen: Shalmar, Bahuq und Amaretto;
Implissimus, Ritter des Blauen Kerlanth; Rorback der
Vielfraß und Marmaduke. Es war eine ungleiche und verdrießliche Gruppe, denn niemand von ihnen hatte Beute
gemacht.

Während ihres Weges durch die Öde stießen sie auf einen
Zug aus drei mit Plündergut aus dem Molander-Kloster
beladenen Wagen. Der Kommandeur war Horman, der ein-
äugige Vagabund. Mit ihm und seinen Spießgesellen wurde
kurzer Prozess gemacht und die Bande schickte sich an, die
Beute zu teilen.

Im ersten Wagen entdeckte Marmaduke die wunderbare
Sufrit, welche ihm beim Großen Maskenfest solches Her-
zeleid bereitet hatte. Zu Marmadukes Bestürzung beharrte
Chathres darauf, dass Sufrit als Teil des Beutegutes betrachtet werden solle, und seine Argumente obsiegten.

In weiser Voraussicht sagte Chathres zu Marmaduke: »Da
du deine Unzufriedenheit mit den Arrangements zum Ausdruck gebracht hast, teilen wir die Beute so auf, wie du es
willst, in sieben Anteile und ein jeder soll den Anteil wählen,
der ihm am besten gefällt.«

»In welcher Reihenfolge wird gewählt?«

»Die Reihenfolge wird durch das Los entschieden.«

Marmaduke stand im Begriff, das Raubgut aufzuteilen. Sufrit wisperte ihm ins Ohr: »Du bist hereingelegt worden. Die Lose werden entscheiden, wer zuerst wählt, aber du musst als letztes wählen, da du alles teilst, in Anteile von gleichem Wert, vermutlich.«

Marmaduke stieß einen konsternierten Schrei aus. Sufrit sagte: »Hör zu! Nimm mich allein als einen Anteil. Teile alle Schätze in fünf Anteile. Gib in den letzten Anteil Hormans drei Eisenschlüssel, seine Schuhe, seine Trommel und andere wertlose Stücke. Diese werden natürlich dir zufallen. Behalte aber auf jeden Fall die Schlüssel, alles andere lass liegen.«

Marmaduke tat wie ihm geheißen. Durch Trickserei gewann der anzügliche Chathres die erste Wahl und beanspruchte, mit einer großartigen Bewegung, Sufrit für sich. Die anderen wählten Lose aus Gold und Gemmen und für Marmaduke blieb der Rest.

Mit einem Mal wurde entdeckt, dass die Zugtiere entkommen waren und, schlimmer noch, dass alle Wasserbeutel mit einem Messer aufgeschlitzt worden waren und nun leer herabhingen.

Wütendes Gerede war zu hören und Beschuldigungen wurden ausgetauscht. »Wie können wir Sesset erreichen, das fünf Tage durch diese brennende Einöde entfernt liegt?« rief Chathres.

»Einerlei!« sagte Sufrit. »Ich kenne einen Brunnen nicht weit im Süden. Wir sollten ihn bis Sonnenuntergang erreichen.«

Schimpfend und bereits durstig nahm die Bande die Beute und wankte gen Süden. Bei Einbruch der Dämmerung kamen sie an einen fruchtbaren Garten, der von einem hohen Eisenwall umgeben war und aufgrund giftiger Spitzen nicht überwunden werden konnte. Eine einzige Pforte bot Zutritt und einer von Marmadukes Schlüsseln passte.

»Welches Glück!« rief Chathres. »Marmadukes Voraussicht hilft uns allen!«

»Nicht so schnell«, erwiderte dieser. »Ich fordere eine

Gebühr für die Nutzung meines Schlüssels. Ich nehme von jedem von euch das kostbarste Juwel.«

»Ich habe keine Juwelen!« schrie Chathres. »Muss ich denn draußen bleiben und Opfer der wilden Tiere werden?«

»Was kannst du mir anbieten?«

»Ich habe nur mein Schwert, meine Kleidung und mein Sklavenmädchen, das du nicht haben kannst. Und kein Krieger von Ehre würde sich von seinem Schwert trennen.«

»Dann gib mir deine Kleidung, jeden Fetzen, den du hast.«

Dem wurde entsprochen, und Chathres betrat den Garten, zum Vergnügen aller, nackt wie ein Ei.

»Lacht jetzt!« sagte Chathres zu ihnen. »Heute Nacht werde ich Vergnügen bei meinem Sklavenmädchen finden. Wer wird dann lachen?«

Zum Abend aß die Bande Früchte von den Bäumen und trank reichlich kaltes, klares Wasser. Dann nahm Chathres Sufrit mit unter die Bäume und schickte sich an, lüsterne Anstrengungen zu unternehmen. Aber der eiserne Wall umgab einen heiligen Hain und wann immer Chathres eine lüsterne Tat begehen wollte, flog eine große weiße Fledermaus heran, um ihn mit den Flügeln zu schlagen, bis er von Sufrit abließ und sie ungestört schlafen konnte. Chathres jedoch fand keine Behaglichkeit in der kühlen Luft der Wüstennacht.

Am nächsten Tag zog die Gruppe, welche immer noch ohne Wasserbeutel war, weiter gen Süden. Chathres ärgerte sich sehr über die Strahlen der Sonne und die scharfen Kiesel und Dornenbüsche.

Als die Sonne unterging, führte Sufrit die Truppe zu einem verlassenen Kloster, zu dem nur Marmadukes Schlüssel Zutritt bot.

Bei dieser Gelegenheit war Chathres gezwungen, Marmaduke sein Schwert zu überlassen, bevor ihm Eintritt durch das Portal gewährt wurde.

Während der Nacht versuchte Chathres erneut, sich an Sufrit zu erfreuen, doch ein Geist kam aus dem uralten Gestein,

setzte sich auf seinen Rücken und Chathres war von seinem
Vorhaben abgelenkt.

Am Morgen machte sich die Gruppe nach Süden auf
den Weg. Chathres litt sehr unter wunden Füßen, Insekten-
stichen und Hitzeblasen. Dennoch ließ er nie das Seil los,
welches er um Sufrits Handgelenk gebunden hatte.

Eine Stunde vor Sonnenuntergang betrat die Bande
eine Schlucht, welche sich unvermittelt zu einem Hohlweg
verengte. Eine Treppenflucht führte hoch hinauf zu einer
verschlossenen Tür, die Marmadukes Schlüssel mit einer
Drehung zu öffnen vermochte. Jeder der Truppe, der das
Portal passierte, gab eine Gemme seiner Wahl ab, außer
Chathres, der Marmaduke das an Sufrit befestigte Seil
aushändigte. »Sie ist dein, wie auch alle anderen meiner
Habseligkeiten. Lass mich passieren.«

Marmaduke entfernte sogleich das Seil. »Sufrit, du bist
frei. Ich erbitte deine Liebe, nicht deine Unterwerfung.«

»Du sollst beides haben«, erwiderte sie und sie nahmen
sich gegenseitig bei der Hand.

Die Truppe zog entlang des schmalen Pfades weiter. Aus
einer Grotte sprang ein Felsenteufel. »Wie könnt ihr es
wagen, meinen Privatweg zu benutzen?«

»Beruhige dich«, sagte Sufrit. »Wir werden Wegzoll
bezahlen.«

Für sich und Marmaduke bezahlte sie mit dem Schwert
und der Kleidung, die einst Chathres Eigen gewesen waren.
Jeder der anderen gab eine Gemme ab, außer Chathres, der
rief: »Mein nackter Körper beweist es! Ich habe nichts. Ich
kann nichts bezahlen.«

»In diesem Fall«, meinte der Teufel, »musst du in die
Grotte eintreten.«

Die anderen eilten den Weg entlang, um so den Lau-
ten von Chathres entsetzlichen Aufschreien schneller zu
entkommen.

Schließlich mündete der Weg in ein angenehmes Land.

Straßen führten in verschiedene Richtungen. Die Kameraden nahmen Abschied voneinander und gingen ihrer verschiedenen Wege.

Marmaduke und Sufrit standen Hand in Hand und erwogen die möglichen Richtungen. Einer der Wege führte abwärts in ein grünes Tal, stieg wieder an und verlief schräg durch das Hügelland auf einen Kirchturm zu, der ein teures und vertrautes Dorf markierte. Marmaduke starrte verwundert. »Das ist der Weg, den ich gehen würde«, sagte er Sufrit. »Willst du mit mir kommen?«

Sufrit blickte einen anderen Weg entlang, der zu einem Ort führte, den sie gut kannte. Doch niemand dort liebte sie. »Ja, Marmaduke, ich will mit dir kommen.«

»Dann beeilen wir uns! Ich glaube, dass wir noch rechtzeitig zum Tee zu Hause sind! Es wird Gebäck mit Quark und Rosinentörtchen geben, und wenn die Köchin gut in Form ist, gibt es auch noch Erdbeeren mit Sahne.«

Und so war es. Freudig liefen sie über den Weg nach Hause, während das Licht hinter ihnen verblasste. Beim Tee stellte nur Pinnacy peinliche Fragen, aber sie sagten, sie seien auf einem lustigen Kleiderfest gewesen und das wäre alles.

Alle schienen Sufrit zu mögen, und es wurde viel Tee getrunken; tatsächlich wurde Sufrit als kleine Überraschung zwei Portionen Erdbeeren zugestanden.

⸺

Später neigten die Ereignisse dieser besonderen Zeit dazu, in Gersens Erinnerung zu verschwimmen: eine Folge der Müdigkeit und der Notwendigkeit, immer wieder neue Pläne auf den Ruinen alter zu schmieden. Howard Alan Treesong war zu einem Irrlicht geworden, das stets ausweichend voraus tanzte, immer außerhalb der Reichweite.

Wieder im Weltraum, unterdrückte Gersen den Drang, sich nach Pontefract zu begeben, um dort über neue Pläne nachzudenken und die Bekanntschaft mit Alice Wroke zu erneuern.

Stattdessen holte er das *Galaktische Handbuch* hervor. Bethune-Revier war der einzige Planet von Corvus 892, einem gelben Zwerg in einer Gruppe eines Dutzends solcher Sterne. Das System als Ganzes verfügte insgesamt über vierzehn Planeten, unzählige Planetoiden, Monde und Trümmerstücke, von denen allein Bethune-Revier Leben zuließ.

Bethune war von der Lokatorin Trudi Selland entdeckt worden. Ihre Schilderung der phänomenalen Flora und Fauna war eine öffentliche Sensation gewesen und hatte die Naturalistische Gesellschaft veranlasst, sogleich Verhandlungen aufzunehmen, die letztendlich zum Kauf geführt hatten. Jahrhunderte vergingen, während derer Bethune-Revier im Endeffekt zu einem planetengroßen Tiergehege wurde.

Im *Handbuch* las Gersen:

> Gegenwärtig ist Bethune-Revier eine kuriose Mischung: zu zehn Teilen Naturreservat, zu fünf Teilen Touristenattraktion, zu drei Teilen Hauptquartier der Naturalistischen Gesellschaft, ihrer Filialen und einem Dutzend anderer Organisationen, wie *Freunde der Natur, Unberührt, Skutionäre Vitalisten, Leben in Gottes Kirche, Sierra Club, Biologische Falange, Frauen für Natürliche Fortpflanzung.* Einige wenige Wohntrakte waren diesen Gruppen ebenso zum Gebrauch zugewiesen worden wie Wissenschaftlern, Studenten und Forschungsmitgliedern. In der Praxis hieß dies, dass nahezu jedem, der die Bedingungen von Bethune-Revier als angenehm empfand, ein vorübergehender Aufenthalt zugestanden wurde, der auf unbestimmte Zeit ausgedehnt werden konnte.
>
> Heute besteht Bethune-Revier aus über sechshundert Wild- und Naturreservaten, die beflissen in ihren ursprünglichen Zuständen bewahrt werden. Die Größe reicht von einem gesamten Kontinent bis zu jenem Morgen, auf dem ein einzelner, einzigartiger

Lillawbaum steht, dessen Herkunft ein völliges Mysterium ist.

Die Exekutivkuratoren sind heute genauso eifrig wie ihre Vorgänger – zuweilen sind die Begriffe »willkürlich«, »pedantisch«, »unversöhnlich«, »kapriziös«, »starrsinnig« zu vernehmen. Sie regieren die Welt, als sei sie ein naturgeschichtliches Privat-Museum, was es faktisch auch ist.

In Übereinstimmung mit den örtlichen Erfordernissen ließ sich Gersen nahe an eine der zehn Quarantänestationen herantreiben, welche die Welt umkreisten. Vier Beamte in blauen und grünen Uniformen kamen zu ihm an Bord. Der Flitzerflügel wurde durchsucht. Gersen wurde hinsichtlich geschmuggelter Lebensformen befragt und über die örtlichen Vorschriften unterrichtet. Ein Pilot blieb an Bord, um den Flitzerflügel hinunter auf eine Plattform auf dem Gelände für besondere Gäste in der Nähe der Stadt Tanaquil zu leiten. Hier wurde Gersen aufgefordert ein Pfand zu hinterlegen und ihm wurde untersagt, lebende Wesen jeglicher Art einzuführen, zu beschlagnahmen, zu belästigen, einzufangen, zu modifizieren, zu ärgern oder zu exportieren. Dann wurde ihm gestattet, seinen Geschäften nachzugehen.

Vom Landefeld aus fuhr Gersen mit einem Omnibus nach Tanaquil, durch ein Wäldchen aus enormen schwarzstämmigen Bäumen, die mit zinnoberroten Blumen beladen waren und vor kleinen zwitschernden Geschöpfen wimmelten, die umhersprangen, sich von Ast zu Ast schwangen und durch die sonnendurchfluteten Räume glitten. Offensichtlich war der Omnibus ihr alter Feind; eine Truppe folgte dem Fahrzeug und bewarf es zwitschernd mit Fruchtschalen.

Der Bus fuhr weiter nach Tanaquil, eine unerwartet malerische Stadt, die wie aus Kinderbausteinen in den Grundfarben erbaut schien. Der ursprüngliche Plan war von der Vorsitzenden eines uralten Architektur-Ausschusses entwickelt worden, die sich von einer Illustration in einem Kinderbuch hatte inspirieren lassen.

Sie hatte die architektonischen Parameter niedergelegt, mit denen »Konkordanz«* erzielt werden musste.

Gersen fand Unterkunft im *Hotel Triceratops*, einer Touristenherberge, die wegen eines sechs Meter langen, ausgestopften Sauriers mit sechs gespreizten Beinen und zwei Hörnern bekannt war, der allgemein »Triceratops Shanar«[†] genannt wurde.

Gersen erkundigte sich bei dem Empfangschef. »Ich möchte einen alten Bekannten ausfindig machen, weiß aber nicht, wo er wohnt.«

»Da gibt es keine Schwierigkeiten. Wenden Sie sich an die Registratur. So viele von uns gibt es nicht. Alles in allem weniger als fünf Millionen. Aber jetzt werden Sie dort niemanden antreffen, sie sind alle zu Tisch.«

Im Speisesaal, der so dekoriert war, dass er einem vorzeitlichen Urwald glich, wurde Gersen eine fade Mahlzeit serviert, die auf kosmopolitischer Standard-Küche beruhte, obwohl die einzelnen Gerichte malerische örtliche Namen trugen. Er trank Bier aus einer mit WILDES MAULERBIER beschrifteten Flasche, die ein

---

* Konkordanz: ein Konzept, das dem Funktionieren der Bethune-Gesellschaft zugrunde liegt. Die Kuratoren regieren Bethune-Revier in »Konkordanz« mit den alten Vorschriften.

   Die Kuratoren werden von den »Bedeutenden Organisationen« gewählt, in denen die Mitgliedschaft weitervererbt wird. Diese einstigen naturalistischen Gruppierungen fungieren nun im Grunde genommen als Aristokratie.

   Kastenunterschiede, obwohl nur geringfügig und nicht einschränkend, sind vorhanden. Touristen sind Außenseiter und finden keinen Zugang zur örtlichen Gesellschaft.

   In einer kuriosen und amüsanten Umkehrung der Werte haben jene Personen, welche körperliche Arbeit in Bezug auf die Tiere und andere Naturobjekte leisten: – Parkaufseher, Veterinäre, Biologen, Treiber, Pflanzenpathologen und dergleichen – einen niedrigen Status.

† Der präzisen bethunischen Taxonomie mangelt es an Ausdruckskraft. Populäre Begriffe sind einschlägiger. Shanar ist einer der Kontinente Bethunes.

Bild eines scheußlichen Tieres zeigte, das einen Touristenbus in der Ferne anstarrte.

In der Registratur erhielt Gersen reibungslos die Adressen von zwei Cleadhoes, die beide auf dem Kontinent Rheas wohnten, in einem Ort, der als Blaues Waldlager bekannt war, innerhalb des Grand Triste Primitivreservats.

Gersen hatte einen Touristenservice namens Ruhiger Ausblick in einem Gebäude neben dem Hotel bemerkt, doch als er im dortigen Büro anfragen wollte, hatte es bereits für den Tag geschlossen. Es schien, als würde die Geschäftswelt von Tanaquil in einer Art und Weise betrieben, die eher ihnen selbst zupasskam als ihren Kunden.

Gersen kehrte zum Hotel zurück und verbrachte den Rest des Nachmittags damit, von der schattigen Veranda aus Touristen, Ortsansässige und große fliegende Insekten zu beobachten: zerbrechliche Geschöpfe aus Schaum, Häutchen und Hängeranken, die von einer Gasblase herabhingen. Er trank eine Reihe von Gin Pahits und fragte sich, wie er sein gegenwärtiges Geschäft am besten anging.

Wenn er die Cleadhoes von seinem Plan in Kenntnis setzen würde, mochten sie ihm helfen, ihn behindern oder ein absolutes Desaster über ihn heraufbeschwören. Er spielte Hundert Möglichkeiten durch, dann, als sich die Sonne im Wald niederließ, warf er die Hände in die Luft. Er konnte keine festen Pläne schmieden, bis er mehr über die Cleadhoes wusste.

Am Morgen ging Gersen wieder zum Touristenservice Ruhiger Ausblick, wo ihn der Angestellte lächelnd darüber informierte, dass es nur qualifizierten Wissenschaftlern für speziell genehmigte Expeditionen erlaubt war, Luftfahrzeuge zu mieten.

»Ansonsten gäbe es nur Schwierigkeiten, mein Herr«, erklärte der Angestellte. »Malen Sie sich das einmal aus! Es gäbe kleine Familienpicknicks mitten in der Gunderson-Suhle – das Kleinkind von dreiarmigen Sumpfaffen gefressen, die Tochter vom Wildhüter geschändet.«

»Wie kann ich sonst dorthin kommen, wohin ich will?«

»Touristen wird empfohlen, Fahrten an Bord einer der Wildnis-Inspektionssafaris zu buchen, in einem absolut sicheren und klimatisierten Fahrzeug. Das ist der leichteste und beste Weg, um die Reservate zu besuchen. Aber wohin wollen Sie eigentlich? Sie müssen wissen, dass viele Gebiete gesperrt sind.«

»Ich möchte zum Blauen Waldlager im Grand Triste Primitiv-reservat.«

Der Angestellte schüttelte den Kopf. »Das ist kein für Touris-ten erschlossenes Gebiet, mein Herr.«

»Stellen Sie sich vor, Sie selbst wollten das Blaue Waldlager aufsuchen, wie würden Sie vorgehen?«

»Ich bin kein Tourist.«

»Dennoch, wie würden Sie es angehen?«

»Ich würde natürlich die Handelsmaschine zur Maundy-Fluss-Station nehmen und den Tagesflug in den Wald. Aber ... «

Gersen legte einen Fünfzig-SVE-Schein auf den Schalter. »Ich bin kein Tourist, ich bin ein Handelsreisender. Ich verkaufe Insektenschutzmittel. Besorgen Sie mir die Fahrscheine. Ich bin übrigens in Eile.«

Der Angestellte lächelte, zuckte mit den Achseln und legte den Schein in eine Schublade. »Eile hat hier keinen Zweck. Tatsäch-lich könnte sie sogar gegen das Gesetz verstoßen.«

Der Blaue Wald war eher eine stark bewaldete Savanne denn eine ununterbrochene Waldfläche und befand sich im Becken des Großen-Bulduke-Flusses: ein Gebiet von mehr als einer Million Quadratkilometern. Die Belaubung des Waldes war vornehm-lich blau, in drei Schattierungen: Ultramarin, helles Himmelblau und ein blasses Kreideblau. Ferner besaßen bestimmte Bäume Laub in Käferflügelgrün und einige wenige in Grau. Riesige Mot-ten mit zarten Flügeln bewegten sich durch das Sonnenlicht und schufen ein aufreizendes Flackern in Purpurrot und Schwarz. Es gab zahlreiche Tiere. Die Pflanzenfresser schützten sich mit-tels Größe, Panzer, Schnelligkeit, Agilität, Gestank, dreschender

Arme, starrender Hörner oder giftiger Drüsen. Fleischfresser besaßen die nötige Ausrüstung, um diese Verteidigungen zu überwinden. Verschiedene Arten von Aasfressern stahlen sich durch die Schatten.

Der Zusammenfluss des Kleinen Buldukes und des Spukflusses vollzog sich in einem Netzwerk aus Morast und Sumpf, das von einer verschwenderischen Vielzahl von Geschöpfen bewohnt wurde: von großen, kleinen, furchterregenden, sanften, von Wesen mit und ohne gelben Kehllappen und welchen mit und ohne klaffenden dunkelroten Mäulern. Nördlich des Sumpfes erhob sich ein niedriges Tafelland; hier befand sich das Blaue Waldlager.

Gersen ging vom Flughafen aus über einen unbefestigten Weg, der von drei Meter hohen Zäunen geschützt wurde und die Vegetation sowie Tiere zurückhielt, Insekten jedoch frei passieren ließ, zur Stadt. Hitze und Feuchtigkeit hingen in der Luft, die nach zwanzig unbekannten Gerüchen roch: Vegetation, Erde, tierischen Substanzen.

Der Zaun bog an beiden Seiten im rechten Winkel ab, um die Stadt zu umsäumen. Gersen ging zum Stadtbezirkshotel und betrat eine halbdunkle und kühle Eingangshalle. Kommentarlos wurde ihm von einer missmutigen jungen Frau, die sein Geld entgegennahm und mit dem Daumen in Richtung Korridor ruckte, ein Zimmer zugewiesen. »Zimmer vier.« Schlüssel wurden als unnötig betrachtet.

Gersens Zimmer war sauber, kühl, spärlich eingerichtet und gut von der Außenwelt abgeschirmt. Ein altes Stadtverzeichnis lag auf dem Tisch. Gersen blätterte durch die Seiten. Er sah:

CLEADHOE, OTHO
    Wohnhaft:       Perimeter 20
    Anstellung:    Werkstatt, Poststation

CLEADHOE, TUTY
    Wohnhaft:       Perimeter 20
    Anstellung:    Marketenderei

Gersen ging hinaus auf den kleinen Zentralplatz. Die Stadt war ruhig, es waren nur wenige Leute unterwegs. Auf der anderen Straßenseite war ein kahles Gebäude mit einem Schild: MARKE-TENDEREI.

Gersen blickte durch die Tür. Er sah einen älteren Mann und eine beleibte schwarzhaarige Frau mit dicken schwarzen Augenbrauen, einer großen Nase und einem kompromisslosen Benehmen. Die Angelegenheiten eines Kunden nahm ihre Aufmerksamkeit in Anspruch, Gersen wandte sich ab. Die Marketenderei war nicht der rechte Ort, um sich mit Tuty Cleadhoe zu treffen.

In der Mitte des Platzes gab es einen Erfrischungsstand, an dem kalte Getränke und Eis verkauft wurden. Gersen erwarb ein Glas kalten Fruchtpunsches und setzte sich auf eine Bank.

Eine Stunde wartete er, während die Menschen des Blauen Waldlagers ihren Angelegenheiten nachgingen. Kinder strömten auf dem Weg von der Schule nach Hause an ihm vorüber. Personen betraten die Marketenderei und verließen sie wieder. Die Sonne ließ sich im Westen nieder.

Tuty Cleadhoe trat aus der Marketenderei. Forsch machte sie sich zum Südteil der Stadt auf.

Gersen folgte ihr über einen von großen, weit ausladenden Bäumen beschatteten Weg. Tuty Cleadhoe betrat ein Haus in der Nähe des Randzauns.

Gersen wartete zehn Minuten, dann betätigte er die Schelle. Die Tür glitt zurück; Tuty Cleadhoe blickte heraus. »Mein Herr?«

»Ich würde mich gern ein paar Minuten mit Ihnen unterhalten.«

»Tatsächlich!« Tutys dunkle Augen blitzten, als sie Gersen von oben bis unten musterte. »Zu welchem Zweck?«

»Sie haben früher in Gladbetook in Maunish gewohnt?«

Nach einer kurzen Pause. »Ja. Vor langer Zeit.«

»Ich komme gerade von dort.«

»Das ist für mich nicht von Interesse. Ich hege nur bittere Erinnerungen an Gladbetook. Sie müssen mich entschuldigen. Die Nachbarn werden sich wundern, dass ich mit einem fremden Mann rede.« Sie schickte sich an, die Tür zu schließen.

»Warten Sie!« rief Gersen. »Sie haben in der Nähe der Hardo-ah-Familie gewohnt?«

Tuty Cleadhoe blickte durch den schmalen Schlitz. »Das ist richtig.«

Gersen ging schneller vor, als er geplant hatte. »Erinnern Sie sich an Howard Hardoah?«

Tuty Cleadhoe starrte Gersen zehn lange Sekunden an. Sie erwiderte mit belegter Stimme: »Das tue ich in der Tat.«

»Darf ich hineinkommen? Ich bin im Zusammenhang mit Howard Hardoah hier.«

Tuty Cleadhoe trat widerwillig beiseite und gestikulierte. »Dann kommen Sie herein.«

Das Innere des Hauses war dunkel, stickig und, für ein derart warmes Klima, überreichlich eingerichtet. Tuty deutete auf einen Stuhl, der mit rosarotem Velours gepolstert war. »Setzen Sie sich, wenn es Ihnen genehm ist ... Nun denn, was ist mit Howard Hardoah?«

»Kürzlich hatte ich Gelegenheit, die Hardoah-Farm zu besu-chen und die Unterhaltung kam auf das Thema Howard.«

Tuty Cleadhoe sah skeptisch aus. »Howard wohnt zu Hause?«

»Nein. Er hat es vor langer Zeit verlassen.«

Tuty ruckte ihren Kopf vor. »Wissen Sie, weshalb?«

»Irgendwelche Schwierigkeiten. Würde ich annehmen.«

»Wenn ich ihn in die Finger bekommen hätte ... «, sie streckte die Hände mit gekrümmten Fingern aus, » ... hätte ich ihn in Stücke gerissen.«

Gersen lehnte sich auf dem Stuhl zurück. Tuty sprach mit einer vor Inbrunst zischenden Stimme weiter. »Er kam zu unserem Haus. Er rief unseren Sohn, leise, sodass wir es nicht hören sollten. Doch wir hörten es. Er rief unseren einzigen Jungen zu sich, unse-ren Jungen Nymphotis, der so sanft und gut war. Sie gingen zum Teich und dort ertränkte Howard unseren kleinen Sohn, indem er ihn unter Wasser hielt. Ich hatte ein schreckliches Gefühl. Ich rief ›Nymphotis! Wo bist du?‹ Ich ging zum Teich und dort fand ich mein geliebtes Kind. Ich zog den kleinen tropfnassen Körper heraus und trug ihn nach Hause. Otho ging los, um Howard zu finden, aber er war bereits verschwunden.«

Gersen fragte: »Howard wusste nicht, dass Sie ihn im Verdacht hatten?«

»Es war kein Verdacht. Es war Gewissheit!«

»Aber Howard wusste es nicht?«

Tuty vollführte eine heftige, aber beherrschte Gebärde. »Wie hätte er es wissen können? Er war verschwunden. Es war eine Tragödie.«

Gersen sagte: »Ich wusste nicht, dass Nymphotis tot ist. Es tut mir leid, dass ich bittere Erinnerungen wecke.«

»Sie wecken nichts! Wir leben täglich mit ihnen. Sehen Sie!« Tutys Stimme versagte vor Gefühlsregung. »Sehen Sie!«

Gersen drehte den Kopf. In einer schattigen Ecke des Raumes stand ein Junge, geformt aus einer glänzend weißen Substanz.

»Das ist unser Nymphotis.«

Gersen wandte sich ab. »Ich werde Ihnen etwas über Howard und was aus ihm geworden ist erzählen, und wie ihm Gerechtigkeit widerfahren kann.«

»Warten Sie! Otho muss dabei sein. Wenn Sie denken, ich bin bitter: Er übertrifft mich um das Vierfache.« Sie ging zu einem Telefon, stellte die Verbindung her und goss einen Sturzbach an Worten in das Netz. Von Zeit zu Zeit äußerte die Stimme eines Mannes eine Frage. Tuty gestikulierte zu Gersen.

»Sprechen Sie jetzt! Wir beide hören Ihnen zu.«

»Howard Hardoah ist nun ein großer Krimineller. Er nennt sich Howard Alan Treesong.«

Weder Tuty noch Otho gaben dazu einen Kommentar ab. »Fahren Sie fort.«

»Ich habe ihn durch die Ökumene verfolgt. Er ist wachsam. Er muss mit großer Umsicht angelockt und geködert werden. Ich habe zwei Mal versagt, aber jetzt habe ich den Köder, um ihn erneut anzulocken. Dabei wäre Ihre Hilfe nützlich.«

Gersen hielt inne. Otho sagte: »Fahren Sie fort.«

»Ich möchte nicht fortfahren, es sei denn, Sie fühlen sich in der Lage, mir zu helfen. Es wird gefährlich werden.«

»Um uns brauchen Sie sich keine Sorgen zu machen«, meinte Otho. »Sagen Sie uns, was Sie im Sinn haben.«

»Sie werden mir helfen?«

»Sagen Sie uns, was Sie im Sinn haben.«

»Ich habe vor, ihn hierher zu holen, ihn in den Dschungel zu bringen und ihn zu töten.«

Tuty sagte in einem ärgerlichen Ton. »Da gibt es für uns nichts zu tun! Sie werden ihm gegenüberstehen, Sie werden ihn töten! Für Nymphotis soll er bezahlen!«

»Einerlei«, rief Otho mit belegter Stimme. »Wir helfen Ihnen.«

# KAPITEL XVI

Aus: *Das Buch der Träume*:

Freundlich und liebenswürdig ist der Blaue Rhune Fader, doch wenn die Winde des Krieges seufzen, trinkt Rhunes Schwert ebenso tiefe Schlucke wie jedes andere. Wenn das Land ruhig ist, durchwandert Rhune geblümte Wiesen und singt Lieder.

Nicht so Loris Hohenger, der Grimmige, dessen Farbe das roteste Rot ist! Seine Heftigkeit benötigt stets eine strenge Kontrolle; seine Wildheit steht auf des Messers Schneide. Nur die Paladine kennen seine Toleranz und seine wahre Zuneigung. Alle anderen, die in seiner Gesellschaft sind, gehen wie auf Eiern. Seine Begierden sind unbezähmbar; er beraubt schöne Damen ihres Schatzes, gewöhnlich zu ihrer Freude, aber zuweilen ebenso zu ihrem Elend, wie bei Melissa mit dem goldenen Haar, die ihre Jungfräulichkeit dem Ruhm Santa Santissimas gelobt hatte. Zada Memar, von sagenhafter Schönheit, erregte ihn über alle Beherrschung hinaus, doch sie gab sich Immir hin. Und Loris war der Erste, der sein Schwert lobpreisend in die Höhe hielt! Galoppiere voran entlang deinem verrückten und kühnen Murst*, oh Loris, weiter, immer weiter!

≈

---

* Die Bedeutung dieses Wortes, wie die anderer in *Das Buch der Träume* kann nur gemutmaßt werden. (Muss: Dringlichkeit? Mit Verst: eine Wegstunde im Alten Russland? Weit hergeholt, aber wer weiß?)

Als Gersen in Pontefract eintraf, fuhr er mit einer Taxidroschke zum Taraplatz, wo er ausstieg. Um ihn herum, an allen Seiten, Ordnung und Rechtschaffenheit: schmale alte Gebäude, blasse Leute in formeller Kleidung, Stiefmütterchen und Goldlack in Hochbeeten. Nebel, Bewölkung, feuchte Winde und Gerüche. Alles beschaulich, normal und beruhigend ... Von einem öffentlichen Telefon aus rief Gersen die *Existent*-Büros an und wurde mit Maxel Rackrose verbunden, der inzwischen als Leitender Herausgeber fungierte.

Rackrose bedachte Gersen mit einem zugleich höflichen und vorsichtigen Gruß. Er berichtete, dass im Allgemeinen mit *Existent* alles gut liefe, was er sich selbst zugutehielt.

»Ich bin froh zu hören, dass alles gut läuft«, entgegnete Gersen. »Ich glaube, es ist besser, wenn ich mich bei meiner Sekretärin melde.«

»Ihre Sekretärin?« Rackroses Stimme klang verwirrt. »Wer soll das sein?«

Gersens Herz wurde schwer. »Alice Wroke. Das rothaarige Mädchen. Ist sie nicht mehr bei *Existent*?«

»Oh ja, ich erinnere mich«, sagte Rackrose. »Ja, tatsächlich. Alice Wroke. Mädchen, Sportmodell, rothaarig. Sie ist fort.«

»Fort? Wohin?«

»Ich habe keine Ahnung ... Ich werde in den Büchern nachsehen ... Sie haben Glück. Sie hat einen an Sie adressierten Brief hinterlassen.«

»Ich bin gleich da.«

Auf dem Umschlag stand geschrieben: *Zu Händen von Henry Lucas persönlich*.

Im Brief stand:

Lieber Henry Lucas,
ich habe herausgefunden, dass ich kein wirkliches Interesse am Journalismus habe. Deshalb habe ich meine Stelle bei *Existent* aufgegeben. Ich halte mich in *Gladens Hotel*, Port Wheary, auf, was entlang der Küste im Süden liegt.
Alice Wroke

Gersen telefonierte mit *Gladens Hotel* in Port Wheary. Fräulein Wroke sei nicht zugegen, würde jedoch in etwa einer Stunde zurückerwartet.

An einer Mietstation lieh Gersen sich einen Luftwagen. Er flog den Küstenstreifen entlang nach Süden, wobei er der wechselhaften weißen Linie folgte, die von Suhlen aus grauem Wasser gebildet wurde, das gegen und über die Felsen brandete. Über St. Kildas Bucht ging es, über Kap Mai und Kitterys Zacke. Er passierte Hannahs Haupt gerade, als Wega durch einen Riss in den Wolken schien, um die weißen Häuser von Port Wheary auf der anderen Seite der Polrad-Bucht zu beleuchten.

Gersen landete auf einer öffentlichen Plattform und ging am Wasser entlang zu *Gladens Hotel*.

An der Feuerstelle im Salon fand er Alice Wroke. Sie drehte den Kopf, sah ihn und schickte sich an aufzustehen.

Gersen durchquerte den Raum. Er nahm ihre Hände und zog sie auf die Beine, küsste ihr Gesicht, dann umarmte er sie.

»Halt ein, Henry!«, rief Alice Wroke. Sie lachte aufgeregt. »Du erdrückst mich ja!«

Gersen lockerte den Griff. »Du brauchst mich nicht mehr Henry zu nennen. Henry ist nur eine Postadresse. Ich bin es.«

Alice trat zurück und musterte ihn von oben bis unten. »Und hat diese Version auch einen Namen?«

»Sie wird Kirth Gersen genannt und ist kein solch vornehmer Herr wie Henry Lucas.«

Alice musterte ihn erneut. »Ich habe mich über Henry Lucas amüsiert, obwohl er arrogant und unausstehlich gewesen ist. Was ist mit du-weiß-schon-wer?«

»Er lebt immer noch. Es gibt viel zu erzählen. Kann es warten, bis ich ein Bad genommen und mich umgezogen habe?«

»Ich rufe Frau Gladen und sie wird dir ein Zimmer geben. Sie ist sehr korrekt, also tue nichts, was sie schockieren könnte.«

Gersen und Alice aßen bei Kerzenlicht in einer Ecke auf der Veranda zu Abend. »Jetzt«, sagte Alice, »erzähl mir von deinen Abenteuern.«

»Ich habe mich zu Howards Schultreffen in Gladbetook auf Moudervelt begeben. Howard hat Streiche gespielt und einen Seemannstanz getanzt. Er kritisierte die Spielweise eines Musikers des Orchesters. Der Musiker schoss ihm in die Kehrseite und das Fest war zu Ende.«

»Und wo warst du?«

»Ich war der Musiker.«

»Ah! Jetzt wird mir alles klar. Was ist sonst noch passiert?«

»Ich habe Howards *Buch der Träume* gefunden, das er vor fünfundzwanzig Jahren verloren hat. Ich bin sicher, er wird es zurückhaben wollen.« Gersen schob das alte rote Notizbuch über den Tisch. »Hier ist es.«

Alice beugte sich mit dem Kopf über das Buch. Kerzenlicht fiel ihr durchs Haar und warf Schatten entlang ihrer schrägen Wangen. Gersen saß da und beobachtete sie. Hier sitze ich, dachte er, am Tisch gegenüber der wunderbaren Alice Wroke …

Alice blätterte durch die Seiten. Sie kam zum Ende und klappte das Buch zu. Nach einigen Augenblicken sagte sie: »Die meiste Zeit ist er Immir. Aber ich habe auch Jeha Reis, Mewness und Spangleway kennengelernt und den ein oder anderen Blick auf Rhune Fader erhascht, der mich nicht beachtet hat. Ich bin froh, dass Loris Hohenger anderweitig beschäftigt war.«

Gersen steckte das Buch zurück in die Tasche. Alice sann: »Zada Memar – ich frage mich, was aus ihr geworden ist.«

»Sie kam von Außenwelt nach Gladbetook. Während eines Schulpicknicks ertrank sie im Persimonen-See.«

»Arme Zada Memar. Ich frage mich … «

Gersen schüttelte seinen Kopf. »Ich nicht.«

Alice blickte ihn mit im Kerzenlicht dunklen Augen an. »Was meinst du damit?«

»Ich frage mich nicht, ich weiß es.«

In *Cosmopolis* erschien ein mit Illustrationen versehener Artikel. Die Überschrift lautete:

## HOWARD ALAN TREESONG NIMMT
## AM 25. JUBILÄUMSSCHULTREFFEN TEIL

*eine Feier, die niemand vergessen wird*

### Selbst Kriminelle haben Gefühle
Je größer der Kriminelle, desto größer die Gefühle

---

von unserem Lokalkorrespondenten
Gladbetook, Maunish
Moudervelt, Van Kaathes Stern

*(Anmerkung des Herausgebers: Maunish ist eines von 1562 unabhängigen Fürstentümern, welche die politischen Staaten von Moudervelt bilden. Seine Landschaften bestehen aus Prärien, Flussgebieten, Farmen sowie Wäldern und beherbergen nahezu eine Million Personen. Howard Alan Treesong wurde auf einer Farm nahe des Dorfs Gladbetook geboren.)*

Vor fünfundzwanzig Jahren besuchte ein schüchterner braunhaariger Junge namens Howard Hardoah das Bezirks-Lyceum in Gladbetook. Nun ist der Junge der beherrschende Kriminelle der Ökumene und des Jenseits' und wird zu den berüchtigten »Dämonenfürsten« gezählt. Sein Name, Howard Alan Treesong, bringt Schrecken in eine Vielzahl von Herzen und seine Taten haben die Aufmerksamkeit aller erregt. Aber Howard Alan Treesong erinnert sich immer noch der alten Zeiten, und das nicht ohne Nostalgie. Bei dem kürzlichen Klassentreffen hatte er einen dramatischen Auftritt und rief bei seinen alten Schulkameraden etwas hervor, was man bestenfalls als gemischte Gefühle bezeichnen kann.

Das Ereignis wird niemals in Vergessenheit geraten und muss, wenn auch nur in dieser Hinsicht, als großer Erfolg gewertet werden. Früh am Abend wurde Howard Hardoah (wie er in der Schule bekannt war) gesellig, zog von Tisch zu Tisch, erzählte Anekdoten und rief alte Begebenheiten in Erinnerung, mitunter zum Unbehagen seines Publikums.

Im weiteren Verlauf des Abends stiegen Herrn Hardoahs Lebensgeister zu immer höheren Ebenen des Spaßes
und der Verwegenheit an. Er spielte fröhliche Weisen auf
der Fiedel; er tanzte einige Gavotten, einen Seemannstanz
und einen Zuckeri. Herrn Hardoahs Lustbarkeiten kannten
keine Grenzen und nahmen die Gruppe total gefangen. Er
bestimmte sinnreiche Streiche und Scharaden, um alte Begebenheiten zu zelebrieren. Diese wurden beflissen von seinen
nun nervös gewordenen Klassenkameraden ausgeführt,
denen die letztendlichen Absichten nie ganz klar gewesen
sind. Er setzte Herrn Maddo Strubbins auf einen Eisblock,
er ließ Herrn Bloy Sadalfloury tätowieren und er arrangierte
eine lange Kreuzfahrt zwischen den äußeren Welten für Frau
Suby ver Ahe und ihre beiden Töchter Mirl und Maud in
seiner Begleitung.

Die Festivitäten wurden von einer Bande von Räubern
unterbrochen, die Herrn Hardoah in den Hintern schossen
und einen solchen Aufruhr verursachten, dass das Fest zu
einem jähen Ende kam. Herr Hardoah reiste mit Schmerzen
ab. Seine Verwundung wird ihn gewiss für einige Zeit vom
Tanzen abhalten. Herr Hardoah äußerte seine Empörung
darüber, dass in einer mutmaßlich gutgeordneten Gemeinde
solch krasse Gewaltakte geschehen können. Er hofft darauf,
beim nächsten Treffen wieder anwesend zu sein, vorausgesetzt, dass Ende käme weniger abrupt, da er nur einige
wenige seiner einfallsreichen Frivolitäten hätte auf die Bühne
bringen können.

In der nächsten Ausgabe von *Cosmopolis*:

HOWARD ALAN TREESONG
*Seine Memorabilien und seine Kindheit*

*Anmerkung des Herausgebers: Der jüngste Artikel in Zusam-
menhang mit dem berüchtigten Howard Alan Treesong hat viele*

*Kommentare hervorgerufen. Die folgende Mitteilung, so hoffen*
*wir, ist für unsere Leser ebenfalls von Interesse.*

An die Herausgeber von *Cosmopolis*:

Ich habe mit Interesse Ihren letzten Artikel über das
Schultreffen in Gladbetook gelesen und zwar, weil mein
Sohn Nymphotis ein Schulkamerad von Howard Hardoah
gewesen ist. Es ist seltsam, wie das Leben spielt. Die beiden
Jungen waren unzertrennlich und Nimpy, wie wir ihn riefen, hat oft von Howards Talenten und seinen Fähigkeiten
gesprochen. Sein kostbarster Besitz war ein kleines Buch mit
seinen Fantasievorstellungen – Das *Buch der Träume* – das
Howard ihm gegeben hat.

Unser kleiner Junge kam bei einem Badeunfall ums Leben,
kurz bevor wir Maunish verließen, und wir haben Das *Buch
der Träume* immer noch, um uns an die alten Tage auf der
Prärie zu erinnern. Es fällt uns schwer zu glauben, dass
Howard Hardoah, der so schüchtern und umsichtig gewesen
ist, zu jener Person geworden ist, die Sie beschreiben, aber
in unserem Leben haben wir viele überraschende Ereignisse
erlebt, mehr noch als die meisten anderen Menschen, glaube
ich, da wir von Ort zu Ort gezogen sind und auch jetzt noch
nicht wissen, wo uns der Tod ereilen wird. Wir denken oft an
den armen kleinen Nimpy. Wenn er noch leben würde, wäre
er jetzt vielleicht auch eine Person von Bedeutung.

Bitte veröffentlichen Sie nicht meinen Namen und meine
Adresse, da ich mich zurzeit nicht mit Korrespondenz
beschäftigen kann.

Hochachtungsvoll

Tuty C.

(Vollständige Angaben des Namens und
der Adresse auf Wunsch nicht angegeben.)

In das Büro von *Cosmopolis* kam ein hagerer und finsterer Mann
unbestimmten Alters mit ordentlichem schwarzem Anzug im

Schnitt des örtlichen Stils: eng an den Schultern und weit an der Hüfte. Er bewegte sich mit der ruhigen Geschicklichkeit einer Katze. Seine Augen waren schwarz, das Gesicht hohlwangig und schmal. Dichtes schwarzes Haar wuchs zu einem spitzen Ansatz, wölbte sich dann über den Schläfen und reichte ihm über die Ohren. Er ging zum Empfangspult und blickte sich wachsam nach beiden Seiten um, als sei es eine Angewohnheit. Die Angestellte fragte: »Mein Herr, wie können wir Ihnen helfen?«

»Ich würde gern einige Worte mit dem Herrn wechseln, der den Artikel über Herrn Howard Treesong vor einigen Wochen geschrieben hat.«

»Oh, das wäre Henry Lucas. Ich glaube, er ist in seinem Büro. Darf ich mich nach Ihrem Namen erkundigen, mein Herr?«

»Schahar.«

»Und Ihr Anliegen, Herr Schahar?«

»Nun, Fräulein, es ist etwas kompliziert. Ich ziehe es vor, es Herrn Lucas gegenüber nur einmal zu erklären.«

»Ganz wie Sie wünschen, mein Herr. Ich werde Herrn Lucas fragen, ob er jetzt Zeit für Sie hat.«

Das Mädchen sprach in ein Gitter und erhielt eine Entgegnung. Sie blickte sich nach Schahar um. »Nehmen Sie doch Platz, mein Herr. Er wird Sie in fünf Minuten empfangen.«

Schahar setzte sich ruhig hin, seine Augen zuckten im Raum umher.

Ein musikalischer Laut ertönte. Die Empfangsdame sagte: »Herr Schahar, wenn ich bitten darf.«

Sie geleitete Schahar einen Korridor entlang und führte ihn in ein Zimmer mit hellgrünen Wänden und einem lavendelfarbenen Teppich. Hinter einem nierenförmigen Tisch lungerte ein modisch blasser Mann mit einem gelangweilten Gesicht, das von glänzenden dunklen Ringellocken umrahmt war. Seine Kleidung war eine Kreation superber Eleganz. Die Haltung, wie auch sein Ausdruck, waren gelangweilt und grenzten an Hochnäsigkeit. Er sprach mit tonloser Stimme: »Mein Herr, ich bin Henry Lucas. Bitte setzen Sie sich. Ich denke nicht, dass ich Sie kenne. Herr Schahar, glaube ich.«

»Das ist richtig, mein Herr.« Schahar sprach ungezwungen und in einem neutralen Ton. »Sie sind ein beschäftigter Mann und ich will Ihnen nicht zu viel von Ihrer Zeit stehlen. Ich bin Autor, wie Sie selbst, obwohl weder so kompetent noch so erfolgreich.«

Gersen, der Schahars starke Schultern bemerkte, die langen sehnigen Arme, die groben Hände mit langen starken Fingern, unterdrückte ein Lächeln grimmigen Vergnügens. Schahar strahlte die psychische Aura tödlicher Erfahrung aus, eine der Messerstechereien und Strangulationen, eine des Schreckens und Schmerzes. Schahar war beim Schultreffen anwesend gewesen und hatte, zusammen mit dem kleinen dicken Mann, am Eingang gestanden. Gersen erinnerte sich einer Begebenheit, die Monate zurücklag, als Lamar Medrano von Wildinsel Emmaus Schahar in Sternhafen, Neues Konzept, getroffen hatte. Sie hatte das Hotel Diomedes mit ihm verlassen und war danach nie wieder gesehen worden.

»Pah!«, erwiderte Gersen. »Ich bin kein Autor. Ich bin Journalist. Welches ist Ihr Spezialgebiet?«

»Allgemeines. Fakten und Persönlichkeiten. Seit Kurzem interessiere ich mich für Howard Alan Treesong und seine erstaunliche Karriere. Unglücklicherweise kommt man nur schwer an Fakten heran.«

»Das habe ich ebenso empfunden«, meinte Gersen.

»Der Artikel über das Schultreffen – Sie haben ihn geschrieben, glaube ich?«

»Unser Lokalkorrespondent hat zehn Seiten sehr aufgeregter Prosa eingereicht, die ich so gut ich konnte zusammengeschustert habe. Um Informationen über Treesong zu bekommen, muss man, scheint es, nach Maunish gehen.«

»Es kann gut sein, dass ich Ihrem Rat folge. Was ist mit dieser Frau und ihrem *Buch der Träume*?«

Gersen hob gleichgültig die Schultern. »Ich habe es mir nicht genau angesehen. Der Brief muss hier irgendwo sein. Es scheint so, dass man mich zum Treesong-Experten ernannt hat.« Gersen öffnete eine Schublade, holte ein Blatt Papier heraus und schaute es sich an. Schahar beugte sich vor.

»Ein altes Übungsbuch oder etwas Ähnliches«, erklärte Gersen. »Wahrscheinlich nichts Bemerkenswertes.«

Schahar streckte die Hand aus. »Darf ich es mir ansehen?«

Gersen blickte wie überrascht auf und schien zu zögern. Er runzelte die Stirn über dem Brief. »Es tut mir leid, ich glaube, besser nicht. Die Frau möchte nicht identifiziert werden. Ich kann nicht sagen, dass ich es ihr verüble, wo so viele Spinner und Verrückte herumlaufen.« Gersen legte den Brief wieder in die Lade.

Schahar zog sich zurück und lächelte ein schwaches Lächeln. »Ich möchte alle Informationen zusammentragen, die es zu diesem besonderen Thema gibt. Mein Hauptinteresse gilt Howard Treesongs frühem Leben – seiner formenden Periode, sozusagen. Besonders bin ich auf die Durchsicht solcher Lappalien wie Das *Buch der Träume* aus.« Schahar hielt inne, aber Gersen reagierte lediglich mit einem unverbindlichen Nicken.

Schahar fuhr fort und sprach mit überzeugender Dringlichkeit: »Angenommen, ich würde an diese Frau in der Eigenschaft eines Autors für *Cosmopolis* herantreten, würden Sie mir dann ihre Adresse geben?«

»Ihre Bemühungen würden unseren Profit bei Weitem übersteigen, das ist meine Meinung dazu. Weshalb besuchen Sie nicht Gladbetook auf Moudervelt und ziehen Erkundigungen bei seinen alten Bekannten ein? Das erscheint mir ein einträglicherer Rahmen für Nachforschungen zu sein.«

»Wiederum ein vorzüglicher Rat, mein Herr.« Schahar erhob sich, blieb einen Augenblick stehen und schien leicht vorwärts zu schwanken.

Gelangweilt erhob sich auch Gersen. »Ich habe einen Termin anderweitig, ansonsten wäre ich froh gewesen, diese Angelegenheit länger mit Ihnen erörtern zu können. Ich wünsche Ihnen viel Erfolg.«

»Vielen Dank, Herr Lucas!« Schahar verließ das Zimmer.

Gersen wartete. Ein Instrument an der Seite seines Schreibtisches erzeugte einen Ton. Gersen lächelte. Er brachte eine Alarmvorrichtung an der Lade des Schreibtisches an, anschließend drehte er den Schlüssel in dem antiken Schloss um. Er klappte den dreistöckigen Aloysianerhut auf den Kopf, verließ das Zimmer und schlenderte den Korridor hinunter an einigen leeren Büros vorbei. Der Signalton hatte Gersen angezeigt, dass hinter einer der Türen Schahar stand.

In geruhsamem Tempo ging Gersen um den Block und kehrte dann zurück. Er trat unmittelbar zu seinem Büro, postierte sich an der Seite und ließ die Tür aufgleiten.

Keine Explosion, kein Zischen eines Projektils.

Gersen betrat das Zimmer. Die Alarmvorrichtung an der Lade war berührt worden. Das Schloss zeigte keine Spuren, dass sich jemand daran zu schaffen gemacht hätte. Schahar war ein geschickter Arbeiter. Gersen öffnete die Lade. Der Brief lag da wie zuvor. Schahar hatte sich mit dem Namen und der Adresse zufriedengegeben.

Gersen ging zum Telefon und rief Alice an. »Es ist geschehen.«

»Wer ist gekommen?«

»Ein Mann namens Schahar. Ich gehe direkt zum Raumhafen.«

Alices Stimme war neutral. »Pass auf dich auf.«

»Natürlich!«

Gersen warf den Hut in Richtung Sessel, wechselte von seinem engschultrigen Anzug in die Alltagskluft eines Raummannes und verließ das *Cosmopolis*-Büro – vielleicht zum letzten Mal.

Ein Taxi brachte ihn zum Raumhafen und hinaus auf die Zugangsstraße zum Fantamischen Flitzerflügel. Er war sauber gemacht, gewaschen, poliert, überholt, inspiziert und ausgerüstet worden. Der Raumstaub war von den Luks abgekratzt worden. Die Wäsche war erneuert worden, die Tanks waren voller Wasser, die Behälter mit Nahrungsmitteln beladen. Die Lebenserhaltungssysteme waren wieder aufgeladen worden, die Energiezellen voll.

Der Fantamische Flitzerflügel war für den Weltraum bereit.

Gersen kletterte an Bord, schloss das Luk und trat in den Salon. Seine Nase nahm einen schwachen Parfümgeruch wahr. Er blickte nach links und rechts.

Nichts Außergewöhnliches.

Er machte drei Schritte zur Kabine: leer. Er riss die Tür zur Pütz auf. »Heraus mit dir.«

In mausgrauer kurzer Hose und einer schwarzen Hemdbluse marschierte Alice vor. »Da bist du also«, sagte Gersen.

»So scheint es«, erwiderte Alice.

»Ich habe es halb erwartet.« Gersen deutete zum Luk. »Vom Schiff mit dir.«

»Nein, absolut nicht. Ich habe mich entschlossen, dich nicht wieder aus den Augen zu lassen. Du könntest nicht zurückkommen.« Sie trat dicht an ihn heran und blickte zu ihm auf. »Willst du mich nicht an Bord haben?«

»Oh, ich bin sicher, ich würde es schön finden! Aber es ist gefährlich.«

»Ich weiß.«

»Nun, ich kann keine Zeit mit Streiten verlieren. Wo du nun schon da bist …«

Alice lachte triumphierend. »Ich wusste, du würdest es so sehen wie ich.«

# KAPITEL XVII

Bethune-Revier hing im vollen Licht von Corvus 892 im Weltraum. Gersen steuerte den Flitzerflügel nahe an eine der den Planeten umkreisenden Stationen heran. Es stand nicht sogleich ein Pilot zur Verfügung. Er wurde angewiesen zu warten.

Alice schimpfte über die Formalitäten. »Ich habe nicht vor, ihre Tiere zu belästigen! Das habe ich ihnen gesagt, aber sie haben mir offenbar nicht geglaubt.«

»Howard wird noch ärgerlicher sein. Er kann sich nicht einfach in seinem Schlachtkreuzer herwagen und ihn in die Waagschale werfen.«

»Möglicherweise reist er als Tourist an. Vielleicht wagt er es gar nicht zu kommen.«

»Ich kann mir nicht vorstellen, dass er Schahar schickt, um sein kostbares *Buch der Träume* zu holen. Auf jeden Fall musst du in Tanaquil und aus der Schusslinie bleiben. Falls er auch nur einen Blick auf dich erhascht, sind wir in Schwierigkeiten.«

Alice machte ein ergebenes Gesicht. »Wie du meinst. Aber du selbst hast gesagt, dass ich nicht wie Alice aussehe, wenn ich Jungenkleider trage und mein Haar bedeckt halte.«

»Wir schneiden dein Haar besser ab und färben die Stoppeln schwarz.«

»Das ist nicht nötig. Ich würde komisch aussehen und du würdest mich auslachen. Ich würde wütend werden und die Romantik wäre verflogen.«

Gersen umarmte sie. »Das dürfen wir nicht zulassen.«

»Natürlich nicht ... Was tust du da? Halt! Du hast mich heute schon zwei Mal durch das Schiff gejagt!«

»Es gibt eben nichts anderes zu tun. In die Lage hast du dich selbst gebracht.«

»Hast du keine Angst, dass ich mich abnutze? ... Nein? Na gut ...«

Bald darauf traf der Pilot ein und brachte das Boot, trotz Gersens Anfrage, auf dem Flughafen des Blauen Waldlagers zu landen, hinunter nach Tanaquil.

»Tut mir leid«, meinte der Pilot. »Das ist nicht nach Vorschrift.«

Gersen kam es so vor, als wäre jedes dritte Wort, das der Pilot verwendete, »Vorschrift«. Der Pilot fuhr fort: »Wir können es nicht jedem recht machen. Alle würden umherstreunen und Blumen pflücken oder die Affen necken. Touristen müssen ihren Besuchen mit Anstand und Respekt nachkommen. Ich persönlich würde sie gar nicht hinunterlassen.«

»Dann gäbe es niemanden, dem Sie die Vorschriften zitieren könnten und Sie hätten keinen Posten mehr.«

Der Pilot bedachte Gersen mit einem Starren aus blauen Augen. Er beschloss, dass Gersen einen Scherz gemacht hatte, und lachte. »Auf die ein oder andere Weise käme ich schon zurecht. Ich bin nicht nur Flugbegleiter, müssen Sie wissen. Eigentlich bin ich ein Typ der vierten Stufe und man erachtet mich als einen Experten für die Pathologie des Segmentierten Melantidwurms.«

Alice fragte: »Warum lotsen Sie dann und kümmern sich nicht u m kranke Würmer?«

»So viele Würmer gibt es nicht. Sie verstecken sich tief im Morast, wo sie schwer zu finden sind. Außerdem geht es ihnen überwiegend gut. Es könnte sein, dass ich mich noch für ein zweites Spezialgebiet qualifiziere. In der Zwischenzeit erfülle ich die vorgeschriebenen Aufgaben der Gesellschaft ... Hier ist der Terminal. Lassen Sie alle Waffen und Konterbande an Bord Ihres Bootes. Nachdem Sie ausgestiegen sind, versiegele ich die Türen.«

Gersen und Alice, die beide kleine Reisetaschen trugen, stiegen aus, ließen weitere Überprüfungen und Durchsuchungen über sich ergehen und wurden schließlich für unbedenklich erklärt.

An einem Tor, das mit OFFIZIELLER UND LIMITIERT KOM-MERZIELLER TRANSIT beschriftet war, versuchte Gersen, eine

Passage an Bord des Stationsfliegers zum Blauen Waldlager zu buchen. Der Angestellte weigerte sich zuzuhören und schob das Geld zurück. »Sie müssen bei den dafür bestimmten Ämtern vorsprechen, wir achten hier sehr auf ordentliche Methoden.«

»Aus reiner Neugierde, wann geht die nächste Fahrt zum Blauen Waldlager?«

»Heute gibt es zwei Fahrten, mein Herr, um Mittnachmittag und kurz danach, über die Links- und die Rechtsroute.«

Mit einem an der Seite offenen Omnibus fuhren Gersen und Alice unter Jakaranda- und Kernfruchtbäumen in die Stadt, verfolgt von hysterischen Baumgeschöpfen.

Beim Touristenservice Ruhiger Ausblick traf Gersen auf eine neue Angestellte: eine aufgeblasene junge Frau mit eng beieinanderliegenden Augen und hochmütig geblähten Nasenflügeln. Sie erklärte Gersens Wunsch auf der Stelle für unmöglich und versuchte ihm, Fahrkarten für die Touristen-Planroute C zu verkaufen. Gersen bemühte sich mit Beharrlichkeit und vernünftigen Argumenten. Nach zehn Minuten grimmiger Nachforschungen in den Reisevorschriften konnte die Frau keine Bedingungen finden, welche ihre Position ausdrücklich stützte und stellte missmutig zwei Passage-Karten aus.

Der Raumhafen-Omnibus hatte den Betrieb für den Tag eingestellt. Gersen machte das einzige Taxi der Stadt ausfindig, und die beiden kehrten zum Raumhafen zurück, zehn Minuten vor dem Frühflug.

Zwei Stunden später ließ sich der Flieger auf das Dschungelgelände nördlich des Blauen Waldlagers nieder. Die Tür öffnete sich und in die Kabine drang die nach Sumpf stinkende Luft.

Gersen und Alice stiegen aus. Der Flieger flog nach Süden davon und sie standen allein auf der Dschungellichtung.

»Mitten im Nichts«, sagte Gersen. »Hier entlang geht es zur Stadt.«

Vom Stadtbezirkshotel aus rief Gersen Tuty Cleadhoe in der Marketenderei an. »Ich bin wieder zurück. Alles verläuft nach Plan. Haben Sie schon etwas von, sagen wir, jemand anderem gehört?«

»Bisher nicht.« Tutys Stimme war harsch. »Wir erwarten ihn mit Hoffnung und Beklemmung. Sie haben das Buch?«

»Ich bringe das, was ich habe, zu Ihnen. Sagen wir in einer halben Stunde.«

Tuty gab einen gereizten Tss-Laut von sich. »Es gibt hier Vorschriften. Ich kann meine Arbeit nicht auf eine Laune hin verlassen! ... Nun, wenn ich muss, muss ich. Ich werde eine Entschuldigung finden.«

Gersen sagte zu Alice: »Frau Cleadhoe hat strenge Ansichten. Tatsächlich ist sie starrsinnig und argwöhnisch.« Er musterte sie kritisch. »Am besten du ziehst etwas Eintöniges und Unauffälliges an.«

Alice blickte an sich herunter. Sie trug eine graue Raummannshose, schwarze Knöchelstiefel, ein dunkelgrünes Hemd. »Was könnte eintöniger und unauffälliger sein?«

»Tja, zieh diesen Hut über die Haare und versuche, wie ein Junge auszusehen.«

»Frau Cleadhoe könnte argwöhnischer werden denn je.«

»Ich denke auch an Howard Treesong«, meinte Gersen. »Wenn er rotes Haar sieht, denkt er ›Alice‹. Es wäre besser, du bliebest hier im Hotel.«

»Das haben wir doch schon alles besprochen.«

»Bleib im Schatten. Rede mit tiefer, schroffer Stimme.«

»Ich werde mein Bestes geben.«

Aus seiner Tragetasche holte Gersen dies und das heraus und verstaute es an seinem Körper. Alice sah kommentarlos zu. Schließlich erklärte Gersen: »Das sind alles mit Gift versehene Waffen. Nimm das hier und sei sehr vorsichtig damit.« Er gab ihr ein zehn Zentimeter langes Stück Glasrohr. »Wenn dir jemand, den du nicht magst, zu nahekommt, richte die Röhre auf sein Gesicht und blase in dieses Ende. Dann lauf so weit fort wie möglich.«

Alice steckte die Röhre ernst in die Brusttasche ihres Hemdes.

Sie verließen das Hotel und gingen zu Tuty Cleadhoes Haus. Sie hatte sie kommen sehen; die Tür öffnete sich, als sie sich näherten.

Tutys grobes Gesicht umwölkte sich vor Überraschung, als sie Alice sah. »Wer ist das? Und was soll das?«

»Ihr Name ist Alice Wroke. Sie ist meine Kollegin.«

»Hmmpf! Na, es geht mich nichts an! Kommen Sie herein.«

Das Zimmer hatte sich gegenüber Gersens letztem Besuch in einer Sache verändert: Nimpys Marmel stand nicht mehr wehmütig auf dem Podium.

Tuty bedachte ihn mit einem grimmigen Nicken. »Nimpy ist für eine Weile verschwunden. Nun denn, wo ist das Buch?«

Gersen gab ihr das rote Notizbuch mit der Aufschrift Das *Buch der Träume*. Tuty blätterte durch die Seiten. Sie blickte verärgert auf. »Hier steht ja gar nichts!«

»Natürlich nicht. Denken Sie, ich setzte das richtige Buch aufs Spiel? Es ist ein Faksimile – ein Köder, sozusagen.«

Tuty meinte grimmig. »Das ist genug. Sie müssen nichts weiter tun. Otho und ich haben unsere Pläne geschmiedet. Nichts ist dem Zufall überlassen. Sie sollten nach Tanaquil zurückkehren und warten. Wenn die Arbeit getan ist, werden Sie benachrichtigt.«

Gersen lachte. »Sie mögen Pläne geschmiedet haben, aber das hat Howard auch. Er ist ein Profi.«

»Daran zweifle ich nicht. Wie würden Sie mit ihm verfahren?«

»Früher oder später wird er sich hier zeigen. Wenn das der Fall ist, werde ich ihn töten.«

Tuty stand mit in die kräftigen Hüften gestemmten Armen da. »So, so! Wie wollen Sie das ohne Waffen bewerkstelligen?«

»Ich könnte Sie dasselbe fragen.«

»Ich habe eine Pistole, einen Projeck Modell J. Das bläst den Kopf eines Thrombodaxus' weg.«

»Würde Sie mir erlauben, die Pistole zu benutzen?«

»Gewiss nicht! Die Vorschrift verbietet das strikt. Auch Otho würde dem nicht zustimmen ... Wann wird Howard kommen?«

»Ich weiß es nicht. Ich bin so schnell gekommen wie möglich. Ich vermute, er wird es ähnlich halten. Es wird nicht viel Zeit verstreichen.«

Alice deutete aus dem Fenster. »Gar keine ... Sieh dort.«

Über die Straße kam Schahar und hinter ihm ein kleiner, dicker Mann mit massiven Schultern und einem beinahe halslosen Kopf.

»Das sind zwei von Howards Männern«, sagte Gersen. »Glauben Sie immer noch, Sie könnten mit ihnen fertig werden?«

»Gewiss. Da kommt er! Ab in das Hinterzimmer mit Ihnen. Und keinen Laut!« Sie drängte sie in den Nebenraum und zog die Tür zu. Licht, das durch ein Seitenfenster fiel, schien auf eine silbern gerahmte Fotografie des jungen Nimpy, die auf einem Büchertisch in der Nähe stand.

Gersen probierte die Tür, sie ließ sich nicht öffnen. Er fluchte verhalten. »Die alte Närrin hat uns eingesperrt!«

Alice blickte zum Fenster. »Es ist klein. Aber ich könnte mich hindurchquetschen.«

»Die Tür ist nicht allzu solide. Wir können jederzeit durchbrechen.«

»Sch! Hör zu!«

Aus dem Vorderzimmer drangen die Laute einer Unterhaltung.

»Sie sind Tuty Cleadhoe?« Das war Schahars Stimme.

»Und wenn es so wäre? Wer sind Sie? Niemand, den ich kenne.«

»Frau Cleadhoe, ich bin ein reisender Sekretär ...«

»Gehen Sie zum Hotel. Ich will keine Fremden in unserer Nähe haben. Ich bin nicht allein, ich habe eine Waffe gegen Eindringlinge. Hinaus mit Ihnen.«

»... und arbeite für einen noblen und bedeutenden Herrn, der mit Ihnen zu sprechen wünscht, ich bin sicher zu Ihrem Profit.«

»Ein bedeutender Herr? Ich kenne niemanden, auf den das zutrifft. Wie ist sein Name? Und wenn er so nobel ist, weshalb schickt er Sie, statt selbst zu kommen?«

»Wie Sie selbst, Frau Cleadhoe, hat er keine Lust, sich mit Leuten abzugeben, die unvorhersehbar sind. Außerdem ist er nervös und ängstlich. Pistolen alarmieren ihn, also bitte ...«

»Hinfort mit Ihnen und Ihren Affronts! Und rasch, bevor ich Ihnen vor Nervosität und Ängstlichkeit das Bein wegschieße! Ich bin alt und allein, aber ich lasse mich nicht von kahlköpfigen Touristen beleidigen!«

»Entschuldigen Sie bitte, Frau Cleadhoe. Es tut mir leid, dass ich Sie gekränkt habe. Bitte wedeln Sie nicht so mit der Pistole herum. Eine Frage: Sind Sie die Tuty C., die kürzlich an das Magazin *Cosmopolis* geschrieben hat?«

»Und wenn schon? Weshalb sollte ich nicht schreiben, an wen ich will? Das ist doch nichts Schlimmes?«

»Ganz und gar nicht. Das hat Ihnen Glück gebracht, wie Sie sehen werden, wenn Sie die Pistole beiseitelegen und sich beruhigen könnten. Dann werde ich meinen Vorgesetzten bitten, sich zu uns zu gesellen.«

»Und dann heißt es zwei gegen einen? Ha, ha! Keine Chance. Schicken Sie diesen noblen, ängstlichen Herrn herein und bleiben Sie fort. Die Pistole? Ich lege sie fort, es sei denn, sie wird gebraucht.«

»Ich bin sicher, Sie werden keinen Anlass zur Wachsamkeit haben, Frau Cleadhoe, und allen Grund zur Zufriedenheit.«

»Ich kann mir nicht vorstellen, wie oder weshalb.«

Es gab keine Erwiderung von Schahar, der offensichtlich verschwunden war. Gersen legte die Schulter gegen die Tür, die knarrte und ächzte. Sogleich ertönte ein lautes Klopfen gegen das Paneel. »Sie halten sich ruhig! Mischen Sie sich nicht in unsere Pläne ein! Keinen Laut jetzt; jemand ist an der Tür.«

Gersen murmelte etwas vor sich hin. Alice sagte: »Sch! Hör zu! Ich glaube, es ist Howard.«

Sie hörten, wie sich die Außentür öffnete, und Tutys Stimme: »Und wer sind Sie, mein Herr?«

»Frau Cleadhoe, Sie erkennen mich nicht?«

»Nein. Weshalb sollte ich? Was wollen Sie?«

»Ich werde Ihre Erinnerung auffrischen. Sie haben einem Magazin über die alten Zeiten in Gladbetook und einen alten Schulkameraden Ihres Nymphotis geschrieben.«

»Sie sind doch nicht etwa Howard Hardoah? Aber jetzt sehe ich es! Wie Sie gewachsen sind! Als Junge erschienen Sie so zerbrechlich! Na, denken Sie nur! Ich muss mit Otho telefonieren! Schade, dass er nicht hier ist.«

Im Hinterzimmer legte Gersen, der vor Frustration mit den

Zähnen knirschte, die Hand auf die Türklinke. Alice zog ihn zurück. »Sei nicht töricht! Tuty würde dich ohne zu überlegen erschießen! Sie weiß, was sie will.«

»Ich auch. Und das hier ist es nicht.«

»Sch! Sei vernünftig!«

Gersen legte wieder das Ohr an die Tür.

»... ein Wunder, wie die Jahre vergehen! – Es scheint so lange her und so weit weg zu sein! Aber wie Sie sich verändert haben, so ansehnlich und prächtig Sie geworden sind! Aber kommen Sie herein, und ich schenke uns einen Tropfen ein ... Hier ist etwas vom guten alten Fruktanz. Oder möchten Sie vielleicht lieber einen Tee und etwas Kuchen?«

»Das ist sehr nett von Ihnen, Frau Cleadhoe. Ich nehme einen Tropfen Fruktanz ... Das ist mehr als genug.«

»Nehmen Sie doch etwas von diesem kleinen Kuchen. Ich kann mir nicht vorstellen, wie Sie mich hier gefunden haben oder weshalb ... Aber natürlich. Mein Brief an das Magazin.«

»Natürlich! Es hat alte Erinnerungen hervorgerufen, Dinge, an die ich jahrelang nicht mehr gedacht hatte. Wie das kleine Buch, das Sie erwähnt haben.«

»Oh ja! Dieses komische kleine rote Buch. Was für ein fantasievoller Bursche Sie gewesen sind, so voller Träume und Romantik! Das *Buch der Träume* – so haben Sie das Buch genannt!«

»Ganz recht! Ich erinnere mich genau. Mir liegt viel daran es wiederzusehen.«

»Und das werden Sie auch. Ich werde es gleich suchen, aber Sie müssen mir beim Essen Gesellschaft leisten. Ich war gerade dabei, Gemüsesuppe Gladbetooker Art und einen Lessamy-Teller zuzubereiten. Ich hoffe, Sie haben Ihren Geschmack an der heimischen Küche nicht verloren?«

»Schlimmer, viel schlimmer noch! Ich habe ein Magenleiden und bin stark eingeschränkt in dem, was ich zu mir nehme. Aber lassen Sie sich durch mich nicht stören; kochen Sie sich Ihr Essen und in der Zwischenzeit sehe ich mir mein altes rotes Buch an.«

»Lassen Sie mich nachdenken, was habe ich damit angestellt?

… Natürlich, es ist in der Station, wo Otho arbeitet. Er arbeitet
immer so lange, es ist schimpflich und eine Schande! Aber es gibt
heutzutage so wenige qualifizierte Kräfte, und Otho ist Tag und
Nacht dabei. Er wird sich freuen, Sie zu sehen! Bestimmt können
Sie die Woche hier bei mir bleiben, bis er aus dem Dschungel
kommt! Er würde mir nicht verzeihen, wenn ich Sie gehen ließe.«

»Eine Woche? Oh, Frau Cleadhoe, ich kann die Zeit wirklich
nicht erübrigen!«

»Kommen Sie schon, ich habe ein nettes Gästezimmer und bin
sicher, Sie brauchen die Ruhe. Und Sie könnten Herrn Cleadhoe
sehen. Ich sage ihm, dass er Ihr Buch mitbringen soll, wenn er
kommt. Wir könnten schön über die alten Zeiten schwatzen.«

»Das hört sich gut an, Frau Cleadhoe, aber ich kann nicht so
viel Zeit erübrigen. Dennoch würde ich Herrn Cleadhoe gerne
sehen. Wo befindet sich die Außenstation?«

»Im Dschungel, eine gute Stunde Fahrt mit dem Schienenwagen. Touristen dürfen sich natürlich in der Nähe nicht aufhalten.«

»Wirklich? Weshalb nicht?«

»Sie stören die Tiere oder geben ihnen unbekömmliches
Futter. Mit einigen der Tiere wird experimentiert, wir halten sie
streng unter Beobachtung und geben ihnen Futter. Herr Cleadhoe
ist damit gerade an der Reihe.«

»Schade, dass er heute Abend nicht von der Station herkom-
men kann. Weshalb telefonieren wir nicht mit ihm?«

»Oh nein! Er würde es nicht hören. Die Verbindungen sind
schlecht.«

»Wieso?«

»Nachmittags fährt ein Zug mit Futter hinaus, der die kranken
Tiere versorgt: Er fährt zur Station und kehrt morgens wieder
zurück. Das ist Routine und wird nicht geändert. Manchmal fahre
ich hinaus und bleibe die Nacht über, wenn der reguläre Fahrer
Zeit für sich haben will. Er entschädigt mich dann für meine ver-
lorene Zeit in der Marketenderei.«

Eine Pause, dann Treesongs Stimme, leichthin und ungezwungen: »Weshalb fahren Sie uns nicht noch heute Nacht hinaus? Es

wäre ein großartiges Erlebnis für uns. Selbstverständlich entschädige ich Sie für Ihre Auslagen.«

»Und wen meinen Sie mit ›uns‹?«

»Sie, mich, Umps und Schahar. Wir würden alle gern die Station sehen.«

»Unmöglich! Touristen sind in der Station nicht erlaubt, das ist strikte Vorschrift. Neben dem Fahrer kann sich nur eine Person ungesehen in den hinteren Teil der Kabine kauern, aber nicht drei.«

»Könnten sie nicht anderswo mitfahren?«

»Beim Schweinetrank und Tierfutter? Das würden Ihre Freunde nicht mögen! Es ist gegen jegliche Vorschrift!«

Eine weitere Pause. Dann: »Würden fünfzig SVE Ihre Kosten in der Marketenderei decken?«

»Selbstverständlich! Wir sind nicht überbezahlt, das ist die traurige Wahrheit. Aber wir beschweren uns nicht. Wir bezahlen keine Miete für unser Haus und ich bekomme einen guten Rabatt in der Marketenderei. Schauen Sie morgen einmal vorbei und wenn es etwas gibt, was Ihnen gefällt, kann ich es für einen guten Preis bekommen. Falls Sie keine Lust haben, ohne Ihre Freunde zur Station zu fahren, weshalb bleiben Sie dann nicht die Woche hier? Otho wäre sehr unglücklich, wenn er Sie verpasste.«

»Eigentlich drängt mich die Zeit sehr, Frau Cleadhoe. Hier sind fünfzig SVE. Wir fahren heute Nachmittag.«

»Nun, da bleibt nicht viel Zeit für Vorbereitungen. Ich muss einige Telefonate führen, wie eine Wilde. Und vielleicht brauche ich etwas, um Josephs Mund geschlossen zu halten. Er ist der reguläre Fahrer. Auf diese Weise sind wir auf der sicheren Seite. Können Sie noch einmal zwanzig beschaffen?«

»Ja, ich glaube schon.«

»Das sollte reichen. Nun denn, bringen Sie Ihre Freunde zurück zum Hotel, holen Sie Ihre Nachtmontur und dann treffen wir uns am Terminal, er ist hundert Meter den Weg hinunter. In einer halben Stunde, nicht später – und kommen Sie nicht heran, ohne mein Signal abzuwarten, im Fall, dass Superintendent Kennifer umherstreift ... Oh, und ich muss Herrn Cleadhoe anrufen, um ihm zu sagen, dass wir unterwegs sind und er das Gästezimmer lüften soll. Wenn Sie den Dschungel erleben wollen, dann bei der Station. Vielleicht sehen wir heute Abend einen Luzifer oder einen Skorposaurus. Beeilen Sie sich, auf mit Ihnen! In einer halben Stunde, beim Terminal.«

Die Tür fiel zu. Tuty Cleadhoe näherte sich dem Nebenzimmer. »Sie zwei dort – haben Sie es gehört?«

Gersen warf sich mit der Schulter gegen die Tür, die aufbrach. Tuty Cleadhoe trat mit dem Blaster in der Hand zurück, ihr Körper war angespannt und das Gesicht zu einem Grinsen verkniffen. »Zurück mit Ihnen! Eine Bewegung und ich blase Sie in die Luft! Ich schere mich keinen Deut um Sie! Bleiben Sie am Leben oder sterben Sie! Also zurück mit Ihnen!«

Gersen sprach mit Würde. »Ich dachte, wir wären zusammen in diesem Geschäft.«

»Das sind wir. Sie haben Howard hergebracht; ich bringe ihn hinaus zu Herrn Cleadhoe und wir werden weitersehen. Nun setzen Sie sich dort drüben hin, ich muss meine Vorbereitungen treffen.« Sie ruckte mit der Waffe. Alice zog Gersen zu einer Couch und die zwei setzten sich.

Tuty nickte und ging zum Telefon. Sie tätigte verschiedene Anrufe, dann wandte sie sich wieder an Gersen und Alice. »Nun gut – was Sie angeht ...«

»Frau Cleadhoe, hören Sie mir zu. Seien Sie sich bei Howard Treesong bei nichts sicher. Er ist clever und gefährlich.«

Tuty schwang den massiven Arm. »Bah! Ich kenne ihn gut. Er war ein ruheloses kleines Milchgesicht, der Mädchen und kleine Jungs schikaniert und schließlich meinen Nimpy getötet hat. Er hat sich nicht geändert. Cleadhoe und ich, ha, ha, wir sind froh, ihn zu sehen. Jetzt auf mit Ihnen und denken Sie daran, Sie bedeuten mir nichts.« Sie trieb sie in die Küche und öffnete die Tür. »In den Keller, schnell.«

Alice nahm Gersens Arm und zog ihn durch die Tür eine Treppe hinunter und in einen Raum mit Betonwänden, der nach fremdem Schimmel, altem Papier und Gewürzen roch.

Die Tür fiel zu; der Bolzen wurde vorgelegt. Gersen und Alice standen in der Dunkelheit.

Gersen kletterte die Stufen hinauf und lauschte an der Tür. Tuty hatte sich nicht gerührt. Gersen konnte sich ausmalen, wie sie entschlossen, mit bereitgehaltener Pistole, stier auf die Tür blickend, dastand. Eine halbe Minute verging; die Balken knarrten als Tuty fortging.

Gersen tastete am oberen Ende der Treppe umher und hoffte, einen Lichtschalter zu finden, doch ohne Erfolg. Er drückte gegen die Tür, die zwar knarrte, aber der relativ leichten Kraft widerstand, welche er von seiner unsicheren Position aus ausüben konnte.

Gersen tastete durch die Dunkelheit. Balken über ihm, ansonsten nichts Solides. Er stieg die Leiter wieder hinab. Alices Stimme drang gedämpft durch die Dunkelheit. »Es scheint hier unten nicht viel zu geben. Ich habe keine andere Tür aufgespürt. Nur Kisten voller altem Zeug.«

»Was ich brauche, wäre eine Planke oder ein Stück Holz«, meinte Gersen.

»Es gibt nichts, außer Kisten und einige Futterale mit Teppichen.«

Gersen untersuchte die Kisten. »Lass sie uns ausräumen. Wenn ich sie auf dem Treppenabsatz aufstapeln kann, damit ich irgendwie meinen Rücken an die Tür und die Füße gegen die Balken bekomme ... «

Zehn Minuten später erkletterte Gersen die wackelige Konstruktion. »Stell dich nicht darunter. Das hier ist ziemlich prekär ... Ah!« Er lehnte sich zurück, stemmte die Schultern gegen die Tür, trat nach oben aus und fand mit den Füßen einen Balken. Er drückte die Beine durch, indem er die Wadenmuskeln spannte. Die Tür barst und Gersen purzelte rückwärts in Tuty Cleadhoes Küche.

Er rappelte sich auf, half Alice die Treppe hoch und hielt kurz inne, um Tuty Cleadhoes Besteck durchzusehen. Er wählte zwei schwere Messer, die er sich in den Gürtel steckte, und wog ein Hackmesser ab.

Alice fand einen Stoffbeutel. »Steck es hierhinein. Ich nehme ihn mit.«

Sie gingen zur Vordertür und blickten links und rechts die

Straße entlang. Sie sahen niemanden und traten hinaus in den summenden Nachmittag.

Die beiden hielten sich in den Schatten und machten sich auf den Weg zum Schienenwagen-Terminal: eine Anhäufung von heruntergekommenen Gebäuden hundert Meter voraus.

»Tuty wird ärgerlich sein, wenn die Dinge falsch laufen«, bemerkte Alice. »Sie ist eine vehemente Frau.«

»Sie ist ein hinterhältiger alter Drachen«, versetzte Gersen. »Langsam jetzt. Wir wollen nicht gesehen werden.«

Ein starker Geruch suchte ihre Nasen heim, ein saurer, reifer, kräftiger und ranziger Gestank. Als sie durch das Laubwerk schauten, entdeckten sie seine Ursache. An einem Hopper stand ein untersetzter weißhaariger Mann mit schwerlidrigen Augen und einem lässigen Gesichtsausdruck. Er kontrollierte den zähen Fluss eines rosagrauen Breis, der aus dem Hopper in einen Bottich auf einem Schienenwagen floss. Er bediente einen Hebel; der Fluss versiegte. Eine kleine Lokomotive fuhr rückwärts dicht heran und koppelte an den Bottich an. Unter der Beobachtungskuppel der Lokomotive saß Tuty, spähte über die Schulter und hantierte an den Hebeln.

Der Mann am Hopper wedelte mit dem Arm, wandte sich ab und ging in eine Werkstatt. Tuty zog den Hebel zurück; die Lokomotive und der Bottichwagen bewegten sich vorwärts. Howard Treesong erhob sich und ließ sich im Güterabteil hinter Tuty nieder. Von hinter einem Busch kamen zwei Männer: Schahar und Umps. Sie rannten hinter dem Bottichwagen her und schwangen sich auf eine kleine Plattform hinten. Die Wagen rollten um eine Kurve und verschwanden aus der Sicht.

Gersen ging zur Werkstatt. Der untersetzte Mann blickte auf und ruckte gebieterisch mit dem Daumen. »Das ist kein öffentlicher Zugang, mein Herr.«

»Ich bin keine Öffentlichkeit«, erwiderte Gersen. »Ich bin ein Freund von Frau Cleadhoe.«

»Sie haben sie verpasst. Sie bringt gerade Futter zur Station, zusammen mit ihrem Neffen.«

»Wir sind in der gleichen Gruppe. Es sieht so aus, als seien wir etwas zu spät gekommen. Gibt es noch eine andere Lokomotive, welche die Fahrt machen kann?«

Joseph deutete auf einen rostigen Mechanismus, eingebeult und verbogen, der ohne Räder auf Blöcken aufgebockt dastand. »Da steht die alte Nummer Siebzehn zur Reparatur. Dieser Tage werde ich neue Triebräder montieren, sofern genug Zeit und Geld da ist.«

»Wie weit entfernt ist die Außenstation?«

»Gute hundertfünfzig Kilometer auf der Schiene. Luftlinie kürzer, aber in der Stadt gibt es keinen Flieger. Absolut illegal, wegen der Ökologie und weil sie den Tieren Angst einjagen.«

»Hundertfünfzig Kilometer. Zehn Stunden, wenn man stetig läuft.«

»Ho, ho!« gluckste Joseph. »Sie kämen vielleicht anderthalb Kilometer weit, bevor ein Auge aus dem Morast auftaucht, dann ein achtzehn Meter langer Botenarm mit Greifhaken, und Sie würden über dem Morast durch die Luft und hinabgezogen werden. Und was dann geschieht, wer weiß? Bisher ist noch niemand zurückgekommen, um davon zu erzählen!«

Alice deutete durch die Werkstatt. »Was ist das für ein Ding?«

»Das ist die Draisine des Schieneninspektors. Sie zieht keine Ladung, aber sie fährt blitzschnell, wo das Gleis eben verläuft.«

Gersen ging um das Vehikel herum: eine Plattform auf vier Rädern mit zwei Rohrsitzen unter einer halbkugelförmigen Blende, die mit den Körpersäften aufgeprallter Insekten befleckt war. Die Steuerung war schlicht und einfach: zwei Hebel, zwei Knebelknöpfe und eine Anzeige. »Sie ist nicht schön, aber sie fährt gut«, sagte Joseph mit bescheidenem Stolz. »Ich habe sie selbst gebaut.«

Gersen holte eine brandneue Geldnote hervor, die er Joseph aushändigte. »Ich möchte die Draisine benutzen. Herr Cleadhoe wird uns sehen wollen. Ist sie bereit?«

Joseph musterte den Schein. »Das ist nicht nach den Vorschriften. Eigentlich ... «

»Es gibt weitere zwanzig, wenn wir morgen zurückkommen. Die Cleadhoes würden uns gerne sehen und das ist wichtiger als die Vorschriften.«

»Sie arbeiten nicht für die Gesellschaft! Nichts ist wichtiger als die Vorschriften.«

»Außer dem Leben und dem Geld.«

»Das stimmt! Tja, hiermit verbiete ich Ihnen den Wagen zu gebrauchen! Der schwarze Hebel ist für das Gas, der rote Hebel für die Bremse. Der Knebelknopf kontrolliert die Weichen. Die erste Gabelung nach links geht nach Norden zum Beobachtungsposten im Salmisumpf. Bei der zweiten Gabelung geht es nach rechts und hinunter zu den Brutsuhlen der Roten Affen. Die dritte Gabelung führt durch die Futterwiesen und darum herum zurück zur Station: also heißt es rechts, links und egal. Jetzt gehe ich heim und werde mich nicht mehr umsehen. Aber denken Sie daran, Sie wurden davor gewarnt, das Gelände zu betreten.«

Joseph drehte sich um und marschierte aus der Werkstatt. Gersen kletterte auf die Draisine. Er drückte den schwarzen Hebel; der Wagen rollte vorwärts. Alice sprang rasch auf. Gersen drückte den Hebel weiter vor; der Wagen rollte von der Station fort und hinein in den Dschungel.

# KAPITEL XVIII

Aus: *Das Leben*, Band II von Unspiek, Baron Bodissey:

»Intelligenz« bedarf einer genauen Definition, da der Begriff leicht und häufig missbraucht wird. »Intelligenz« beschreibt die Art der Fähigkeit des Gaeanischen Menschen, seine Umwelt nach seinen Bedürfnissen zu verändern oder, allgemeiner gefasst, die Lösung von Problemen. Die Folgerungen dieses Konzeptes sind mannigfaltig. Eine davon ist, dass bei Abwesenheit von Problemen Intelligenz nicht gemessen werden kann. Ein Geschöpf mit einem großen, komplizierten Gehirn ist nicht notwendigerweise intelligent. Nackte, abstrakte Intelligenz ist ein bedeutungsloses Konzept. Zweitens, Intelligenz ist eine dem Gaeanischen Menschen eigene Eigenschaft. Bestimmte Fremdrassen verwenden andersartige Mechanismen und Prozesse, um ihre Umwelt zu verändern. Diese Attribute ähneln der menschlichen Intelligenz gelegentlich und die ausführenden Organe scheinen, auf Grundlage der erzielten Ergebnisse, ähnlichen Zwecken zu dienen. Diese Ähnlichkeiten sind nahezu immer irreführend und von oberflächlicher Bedeutung. Mangels eines präziseren und allgemeingültigeren Begriffs ist die Versuchung, das Wort »Intelligenz« unrichtig zu verwenden, nachgerade unwiderstehlich und nur gutzuheißen, sofern das Wort in Anführungszeichen gesetzt wird, wie in meiner Monografie (die ich im Anhang zu Band acht dieser kleinen und keinesfalls umfassenden Serie anfüge). Ernsthaft an diesem Thema interessierte Studenten mögen den Wunsch hegen, diese Monografie zu konsultieren: *Ein Vergleich der*

*von sechs »intelligenten« Fremdrassen angewandten mathe-*
*matischen Prozesse.*

≈

Das Vehikel war aus Resten, Schrott und Notbehelfen zusammengebaut worden. Der rechte Träger war ein Stück Fiberröhre
aus Wolfram, während der linke Träger aus Dschungelhartholz
geschlagen worden war. Eine Platte aus Magnesiumhexaschaum lie-
ferte das Unterteil für die Sitze, welche ursprünglich von einem Sofa
mit orangefarbenen und blauen Polstern stammten. Der halbkugel-
förmige Windschutz stammte aus einem ehemaligen Oberlicht;
die Räder waren aus den Beständen der Marketenderei – für die
Reparatur von Schubkarren, Wagen und dergleichen – an die ein
innerer Flansch geschweißt worden war. Trotz alledem lief das
Vehikel reibungslos und leise und das Blaue Waldlager blieb hinter ihnen zurück.

Die ersten Kilometer verlief das Gleis durch einen Blütentun-
nel in Hundert Farben, durchdrungen von Schäften gefilterten
Nachmittagslichts. Herabhängende Pflanzenwedel, tiefschwarz an
den Spitzen, gaben ein rubinrotes Licht ab, andere Pflanzenwedel
wiesen Schattierungen von Blau, Grün und Gelb auf. Stängel wie
schwarze und weiße Schläuche bewegten sich vor und zurück und
stießen die runden schwarzen Wedel hier- und dorthin, wodurch
immer wieder ein Maximum an Sonnenlicht hindurchfiel. An
lichten Stellen schwebten Motten auf viellagigen Strähnen von
Spinnfäden, schwarz, violett und limonengelb. Andere Flugwe-
sen, goldene Flecken, schossen mit einem Zischen in der Luft
pfeilschnell vorüber.

Der Dschungel öffnete sich. Das Gleis führte über Lichtungen
und Wiesen, die mit Tümpeln durchsetzt waren, jeder mit einem
dort ansässigen Wasserbullen: große gesprenkelte Geschöpfe mit
Hörnern und Schaufelschnauzen, die sie verwendeten, um die
Tümpel zu vergrößern. Ein Gebilde aus aufgebockten Betonpfos-
ten mit hölzernen Seitenteilen führte das Gleis über eine Reihe
von Sümpfen, die abwechselnd mit hellblauem Schaum oder

einem Teppich dunkelorangefarbener Stängel, die kugelförmige
Sporenhülsen trugen, überkrustet waren.

Hinter den Sümpfen hob sich der Boden zu einer Savanne an.
Nagetierartige Geschöpfe mit Panzern, bewaffnet mit Stacheln
und Spitzen, grasten in Gruppen von zwanzig oder dreißig Exem-
plaren. Häufig wurden diese Gruppen von drei Meter großen
Baltaffen begleitet: weißhäutige, mit schwarzem Fell bedeckte
Geschöpfe. Geschmeidige schwarze Printhenen schlichen auf
gespreizten Beinen über die Weide. Sie waren gefräßig, listig und
konnten wahre Fressgelage veranstalten; aber sie mieden die übel-
riechenden Baltaffen.

Das Gleis führte über eine Anhöhe und verlief durch eine
Ebene aus fleischigem schwarzem und grünem Gras sowie
Gruppen von Dornbäumen. Herden spindeldürrer Wiederkäuer
durchwanderten das offene Gebiet, nervös auf der Hut vor Printhenen oder Meuten von Schurken: räuberischen, stampfenden,
jaulenden Geschöpfen halb Echse, halb Hund. Ein Dutzend Arten
von Wiederkäuern bewegten sich über die Savanne, die größte
unter ihnen ein wehrhaftes Monster von sechs Metern Größe, das
auf einem Dutzend kurzer Beine lief. In der dunstigen Ferne im
Norden überblickten zwei neun Meter große affenartige Saurier
die Landschaft mit einem Blick, der eine unheimliche Ähnlich-
keit mit brütender Intelligenz aufwies. Eineinhalb Kilometer im
Süden verfolgte eine Schar viereinhalb Meter großer vogelähn-
licher Zweibeiner mit scharlachrotem Kopfputz und protzigem
hellblauem Schwanz einen verwirrten Tausendfüßler und hackte
ihn mit Schnäbeln und Spornen in Stücke.

Das Gleis führte direkt über die Ebene und tauchte in Kilo-
meterabständen unter Wildbrücken hindurch. Der Elektrozaun
wurde nun von einem zweiten, parallel verlaufenden Elektrozaun, jeweils fünfzehn Meter auf jeder Seite des Gleises,
begleitet.

Die Sonne hing tief im Himmel, überflutete die Landschaft
mit einer ruhigen unwirklichen Beleuchtung und die Geschöpfe
des Landes erschienen weniger wie Kreaturen der schrecklichen

Realität, sondern eher wie Objekte der Fantasie, wenn auch einer
makabren, bestialischen.

Das Gleis erstreckte sich verlassen vor ihnen. Der Futterzug
war aus der Sicht verschwunden. Gersen legte den Hebel ganz um.
Der Wagen ruckte mit großer Geschwindigkeit vor, sprang, hüpfte
und zitterte bei Unebenheiten in den Schienen. Gersen verringerte zögernd die Geschwindigkeit. »Ich will das Ding nicht in
den Graben setzen. Es ist zu schwierig, ihn wieder herauszuholen
und zum Laufen ist es zu weit.«

Kilometer um Kilometer und immer noch kein Anzeichen
des Futterzuges. Zur Linken und zur Rechten erstreckte sich die
Savanne. Vier doppelköpfige Äser beobachteten sie aus Sensoren
auf den Kämmen ihrer Buckel.

Eineinhalb Kilometer voraus tauchte das Gleis in einen dunklen Wald. Am Rand des Schattens spiegelte sich das Sonnenlicht
für einen Augenblick glitzernd auf der Lokomotive wider.

»Wir holen auf«, beschied Gersen.

»Und was tun wir, wenn wir sie einholen?« fragte Alice.

»Wir werden sie nicht einholen.« Gersen schätzte die Entfernung ab. »Wir sind nur einige Minuten hinter ihnen. Trotzdem
möchte ich noch etwas näherkommen. Howard wird die Anwesenheit von Schahar und Umps nicht erklären können. Es könnte
unmittelbar zu Schwierigkeiten kommen, es sei denn, er wäre ein
sehr geschickter Redner.«

Am Rand des Waldes schlängelte sich das Gleis hin und her,
um Felsvorsprüngen auszuweichen. Gersen verringerte die
Geschwindigkeit und beschleunigte wieder, sobald die Schienen
sich verlassen vor ihnen erstreckten.

Ein Pfosten mit einem weißen Dreieck stand neben den
Schienen. Beinahe unmittelbar danach teilte sich das Gleis, eine
Gabelung führte nach Norden, die andere verlief direkt nach
Osten weiter – in die Richtung, welche der Futterzug genommen
hatte, wie die dorthin führende Weiche anzeigte.

Nach eineinhalb Kilometern gab es eine weitere Abzwei-
gung nach Süden. Wie zuvor war der Futterzug nach Osten

weitergefahren. Gersen wurde noch wachsamer. Der Futterzug konnte nicht weit voraus sein. Abermals steigerte er die Geschwindigkeit auf Geradstücken, bremste vorsichtig vor Kurven und spähte voraus.

Ein weiteres weißes Dreieck tauchte neben den Schienen auf. »Die dritte Gabelung«, sagte Alice. »Station nach rechts, Futtergelände nach links.«

Gersen brachte den Wagen zum Halten. »Der Futterzug ist nach links gefahren. Siehst du die Weiche? Wir folgen ihnen besser.«

Fast einen Kilometer weit führte das Gleis durch einen Wald nach Norden. Lichte Stellen im Laubwerk offenbarten eine weitere Savanne, die sich gen Osten erstreckte. Das Gleis krümmte sich nach Osten und verlief schräg zur Savanne.

Alice deutete. »Da ist der Futterzug!«

Gersen hielt den Wagen an. Der Futterzug fuhr in eine Entladevorrichtung, die in einem Bereich lag, der nicht von den Elektrozäunen geschützt wurde. Tuty stoppte die Lokomotive, entkoppelte den Bottichwagen und fuhr weiter. Ein Ventil am Boden des Futterwagens öffnete sich und der Brei floss in einen Trog.

Schahar und Umps, an der Rückseite des Wagens, standen auf, um bestürzt der sich entfernenden Lokomotive hinterherzustarren. Dann drehten sie sich um und musterten die Geschöpfe, welche sich dem Trog aus allen Richtungen näherten.

Ein sechs Meter großer Baltaffe mit einem Kopf halb Bär, halb Insekt sprang in einem watschelnden Trott vor. Schahar und Umps sprangen vom Wagen und rannten auf einen Baum zu. Der Affe schnappte Umps und hob ihn an einem Bein in die Luft. Umps trat in wilder Aufregung um sich und trieb die Ferse gegen den Rüssel des Geschöpfs. Es warf Umps zu Boden, sprang in die Luft, landete auf dessen Torso und schlug mit den Fäusten auf den Körper ein. Dann wandte es sich ab und blickte in Richtung Schahar, der nun in den unteren Ästen des Baumes hockte, wo er die Aufmerksamkeit eines spinnenähnlichen Reptils weckte, das die oberen Äste bewohnte. Es ließ einen langen grauen Arm hinab und schwang ihn auf Schahar zu, der alarmiert aufschrie, ein Messer zog und auf den Arm einhackte. Als das Spinnenreptil mit flinken, akrobatischen Schwüngen nach unten kam, sprang Schahar auf den Boden und wich dem Baltaffen aus, der daraufhin nach dem Tentakel des Spinnenreptils griff. Dieses sprang vom Baum, wickelte sich um den Kopf des Baltaffen, schwang den Stachel hoch und stach zu. Der Baltaffe schrie vor Schmerz klagend auf, riss mit einem monströsen Arm an den Tentakeln. Die Tentakel zogen sich enger zusammen. Der Stachel stieß erneut zu. Der Affe schmetterte das Spinnenreptil gegen den Baumstamm, wieder und immer wieder, bis es zu Brei zerschmettert war und er sich von den Tentakeln losreißen konnte. Der Affe schwankte fort, vollführte einen krampfartigen Satz und fiel in sich zusammen. Eine Meute Aasfresser, von den Aufschreien angelockt, kam hervor. Als sie Schahar bemerkten, umkreisten sie ihn, jaulten, sprangen, bissen und Schahar wurde bald darauf heruntergezogen und verschwand unter einem Gewimmel von Tieren.

Gersen sprach mit bekümmerter Stimme. »Glaubst du, Tuty wusste, dass die beiden hinten im Wagen waren?«

»Darüber möchte ich keine Vermutungen anstellen.«

Der Zug mit Tuty und Howard Treesong war im Dschungel auf der gegenüberliegenden Seite der Weide verschwunden. Der Futterwagen blockierte nun die Schienen. »Wir müssen zur Gabelung zurück«, sagte Gersen. Er zog die Hebel und bediente die Knöpfe. »Wo ist der Rückwärtsgang?«

Er suchte vergebens. Der Hebel kontrollierte die Bewegung vorwärts. Die Bremse brachte den Wagen zum Stehen. Gersen sprang auf den Boden und versuchte, ein Ende des Wagens anzuheben, ohne Erfolg. Er hatte Ballast an Bord, um nicht aus den Schienen zu springen. Er versuchte, die Draisine anzustoßen, doch der Hang verhinderte es.

»Das ist absurd«, rief Gersen. »Es muss einen Weg geben, rückwärts zu fahren ... Wenn ich ein Stück Holz hätte, könnte ich den Wagen von den Schienen bekommen. Aber ich fürchte mich davor, in den Wald zu gehen.«

»Es wird dunkel«, stellte Alice fest. »Die Sonne geht unter.«

Gersen ging zum Rand des Gleisbetts und blickte in den Wald – oben, unten, links, rechts. »Ich sehe nichts … Dann gehe ich.«

»Warte«, sagte Alice. »Was ist das hier für ein kleines Gerät?«

Gersen kehrte zur Draisine zurück. In der Mitte der Plattform war ein Bügel mit einem Schneckengewinde verbunden. »Alice, du bist ein intelligentes Mädchen. Das ist ein Wagenheber, der den Wagen hoch genug hebt, um ihn drehen zu können.«

Fünf Minuten später kehrten sie auf dem Weg, den sie gekommen waren, zur dritten Gabelung zurück und nun wandten sie sich ostwärts und fuhren mit voller Geschwindigkeit durch die Dämmerung.

Einen Kilometer, zwei Kilometer, fünf Kilometer … Der Wald wurde abrupt zu einem matschigen Moor. Voraus schimmerte der Sonnenuntergang auf einer weiten Fluss-Schleife. Das Gleis führte über eine Brücke aus Metallelementen, die offenbar elektrifiziert waren, um Sumpfgeschöpfe fernzuhalten.

Innerhalb des Lagers führte das Gleis an einem Marketender-Laden, einer Ambulanz und einer Reihe von sechs schmalen Häusern vorüber. Einige Meter weiter stand das Laboratorium, welches den Sumpf und den jenseits davon gelegenen Gorgon-Fluss überblickte.

Das Gleis verzweigte sich in ein Abstellgleis. Gersen fuhr auf die Lokomotive auf und stoppte. Für einen Augenblick blieben die zwei lauschend sitzen.

Stille.

Im Blauen Waldlager sagte Howard Treesong im Ton jovialer Kameradschaft: »Ins Passagierabteil? Unsinn, ich fahre mit Ihnen zusammen vorne!«

»Es ist schade, aber das ist nicht möglich«, entgegnete Tuty. »Angenommen, Superintendent Kennifer kommt zufällig vorbei? Sie setzen sich hinten hin und bleiben unten, bis wir im Dschungel sind. Dann können Sie sich entspannen und die Fahrt genießen. Halten Sie Ausschau nach Eibisch-Motten und Wasserblumen.«

Treesong kletterte in das Abteil hinter der Fahrerkuppel und

machte sich unauffällig. Der Zug fuhr vom Terminal ab. Wenn
Tuty aus den Winkeln ihrer weit auseinanderstehenden Augen
gesehen hatte, wie Schahar und Umps auf den Futterwagen geklet-
tert waren, ließ sie es sich nicht anmerken.

Durch den Dschungel, über die Savanne, in den dunklen Wald
und wieder hinaus rollte der Futterwagen. An der dritten Weiche schwang Tuty nach Norden und hinaus zur Futterweide, die
selten benutzt wurde, außer wenn Biologen Experimente durch-
führten. Aber heute Abend hatte Tuty beschlossen, die Tiere zu
füttern. Nahezu ohne zu halten, hängte sie den Futterwagen ab.
Howard Treesong sprang im Hinterabteil auf und starrte aus dem
Rückfenster. Tuty Cleadhoe warf nicht einmal einen Blick über
die Schulter. Howard Treesong sank mit herabhängenden Schultern und aschfahlem Gesicht wieder auf den Sitz.

Der Zug fuhr in die Station, rollte durch das Lager und hielt
neben dem Laboratorium an.

Tuty kletterte grunzend und keuchend zu Boden. Howard
Treesong stieg aus dem Passagierabteil und blickte sich im Lager
um. Tuty rief mit blecherner Stimme: »Also dann, Howard! Wie
finden Sie unsere schöne Landschaft?«

»Es ist ganz und gar nicht wie im guten alten Gladbetook. Dennoch, es ist recht malerisch.«

»Ganz recht. Nun denn, lassen Sie uns herausfinden, ob Herr
Cleadhoe uns mit einem guten Abendessen erwartet. Ich hoffe, er
hat seine Haustiere draußen gelassen. Er ist ein Wunder, was Tiere
betrifft, der Herr Cleadhoe. Kommen Sie mit, Howard, die Nacht-
käfer werden in einer Minute über uns sein.«

Tuty ging zum Laboratorium voran. Sie ließ die Tür aufgleiten.
»Otho, wir sind da! Sieh zu, dass Ditsy draußen ist. Howard hat
keine Lust, von einem deiner Liebchen geärgert zu werden. Otho?
Bist du da?«

Eine barsche Stimme sagte »Pah, Frau, natürlich bin ich da!
Kommt herein ... Das also ist der junge Howard Hardoah.«

»Hat er sich nicht verändert? Du hättest ihn niemals wieder-
erkannt!«

»Das ist wahr.« Otho Cleadhoe trat auf langen dünnen Beinen vor. Er war fünfzehn Zentimeter größer als Howard Treesong. Cleadhoes großer Kopf war oben kahl, hart und kantig und eine unordentliche Tonsur grauen Haares umgab ihn; ein graumelierter Bart und tief in lavendelfarbenen Höhlen liegende Augen beherrschten das Gesicht. Er fixierte Howard Treesong mit dem langen Starren einer unpersönlichen Abschätzung. Howard ignorierte die Musterung und blickte sich im Raum um. »Und dies ist Ihr Laboratorium? Ich habe gehört, Sie sind jetzt ein bedeutender Wissenschaftler.«

»Ha, nicht ganz! Ich übe immer noch meinen alten Beruf aus, aber nun sind meine Objekte und meine Methoden andere. Kommen Sie mit, ich zeige Ihnen einige meiner Arbeiten, während Frau Cleadhoe Suppe auftut.«

Tuty rief in einem scherzenden Ton: »Zehn Minuten nur, nicht mehr! Du hast den gesamten Abend, um ihm deine Trophäen zu zeigen!«

»Zehn Minuten, mein Schatz. Kommen Sie Howard ... Hierher, und passen Sie auf Ihren Kopf auf. Diese Bögen sind nicht für große Menschen gemacht. Lassen Sie mich Ihren Hut nehmen.«

»Ich lasse ihn auf, wenn ich darf«, sagte Treesong. »Ich bin sehr empfindlich gegenüber Zug.«

»Schade ... Nun denn, diese Route zeigen wir den Würdenträgern von Tanaquil, die kommen, um zu erfahren, wie wir das Geld der öffentlichen Hand ausgeben. Ich darf hinzufügen, dass sie niemals unzufrieden wieder abgereist sind. Das ist die Kammer der Astinschen.«

Howard Treesong inspizierte den Raum mit schwerlidrigen Augen. Falls Otho Cleadhoe Treesongs unenthusiastische Haltung bemerkte, beachtete er sie nicht. »Dies alles sind Arten von Astinschen, den Andromorphen Bethunes, einer lokalen evolutionären Entwicklung. Die Gattung ist auf Shanar und in der speziellen Nachbarschaft besonders zahlreich. Sie sind von verschiedener Größe, bis hin zu dem Zehn-Meter-Giganten dort drüben.« Er deutete auf einen Alkoven. »Ich habe das Geschöpf nahezu allein bearbeitet, mit nur wenig Hilfe meiner Mitarbeiter. Ich habe in einer Argonatmosphäre, unter keimabtötenden Bedingungen, gearbeitet. Ich habe das Tier gehäutet, das weiche Gewebe marmeliert, das Skelett verstärkt und den Pelz wieder übergezogen.«

»Bemerkenswert!« meinte Treesong. »Ein schönes Stück Arbeit!«

»Es sind erstaunliche Geschöpfe, agil für ihre Größe. Wir sehen sie häufig in der Ferne ihre Kapriolen vollführen ... Diese anderen hier sind ihre Vettern, glauben wir wenigstens. Es gibt immer noch Rätsel um diese Geschöpfe, wissen Sie. Wie vermehren sie sich, wie wachsen sie auf, wie funktioniert ihre Körperchemie? Alles Rätsel! Aber ich möchte Sie nicht mit den technischen Details langweilen. Wie Sie sehen, gibt es sie in jeder Größe, in jeder Farbe. ›Intelligenz?‹ Wer weiß? Einige sind clever, einige ...«

Ein verschwommener Fleck der Bewegung, ein Aufschrei des Ärgers von Howard Treesong, als von einem der Alkoven ein zweieinhalb Meter großes Geschöpf mit dünnen Armen und Beinen heruntersprang, um sich Treesongs Hut zu schnappen und aus dem Raum zu hüpfen.

Otho Cleadhoe lachte krächzend vor nachsichtigem Amüsement. »Clever: ja! Spitzbübisch: ja! Intelligent? Wer weiß? Das ist Ditsy. Er ist voller Tricks. Ich fürchte, Ihr Hut ist verloren. Ich muss ihn ersetzen.«

Howard Treesong rannte zur Tür und spähte hindurch. »Was ist denn in das Tier gefahren? Es hat meinen Hut ins Feuer geworfen!«

»Das ist gewiss eine Schande. Ich kann mich nicht genug entschuldigen. Ditsy, hinaus mit dir! Was willst du nur, so etwas zu tun? Er hat Ihren feinen Hut kaputt gemacht. Wenn es Ihnen kühl wird, sagen Sie es bitte. Tuty kann Ihnen eine Mütze geben oder einen Schal.«

»Es ist von keiner großen Bedeutung.«

»Ditsy muss bestraft werden, dafür werde ich sorgen. Das Geschöpf wird von hellen Farben angezogen und treibt seinen

Schabernack mit den Gästen. Vielleicht hätte ich Sie warnen sollen.«

»Einerlei! Ich habe ein Dutzend Hüte.«

»Aber keinen so prächtigen, das garantiere ich! Nun, es ist eine Schande ... Hierher, jetzt! Wir verlassen die Kammer der Astinschen und gehen zur Halle der Sumpfgänger.«

Howard Treesong zeigte lediglich ein beiläufiges Interesse an den violett-schwarzen Geschöpfen mit ihren seltsamen Umhängen aus geflochtener Vegetation. »Eine sehr repräsentative Sammlung«, sagte Otho Cleadhoe. »Man findet sie nur entlang des Gorgons ... Nun zur Höhle des Schreckens, wie ich meine Werkstatt nenne. Sie hat noch jeden beeindruckt.«

Cleadhoe führte den nun gelangweilten und trägen Howard Treesong in einen durch eine hohe Glaskuppel beleuchteten Raum. Auf einer Zentralplattform stand ein massives rot-schwarzes Geschöpf mit sechs Beinen und grimmig aussehendem Kopf.

»Ein Ehrfurcht gebietendes Tier«, beschied Treesong.

»Ganz recht. Und ein Ehrfurcht gebietendes Projekt – das größte, an dem ich je teilhatte. Dort drüben ist mein Büro – ein trübseliger Ort, aber die Gesellschaft hat mir nichts Besseres überlassen. Ihr kleines Buch befindet sich dort und wir werden es gleich holen.«

»Weshalb nicht sofort?« schlug Treesong vor. »Es ist doch nahe bei der Hand?«

»Wie Sie möchten. Es liegt auf meinem Schreibtisch, wenn Sie es sich holen möchten. Tja, ich wundere mich! Denken Sie, dass die Haut hier und da dazu neigt, über die Hüften herunterzuhängen?«

Howard Treesong war zur Nebenkammer gegangen. Auf dem Schreibtisch lag ein kleiner roter Band mit der Beschriftung Das Buch der Träume. Treesong trat vor; die Tür schloss sich hinter ihm. Draußen in der Werkstatt drehte Cleadhoe ein Ventil, wartete fünfzehn Sekunden und drehte es dann wieder zu. Tuty Cleadhoe schaute in die Werkstatt. »Die Suppe ist fertig. Kommt ihr essen?«

»Ich habe zu tun«, sagte Cleadhoe. »Ich habe keine Lust zu essen.«

# KAPITEL XIX

Navarth trank Wein zusammen mit einem betagten Bekannten, der die Kürze der Existenz beklagte. »Mir bleiben noch höchstens zehn Jahre zu leben!«

»Das ist reiner Pessimismus«, erklärte Navarth. »Seien Sie optimistisch und denken Sie lieber an die hundert Milliarden Jahre des Todes, welche Ihrer harren!«

... aus: *Die Chroniken von Navarth* von Carol Lewis

Navarth verschmähte die moderne Poesie, außer lediglich jenen Versen, die von ihm selbst erdacht waren. »Es sind fade Zeiten. Weisheit und Unschuld waren einst verbündet und noble Lieder wurden gesungen. Ich entsinne mich eines Verspaares, das keineswegs großartig war – eher originell – kurz und knapp und doch vor Tausend Bedeutungen widerhallend:

*Ein furzendes Pferd wird nie ermüden.*
*Einen furzenden Menschen, den muss man mieten.*

Wo gibt es dergleichen heute?

... aus: *Die Chroniken von Navarth* von Carol Lewis

Gersen und Alice gingen schnell durch die Dunkelheit zum Laboratorium. Die Nacht war warm, klar und dunkel, beleuchtet von Tausenden funkelnder Sterne. Aus den Sümpfen und dem Dschungel drangen Laute: ein fernes grelles Heulen und, unangenehm nahe, ein bellendes Wutgrunzen.

Licht fiel aus einem Fenster. Gersen und Alice beobachteten, wie Tuty Cleadhoe in der Küche arbeitete. Sie schnitt Brot, Würste und Zwiebeln, rührte den Inhalt eines Kessels um und deckte den Tisch.

Gersen murmelte: »Für zwei? Wer wird nicht am Abendessen teilnehmen?«

»Sie scheint recht gelassen zu sein«, flüsterte Alice. »Vielleicht können wir einfach an die Tür klopfen und fragen, ob wir rechtzeitig zum Abendessen kommen.«

»Das ist ein Plan, so gut wie jeder andere.« Gersen betätigte die Türklinke, dann klopfte er. Tuty, in der Küche, erstarrte, schnellte zu einer Anrichte und steckte sich eine Waffe in die Tasche. Sie ging zum Kommunikator, sprach, lauschte einigen gutturalen Worten, drehte sich um, marschierte zur Vordertür und warf sie auf, die Hand dicht an der Pistole.

»Hallo, Frau Cleadhoe«, sagte Gersen. »Kommen wir zu spät zum Fest?«

Tuty Cleadhoe starrte grimmig von einer zum anderen. »Weshalb sind Sie nicht dort geblieben, wo ich Sie zurückgelassen habe? Sind Sie der Vernunft unzugänglich? Können Sie nicht verstehen, dass Ihre Anwesenheit unerwünscht ist?«

»All dies außer Acht gelassen, Frau Cleadhoe: Sie haben unsere Vereinbarung nicht eingehalten.«

Tuty Cleadhoe zeigte ein kleines schnelles Lächeln. »Vielleicht ist das so. Na und? Sie hätten es mit mir auch so gehalten, wenn Sie die Möglichkeit dazu gehabt hätten.« Sie blickte über die Schulter. »Dann kommen Sie herein. Streiten Sie sich mit Herrn Cleadhoe, wenn ich bitten darf.«

Sie führte sie in die Küche. Otho Cleadhoe stand an der Spüle und wusch sich gründlich die Hände. Er schwang herum und musterte Gersen und Alice aus den Tiefen der lavendelfarbenen Augenhöhlen. »Besucher, wie? Heute Abend bin ich beschäftigt, sonst würde ich Sie herumführen.«

»Deshalb sind wir nicht hier. Wo ist Howard Treesong?«

Cleadhoe ruckte mit dem Daumen. »Dahinten. Er ist sicher. Und nun möchte ich zu Abend essen. Essen Sie mit?«

»Setzen Sie sich«, forderte sie Tuty mit automatischer, wenn auch schroffer Gastlichkeit auf. »Es ist genug für alle da.«

»Essen Sie!« sagte Cleadhoe mit hohler Bass-Stimme. »Wir reden über Howard Hardoah. Wussten Sie, dass er unseren Nymphotis getötet hat?«

Gersen und Alice setzten sich an den Tisch. »Er hat viele Menschen getötet«, bemerkte Gersen.

»Was hätten Sie mit ihm gemacht? Ihn ebenfalls getötet?«

»Ja.«

Cleadhoe nickte gewichtig. »Nun, Sie sollen Ihre Chance bekommen. Ich habe ihn in einen ruhigen Raum gebracht und ihn mit Gas stillgesetzt. Er wird in etwa sechs Stunden aufwachen.«

»Also haben Sie ihn nicht getötet?«

»Oh nein!« Cleadhoes Lächeln brach eine rosafarbene Lücke durch den Bart. »Leben heißt Bewusstsein, und Howard Hardoah soll sich allem sehr deutlich bewusst sein. Vielleicht wird er seine Verbrechen rechtzeitig bereuen.«

»Möglicherweise«, entgegnete Gersen. »Dennoch haben Sie uns gegenüber Ihr Wort nicht gehalten.«

Cleadhoe blickte ihn verständnislos an und kaute dann weiter. »Vielleicht haben wir uns durch unsere Gefühle hinreißen lassen, unhöflich zu handeln. Aber schieben Sie Ihren Ärger hinaus. Sie werden am letztendlichen Strafgericht teilhaben.«

Tuty rief: »Und vergessen Sie nicht, wir haben Sie vor Schaden bewahrt! Howard hatte zwei seiner Mörder mitgebracht. Ha, aber sie werden niemanden mehr ermorden!«

Otho Cleadhoe lächelte zustimmend, als hätte Tuty das Rezept zu ihrer Suppe geschildert. Er erklärte: »Howard ist schlau! Stellen Sie sich vor: Er hatte eine Waffe in seinem Hut! Ich habe Ditsy angewiesen, ihm den Hut wegzuschnappen und ihn zu zerstören. Wie Frau Cleadhoe schon sagte, wir haben unseren Teil der Arbeit getan.«

Weder Gersen noch Alice hatten darauf etwas zu erwidern.

»In etwa sechs Stunden wird Howard seine Kräfte wiedererlangen«, meinte Cleadhoe. »In der Zwischenzeit können Sie sich ausruhen, schlafen, die Sammlung begutachten oder es sich bequem machen, Tee trinken oder Brandy und uns erzählen, welchen Schaden Sie durch Howard Hardoah erlitten haben.«

Gersen blickte Alice an. »Was möchtest du?«

»Ich kann nicht schlafen. Herr und Frau Cleadhoe möchten bestimmt vom Schultreffen in Gladbetook hören.«

»Jawohl, das würden wir tatsächlich gern!«

Um Mitternacht verließ Otho Cleadhoe die Küche. Zwanzig Minuten später kehrte er zurück. »Howard erlangt das Bewusstsein wieder. Wenn Sie wollen, können Sie mitkommen.«

Die Gruppe marschierte durch das Laboratorium und einen Korridor entlang. Cleadhoe blieb neben einer Tür stehen. »Hören Sie! Er spricht!«

Durch ein Gitter drangen die Geräusche eines Gespräches.

Zunächst Howard Treesongs Stimme, klar und stark, aber verwirrt und besorgt: »... eine Sackgasse, wie eine Wand; ich kann weder weiter noch kann ich mich zurückziehen noch zur Seite ausweichen ... Hier ist der Sonnenaufgang. Wir sind im Dschungel verloren. Habt Acht, keiner soll abkommen. Paladine? Wer hört meine Stimme?«

Die Antworten kamen schnell. Die Stimmen schienen sich beinahe zu überschneiden, als sprächen einige von ihnen gleichzeitig.

»Mewness steht an deiner Seite.« Dieses war eine ruhige, klare Stimme, präzise und ohne Leidenschaft.

»Spangleway hier, zwischen den Affen.«

»Rhune Fader der Blaue und Hohenger und der Schwarze Jeha Rais; alle sind hier.«

Eine dünne Stimme sprach. »Eia Panice ist hier.«

»Und Immir.«

»Ich bin hier bis zum Ende.«

»Immir, du bist unerschütterlich, wie alle anderen. Nun müssen wir eine weise Strategie entwickeln. Jeha Rais, du bist ernst.«

Die tiefe Stimme von Jeha Rais, dem Schwarzen Paladin, erklang: »Ich bin ernst und mehr als ernst. Nach diesen mächtigen Jahren erkennst du ihn nicht?«

*Immir (unruhig):*

Er nannte sich Cleadhoe von der Löwenzahn-Farm.

*Jeha Rais:*

Er ist der Schreck.

Einige Sekunden der Stille.

*Immir (leise):*

Dann sind wir in einer verzweifelten Lage.

*Rhune Fader:*

Wir haben zuvor bereits verzweifelte Zeiten erlebt. Erinnert ihr euch an die Hatz von Ilkhad? Sogar der Eiserne Riese war entmutigt, und doch haben wir uns durchgesetzt.

*Spangleway:*

Ich entsinne mich des Hinterhalts in der Altstadt von Massilia. Eine schreckliche Stunde!

*Immir:*

Brüder, fixieren wir unsere Gedanken auf diesen Augenblick.

*Jeha Rais:*

Der Schreck ist ein Scheusal der Boshaftigkeit. Um seine Kraft zu brechen, bedarf es einer Gegenkraft. Können wir ihm Reichtum bieten?

*Immir:*

Ich will unsere Schatzkammer öffnen. Er kann Sybaris haben, was mich angeht.

*Mewness:*

Es wird den Schreck nicht in Versuchung bringen.

*Loris Hohenger:*

Biete ein Dutzend Maiden, jede schöner als die andere. Lasst sie Gewänder aus purem Durchschein tragen und ihn mit Blicken ohne Fröhlichkeit und Ernst betrachten, als fragten sie: »Wer ist dieses Wunder? Wer ist dieser Halbgott?«

*Immir (traurig lachend):*
Guter Hohenger, die Vorstellung bewegt dich! Ich nehme an, dass du deine Brüder-Paladine in den Lake Chill werfen würdest, um an einer solchen Parade teilzunehmen.

*Mewness:*
Nicht jedoch der Schreck.

*Spangleway:*
Reichtum, Schönheit – was bleibt noch?

*Rhune Fader:*
Hätten wir nur Valkaris' Kelch und die ewige Jugend!

*Immir (gemurmelt):*
Komplikationen, Komplexitäten. Ich spüre einen teuflischen Plan.

*Rhune Fader:*
Schweigt alle still! Jemand steht vor der Tür!

Cleadhoe sprach in einem Wispern: »Er ist halb wach; er redet, als würde er träumen …« Er ließ die Tür aufgleiten. »Treten Sie ein.«

Eine Hälfte des Raumes war kahl und dämmrig, die andere Hälfte war bepflanzt und hergerichtet worden, um eine Dschungellichtung zu simulieren. Licht fiel schräg durch Hundert verschiedene Arten von Laubwerk. An knorrigen Ranken hingen Blumen, Insektenfänger und Sporenkapseln. Ein Bachlauf befand sich zwischen Felsen und bildete einen kleinen Tümpel, der durch dunkelrotes Ried in einen unsichtbaren Ausfluss sickerte. Neben dem Tümpel, in einem Armsessel, saß Howard Alan Treesong, nackt bis auf einen kurzen Rock um die Hüften. Seine Hände ruhten auf den Armlehnen, die Beine, kahl und weiß glänzend, standen auf dem Gras. Sein Kopf war kahlrasiert. Am Grasufer auf der anderen Seite des Tümpels stand das Marmel von Nymphotis. In den Büschen regte sich ein halbes Dutzend Astinschen, mit aus rot und blau geflecktem Knorpel geformten Gesichtern, Kämmen wie kleine schwarze Hüte und glänzend schwarzem Fell. Die Anwesenheit Howard Treesongs interessierte sie. Sie beobachteten alles und lauschten mit respektvoller Aufmerksamkeit.

Das Gespräch war beendet. Howards Augen glitzerten unter halbgeschlossenen Lidern. Seine Atmung schien normal zu sein.

Cleadhoe sprach zu Gersen und Alice. »Ursprünglich war dies ein Ausstellungskäfig für die kleinen Astinschen. Sie werden ›Puppenmandarine‹ genannt. Sie sind eigenartige kleine Geschöpfe. Gehen Sie nicht zu nahe heran; dort ist ein Gitter aus unsichtbaren Nadelstrahlen, die Sie stechen werden. Es schien mir ein guter Ort für Howard zu sein.«

»Sie haben seine Beine marmeliert.«

»Ganz recht. Er kann sie nicht bewegen und muss Nymphotis ansehen, den er ermordet hat. Das ist unsere Strafe für ihn. Welche anderen Bestrafungen Sie oder Alice Wroke noch anwenden wollen, ich werde keinen Einwand erheben. Es ist Ihr Recht.«

Gersen fragte: »Wie lange wird er so überleben?«

Cleadhoe schüttelte den Kopf. »Das ist schwierig vorauszusehen. Seine natürlichen Funktionen gehen weiter, aber er ist unbeweglich verankert. In seinen Haaren, übrigens, war ein Netz von Schaltkreisen verborgen. Es gibt keine Implantate oder innere Waffen, dessen habe ich mich versichert!«

Treesongs Augen waren geöffnet. Er blickte an seinen Beinen hinunter, bewegte die Hände, erspürte das kalte Material, das nun seine Oberschenkel bedeckte.

Cleadhoe sprach: »Howard Alan Treesong, von allen Ihren zahllosen Opfern, werden nun wir Vergeltung an Ihnen üben.«

Tuty rief mit voller Altstimme: »Dort ist er, unser Sohn Nymphotis, und dort sitzen Sie, Howard Hardoah, sein Mörder. Denken Sie über Ihre böse Tat nach.«

Howard Treesong sprach in einem ausgeglichenen Ton: »Ich bin wirklich und wahrhaftig in eine Falle gelockt worden. Und wer sind diese beiden anderen? Alice Wroke? Was führt Sie zu diesen Fanatikern?«

»Ich bin eine von ihnen. Erinnern Sie sich nicht daran, was Sie von mir wollten, damit ich meinem Vater das Leben rette? Als Sie ihm bereits das Leben genommen hatten?«

»Meine teure Alice, wenn man sich um die hohe Politik kümmert, übersieht man zuweilen feine Details. Der Tod Ihres Vaters und Ihre Dienste waren Elemente eines größeren Plans. Und Sie, mein Herr? Ihr Aussehen ist mir beunruhigend vertraut.«

»Das sollte es. Sie sind mir bei verschiedenen Begebenheiten begegnet. Am Voymont und in Gladbetook hatte ich die Freude, auf Sie zu schießen, unglücklicherweise ohne ernsthafte Folgen. Sie kennen mich ebenfalls als Henry Lucas, von *Existent*. Ich bin dafür verantwortlich, dass Sie durch Das *Buch der Träume* hierhergelockt wurden. Aber lassen Sie mich Ihre Erinnerung noch weiter zurück bemühen. Erinnern Sie sich an den Überfall auf Mount Pleasant?«

»Ich entsinne mich dieser Episode, ja. Es war ein bemerkenswertes Manöver.«

»Bei dieser Begebenheit habe ich Sie zum ersten Mal gesehen und seitdem habe ich mein Leben gewidmet, diese Konfrontation herbeizuführen.«

»Tatsächlich? Sie sind ein Fanatiker.«

»Sie haben die Fähigkeit, Fanatiker zu schaffen.«

Howard Treesong vollführte eine ungezwungene Gebärde. »Also bin ich Ihnen ausgeliefert. Wie wollen Sie mit mir verfahren?«

Gersen lachte verdrießlich. »Was könnte ich Ihnen mehr antun?«

»Nun – es gibt immer noch die Folter. Oder Sie könnten Freude daran finden, mich zu töten.«

»Ich habe Sie als Mensch vernichtet. Das ist genug.«

Howard Alan Treesongs Kopf senkte sich. »Mein Leben hat

seinen Lauf genommen. Ich hatte vor, über das menschliche Universum zu herrschen. Ich wäre der erste Kaiser über die Gaeanischen Welten gewesen. Beinahe hätte ich es geschafft. Ich kann mich nicht bewegen und werde nicht mehr lange leben ... Gehen Sie jetzt. Ich ziehe es vor, allein zu sein.«

Gersen wandte sich um, nahm Alices Arm und verließ den Raum. Die Cleadhoes folgten ihnen. Die Tür schloss sich. Beinahe sofort begann das Gespräch wieder:

*Immir:*
> Jetzt ist alles klar. Der Schreck hat eine schreckliche Tat begangen. Oh, meine Paladine, was nun? Was sagst du, Jeha Rais?

*Rais:*
> Die Zeit ist gekommen.

*Immir:*
> Wie das? Grüner Mewness, weshalb wendest du dich ab?

*Mewness:*
> Es gibt noch lange Wege zu beschreiten und manche Herberge, wo ich Unterschlupf suchen würde.

*Immir:*
> Weshalb seht ihr hier- und dorthin? Sind wir nicht alle Brüder und Paladine? Jeha Rais, entwickle für uns eine große Strategie, um diese Marmel-Beine zu bewegen.

*Spangleway:*
> Immir, ich entbiete dir mein Lebewohl.

*Rais:*
> Lebewohl, Immir. Die Zeit ist gekommen.

*Immir:*
> Loris Hohenger, verlässt auch du mich?

*Hohenger:*

Ich muss fort, zu fernen Orten und neuen Schlachten.

*Immir:*

Und lieber Blauer Fader, was ist mit dir? Und dir, Eia Panice?

*Panice:*

Ich werde mein brüderlich Bestes für dich tun. Paladine, tretet zurück! Eine einzige Tat bleibt noch zu tun. Lebewohl, edler Immir! Und nun …

Die vier im Korridor hörten ein dumpfes Geräusch, einen Aufschlag. Cleadhoe rannte zur Tür, warf sie auf. Der große Sessel war umgefallen. Howard Alan Treesong lag grotesk zusammengekauert, mit dem Gesicht nach unten, im Tümpel.

Cleadhoe drehte sich mit geblähten Nasenflügeln um, seine Augen funkelten. Er vollführte eine wilde Gebärde. »Der Sessel war solide befestigt! Er allein hätte ihn nicht umwerfen können!«

Gersen wandte sich ab. »Was immer auch geschehen sein mag, ich habe genug.« Er nahm Alices Arm. »Gehen wir woandershin.«

# KAPITEL XX

Im Flitzerflügel, draußen im Weltraum, nahm Alice Das *Buch der Träume* und legte es unvermittelt wieder hin. »Was willst du damit tun?«

»Ich weiß es nicht … *Cosmopolis* geben, nehme ich an.«

»Weshalb wirfst du es nicht einfach ins All?«

»Das kann ich nicht.«

Alice legte die Hände auf seine Schultern. »Und jetzt, was ist mit dir?«

»Was soll mit mir sein?«

»Du bist so still und bedrückt! Du machst mir Sorgen. Geht es dir gut?«

»Ziemlich gut. Ausgelaugt, vielleicht. Meine Feinde haben mich verlassen. Treesong ist tot. Die Angelegenheit ist vorüber. Ich bin fertig.«

# Der Autor

Jack Vance (richtiger Name: John Holbrook Vance) wurde am 28. August 1916 in San Francisco geboren. Er war eines der fünf Kinder von Charles Albert und Edith (Hoefler) Vance. Vance wuchs in Kalifornien auf und besuchte dort die University of California in Berkeley, wo er Bergbau, Physik und Journalismus studierte. Während des 2. Weltkriegs befuhr er die See als Matrose der US-Handelsmarine. 1946 heiratete er Norma Ingold; 1961 wurde ihr Sohn John geboren.

Er arbeitete in vielen Berufen und Aushilfsjobs, bevor er Ende der 1960er Jahre hauptberuflich Schriftsteller wurde. Seine erste Kurzgeschichte, »The World-Thinker« (»Der Welten-Denker«) erschien 1945. Sein erstes Buch, »The Dying Earth« (»Die sterbende Erde«), wurde 1950 veröffentlicht.

Zu Vances Hobbys gehörten Reisen, Musik und Töpferei – Themen, die sich mehr oder weniger ausgeprägt in seinen Geschichten finden. Seine Autobiografie, »This Is Me, Jack Vance! (»Gestatten, Jack Vance!«), von 2009 war das letzte von ihm geschriebene Buch. Jack Vance starb am 26. Mai 2013 in Oakland.